U0960983

勇敢者的精神

岳雪题

季宇／著

Yongganzhe De Jingshen

全国百佳图书出版单位
ARTTIME 时代出版传媒股份有限公司
安徽人民出版社

图书在版编目(CIP)数据

勇敢者的精神/季宇著. —合肥:安徽人民出版社,2015.6

ISBN 978-7-212-08000-6

Ⅰ.①勇… Ⅱ.①季… Ⅲ.①随笔—作品集—中国—当代 Ⅳ.①I267.1

中国版本图书馆 CIP 数据核字(2015)第 078821 号

勇敢者的精神

季 宇 著

出 版 人:胡正义
责任编辑:周子瑞
封面题字:吴 雪
装帧设计:宋文岚

出版发行:时代出版传媒股份有限公司 http://www.press-mart.com
安徽人民出版社 http://www.ahpeople.com
合肥市政务文化新区翡翠路 1118 号出版传媒广场八楼
邮编:230071
营销部电话:0551-63533258 0551-63533292(传真)
制 版:合肥市中旭制版有限责任公司
印 制:合肥华星印务有限公司
(如发现印装质量问题,影响阅读,请与印刷厂商联系调换)

开本:710×1010 1/16 印张:21 字数:330 千
版次:2015 年 4 月第 1 版 2015 年 4 月第 1 次印刷

标准书号:ISBN 978-7-212-08000-6 定价:39.00 元

版权所有,侵权必究

目　录

<<<

目录
>>>

目　录
<<<

目 录
>>>

目　录

<<<

目　录

>>>

第一辑

有人说，有诗歌相伴的人生是幸福的人生。从这一点说，李白是幸福的；但他又是不幸的。中国知识分子向来把『修身、齐家、治国、平天下』看作人生的最高理想。李白的不幸就在于时运不济，报国无门。这是一个中国知识分子的大悲痛。在这大悲痛的深处，是一个有良知的知识分子对国家对人民的伟大忠诚，是一个民族源远流长的不朽的伟大精神。

青山诗魂[①]

如果你去马鞍山，那里的朋友一定会对你说：去看看李白墓吧。一代诗仙李白就葬在该市当涂境内的青山西麓。千百年来，多少浪漫、多少凄凉的故事在流传；岁月流逝，多少文人墨客、名流显贵，以及数不清的中外人士跋山涉水，前来凭吊，把一片景仰和热爱留在这块令人遐思的山水之间。

初秋的一天，我们乘车来到马鞍山，开始向青山进发。车窗外，江南的景色一一掠过，青青的山，绿绿的水，安静的集市，宁静的原野，就连秋日的阳光也暖洋洋的，飘浮着令人向往的闲适。当涂的秋天是富有诗意的，可就在这一片安宁恬淡之中充满了令人心动的喧哗。

这都是因为李白啊！

这位"千古一诗人"与这块土地有着不解之缘。据考证，李白一生七次到过当涂，并终老此地，埋骨青山。可以说，当涂的山山水水印满了李白的足迹，也一次次激荡起诗人奔放的情怀和灵感。正因为如此，今天的当涂才使我们倍感不同寻常，踏上这块土地，就连我们的呼吸也充满了浓郁的诗情。

渐渐地，青山出现在眼前。秋天的青山是丰盈的，也是朴素的。这是一个绿的世界，到处草木盛开，一片葱茏。据说，以前这里曾经长满了枫树和野菊，每到秋天，漫山红遍，野菊怒放，让人心旷神怡，流连忘返。一

① 此作是为中央电视台撰写的电视散文，后收入《中国新文学大系》(1976—2000)第十八卷散文卷二

千多年前，伟大的诗人李白就常来这里，登高望远，饮酒作诗，消磨他人生的最后岁月。

今天的青山墓园掩映在一片松柏苍翠之中，显得古朴而肃穆。屹立于墓前的石碑，高五尺有余，上刻“唐名贤李太白之墓”，据说出自杜甫之手笔。山风轻拂，仿佛在轻声诉说；墓园上芳草萋萋，树影婆娑；远处偶有鸟鸣传来，四周一片宁静。置身在这样的幽静中，极目远眺，李白笔下的山水宛如一幅水彩画缓缓展开——呵，山与水，水与天，紧紧相连，融为一体，迷迷蒙蒙的景色，带着些许梦幻。在这梦幻之中，历史仿佛向我们走来……

青年李白第一次踏上当涂的土地，只有25岁，这是一个风华正茂的年纪。那时的诗人器宇轩昂，踌躇满志，抱着“大丈夫必有四方之志”和“一鸣惊人，一飞冲天”的梦想，“仗剑去国，辞亲远游”。一路上，他飘然若仙，豪情万丈，南下江陵，游洞庭，溯湘江，之后抵江夏，继而登庐山，下金陵，并来到了当涂。那也是一个秋天吧，艳阳高照，或清风明月，诗人沿着长江，泛舟而下，一路上美景如画，诗酒当歌。

那时的李白的确是“长不满七尺，而心雄万夫”，尽管在以后的十多年里，他“遍干诸侯”，“历抵公卿”，试图寻求政治上的出路而不可得；尽管他也苦闷过，彷徨过，所谓“南徙莫从，北游失路，孤剑谁托，悲歌自怜”，但他依然坚信“天生我才必有用”，而“欲济苍生”的愿望矢志不渝。今天，当我们访古探幽，沿着李白的游踪一路寻觅时，脑海中便不时跳跃起那一首首流传千古的奇丽诗句：

“天门中断楚江开，碧水东流至此回。两岸青山相对出，孤帆一片日边来。”

这是何等壮美的诗句啊！——浩淼的长江水滚滚东流，气势如虹；夹江耸立的山峰，横断江面，砥柱中流；还有那飞流直下的舟楫和辉映于天边的日光，构成了一幅多么雄奇、多么壮观的景象！而于景色之外，诗人洋溢的激情和飞扬的灵感，更使人按捺不住，跃跃欲试，仿佛要化入那一片险峻奇幻之中。

天门山堪称自然奇观。长江流经当涂一段，突起两山，东曰博望，西曰梁山，夹江相峙，如同天门。其磅礴之气势，犹如鬼斧神工，令人惊叹不已。李白游历当涂时曾多次来到这里，并留下了诸多不朽的诗文：

“海神来过恶风回，浪打天门石壁开。浙江八月何如此，涛似连山喷雪来。”

雄浑的诗句，大气磅礴，巍峨的山和奔腾的水，在李白的笔下仿佛活画了出来。如明代大学者方孝儒赞叹的那样：“我今吟诗篇，乱发飘萧寒。若非胸中湖海阔，定有九曲蛟龙蟠。”

天宝六年，这是李白政治上最失意的时期。长安三年，他屡遭谗毁，饱受打击。离开长安后，他带着满身伤痕，再次来到了当涂。他从金陵乘舟而下，并于横望山拜访了隐居在那里的处士周惟长。横望山，距当涂县城60余里，层峦叠翠，连绵数十里。山前是波光荡漾的丹阳湖，夕阳西下，渔舟唱晚，有若仙境。李白流连之中，不禁感慨万千。“连峰入户牖，胜概凌方壶”，“水色傲溟渤，川光秀菰蒲”，“闲云随舒卷，安识身有无”……相比之下，官场的黑暗和政治的腐败更让李白厌恶无比，心灰意懒。

此时的李白，内心充满了太多的苦闷！他不理解为什么“大道如青天，我独不得出”？而国家的安危和人民的苦难更使他忧心如焚。天宝六年正是安史之乱的前夜。李白很想为国家出力，满腔热血，却报国无门，只能寄情于山水与诗酒，并从中得到些许慰藉，以抚慰自己痛苦的心灵。

天宝六年后，李白南北漫游，其间又多次来到当涂。从他留下的诗文中可以推测，采石是他最喜爱的去处之一。“长安市上睡未足，又来采石卧其巅”——他的不少诗作都写于这里，或记事明志，或抒发情怀。

“牛渚西江夜，青天无片云。”在这静夜之中，我们可以想象诗人白衣锦袍、登舟望月的情景。江水呜咽着，浪花轻舔着岸边的岩石；月光在水中荡漾，泛着银色的光泽。在这仙境之中，李白且酒且诗，放歌江上，这是何等的人生快事！然而，诗人的心情并不轻松。“余亦能高咏，斯人不可闻”；“更听猿夜啼，忧心醉江上”……如今，我们身临其境，吟诵这些诗句时，仍能从字里行间咀嚼出埋藏于诗人心中的隐痛。

至德二年，李白一生中最严重的政治打击降临了。就在这一年，隐居于庐山的李白不幸卷入了永王李璘事件。他原本抱着一片救国热忱，没想到却卷入了一场宫廷之争，流放夜郎。这是李白生命中最灰暗的时期。“夜郎万里道，西去令人老”，“平生不下泪，于此泣无穷”……

晚年的李白再次滞留于当涂。此时的他已是贫病交加，穷困潦倒。在致其族叔李阳冰的信中，当年“散金三十万”、一向豪放潇洒的李白只能徒唤无奈，发出“英雄气短”的哀叹：“赠微所费广，斗水浇长鲸。弹剑歌苦寒，严风起前楹。”宝应元年，一代大诗人李白在当涂寓所离开了人世。

关于李白的死，千百年来一直流传着一个美好的传说，那就是李白酒醉之后，入江捞月，然后化作仙人，骑鲸升天而去。他的衣冠留在岸边，被当地渔民所掩埋，这就是今天位于采石矶的李白衣冠冢的由来。郭沫若曾有诗云：“酒酣黄鹤千帆下，气壮苍鲸一吸间。”然而，更多的人不相信这样的传说，“骑鲸人说最荒唐，捉月轰传李夜郎”，“骑鲸问谁见，流恨竟无穷”！是的，善良的愿望只能留存于传说之中。在青山纪念馆，我们查阅了有关史料，李白死时十分凄惨，是年，“江淮大饥，人相食”，田园荒芜，十室九空。李白死后，只能薄棺浅埋，“葬不择地”。李氏后裔更是由于贫穷不知所终，香火散尽。直到李白去世五十多年后，时任宣歙观察使的范传正经过一番访查，才按照诗人生前的遗愿把他业已荒芜的坟冢迁至青山，了却了诗人最后的遗愿。

雨果在巴尔扎克追悼会上曾说过，一个伟大的死会给我们带来宗教上的震撼。“那不是黑夜，而是光明；那不是虚无，而是永恒；那不是结束，而是开始。”我想李白的死也是如此。在青山凭吊时，我的心情一直很沉重。李白一生以诗成名，他的诗登峰造极，不可逾越。所谓“白也诗无敌，飘然思不群”，“笔落惊风雨，诗成泣鬼神”。有人说，有诗歌相伴的人生是幸福的人生。从这一点说，李白是幸福的；但他又是不幸的。中国知识分子向来把“修身、齐家、治国、平天下”看作人生的最高理想。李白的不幸就在于时运不济，报国无门。这是一个中国知识分子的大悲痛。在这大悲痛的深处，是一个有良知的知识分子对国家对人民的伟大忠诚，是一个民族源远流长的不朽的伟大精神。

令人欣慰的是，直至生命的最后一刻诗人都没有放弃。在临终前的最后一首诗中，他依然把自己比作大鹏，尽管他的胸中充满了苍凉，尽管这只大鹏伤痕累累，已经飞不动了，但依然余风犹存，奋力向上：

大鹏飞兮振八裔，

中天摧兮力不济。
余风激兮万世，
游扶桑兮挂石袂。
后人得之传此，
仲尼亡兮谁为出涕。

这是一代伟大诗人发出的最后的呼唤，也是诗人顽强不屈的生命悸动。如今，一千多年过去了。站在李白墓前，我们感受着千年风雨之后的宁静，也感受着诗人的伟大精神，心中充满了无比的崇敬和神圣的情感。

（2009 年 1 月）

徽州往事[①]

岩溪是我的老家,位于新安江畔。徽州多山,川谷崎岖,峰峦起伏,新安江蜿蜒穿梭于山谷之间,给徽州的山带来了水的灵性。

有人说,新安江是一条生命河。对于交通闭塞的古徽州来说,新安江是重要的,它是通向外部世界的主要孔道。一代一代的徽州人就是从这里走出大山,走向世界。

也有人说,新安江的水是女人的泪。几百年来,多少母亲、多少女人的泪,化作新安江水,喧哗东流,悄然而逝。

父亲对我说,岩溪最后一座牌坊建于光绪三十年。那是一座贞烈牌坊,一次共旌表节烈女子 62 人。我的祖奶奶就名列其中。有一年,我回老家,去看过这座牌坊。在徽州数以千计的牌坊中,岩溪的这座牌坊也许并不起眼。经过将近一个世纪的风雨侵蚀,它看上去已显残破,在杂草树丛中倍觉凄凉。我轻轻抚摩着斑驳的石柱,仿佛触摸到了祖先的气息,冰凉的寒气透过我的指尖,沁入血管,在体内缓慢地蠕动。那是一个阴郁的日子,细雨霏霏,雾气蒙蒙,天地间笼罩在一片灰暗的潮湿中。只有新安江,像一个历练世情的老人,在心平气和地吟唱着。

我的祖奶奶,刚嫁到岩溪时,人们都叫她五嫂嫂,那是因为我的祖爷爷排行第五的缘故。刚到岩溪的五嫂嫂,端庄美丽。见过她的人,没有不夸赞的。她的嗓音也非常动听,歌声甜润,像山里的银雀。婚后第七天,五嫂嫂就开始为丈夫准备起行装。像大部分徽州人一样,我的祖爷爷在

① 此作系为中央电视台撰写的电视散文,为叙事方便,采用虚拟的第一人称。作品在央视二套、十套播出后,获第十七届“星光奖”节目类一等奖

新婚不久便踏上了行商之路。

“前世不修，生在徽州；十三四岁，往外一丢。”——这是徽州男人的宿命，也是徽州女人苦难的开始。

徽州山多田少，土地贫瘠，田产不足以自给。史料记载：“歙、休两邑，民皆无田，而业贾遍天下。”为了生存，一代一代的徽州人只有出外行商，求食四方。徽谚云：“以贾为生意，不贾则无望。”

五嫂嫂送走了她的丈夫，新娘送别了新郎，这只是无数徽州女人故事中的一个。

当小船缓缓地驶离江边，新婚夫妻依依难舍。阳光是和煦的，山影倒映在江水中，玲珑剔透。正是枇杷成熟的季节，满山飘香，丰盈的果实挂满枝头，在绿叶中闪着金黄的笑靥。

五嫂嫂的眼眶里弥漫着潮湿的雾气。丈夫的身影渐渐远去了，看着小船像黑点似的越来越小，融化在春天缥缈的雾气中，她的泪水终于忍不住夺眶而出。

这一年，五嫂嫂只有十五岁。

十五岁的年轻女人挑起了全部的生活重担，也挑起了沉重的思念和漫长的等待。

许多年前，公公客死他乡——他是去广东贩茶时，遇海难而亡。那次海难，同族的人死了二十多个，直到如今连尸体也没找到。下葬时，请来工匠，刻了一个个木头人。婆婆亲自为“公公”穿上老衣，然后装殓入棺。祠堂里哭声一片，二十多个女人，或母亲，或妻子，哭成一团。他们在哭自己的亲人，或儿子，或丈夫。

公公死后，婆婆就病倒了。她是在一天晚上突发中风的，从此以后，半个身子再也无法动弹了。守了半辈子活寡的她，就这样整日躺在床上，睁着干枯的双眼，望着房梁上的蛛网，咀嚼着往事，用回忆消磨余下的时光。

丈夫走后第一年，五嫂嫂也像婆婆当年一样，在供桌上的瓷瓶里郑重地放上了第一枚山核桃。只要丈夫不回来，她每年都要在瓷瓶里放上一枚。“鸟儿要归林，核桃树有根。”就像歌里唱的，五嫂嫂相信，鸟儿不会忘了家，就像核桃树的根深深扎于泥土之中。这是一种祝福，也是一种企盼。

不久,儿子降生了——这是丈夫走后的第二年春天——这个白胖的男孩就是我的爷爷。父亲曾给我看过爷爷的照片。照片上的爷爷是个枯瘦的老人,他很严肃地绷着脸,极力做出一种庄重的样子。但他的目光中还是不自觉地流露出了一丝愁苦。爷爷和我的祖爷爷一样,都不是成功的商人。他们只是按照祖辈的生活轨迹,像惯性一般,走完了他们的人生旅程。

儿子的出生给五嫂嫂带来了欢乐。这时,她更加思念丈夫。她托人给丈夫写过信,把儿子出生的消息传送到了遥远的四川。丈夫就在那里做着木材生意。每次来信,他都说很快会回来的,可五嫂嫂一次次地失望了。她时常抱着孩子,长久地伫立江边。过往的商船来来往往。她幻想着有一天,丈夫也会从某一条船上下来,抱过儿子,一边亲吻着,一边与她一起沿着熟悉的乡路回家。这是多么平凡、多么温馨的场景!五嫂嫂的脑海里不知重复过多少次这样的画面。她刻骨铭心地期待着,期待着这一时刻的到来。

新安江水日夜奔流,永不止息。春天,江水温柔,静如处子,水浅处清澈见底,可见水底的卵石,小鱼活泼地游动。夏季的新安江,丰姿绰约,英气逼人,奔涌的江水之上,舟楫穿梭往来,纤夫的号子激越雄浑。这时的新安江,就像一个辛勤劳作的农人,不停地忙碌着,生气勃勃。秋风乍起,雨季过去之后,水便逐渐地小了,江面也渐次窄了下去,趋于平静。这时的新安江不像春天那般明静,也不像夏季那般张扬,它变得更加成熟,更加稳健。冬季的新安江同样富有魅力,江瘦水浅,冷面朝天,它轻声慢语,不动声色,仿佛一个正在沉思的哲人,冷眼打量着世界。

冬去春来,四季更迭。日子也像这新安江的流水,年复一年。瓷瓶里的山核桃一枚枚地在增多,五嫂嫂的丈夫一直没有回来。一次次等待,一次次失望。五嫂嫂心里明白,丈夫的生意一定遇到了困难,甚至连回程的盘缠都无法凑起。许多徽州商人就是这样,一去不返,永无归期。

一年一度的春节又来临了,丈夫仍然没有回来。供桌上的瓷瓶里已经摆上了第十枚核桃。丈夫走了整整十年。十年啊!三千多个日日夜夜,五嫂嫂就这样一天天地熬过来了。

开春之后，婆婆过世了。临终前，她拉着五嫂嫂的手，久久不能瞑目。过去，她盼丈夫；现在，她盼儿子。五嫂嫂流着眼泪对她悄声耳语，她说娘，娘，你的儿子会回来的，他会回来看你的。婆婆听了她的话，许久，枯瘦的脸上慢慢爬下了一线泪丝。她长长地叹了一口气，终于不情愿地闭上了眼睛。

日子过得缓慢而沉重。五嫂嫂里里外外地忙碌着，操持着生计。村外的山田里闪动着她的身影，长长的村巷里响着她的脚步。茶季到来的时候，天没亮，她就上山采茶，披星戴露；夜晚则到茶号打零工，拣茶、烘茶。就像诗中写的：汗染衣衫半截红，曲背弯腰双手摸……

苦和累都不可怕，最怕的是寂寞。婆婆走后，空旷的大宅子就显得更冷清了。漫漫长夜，寂寞无处不在，像幽灵似的随风飘荡。

凄冷的月光撒在高高的白墙上，映照着静寂中的黑门、黑窗、黑瓦。四周万籁俱静，只有风的声音和老鼠的响动。五嫂嫂躺在床上，睁着双眼，望着斑驳的月光，长夜难眠，辗转反侧。

秋雨拍打着窗牖，江水呜咽，如诉如泣。农闲时枯坐天井，望着屋檐下的滴水，五嫂嫂的思念也点点滴滴，滴不断，声声乱。

思念是一条可怕的蛀虫。它吞噬着五嫂嫂的心、五嫂嫂的身体，还有她的青春容颜。

等待是心的苦役。前程漫漫，跋涉永无尽头。

没有男人的日子，对年轻的女人来说，是生理和心理的双重折磨。徽州的许多女人就是这样度过了她们的青春，甚至一生。在这块号称“东南邹鲁”，祠堂高耸、牌坊林立的古老土地上，三纲五常、存理灭欲，已成为一种道德规范。它禁锢着人们，不得越雷池半步。“饿死事小，失节事大”，贞媛淑女，殉道倡节。一方面，她们的故事，作为道德典范，通过数不清的祠堂或牌坊，通过种种立传、方志，以及戏剧等，广为流传，家喻户晓；另一方面，宗法族规，如刃高悬，对于那些叛逆者，极尽“戮辱”，毫不留情。生活在这种环境下的女人，她们的人性被扼杀了，身心几乎麻木。岩溪最后一次建坊旌表的62个女人中，她们都和五嫂嫂一样，“丹心铁石，白首冰霜”，或守寡尽孝，或节身持家。更有甚者，“绝粒而亡”，以身殉夫。而五嫂嫂只是她们中的一员。

又到了枇杷飘香的季节，瓷瓶里的山核桃越来越多，渐渐地满到了瓶口。我的爷爷已经十五岁了，五嫂嫂也熬成了五婆婆。丈夫的噩耗有一天终于传来了。他是在大山里收木材时突染瘴疠而死的。临死前，他浑身像火炭似的发着高热，神志不清的他不断地呼唤着五嫂嫂的名字。他说他想回家，回家……就在这呓语般的念叨中，我的祖爷爷咽下了最后一口气。

祖爷爷的棺木回籍那一天，族里人都赶来送葬。祠堂里摆上了新的灵位，招魂幡在风中颤动。送葬的队伍沿着江边缓缓地移动着，从高山上望去，就像一队蚂蚁在蠕动。我的祖奶奶非常平静，她的心在漫长的等待中，仿佛已经枯涸了。只是当人们都散去后，过去的五嫂嫂、今天的五婆婆才跪在江边，把瓷瓶里的山核桃一枚一枚地抛入江中，泪水也一如江流，滔滔不绝。

一世夫妻，只有七天。短暂的幸福几乎来不及回味，就已转瞬即逝。

第二年春天，我祖奶奶又送我的爷爷上路了。新婚的爷爷和奶奶就像当年的祖爷爷和祖奶奶一样难舍难分。当小船渐渐远去的时候，站在岸边的两个女人，目送着家里唯一的男人渐渐远去，心中默默祈祷……摆脱不了的宿命，摆脱不了的轮回——这就是五婆婆的故事，这就是徽州女人的故事。

新安江水呜咽着向东流去。在秋雨中，我仿佛听见了它的哭泣。漫步江边，我的思绪是沉重的，内心却充满着感动。

胡适先生说："一个地方如果没有徽州人，那个地方就是个村落。徽州人住进来了，他们就开始成立店铺；然后逐渐扩张，就把小村变成小市镇了。"——"无徽不成镇"，"钻天洞庭遍地徽"。明清之际，徽商的足迹几遍宇内，雄霸三百余年——这就是徽商的历史写照。漂泊四方的徽州男人，创造了巨大的财富和辉煌的文化，而他们的根之所以能够永远扎在故土，这是徽州女人的功劳，她们为此付出了惨重的代价。

苦难也是一种财富。在博大灿烂的徽文化中，女人的坚韧和苦难也许是最动人心魄的。

（2009年6月）

生活在文物中

我在芜湖出生，1岁时随父母来到合肥。父母都是南下干部，我们家当时就住在安庆路和淮河路之间的邮电管理局宿舍。那时，宿舍大院中的楼房还不多，往后门去是一个上坡，坡上是一些老房子。房子古色古香，屋顶很高，柱子也很粗很大。屋檐下有燕子做窝，夏日黄昏时还有蝙蝠不知从哪里飞出来，在院中盘旋。这些房子有的用来做办公室、医务室，也有的用来住家。其中最大的一块地方，便成了机关食堂。食堂十分宽敞，不在开饭的时间，我们常在那里玩，有时也把饭桌拼起来，当乒乓球台用。食堂的外边是一个大院子，院外有一个门通向安庆路。院子里有时会杀猪。每当这时，我们这些小孩子便会蜂拥而至。杀猪的过程对我们来说很刺激。厨师先是磨刀霍霍，然后将猪捆绑好了，对准喉管一刀捅进去，血便会喷涌而出。尽管场面很血腥，但我们似乎并不害怕，反倒看得津津有味。有时杀不好，猪便会挣脱开来，在院子里四处狂奔，左冲右突。于是人们大呼小叫，拼命追赶。那场面十分混乱，也十分好玩。猪杀完后，便是褪毛。这个过程也挺有意思。厨师先用开水烫，再把猪的肚子吹得圆鼓鼓的，这才吊起来，用刀一点点地刮去猪毛。有时厨师高兴了，也会把刀给我们，让我们上去刮几下。当然只有几个胆大的孩子才敢如此，我也算是其中的一个吧。

与邮电局隔条街是市委宿舍，由市委宿舍再往西便是省高级法院了。法院机关也是老房子，同样古色古香，而且院落更大，房子也更齐整。我有好几个同学住在法院里，因而我常常去玩。如今几十年过去了，仍然依稀记得，院内有圆形的门，路面用砖块铺设，是那种旧时才有的小青砖，背阴的墙角处还长了绿绿的青苔。法院的门口是一个大门楼子，外边的墙上常常贴了一些枪毙人的布告,上边画了圈,或打了叉。我们充满好奇,每有新布告贴出来,都会驻足观看,有时上边的字认不全,便连蒙带猜,一知半解。

给我印象最深的是,法院的院子里有一棵大桑树,树干很粗,一个人抱不过来。我们时常去采桑叶,而当桑果熟的时候就爬上去采摘。大人发现了便会制止或驱赶,于是我们只好晚上悄悄地进行,“打枪的不要”。有时边摘边吃,个个吃得满嘴乌紫乌紫,脸上也横七竖八,像个花脸猫似的。当时,这些树并不稀奇,我们住的宿舍里也有一些。其中有一棵老槐树很高很大,槐花开的时候,一片洁白。我们还把这些槐花摘下来,编成帽子,戴在头上。回想起来,这些树都是有年头的了,要是现在肯定十分珍贵,可在当时谁也没把它们当回事。后来这些树便慢慢失去了踪影,让人不免惋惜。

其实,我们当时懵懂无知,并不知道就生活在“文物”之中。及长方知邮电局机关乃李家祠堂,而法院机关则为段家祠堂。李家祠堂据说是李鸿章家族的。李家名气很大,自不必说它,而段家祠堂很多人并不清楚是谁的。有说是段祺瑞家的祠堂,实则不然,后来才知这段家祠堂并非段祺瑞的,而是段芝贵的。

段芝贵在合肥历史上也算是一个大人物。此公晚清时做过黑龙江巡抚,民国时先后出任过陆军总长、湖北督军等要职。段芝贵与段祺瑞是同族之人,时人有老段、小段之称。老段指段祺瑞,小段指段芝贵,这是就地位和年龄而论。若论辈分,小段倒是高于老段的。

段芝贵与段祺瑞虽然同时代做官,但他们禀性不同,品行也大相径庭。段芝贵是有名的趋炎附势之徒,善于投机钻营,而且不择手段。有两件小事可以佐证。一件是早年投军时,为巴结领导,他在营帮带(相当于副营长)段日升腰生疽疮时,不惜用嘴帮着吮吸脓水,以示忠心。还有一件是,袁世凯在小站当权时,他每早必去请安,雷打不动。有一次,袁世凯开玩笑说,我听说人子事亲,每晨必趋寝门问安,你又不是我儿子,何必天天如此?段芝贵却说,父母生我,只给我一副皮囊,而大人苦心栽培,胜似再生父母。如蒙不弃,愿作义子。未等袁世凯表态,他便扑通跪下,口称:“义父在上,受儿一拜!”袁世凯猝不及防,倒也感到高兴,便哈哈一笑,算是默认了。这样一来，段芝贵便成了袁世凯的义子，有了“干殿下”的雅号，并受到袁世凯的重用。

段芝贵在历史上名声不好，主要是官迷心窍，无孔不入。晚清时，他曾闹过一件轰动一时的大丑闻。当时，他为了跑官买官，不惜花费巨资买下天津名伶杨翠喜，连夜派人送给庆王之子载振。此举果然收到回报，不久庆王奏请朝廷，提拔他为黑龙江巡抚。巡抚在清代被称作封疆大吏，地位相当显赫。段芝贵这一来大出风头，官运居然盖过了段祺瑞和冯国璋这些北洋名将。但是，好景不长。此事后来走漏了风声，引起朝野哗然。御史上奏弹劾，报章一片谴责。慈禧大怒，下诏革职，永不录用。据说谕旨相当严厉，中有“献妓取幸，众所不齿。命为封疆大吏，实属有违官箴”等语（见《段芝贵丑闻点滴》）。这一来，段芝贵的官未做成，反而闹得声名狼藉，灰溜溜地抬不起头来。

然而，天不绝人。此后不久武昌起义爆发了，大清朝被推翻，段芝贵又重新受到袁世凯的重用，继续做起官来。然而，此公德性不改，依然大搞攀龙附凤那一套。袁世凯称帝时，他上蹿下跳，卖力地跑前跑后。他还跑去劝说段祺瑞，让他支持洪宪帝制，遭到拒绝。袁世凯垮台后，他作为罪犯受到通缉，多亏同乡段祺瑞保了他。段祺瑞当时身为国务院总理，又是北洋首领，所谓手握重兵，大权在握。小段这才安然无恙。

纵观段芝贵一生，他做的好事实在不多，能够摆到桌面上来的数来数去也数不出几件。不过，要说他一点好事都没做，那也不对。张勋复辟时，他就比较识时务，保持了清醒头脑。

张勋复辟清室发生在1917年夏季。这个目不识丁、狂妄无知的辫子大帅居然冒天下之大不韪，公然带领五千辫子军浩浩荡荡地开进北京，废除民国，复辟帝制。这一举动倒行逆施，震惊了世界。不过，张勋当时在军界是一个实力派。他身为定武上将军、长江巡阅使（比掌管一省军政大权的将军还要高一级），并号称十三省大盟主。其复辟来势汹汹，一些趋炎附势之辈自然是趋之若鹜。段芝贵起先也按捺不住，又与张勋搞到了一起。张勋还在伪朝廷中给了他一个显赫的官职——陆军部大臣。段芝贵喜不自禁。张勋进京时，他也同车前往，并参与了复辟的机密。不过，事到临头，他长了一个心眼。不久，又从北京折回了天津，并向段祺瑞报告了北京复辟情况。

这一回,段芝贵总算识时务,走了正道。他没有为陆军大臣所诱惑,是因为段祺瑞曾告诫过他,切不可参与复辟之事,并说如果张绍轩敢复辟,我是一定要打他的。或许正是段祺瑞的这句话起了作用,段芝贵悬崖勒马,回到天津后便参与了段祺瑞领导的讨逆行动,担任东路总司令。不久,段祺瑞马厂誓师,吹响讨逆的号角。段芝贵也参与行动,指挥东路军向辫子军发起进攻。复辟平定后,共和体制得以恢复,段祺瑞自然是头功一件,被誉为“三造共和”的英雄,但凭心而论,段芝贵在其中也是立了功的。这在小段并不光彩的人生中应该算是一个亮点吧。

以上这些小时候我并不知道,长大之后在阅读和写作中才逐步有所了解。1992年前后,我开始撰写《段祺瑞传》。由于写作的需要,我查找了不少资料,并对这段历史恶补了一番。于是更加怀念那些小时候住过和生活过的祠堂。如果这些遗迹保存下来的话,当我们重新回顾这段历史时,便有了实物可观,那会很有意义。

如今回想起来,已经记不清段家祠堂和李家祠堂是如何拆除,又是何时消失的。在我的记忆中,这个过程是逐步发生的。开始是盖楼,盖新房子。盖的过程便要拆掉一些老房子,这是再自然不过的。久而久之,越拆越多,面积也越来越大。我还记得,某年法院拆房时,工人挖地基时还从地上挖出了一些坛子。据说坛子里装满了银元,也有说是金子。至于是谁、又是何时埋下的,不得而知,自然引起了种种猜测,传了好一阵子。

后来,“文化大革命”中我离开了合肥,等我重新回来时,已是好多年后的事了。那时,这一带的老房子都拆得差不多了,取而代之的是一排排新的建筑。所谓旧貌换新颜吧,这当然是社会的进步。不过,在这进步的同时,人们心中不免会有一些惆怅和遗憾,尤其是在文化遗产受到高度重视的今天。不过,听人说,原先食堂的老房子(即李家祠堂的一部分)是整体拆迁的。拆迁前,梁柱砖木全都标了号。或许如今它还保存在某处,也未可知。

但愿如此。

(2012年3月)

肥东游思

一直想去肥东，不为别的，就是想去看看磨店和六家畈。

这个想法由来已久，但迟迟未能成行。磨店是李鸿章的故居，而六家畈在晚清也很出名，当地出了不少淮军将士，如今更是成为淮军文化的旅游胜地之一。初春的一天，我终于有了闲暇和兴致，决定驾车前往。

肥东是合肥直辖的三县之一，离合肥很近。2002 年，合肥区划改变，往昔的磨店已整体划入合肥瑶海区，成为市区的一部分，但人们提起磨店还是习惯地把它说成肥东。

古人云：山不在高，有仙则名；水不在深，有龙则灵。磨店本来默默无闻，但因晚清李氏家族的崛起而声名显赫。李家原姓许，由于避战乱，自江西湖口迁至合肥。李家八世祖叫许迎溪，他的内弟李心庄膝下无子，许迎溪便把次子过继给了小舅子，改姓为李。此后延续至李鸿章，已是第九代了。

李家早年世代务农，生活十分贫困，但是到了李鸿章父亲李文安这一辈，李家的老祖坟突然冒青烟了。先是李文安考中了进士，接着他的两个儿子也先后科场得意。此后，李家进士、举人和秀才不断涌现，当官的也越来越多。李鸿章和他哥哥李瀚章都官居一品，位极人臣。当然，李家最有名的还要属李鸿章了。

李家的发迹在当地有众多传闻。让我印象最深的是，李家故居旁有一口井，正是这口井给李家带来了好运。据说，李家原先并不住在井边，可到了李鸿章父亲李文安这一辈，不知是为了取水方便，还是其他原因，李家搬到了这口井边，于是运交福贵，从此发迹。因此，有人说这口井不是一般的井，而是一口福井。这种说法不胫而走，直到如今仍有人深信不疑。

中国人相信异兆之说。一个人发迹了，或者倒霉了，都会有异兆出现。即便没有，也要想办法找出来。关于这口井，大约也是如此。

其实，关于李家的传说还不止这些。有些关于李鸿章的，同样很著名。比如说，李鸿章出生时，屋外有仙鹤飞过，这是大贵的征兆；还有的说，李母在生李之前让龟咬了一口，便随嘴骂了一句“龟儿子”，这“龟儿子”便暗寓“贵儿子”之意；再比如，有相师替李鸿章看过相，说他“长身玉立，鹤立鸡群”，这种骨相预示着他的将来必定显贵。晚清大诗人黄遵宪也有诗云“万里封侯由骨相”，说的就是这件事。

不过，撇开这些，也许有一点是肯定的，那就是小时候的李鸿章智商一定不低，而且他还很刻苦，很努力，否则，他不会 16 岁中秀才（县学第一名），24 岁中进士。

清代科举考试，大致分为四级，乡试、会试，外加童试、殿试。进士是最高等级。如果说，秀才和举人中不乏迂阔腐儒之辈，但到了进士这一等级就不多见了，基本不会出现诸如孔乙己和范进之类的傻冒。因为进士的选拔更为激烈，要求也更高。参赛选手们一路过关斩将，经过乡试、会试，直至殿试，没点真本事，恐怕早就被 PK 掉了。因此，能够考中进士的绝非等闲之辈。

李鸿章考中进士后，又被点了翰林，选为庶吉士。这庶吉士比一般进士又要高出一等。不是庶吉士，即便是进士，也不能进入翰林院，或担任某些显赫官职，这是一条硬杠子。因此被选为庶吉士，就意味着仕途更为宽广。

年轻的李鸿章春风得意，他由进士而庶吉士，由庶吉士而翰林官，所有那些令人梦寐以求的条件他都具备了，下边等待他的自然是飞黄腾达，前程似锦。然而，太平天国起义爆发后，打乱了李鸿章的生活。从 1853 年至 1859 年，他跟随工部左侍郎吕贤基，回到家乡帮办团练。这五年多时间里，李鸿章由翰林变“绿林”，辗转奔波，甘苦备尝。在与太平军的交战中，他屡战屡败。

咸丰五年，1855 年 8 月，太平军增援庐州，清军在巢湖边的柘皋连营数十座，准备阻截，李鸿章率领的团练也参加了行动，可当太平军开到时，战斗尚未打响，李鸿章的团练就如同惊弓之鸟，闻风先溃，从而导致清军大败。后来多亏清军统帅和春闻报，派兵紧急增援这才算稳住阵脚。

第二天，李鸿章来到大营拜见和春，为了掩饰败退的愧疚心情，他开始吹捧和春说：

“声威大震，以军门为最。”

可和春一点面子也不给，讥讽地回道：

“畏葸溃逃，当以阁下为先。”

李鸿章羞愧难当，恨不得有个地缝钻进去。这类倒霉的事不胜枚举。在安徽五年里，他基本不走运，心情十分郁闷。这一时期，他的诗作也充满了傍徨、失落和灰暗情绪。那些早年出自他的笔下的“丈夫只手把吴钩，意气高于百尺楼；一万年来谁著史，三千里外欲封侯”的豪气早已不见踪影，代之而来的多是“宛转随人盖九年”、“昨梦封侯今已非”，等等，几乎看不到一点光明。咸丰六年夏，他在明光镇的一个小店投宿时，曾在墙上题过一首诗。其中有两句这样写道：“我是无家失群雁，谁能有屋稳栖乌。”

诗中流露出来的那种凄惘落魄的情绪，仿佛走投无路的乌鸦发出绝望的哀鸣。这是李鸿章人生最不得意的时期之一。然而，天无绝人之路，就在他这只“失群雁”傍徨无计、渴望“有屋稳栖”之时，他的恩师曾国藩接纳了他。

曾国藩是李鸿章的老师，他对李鸿章一直很赏识，依为肱股，很多大事常由李鸿章“数言而决”。尽管如此，湘军门户之见甚深，李鸿章在湘军中以皖人而居高位，自然引起嫉妒和不满。当时，湘军中的大将左宗棠、彭玉麟、曾国荃等人都与李鸿章不和。有一次，为了一件小事，彭玉麟竟然与他大打出手，拳脚相加。这些不快的经历，常使李鸿章产生寄人篱下之感。他做梦都想自立门户，另辟一片天地。

咸丰十一年，公元1861年，机会终于来了。这一年的年底，太平军连克宁波、杭州之后，忠王李秀成统率的十二万大军，呈三面七路之势，包围上海。

上海是财富之区，五口通商之后，迅速成为全国最大、最重要的商业口岸和商业中心。从19世纪50年代起，上海的进出口总量已占全国的一半以上。对于太平军来说，占据上海就意味着获取巨大的经济利益，而对清政府来说同样如此。上海的税收是清廷财政收入中最主要的来源之一，同时列强在上海也有着巨大的商业利益，至于大批江浙官绅为了躲避战乱，逃入上海，这里成了他们最后的避难所。因此，无论从哪个方面说，上海之战都至关重要。有人甚至认为，这是决定未来中国命运的一次重要角逐。然而，上海的军力严重不足，根本无法抵御李秀成的十二万大军。

在这种情况下，一方面，朝廷命令曾国藩驰援上海；另一方面，上海的官绅们也向安庆请求援军。

安庆当时是湘军的大本营。湘军统帅曾国藩此时身任钦差大臣，总督两江，并节制江浙皖赣四省军务。可是，曾国藩的湘军在打下安庆后，正在进逼天京，无兵可抽。怎么办？为了解决这个问题，于是便有了招募一支新的军队，前往上海救援的打算。

机遇就这样降临到了李鸿章的头上。同治元年，公元1862年3月，淮军成立了。这支由李鸿章亲手创建的武装，从招募到成立，只用了短短的三个月。在如此短的时间里，拉起一支队伍，李鸿章不得不感谢他的家乡子弟兵。在淮军最初的13营6500人中，有一半以上来自庐州一带，其中也包括肥东籍将士。因而，有人把庐州比作淮军的摇篮。此后，随着淮军不断壮大，从安徽投奔淮军的兵勇像滚雪球似的越滚越多。庐州一带后来还流传一句顺口溜："会讲合肥话，就把洋刀挎。"在淮军几大军系中，许多统帅、将领和骨干都是土生土长的肥西和肥东人。他们支撑起了淮军，并成为淮军发展的重要干部基础。

太平天国被镇压后，淮军后来居上，逐步取代了湘军，成为清王朝最主要的军事力量。淮军全盛时期，部队多达200营，10万余人。李鸿章依靠这支武装步步登上高位，执掌朝政数十年。随着淮军发展，淮系势力也在不断扩张。此后二十多年里，淮军将领中不断有人官至封疆，出任各省督抚，其势力先后控制了直隶、山东、江苏、安徽、浙江、江西、河南、湖南、湖北、福建、台湾、广东、广西、贵州、云南和四川等16个省，对近代中国产生了不可低估的影响。

磨店离合肥市区约30里，驱车不到半小时便到了。随着淮军热的出现，如今的磨店已今非昔比，政府投入重金开始重修李氏故居。当我们驾车沿着公路驶来，老远就看见一片徽派建筑出现在视野里。到了近前，便可看见一条新修的大街，街口的门楼上写着“磨店”两个大字，而街的两旁是一些商店和饭馆，有的还在装修。我们沿街走去，一路打听。在当地人指引下，我们前往李鸿章的故居，但除了新建的一些房屋外，真正遗存下来的东西并不多，有些传说中的遗迹只是大片农田，正在或尚待逐步恢复。

在磨店时，我一直想看一看那口传说中让李家发迹的神秘水井，可由于情况不熟悉，最终没有找到，十分遗憾。

离开磨店，我们前往六家畈。六家畈位于肥东县东南乡，这里的居民以吴姓居多，当地很多人因参加淮军而飞黄腾达。有史料记载，淮军中肥东籍提督、总兵有 50 人之多，而其中尤以吴毓芬、吴毓兰兄弟最为知名。

吴毓芬（字伯华）、吴毓兰（字香畹）兄弟是淮军华字营的统领。华字营的将士主要是由合肥东乡六家畈、长临河一带团练组成。早在李鸿章在安徽“浪战”期间，他们作为最早的东乡“官团”，便是李鸿章骨干部队之一。淮军成立后，华字营被编入有“淮军第一名将”之称的程学启的开字营系统。在镇压捻军起义时，华字营驻守扬州，立下战功。吴毓兰更是因为俘获捻军首领赖文光，以记名道员简放，赏加布政使衔。

六家畈最早给我留下印象是在 2007 年。当时我正在为十集大型电视片《淮军》撰稿，淮军专家翁飞博士向我提供资料说，华字营最悲壮的一幕发生在甲午战争期间。当时，清政府派“高升”号运送淮军千余人前往朝鲜，中途遭日舰拦截。船上将士誓死不降，最后被日舰击沉。“高升”号上的淮军官兵，除少数侥幸逃生外，全部壮烈殉国。而这些牺牲的官兵中大多为六家畈一带人。巢湖乃春秋战国时楚国故地，按楚地风俗，家家挂起招魂幡，以祭奠英灵。由于牺牲将士尸骨无存，此后每逢清明，六家畈一带面向巢湖的山坡上便会插起一片片的招魂幡，这种风俗延袭至今。

这段史料使我很受震动，六家畈的地名也由此深深印入我的脑际。这一次抽空来肥东，我便把六家畈列入了行程之中。

六家畈在晚清、民国时十分兴盛。许多淮军将领、北洋高官回乡大兴土木。据陪我前往的肥东县委宣传部副部长许泽夫介绍，六家畈的古民居当年堪称一景，遍布全镇，楼阁庭院，花园祠堂，比比皆是，相当显赫。然而，随着时代变迁，这些建筑开始逐渐毁坏消失，如今留存下来的已为数不多。他领我看了两处，只见一片残败景象，残垣断壁。楼板踩上去，咯吱作响，仿佛随时都会坍塌。看来再不加以抢救，这仅有的一点遗存也会消失殆尽。好在政府已经重视此事。泽夫对我说，各界都在呼吁，县里也正在采取保护措施。但愿一切都会好起来。

从肥东回来的路上，我一直沉浸在有关李鸿章和淮军的思绪中。无论李鸿章还是淮军，应该说，都是一个颇为复杂的历史和文化现象。尤其是李鸿章，饱受争议，所谓誉满天下，谤满天下，盖棺亦难定论。然而，这些年，关于李鸿章的评价已有很大的改变，原先的一片骂声正在逐渐转向客观、公正。我觉得，这是社会进步的表现。

庚子之后，李鸿章以 78 岁高龄抱病前往北京参加谈判，后来病死在谈判之中。临终前，他留下了一首感情复杂的诗：

劳劳车马未离鞍，
临事方知一死难。
三百年来伤国步，
八千里外吊民残。
秋风宝剑孤臣泪，
落日旌旗大将坛。
海外尘氛犹未息，
诸君莫作等闲看。

在这首诗中，饱经风霜的李鸿章传达了一种十分复杂的感情。一方面，他告诫后人国难深重，前途堪忧；另一方面，他倾吐心声，诉说了满腹苦水。言辞之中渗透了苦涩、辛酸、委屈、无奈和绝望。正如梁启超所云：“吾敬李鸿章之才，吾惜李鸿章之识，吾悲李鸿章之遇。”李鸿章的悲剧说到底是时代的悲剧、历史的悲剧，并不应该简单地归咎于个人。

（2010 年 2 月）

我与汪静之先生的一次交往

汪静之先生是20世纪30年代著名的湖畔诗人，在他生前我曾与他有过一次交往。那是1987年5月的事了，时任安徽电视台文艺部编导的禹成明正计划筹拍一个"安徽文化名人"系列片。这个系列包括王莹、刘开渠、吕其明等，汪老先生当然也是其中的一个。为了拍好这个系列，小禹仿佛着了迷似的。我们常在一起神侃。不久，计划就落实了。我自告奋勇地担任了该系列片中的汪静之和吕其明的撰稿。记得是一个春光明媚的日子，我踏上了去杭州的旅程。到了杭州，《江南》和《东海》的朋友热情接待了我。本以为找到汪老先生是一件很容易的事。像他这样20年代就出名的诗人，不说家喻户晓，起码在文艺圈里应是尽人皆知了吧。可到了杭州才发现并非如此。《江南》和《东海》的朋友帮我四处打听，也没有找到汪老的住址。他们还带我找到浙江省文联负责组联工作的同志，可他们对汪老的近况也知之甚少。他们说，汪老这些年已很少抛头露面。至于住址，他们只找到一个好多年前的通讯地址，而我们驱车前往后，才发现根本没有这个门牌。居委会的同志甚至连汪静之是谁也从未听说过。

三天过去了，就在我有些着急的时候，杭州大学的一位学生帮了我的忙。这位学生姓尹，当时正在《江南》实习。他说汪静之的儿子汪飞白教授是他的老师。他可以带我去汪老师那里打听一下。

第二天，我们便在杭州大学的教师宿舍楼里见到了汪飞白教授。开始，汪教授不在家，接待我们的是一位女同志。她告诉我们，汪老年事已高，一般不愿接待外人。听了她的话，我觉得这也是实情，但心里有些失望。不一会儿，汪飞白教授回来了，他听说是家乡电视台要为汪老先生拍片子，便答应和父亲联系一下。不久，他就告诉我们，说汪老同意我们去，并把地址给了我们。我们找到那里，才发现这正是我们第一次来的地方。

见到汪老先生是在那天午后三点多钟的时候。汪老的住处条件相当简陋，在一幢老旧的居民楼里，房子小，光线昏暗，只有几件简单的家具，这与我原先想象的相差很大。汪老给我的第一眼印象是很普通，他个子矮小，穿着简朴，满头灰白的头发，但待人和蔼可亲。如果走在大街上，人们很难把他和那位当年唱出那么美好的情歌，如今硕果仅存的湖畔诗人联系到一起。他对我们的到来显得很高兴。在两个多小时的谈话中，老先生的兴致一直很高。他向我们谈了他的早年创作以及他的生活经历，谈了他的代表作《蕙的风》。他还拿出了《蕙的风》在各个时期的版本，有些还是二、三十年代出版的，纸张业已发黄，显得十分珍贵。当我们的话题涉及他早年的感情生活时，老先生也毫不避讳，他说他跑到杭州就是为了反对家里的包办婚姻。说到开心处，他还高兴地笑起来。我想正是这种强烈的追求自由和反封建意识，才使他写出了一篇篇锐利而动人的诗篇。正如朱自清评价他的诗作时所说的那样——“对于旧礼建好像投掷了一枚炸弹”。最使我感动的是，老先生已年逾八十，仍在为恢复湖畔诗社苦心积虑，四处呼吁，筹集资金。他还写信请当时的中央领导同志为诗社题写社名。

在谈话中，我还得知解放后由于人事上的矛盾和其他众所周知的原因，汪老也受到过不公正的待遇，连工作也失去了。说到当年的一些人和一些事，他依然很气愤，甚至情绪激动。在那一刻，那种直抒胸臆的诗人气质仿佛又回到了他的身上。中国的知识分子仿佛是命中注定要承受更多的责任和苦难。汪老也不例外。

结束谈话时，暮色已经降临。老先生执意要把我们送到门口。直到走出好远了，我们回头看见他仍站在那里，像目送我们远去，又像在夕阳下沉思。我心里不禁大为感慨：绚烂之极归于平淡。但平淡之中却蕴藏着永恒，那就是老先生为我们留下的诗篇，这些诗篇会融汇在中国现代文学史的长河中，不时烁动出美丽的浪花。

（1996 年 11 月）

记鲁彦周老师

鲁彦周老师，现在我们都习惯地称他鲁老了。除了年龄因素外，更多的是因为他德高望重。

鲁老是我最景仰的前辈作家之一。他是中国当代文学创作中重要而具有广泛影响力的作家；在安徽，他更是文坛公认的旗帜性人物；而在生活中，他又是一位亲切和蔼的长者，在人品和文品方面，都堪称楷模和师长。

王蒙先生曾说过："彦周先生是座山。"的确，在我们的心目中，无论成就和名气，鲁老的分量都像山一样沉甸甸的。

1979年，《清明》创刊号上发表了鲁老的《天云山传奇》，一时洛阳纸贵，风靡全国。当时，我作为一个20多岁、孤陋寡闻的文学青年，第一次读到了鲁老的作品，也第一次知道了鲁老的名字。我反复阅读这部小说，爱不释手，深感文字的魅力和文学的力量，竟有如此之大！吾生也晚，当时并不知道，鲁老早在上世纪五、六十年代就已驰骋文坛，硕果累累。如《归来》、《凤凰之歌》、《卧龙湖》、《三八河边》、《风雪大别山》等这些脍炙人口的作品，都出自他的手笔。其中，话剧《归来》还荣获全国汇演剧本一等奖。周恩来总理在接见获奖者时，还特地把他叫到身边，亲切交谈，以示优礼。当然，这些都是我以后才逐渐知道的，而在当时，仅凭一部《天云山传奇》，已让我敬佩不已。

两年后，我终于有机会见到了鲁老。当时，安徽召开第二届青年文学创作会议。会议在马鞍山召开，规模很大，有上百人参加。除了来自全省各地的青年作者外，还来了很多文坛有影响的重量级人物，可谓名家云集。而鲁老就是其中最引人注目的一位。

上世纪七、八十年代，那是一个文学狂热的年代，也是鲁老创作最为活跃的时期。在沉寂十几年后，进入新时期的鲁老文如泉涌，佳作迭出。这期间，《天云山传奇》已由鲁老亲自执笔改编，搬上银幕。影片播出后，好评如潮，影响所及，几乎到了家喻户晓的地步。会议期间，我和几个作者一起去拜见鲁老。当时的鲁老还很年轻，还没人叫他鲁老。他见到我们非常客气，笑容满面。他的屋子里人很多，来来往往，穿梭不停。谈话像闲聊似的，如今二十多年过去了，内容一点也记不起来了，但鲁老的翩翩风度和儒雅举止给我们留下了很深的印象。记得大家回来后都评论说，安徽作家中最帅、最有风度者，非鲁老莫属。

马鞍山会议后，我时常会去鲁老家里，但不是找鲁老，而是找鲁老的儿子鲁书潮。书潮是我的好友，当时在文学创作上也风头正健。我们时常在一起海阔天空，胡扯乱侃。那时，书潮还未成家，与鲁老住在一起。有时我们去书潮家，鲁老在家，便会走过来和我们打个招呼，或坐下来，饶有兴致地与我们聊几句。给我的印象非常亲切、随和。

那段时间，我在一所大学的图书馆工作。院领导对我满重视，正在对我考察，打算提拔重用。就在这段时间，以写《抱玉岩》而荣获全国短篇小说奖的祝兴义老师调任了《安徽文学》编辑部主任，极力动员我来编辑部工作。当时，我比较犹豫，因为听说文联比较复杂，担心无法适应。但终于抵挡不住文学的诱惑，最后还是决定调动。调动前，我去了鲁老家一次，向他谈了我的想法。鲁老当时正在主持文联工作。他听了我的话很高兴，并说老祝（指祝兴义）已向他说了，他支持我调来文联。他说，如你喜爱文学，到文联来发展是有益的。他还说，至于文联的矛盾，你年纪轻轻，只要不介入就行了。就这样，我顺利地调入了文联，我的人生道路也由此发生了根本的转变。如今，每当想起此事，我都对鲁老心存感激。

到了文联，我和鲁老的接触逐渐多了起来，对他的了解也更深入了一层。

鲁老是真正意义上的作家，因为他始终是凭着自己的良知和社会责任感在写作，并把自己的生命揉入了创作之中。鲁老对新时期文学是做出过重大贡献的。一部《天云山传奇》，就足以说明问题。可以说，这是新时期具有标志性的作品。1979 年前后，思想解放运动刚刚开始，极左思潮的影响还很大。《天云山传奇》发表后，在文坛引起巨大震荡，有人对这部作品提出了严厉的批评。1981年，《文艺报》连续四个月展开对《天云山传奇》的大讨论。据时任《文艺报》副主编的吴泰昌先生回忆说，这场讨论，无论是持续的时间之长，还是拿出的版面之多，在《文艺报》都是罕见的，可以说是除《青春之歌》之外唯一的一次。由此可见，写出这样的作品在当时是要冒很大风险的，如果缺乏良知和社会责任感便很难做到。《天云山传奇》不仅凝聚了鲁老的思想和才华，更体现了鲁老的良知和责任感。小说后来顺理成章地荣获首届全国中篇小说奖，改编后的电影也获得了金鸡奖和百花奖。如今，二十多年过去了，这部作品的历史功绩越来越显示出来。2003年12月，在《鲁彦周文集》首发式上，来自全国的作家和评论家都对这部作品给予了高度的评价。王蒙先生说，在我心目中，安徽有黄山、九华山，还有一座天云山。他说的"天云山"，指的就是鲁老的代表作品《天云山传奇》。王蒙先生说，他当初看了作品，"吓了一跳，'右派'可以这样写了！"他接着由衷地赞叹道，新时期老鲁走在了前头，简直是一马当先。邓友梅先生是在王蒙先生之后第二个发言。他说，他一辈子最怕两件事，一是怕跟在鲁彦周后头写小说，因为一定没他写得好；二是怕跟在王蒙后头发言，因为该说的都让他说尽了。"今天很不幸，两件事都让我赶上了。"邓友梅先生很幽默地说。他在发言中还谈到，《天云山传奇》发表后，很多刊物、出版社也来找他约稿，想让他"写写右派生活"，他都拒绝了。因为"写不了彦周那么好了"。他还称自己看了那么多以反右为题材的作品，"还是《天云山传奇》最感动我"。一部作品数十年后还能够得到众口一词的高度评价，足见其影响力，也足以让一个作家引以为自豪。

然而，鲁老从不满足自己已取得的成就，在文学创作道路上，执着追求从不停止。《天云山传奇》之后，他又写出了大量的作品。上世纪80年代中期以后，鲁老进入了长篇小说创作的高产期，他连续写出了《彩虹坪》、《古塔上的风铃》、《阴阳关上阴阳梦》、《双凤楼》等多部作品。从这些作品中，可以看到鲁老在不断摸索，不断突破自己。《阴阳关上阴阳梦》就摆脱了传统的创作方式，采用了时空倒错等新的手法，而且运用纯熟。作为一个老作家，能够不断接受并吸纳新的创作手法，并为己所用，实属不易。《双凤楼》是鲁老最新的一部长篇小说。作品写完后，他让人带给我看一下。我几乎是一口气读完的。作品人物丰满，底蕴深厚，深深地吸引了我；更让我钦佩的是，在创作手法上，鲁老把传统技法和现代技巧浑然一体地糅合起来，让人耳目一新。我看完后，又让编辑部的其他几个同志传阅了一遍，大家都有同感。很快这部作品就在《清明》头条位置刊发了。事后，我给鲁老打电话，鲁老却很谦虚，一再要我们多提意见。

鲁老性格开朗，思想开明，对于新事物从不排斥，而是充满兴趣地加以研究。能接受者则接受之，不能接受者也不全盘否认，而是持以包容的态度。我记得，鲁老是安徽作家中最早使用电脑者之一。当时很多人，特别是一些年纪大的作家，都对电脑或不以为然，或持排斥态度，并宣称要把用笔写作坚持到底。但鲁老在各种场合鼓吹电脑的好处，而且用自己的体会劝说那些“反对派”不要固守偏见，不妨体验一下。

1999年，停刊多年的《安徽文学》复刊了，由我兼任主编。我向鲁老约稿，请他支持。不久，多年不写中短篇小说的鲁老便让人带来了一部中篇新作《啊，玛阿特》。鲁老在电话里对我说，这篇小说，我想尝试一下新的写法，你看看怎么样，把意见告诉我。我一看，心里颇感惊讶，因为这部小说确与鲁老过去的写法完全不同。作品以埃及生活为背景，人物命运扣人心弦，故事情节一波三折，而且异国色彩浓郁，非常好看可读。我明白了，鲁老是在有意改变自己，尝试一下市场化背景下雅俗共赏的路子。我向鲁老谈了我的看法，鲁老说他是有此意，只是不知效果如何。我说我的感觉不错。果然，作品一发表，《中篇小说选刊》马上进行了转载，并在读者中引起反响。当然，也引起了一些争议。一位多年研究鲁老的评论家，在肯定这篇作品的同时，对鲁老这样写作并不赞成，他为此写了一篇评论交给我。评论发表前，我打电话告诉了鲁老，鲁老说好嘛，我就想听一听不同的意见。他支持我把评论发出来。后来，这篇评论发表后，也引起了不同意见。一位作家马上撰文进行反驳，他认为鲁老这篇小说充满了新意，值得肯定。对这些争议，不论赞赏的还是持有异议的，鲁老的态度都是非常大度，非常宽容。事实上，一部作品能够引起争议就是好事，起码说明它在某一方面吸引了读者的注意。有时我想，像鲁老这种功成名就的作家，完全可以循着自己路子，按部就班地写下去，不必再冒这种风险，可鲁老是真正的作家，而一个真正的作家永远不会满足于自己的现状。这种不断创新的精神是极为可贵，也是永远值得学习的。

鲁老的创作成就是多方面的，除了小说之外，在电影剧本方面也是相当突出的。有人说，鲁老是中国作家中最早“触电”的。此言不虚。除了早期的《三八河边》、《风雪大别山》等作品外，新时期以来，鲁老又写了《巨澜》、《水痕》、《柳暗花明》、《天云山传奇》、《廖仲恺》等电影剧本。其中，《天云山传奇》和《廖仲恺》都堪称经典之作。在电影界，鲁老同样具有广泛的影响，他多次出任金鸡奖评委，为中国的电影事业做过很大的贡献。

鲁老离休前，一直担任省文联领导，对文艺事业非常关心，尤其是对年轻人的培养更是十分重视。他主张把更多的有才华的青年调入文联，以壮大文联的力量。在他的关心下，文联有了第一批合同制作家。他们大多是生活在基层，而且创作充满活力，几年下来，取得了不小的成果。鲁老在位时，利用自身的影响，为文联做了大量的工作。离休后，他担任省文联名誉主席，对安徽的文学事业仍然十分关心。《安徽文学》创刊于20世纪50年代，是安徽最早的一家文学月刊，几十年来，作为一个重要的文学阵地，培养了大量的作者。后来由于种种原因，几度停刊。省内文学界人士多方呼吁要求复刊，有人找到鲁老，请他出面。鲁老便亲自向省委领导反映。在他的呼吁和各方努力下，《安徽文学》很快重见天日，与读者见面。为了支持我们的工作，他不但亲自为我们写稿，而且对刊物十分关注，经常提出一些好的建议。他还向有关方面反映，要求增加《清明》和《安徽文学》的经费，以打造安徽文学期刊的品牌，重振皖军雄风。

在我印象中，鲁老为人总是温和的，涵养极高，从未发过火。听文联的老同志说，只见过鲁老发过一次火，那是在“文化大革命”时，面对工宣队，有一次鲁老忍无可忍，拍案而起，把在场的人全都惊呆了。他们事后都说，从未见过老鲁发这么大的火。事实上，除非事关原则且又特别恶劣的事，鲁老一般不会发火的。因为他胸怀宽广，为人大度。在我的观察中，他处处与人为善，即便那些对他不友好的人，他也能宽以待之。在生活中，鲁老对自己要求很严，从不以名家大牌自居。去年秋季，《清明》在宁国山区召开了一次笔会，我们邀请鲁老参加。住处是当地的一家酒店。

事前,我们专门了解了一下那里的情况,觉得食宿条件尚好,便决定住在那里。谁知大队人马开去后,却发现了一个事前未曾考虑到的问题,那就是该酒店没有电梯,而且住宿是在三层以上。鲁老患有严重的肺气肿病,上楼十分困难。当时,我们和市领导商量,决定让鲁老单独换一个地方住,可鲁老坚决不同意,他说别太麻烦了,我慢慢爬就可以了。看着他缓慢吃力地登楼的样子,我们心里既感动又充满歉疚。有人总结说,鲁老做事总是为别人想的多,为自己想的少。有一年9月份,省委宣传部组织了一次规模很大的"百名记者、百名文艺工作者走进基层看安徽活动"。为了扩大活动的影响,省委宣传部和省文联领导都希望鲁老参加,便找鲁老商量。鲁老年事已高,身体又不好,但还是爽快地答应了。一连几天的活动,几乎是连轴转,十分辛苦,我都感到有些吃不消,可鲁老一直跟着大部队,坚持始终。回来后不久,鲁老就病倒了。有人埋怨说,鲁老你太好说话了,不该去的。可鲁老笑眯眯地说,他们都来找我,不去不好啊。不过,我这次可是一点没拖他们的后腿。

鲁老就是这样,心地特别善良,而且处处爱帮助别人。听江西的作家说,当年毕必成写《庐山恋》时就得到过鲁老很大的帮助。开始,毕必成拿着剧本到上影厂时并未受到重视,甚至有人不让他在招待所再住下去。恰好鲁老也在上影厂写剧本,得知这件事后,便热心地找有关方面疏通,不仅让毕必成住下去,而且还帮着找导演看本子。就这样,几经周折,剧本才得以问世,并成为一部在庐山久映不衰的影片。安徽有一位青年作家,写过不少作品,但由于没有学历,工作问题始终得不到解决,生活也无法安定。有人指点迷津,说这类事除非破格,有省委领导特批方可。于是,我便想到了鲁老。可我心里也含糊,心想这位作家与鲁老并不熟悉,麻烦他老人家是否好。最后,考虑到这位作家的实际问题,还是去找了鲁老。鲁老当时正在生病住院,听说这件事后,他询问了一下作者的情况,觉得确实是一个人才,便把事情答应下来。几天后,他给省委领导写了一封信,很快得到明确批复,要求有关部门尽快解决。事后,听鲁老的家人说,鲁老为自己家里的事也没这样做过。那位青年作家非常感动,几次要去看望鲁老,都被鲁老挡住了。我想,鲁老并不需要回报,他这样做完全是出于一种善良的愿望和悲悯的情怀。这种情怀,不是针对某个人、某件事，而是发自内心的一种人生态度。

鲁老善写女性。他在作品中成功地塑造了一系列的女性形象。有时，我会这样想，鲁老为什么写女性写得这么好、这么细，是不是也与他的这种人生态度有关呢？女性大多是社会的弱者，对她们寄予更多的同情，不正是与鲁老的为人相一致的吗？不久前，鲁老去石台县逛茶市，回来后写了一篇短文。文章中对茶农辛勤劳作，结果却遭到茶贩盘剥的处境充满了同情。文章不长，但非常感人，如同杜甫的诗作，充满了一种大悲悯的情怀。我想，正是这种大境界，使鲁老充满了人格魅力，也使他的作品充满了生命力。

作家永远要靠作品说话。2003 年 12 月的一天，《鲁彦周文集》八卷本问世，洋洋 400 余万字，全面展示了鲁老在小说、散文、影视、戏剧等领域的卓越成就，也展示了鲁老在长达半个世纪的文学创作生涯中，关注人生和时代，勤于思考，洞察人生的精神追求、胆识和勇气。首发式那天，盛况空前，很多人早早就来到会议大厅。省委领导、省作协领导，以及著名作家王蒙、邓友梅等都专程赶来祝贺。尽管会议一再控制人数，但还是超过了好几百人，偌大的会议大厅挤得满满的，气氛热烈。首发式仿佛成了安徽文艺界的一个节日，人们向鲁老发出了发自内心的真诚祝愿。鲁老白发飘飘，风度翩翩，他的最后发言简短感人。给我印象最深的就是他说："我今年已是过 74 岁、望 75 岁的人了，还想完成一部长篇。我目前状态很好，思想已经进入一种空灵境界，而期待的是，希望下次会议，有人批评我！"他的话引起了热烈的掌声。当时，著名学者钱念孙就坐在我的边上，他悄声对我说，做人做文能如此，此生足矣！

（2005 年 8 月）

跃渊老兄

认识老温是二十多年前的事了。当时我初习写作，在《文艺作品》上发表了一篇作品，这让我很兴奋，于是很想认识老温，向他当面表达谢意。老温时任《文艺作品》的主编，我的一位同学和他认识，便自告奋勇带我去。老温当时住在合肥六中宿舍，我们去的时候是晚上，记得那是一排平房中的一套，屋里灯光很暗，老温正在洗碗，他的夫人、作家檀溪好像也在家。谈了些什么已记不清了，只记得老温很友好，并没有端出主编的架子指点江山，高谈阔论，这让我对他平添不少好感。

后来，我调入安徽省文联工作，老温也调来。我们在一起共事，成了好朋友。以前刚认识老温时，我以温总、温公相称，可后来越来越熟，经常在一起玩，玩起来便不分彼此，拍肩捶背，嬉笑打闹，再称温总、温公就觉有些生分，于是干脆和朋友们一起称兄道弟，直呼老兄或老温了。

老温率真，待人特真诚。有一说一，有二说二，从不当面奉承，好就是好，不好就是不好。看不惯的事，再好的朋友也不留情面、当面数落。当然对坏人，老温更是嫉恶如仇。许多人喜欢他，也有人害怕他。

老温喜欢玩，而且是个热闹人。他是文联有名的"老顽童"，只要他在场，准是一片欢声笑语。老温爱打牌，有时开会、出差，没人的时候我也会凑上一个。打牌时老温最为可爱，常常手舞足蹈，更兼妙语连珠，让人忍俊不禁。我的牌技不行，但运气不错，常常赢多输少，这一来老温别提多郁闷了。老温是个老麻将，碰上我这个新手却占不了上风，实在没脾气。于是，每遇我出牌慢了，他就愤愤不平，大呼小叫，发泄不满，说看看，就你这水平还赢牌，真是天理不容。

认识老温的人都知道，他有两绝：一是他的收藏。省内的老报老刊，从创刊号开始，他大多保存完整。凡这类东西找不到只管去找老温，他准保不会让你失望。二是他的日记。几十年如一日，每天都记，雷打不动。老温的日记不是流水账，而是对当天经历的忠实纪录。据说几十年前发生的人和事，老温只要一查日记便清清楚楚。如当天做了什么，开了什么会，某人在场，都说了些什么，干了些什么……原汁原味，统统记录在案。应该说，这是一笔宝贵的资料，将来有人整理文联历史准会找来参考。因此，我们和老温开玩笑，都说这位仁兄可不敢得罪了，他是“民间史官”，得罪了他，在日记里毁你一笔，后人翻看历史，骂名就算留下了。

老温最让我敬佩的是他对文学的执着。几十年来，他先后创作了十几部书，尤其是近年来每年都要推出一两部新作。老温多才多艺，不但能写，而且能书善画，但他最钟情的是文学，最擅长的是报告文学。他是安徽第一个写小岗的作家。此后多年来一直关注，跟踪采访，几十年来从未中断。十几年前，他出版了一本《小岗纪事》，我专门为他写了一篇评论，发表于《文艺报》。在评论中，我对老温这种执着的精神由衷地敬佩。尤其是在当今浮躁的社会中，这样的作家已经很少见了。社会是公平的，付出的努力有时就会得到丰厚的回报。小岗村的第一书记沈浩去世后，全国掀起了一场学习沈浩的活动。老温多年来的积累一下子喷发了。他一气呵成，写出了一系列关于小岗、关于沈浩的作品。这些作品深深地浸透了老温对小岗、对沈浩的深情。沈浩去世后，我和老温一起赴小岗采访，老温给我讲了很多沈浩的故事，说到动情处，老温便会红起眼圈，甚至流下眼泪。我想，老温的创作动力正是来自于这种对生活的热爱，而这种爱也使他的创作源源不断，永不枯竭。

老温如今已经六十多岁了，仍然笔耕不辍。不过听说他已经好长时间不打牌了。我问他为什么，他说没时间。看来随着年龄的增长，老温越来越珍惜时间了。不久前，他来我办公室，谈到他马上将出六本书，我虽有点意外，但一点也不惊讶。这是生活对他的回报，也是他努力创作的结果。我相信，他的创作永远不会停止，今后还会写出更多更好的作品。

我期待着。

（2011 年 1 月）

白 榕 先 生

《安徽文学》12期推出了老作家白榕先生的作品小辑。该小辑选发了白榕先生的散文、杂文和散文诗近作共5篇，并配有冰云女士的随笔和曹志培先生的评论。文章发出后，反映良佳。

推出白榕先生的作品小辑，我和编辑部的同志早有此愿，但考虑到白老的眼睛不好，故一拖再拖。夏季快结束时，我给白老打了电话，谈及此意，没想到白老一口应承。没多久，冰云女士就把稿子送来了，同时送来的还有白榕先生与冰云女士的一些近照。照片上的白老容光焕发，仪态雍容，我们从中挑选了三幅，发在封二上，没有见过白榕先生的读者亦可一睹风采。

小辑发稿前，白老曾嘱我写篇评论，但由于琐事太多，加之评论恰是我的短板（白老散文集《花街》出版后，我曾写过一篇评论，自觉写得僵硬肤浅，颇感汗颜），未能从命。如今小辑发出后，倒觉得有些话要说。

白榕先生如今在安徽省文联也算是元老级作家之一。他的才华、勤奋和意志都令人钦佩。近年来，他的视力逐渐衰退，开始时还能用放大镜看书写作，后来增加到两个放大镜也无济于事。有一年，祝兴义老师的女儿结婚，我和白老恰好同桌。每道菜上来，他都要小声问我是什么菜，并让我为他拣一点。直到这时，我才知道他的视力已经差到何种程度，对一个靠读书写作为生命的人来说，这是人生的大痛苦。想到以后或许再难看到白老的新作和精美的文字了，心里不免惋惜。出乎意外的是，这种担心并未出现。白老的作品虽说比先前少了，但依然时常见诸报刊。很难想象，这需要付出多大的努力。挫折是生活的不幸，而坚强却是人生的美丽。让人欣慰的是，如今冰云女士来到他的身边，充当了他的眼睛。靠着这双“眼睛”，白榕先生“看”书“看”报，“看”电影“看”电视，并在这双“眼睛”的帮助下，不断有新作问世。只要读一读冰云女士的那篇随笔，就会被他们那种相扶相携、相濡以沫的感情所打动。

白榕先生热爱生活，正因为如此，他的作品大多充满激情，为生活中的真善美热烈放歌。虽已年届七旬，仍能保持一颗年轻的心，实属不易。创作需要激情，没有激情的创作常常是没有生命的。文以载道，但光有“义理”也不行。孙犁先生说，空洞的义理，“刻之碑碣，自无不可；悬之庙堂，也是合乎体统的。如果想使读者信服感动，就很困难”；“文章必作真实的反映，然后才有义理产生”。白榕先生的作品很少讲道理，但寓理于真实，寓理于真情，所以能够感染人、打动人。冰云女士在文章中说，白榕多愁善感，其实这只是一个方面；另一方面，白榕先生嫉恶如仇，爱憎分明，这同样是十分突出的。对于社会和文坛丑恶，他痛恨异常，嬉笑怒骂皆成文章。有时我们通电话，谈及不良风气、丑闻弊端，白老每每大加挞伐，入木三分，酣畅淋漓，义愤之情溢于言表。敢爱敢恨，敢说敢当，这就是我心目中的完整的白榕先生。

至于他的作品，有曹志培先生的评论在，无需我再弄斧，有兴趣的读者不妨找本《安徽文学》看看，相信定会有所收益。

（2002 年 12 月）

温文松老师

一次,儿子接电话,对方说找季老师,儿子便愣住了。待我接完电话,他不解地问:“人家怎么叫你老师啊?你不是编辑吗?”我说,这是作者对编辑的尊称。其实,这个回答并不全面。有不少编辑实际上是作者真正意义上的老师。这一点我有很深的体会。

我干编辑这个行当前,也是一个业余作者。在初学写作阶段,不少编辑老师对我的帮助直到如今仍令我难以忘怀。其中温文松老师就是最突出的一位。

我认识温老师是通过一位长辈介绍的。依稀记得是一个挺热的天气,我拿着这位长辈的信,找到了《安徽文学》编辑部。当时编辑部还在省政府大楼里办公。那是一间很大的办公室,里面摆满了桌子。在这之前,我还从没到过任何一家编辑部,所以感到很新鲜很好奇。温老师刚好出去了,别人让我等一会儿,我便坐在那里,有些敬畏地望着堆在桌上的一堆堆稿件。不一会儿,一位瘦瘦的中年男人走到桌前,看着我说:“你找我?”我便把信递了过去。他看完信,笑着在我对面坐下来。接下去,我们就交谈了几句。说了些什么现在已经记不清了,只记得温老师对我很客气很热情。当时编辑部正好买了冰棒,温老师便也递了一支给我。坐了一会,我便留下稿子告辞了。

不久,我就收到了温老师的一封长信。信中谈了作品中的问题,同时也对我进行了一番鼓励。那是我第一次写小说,在这之前我只写过简单的新闻报导。现在回想起来,那篇稿子肯定写得一塌糊涂,不成样子,可温老师依然十分认真地给予了处理。不仅如此,他还连续一段时间给我寄来了刊物。这对我真是莫大的鼓励。

当时我还在外地工作。一次回合肥探亲，我便去温老师家看望他。当时，他住在文联的办公楼上。屋子很小，走廊上堆满了煤球等杂物。给我印象最深的是他家里养了一只很大的猫。在温老师和我谈稿子时，那只猫便不停地向我表示友善，一会儿挠挠我的裤角，一会儿在我的脚下钻来钻去。我平时最不喜欢这些小动物，它的友善使我很不舒服，但我又不好明显地表示出来，只好听之任之。谁知那只猫却得寸进尺，妄乎所以了，一跃跳到我的腿上，我感到它尖利的爪子透过了我的裤子，顿时有些不知所措了。还是温老师的爱人——张桂芝老师善解人意，急忙走过去把猫抱开了，我才松了一口气……

渐渐地，我和温老师熟悉起来了。写了稿便首先寄给他，而温老师总是看得很认真，且常常要写很长的回信。正是这一封封信给了我信心，使我从失败中振作起来。温老师是20世纪50年代武汉大学中文系毕业的，毕业后先是在京城当编辑，来到安徽后仍然干着替人做嫁衣的工作。他是广西人，说话不紧不慢，带着浓重的广西口音。我后来回到合肥后，和他之间的交往就更多了。我常常把稿子直接送到编辑部或他的家里，每次去他总是很热情地予以接待，用那夹杂着广西口音的普通话不紧不慢地说着，从未厌烦过。有好几次去他家谈稿，我看他都拿出一张事先准备好的纸，上面用很小的字密密地记着一些要点，包括小说的人物、情节，等等。这要化费多少功夫啊！如今我也做了编辑，更感到温老师当时能那样做真是太不易了。

1981年5月，我写了一篇反映农村改革的小说寄给了温老师，使我意外的是，很快就收到了温老师的回信。信中通知我，小说准备采用，并告诉我将原来的题目《寿材》改为《同胞兄弟》。这是我和温老师交往以来，作品第一次被采用，心里当然非常高兴。不久，这篇小说就在《安徽文学》8月号上发表了，并获得“安徽文学佳作奖”。收到奖金后，我决定向温老师表示一点心意，便去书店买了一本《辞海》缩印本，打算送给他。可他坚决不收，依然用那不紧不慢的广西普通话对我说：“编辑嘛，就是看稿、编稿，这没什么……”他说得很真诚，使我心里颇为感慨。

1984年前后，因工作需要，我调进了《安徽文学》，和温老师成了同事；后来，《安徽文学》和《清明》合并后，我们仍然在一起共事。在十多年的接触中，我对温老师有了更多的了解。他不是对哪一个人，而是对所有的作者都那样认真，那样热情。他平时一般不大说话，给人的感觉是永远趴在桌上默默地处理稿件，像头老黄牛似的努力耕耘，从自然来稿中淘出一批又一批的稿件，联络了一批又一批的作者……

1992年，省文学基金会、作协、文学院联合为我召开了一次作品讨论会，我很自然地想到邀请温老师出席。可他到会后悄悄地坐在后排，没有发言。第二天上班时，我在办公室门前碰见他，便说："昨天你应该讲几句的，你是最了解我的。"他依然笑着说："没什么，没什么。"然后打开门，又像往常那样坐在桌前处理起稿件来。我突然颇受触动，心里想，如果把他这一辈子看过的稿子统计一下，那准是一个惊人的数字。也许，在他看来，这一切不过都是分内的事，但正是由于他——以及像他这样一大批编辑——的辛勤工作，才使一批又一批作者成长起来。他们是无愧老师这一神圣的称号的！

（1994年10月）

回忆汪曾祺先生

五月上旬最末的一天，我路过报摊买了一份9日的《南方周末》。促使我买这张报纸的原因，是上面有一篇汪曾祺先生写的文章《才子赵树理》。汪老是我喜欢和景仰的当代作家之一。他的文章隽永雅致，让人百读不厌，我是凡遇必买。但没想到的是，在这之后不到一个星期，我再次去报摊时，却看到了汪老仙逝的消息。据说，是因“上消化道血管破裂出血”所致，不知是否与饮酒有关。

汪老爱饮酒，这是他留给我最初的印象。1990年，《清明》创刊十周年之际，我们邀请了一些作家来肥共庆。邀请对象以中青年作家为主，有刘恒、余华、肖亦龙等，其中也有两位老作家，一位是林斤澜先生，另一位就是汪曾祺先生。这是我第一次见到他，与他严谨的文风相比，汪老给我的印象是幽默开朗，也很健谈，尤其是吃饭时爱喝两口。脸喝得红红的，这时候他的心情就显得特别好，话也多起来，有时还会说几句笑话。说完之后，就仰起脸，笑得很开心。晚上遇到有舞会，汪老的热情也颇高。他跳得并不好，但跳得极自信，像推土机似的把舞伴推得满场直跑，常常引来周围人善意的微笑。

有一件小事直到如今仍留在我的脑海里。那次开会时，编辑部的美编孙民纪别出新裁，一改过去会标常用红布的习惯，选用了一块淡绿的布做会标。我不知道其他与会者是否注意到了，但这细小的变化没有逃过汪老的眼睛。他对此颇为赞赏。这件事虽小，但汪老敏锐、细致的观察力给我留下了很深的印象。

在那次会上，我记得汪老第一个发言。他的话生动、朴实，没有什么玄妙的理论，但听来新鲜、精彩，让人颇受启发。后来他和其他作家的发言都经过整理发表在《清明》上，引来读者不少赞扬。汪老发言之后，林斤澜先生也讲了话，其中给我印象最深的是关于语言的话题。他讲到作家的语言大体要经过“三个阶段”：少、多、少。即第一阶段提笔没词；第二阶段是词多，像潮水涌来；到第三阶段又进入“少”——这就是“炼”字的阶段，真正达到了境界。在讲这个观点时，他多次举到汪老的作品。比如，他说汪老写蜻蜓落到钓竿上，不写落，也不写停，而用“站”。一个“站”字非常传神，写出了蜻蜓的动，更写出了周围的静。的确，汪老的作品用字非常讲究，因而也特别耐读——其实用读是不够的，应该说品——有时我看汪老作品，甚至根本不去注意内容和人物，而只是欣赏他的文字，慢嚼细品，其乐无穷。比如，汪老不久前刚发表的《百蝶图》，写卖油郎小陈三“每天从家里出来，沿科甲巷，越塘，进东门，经王家亭子，过奎楼，奔南市口……”这里“沿”“越”“进”“经”“过”“奔”，每个字都经过推敲。这样的例子，在汪老的作品中几乎随处可见。对于当前普遍存在的浮躁的创作心态来说，汪老是很少的例外之一，值得大家学习。

去年12月，第五次文代会在京召开，我作为代表出席，在京西宾馆又一次见到了汪老，给我的感觉他似乎老了不少，腿脚也显得不如以前那么利索了。我上前向他问候，汪老显得很高兴，对去安徽的一些事情仍然记得很清楚。临走时，我又一次向他提出约稿的事。我说我知道外边向他约稿的很多，但我仍然希望他别忘了给我们写一点。汪老连连点头，表示一定要写，并笑着说他记着这事。然而，现在看来，这已成为永远不可能的事了。作为编辑，这当然是一个不小的遗憾，但最大的遗憾还不在这里。因为对于一个喜爱汪老作品的读者而言，它的作品在哪里发表其实无关紧要，而今后再也读不到他那优美的新作，这遗憾才是真正无法弥补的。想到这里，我心中的黯然久久难以拂去。

（1997年5月）

悼陈老

10月12日下午，安徽省文联名誉主席、著名作家陈登科先生与世长辞了。噩耗传来，我感到十分震惊。在我印象中，这几年，陈老身体尽管大不如前，几次入院，病情时好时坏，甚至有几次濒临险境，但每次都能逢凶化吉，安然无恙。在他去世那天的上午，编辑部正在开会，陈老的女儿陈晓农接到家里的电话，说她爸爸摔了一跤，她要请假回去照看。当时，谁也没想到，这一次，陈老竟会永远地离去。

陈老是新中国成立以来，中国文坛上有着重要影响的作家。他的代表作《风雷》，打动和感染了成千上万的读者。记得十几岁时，我就读过这本书，直到如今，那些鲜活的人物和语言，依然在我脑海中印象深刻。作为一位正直的有良知的作家，陈老在“文化大革命”中也饱经磨难，并被投入监狱。我到文联时间较晚，对于他落难的情况知之不多，但在陈老赠送我的一本纪念他创作生涯的画册中，其中一幅照片使我深受触动。这幅照片是陈老出狱时照的，照片上的陈老不修边幅，衣衫褴褛，尤其是那件不合体的衣服补丁摞补丁（究竟有多少补丁，已难以数清）。从这件衣服上不难看出，他当时遭受了何等的磨难！然而，在他憔悴的面容上，我们看到的是坚定、乐观，以及对未来的希望和信心。

陈老是一位优秀的作家，也是一位抗战时参加革命的老战士。听说，在战争期间，他作战勇猛，曾经一次手刃过好几个日本鬼子。据文联的老同志说，陈老有时也很严厉，但我到文联后，在与陈老的接触中，从未遇到这种情况。在我的印象中，陈老待人和蔼，平易近人，他还爱说笑话，常常显得十分幽默。1996年全国作代会期间，由于连日劳累，陈老突然发病，昏迷过去。在中国作协的安排下，我省代表团团长窦永记同志和副团长杨屹同志带着我们几个年纪稍轻些的代表，连夜把陈老送往北京301医院。当时，我们全都吓坏了。第二天，陈老恢复过来后，却满不在乎地笑着说："我没病，就是缺酒了。"

我们说："您这样还能喝酒啊？沾都不能沾。"

陈老诙谐地说："他们不让我喝酒，要让我喝，哪会来医院呀？"

他的话把大家全逗乐了。

作代会闭幕那天晚上，举行会餐。陈老这时刚从医院出来，吃饭时，大家把盏话别，但都不给陈老倒酒。陈老急了，乘人不注意时，拿起酒杯悄悄地捣捣坐在另一张桌上的我，示意我给他倒酒。这一来，倒让我为难起来。好在这时有人发现了，于是大家都一迭声地叫起来，说不能倒，不能倒。陈老见此，只好苦笑着，无奈地收回了酒杯。听陈老的家人说，老爷子从不把医生的话当回事，常常背着家人偷着喝酒、抽烟。即使病得再厉害，只要稍有好转，便我行我素。我想，这也许正是陈老文人气质的表现，同时也说明了他是不服老的。或许，在他内心里，他从来就没有承认过自己已经老了。

进入晚年以后，陈老的眼睛渐渐不行了，写字时手也发抖，但他并未放弃写作。据说，他一直坚持写日记，并长年不断地进行长篇创作。除此之外，陈老还十分关心安徽的文学事业，以及中青年作家的成长。他多次提出要振兴皖军。他说，安徽文学创作上曾有过辉煌时期，现在接力棒交到年轻人手中了，他希望皖军能再造新的辉煌。1993年夏季，文学基金会为我召开了一次作品讨论会。陈老不顾天气炎热，赶来参加会议。陈老眼睛不好，对读书有严格规定，一般作品轻易不读。他能来参加会议，这本身已是对晚辈作家的鼓励，但没想到他仔细读了我的作品，并在会上第一个发言。会后，他还写了一篇文章，由于手抖得厉害，稿子上的字歪歪扭扭，有些笔画连在一起，需经仔细辨认。不难想象，他为此付出了不小的气力，看了真令人感动不已。

陈老就是如此，只要对文学有益的事，他总是乐意去做。尤其是对中青年作家的关心和爱护，更是不遗余力。记得有一次会后，陈老招手把我叫过去，在问了一些事情后，他特别讲到了做人的问题。他说，作家要文品，更要人品。没有好的人品，也写不出好的作品。他的话语重心长，使人颇受教益。是的，陈老德高望重，为人称道，正是因为人品文品俱佳的缘故。这一点，值得我们晚辈作家认真学习。

陈老走了，这是令人痛心的，但他对文学事业做出的贡献，人们不会忘记，而他用心血凝结的作品，也已成为中国当代文学史的一个组成部分，永远地活在这个他所挚爱和眷念的世界上，这又是值得欣慰的。

（1998年10月）

鲁老，我们怀念你

昨天晚上9时左右，突然接到电话，说是鲁彦周老师病危了。我愣了片刻，简直不敢相信自己的耳朵，因为就在几天前，还听说，鲁老正打算出院哩，怎么一下子竟发生了这样的事！挂断电话后，我立即给省文联党组书记杨屹同志报告了情况，接着，便与好友禹成明匆匆赶去省立医院。

干部病房静悄悄的。等我们乘电梯来到4楼时，远远地便听到了哭声和呼喊声。我们快步向鲁老的病房跑去。这时，鲁老已经失去了知觉。医生们正在尽最大努力进行抢救。鲁老的夫人张嘉老师和亲属们哭着、呼喊着，希望能够重新唤醒鲁老，而在场所有的人，都在心中祈祷，盼望奇迹能够发生。

是的，这种奇迹曾经发生过。5月中旬，鲁老曾经病危过一次，当时人都昏迷了，但最终还是挺了过来。事后，我和志友一起前往探视，鲁老显得很虚弱，但病情基本缓解下来。以后的情况，逐渐好转。国庆前夕，他还出院回新居住了一段时间。那段时间，由于孩子们都回来了，他的心情很好，病情也逐步趋于稳定。听说天气好的时候，他还坐在轮椅上来到户外，小坐片刻。国庆后，鲁老重新回到医院，我和朋友树凡、卫东一起去看他，当时，他的气色很好，思维也很清晰。树凡还说到，等他身体好后，我们陪他一起去巢湖老家转转。鲁老非常高兴，连说好，好。尽管他的病情依然较重，但我们都抱着乐观的想法。

很快，杨屹书记、晓光和志友等人都陆续赶来了。抢救仍在持续地进行。有一刹那间，鲁老的眼皮动了动，心电图也开始起伏了。我摸了摸鲁老的手，似乎有了温热的感觉。我们都以为奇迹将要又一次出现了。大家一齐呼喊着，叫着鲁老，似乎这样就可以把他从沉睡中唤醒。然而，严酷的现实粉碎了我们的期望。

10 时 12 分，医生放弃了最后的抢救。病房里一片哭声和哽咽之声。我的心里一阵酸楚。我和成明来到走廊，好长时间我们都没有说话。我们就那么站着，默默地抽着烟，心中像压了块石头，沉甸甸的。过了好一会儿，成明出于职业本能，提出想为鲁老留下一点最后的影像资料。在征得张嘉老师的同意后，他取出随身携带的微型摄相机进行拍摄，并把照相机交给了我，由我拍照。鲁老静静地躺在床上，就像熟睡了一样。直到这时，我仍然不敢相信这一切是真实的。11 点多钟，我们护送鲁老的遗体前往殡仪馆。天上下着雨，仿佛天公也在哭泣，空气中弥漫着寒气，在这冬季的夜晚，寒气更多来自我们的心中。坐在车上，大家都为鲁老的仙逝嗟叹不已。杨书记十分感叹，他说，安徽旗帜性的人物正在一个个离我们而去。言语中的惋惜、沉痛之情，溢于言表。

鲁老是安徽文坛的一面大旗，也是中国当代文学史上重要的作家。他对新时期文学做出过重大贡献。一部《天云山传奇》，风靡全国，家喻户晓。像《彩虹坪》、《古塔上的风铃》、《阴阳关上阴阳梦》、《双凤楼》、《逆火》、《迷沼》等作品，也都在文坛上留下了辉煌。在他七十七岁高龄之际，鲁老又呕心沥血，写出了七十万字的长篇巨制《梨花似雪》。这部压卷之作，达到了很高的成就。鲁老是一位人民艺术家。他的创作充满了社会责任感和艺术家的良知。他是安徽人的骄傲。

在文学创作上，鲁老是大师；在生活中，他又是一位充满爱心的长者。他关心文学事业，扶持文学青年。人们都说，鲁彦周先生是座山。这不仅是指他的创作成就，而且，更重要的，是指他的人品。在做文与做人上，鲁老都充满魅力，堪称楷模。

回到家中，已是深夜。我久久难以入眠。鲁老的音容笑貌宛在眼前。他仿佛就和平时一样微笑着，和我们一起谈话，一起开会，一起外出，依然生活在我们的中间。是的，鲁老永远不会离开我们，因为他的心血已化作一部部作品，永存人间。

（2006 年 11 月）

迟到的怀念

去年三月，正是早春时节，我在杭州开会，忽然接到电话，说是沈培新部长走了。听到这个消息，心头不禁一沉，感到非常突然。

沈部长是我的老领导。他来文联任职是在1989年前后，当时他的职务是省委宣传部副部长兼省文联党组书记，大家都习惯地叫他沈部长。沈部长儒雅、智性，待人和蔼，平易近人。我那时调入文联没几年，年资较浅，只是一个普通编辑，自觉领导离我较远，可没想到的是，有一天，我正在家看书，忽然传来了敲门声。开门一看，是沈部长。这让我感到有些意外。沈部长似乎看出了这一点，笑着说，我没事，就是来看看。我问他怎么找到的，沈部长说他从办公室问了我的住处，没想到找起来却费了一番周折。因为我住的房子是我爱人单位的，沈部长在院子里问了好几个人都不知道我的名字，正打算回去，走到大门口又碰到一个人，还好这人知道我的名字，这才总算找到了。记得那天天很冷，风也很大。沈部长一没坐车，二未带陪同，就像一个朋友串门，完全不摆领导的架子，这让我感到很亲切。

沈部长出身于干部家庭，父亲是个老革命，其本人的工作经历也很丰富，先后在合师院、省委组织部和省教委等部门担任过领导。在他身上有一种潜移默化、传承下来的优良素质和作风。和他接触过的人，都说他没有一点官架子。沈部长到文联后，我从未见他发过火、训过人。

沈部长是个思想水平高，同时又非常讲究工作方法的领导。在我印象中，他特别关心人。他曾对我说过，领导干部很重要的一点就是帮别人解决问题，尤其是别人遇到困难的时候。他在组织部工作时，正值拨乱反正时期，对于老干部的平反，初期还有相当阻力。沈部长和一些同志顶着压力，做了很多工作。有一次，他去京西宾馆参加会议，一位中央领导同志问起安徽某某同志的情况，沈部长做了汇报，认为应该给予平反，领导同志很满意，认为平反工作不能留死角，难度再大也要解决。有一次，我随沈部长下去调研，县教委的一位同志因孩子上学遇到困难，沈部长得知后，马上打电话给有关方面，请他们一定按照相关政策认真落实。他说，孩子的事是大事，解决不公，会影响一个家庭，甚至引发一系列社会问题。

沈部长不仅乐于助人，而且心很细。有一次在某县开会，当地组织部的几个老部下来看他，谈到县委将任命一批干部，但由于春节临近，工作很忙，来不及办理。沈部长得知后，便建议他们最好抓紧在春节前将文发下去。他说，早发晚发虽然只差几天，却不一样。春节是家庭聚会的时间，这个文发下去会给整个家庭带来欢乐。我当时在一边听他这样说，心里颇受触动。虽然这是一件不起眼的小事，但从中可见沈部长的为人以及善解人意。正因为如此，沈部长的人缘好，朋友多。每次下去，都会有很多人跑来看他，包括过去的一些老部下、老同事。大家都把他当作老领导、老朋友，彼此之间十分亲切。

沈部长是个爱思考、爱钻研的人。他干一行，精通一行。他在教委工作时，写过一些关于教育的文章，思考得很深，也很专业。虽然他过去没有从事过文艺工作，但他来文联不久便很快对文艺工作熟悉起来。他经常下去调研，每次调研回来总会写一些文章。这些文章往往有自己独到的见解。后来，他生病了，又结合自己的体会写出了一本养生的书。这本书他送了我一本，书中讲了许多修身养性的哲理，读后深受启迪。总之，他不论干什么，总能干得很好。

1990 年夏季，安徽发大水，阜阳地区灾情严重。为了反映当地干部群众抗洪救灾的先进事迹，鼓舞士气，振奋精神，中央决定组织宣讲团到各地巡回宣讲。沈部长带队下去组织材料，我也随同前往。当时大水未退，天气很热，沈部长带着我们深入受灾严重的村镇和农民家中了解情况，常常白天下去，晚上很晚才回来，有时饭吃不上，水也喝不到。晚上回到县里，县里的领导想安排好一点，沈部长坚决不同意。他说非常时期不能搞特殊，更不能给灾区添麻烦。为了掌握第一手材料，沈部长还带着我们坐船去了一些“庄台子”。那时的庄台不像现在修建得这样好，条件很差，就是一些土堆子。雨一下，满是泥泞。加上水位上升，一些老鼠被逼上庄台，公然摇晃着硕大的身躯在人眼皮子底下窜来窜去，那情景真是令人不堪！但是，就是在这种极端恶劣的条件下，灾区的干部群众不惜牺牲小我，为了大局泄洪放水，这种奉献精神非常令人感动。沈部长在讨论如何写材料时，反复强调要把安徽人的这种奉献精神写出来，并提出了具体的思路。后来，据我所知，这个宣讲先在省内，后又到全国，取得很大成功，还受到了中央领导机关的表彰。

沈部长在文联工作时间不长，两三年时间，后来他调回宣传部，我们的联系渐渐少了。不过，有时开会、搞活动碰到了，都会打招呼，问候几句；过年时也会相互寄张贺年片。再后来，他从副部长的岗位退下来，但他退而不休，继续发挥余热，先后担任了老年大学校长和新四军研究会会长等职务，利用自己的影响，做了许多有益的工作。就在这期间，传来消息，说他生病了，我们都想去看他，但文联办公室的同志带信说，沈部长在病中，不希望大家去，如果要去还是等他病好了再说。这一来，我们都不好去了，但心里很牵挂。后来，听说他的病好了，我们都很高兴。

回想起来，我最后一次见到沈部长是在温跃渊的新书座谈会上。那次会议是在文联四楼会议室举行的。在会上我又见到了沈部长。沈部长的状态看上去很好。他以一个老朋友的身份对跃渊的创作和新书给予了评述，发言不长，但都讲在点子上。讲话结束后，大家热烈鼓掌。当时我坐在他的身边，沈部长谦虚地对我说，我不是内行，只是谈一点感想。我打趣道，你不是内行，但是一个内行的领导。他听后笑了起来。散会后，我们挽留他一起吃饭，他说不了。送他走时，问及他的身体，他说很好。我们都相信，他已战胜了疾病，没想到无情的病魔最终还是夺走了他的生命……

臧克家先生有诗云："只要春风吹到的地方，到处是青青的野草。"是的，一个人做过的好事，人们是不会忘记的。就像春风吹进人们的心田，化作一片葱绿，让人久久缅怀。

（2014年5月）

洗 澡

洗澡是人生一大乐趣。隆冬三九,大雪纷飞,即便室内亦冻手冻脚,进了澡堂却别有一番天地。寒冷被牢牢地隔于墙外,卸下那厚重的御寒之衣,便勃然有一春之来临般痛快。真是何以解寒,唯有澡堂啦!

且慢,这还只是乐趣展开的序幕。接下去,在那雾气蒸腾、热浪缭绕、人影朦胧之中,当你赤条条地跨入滚烫的大池中时,一种更美妙的境界又徐缓地朝你迎来。先伸手试一下水温,然后让双脚软软地进入水中。滚烫的热水忘情地咬着你冰冷的肌体,起先只是一小口一小口地,似乎带着一种不友好的情绪。随着你整个身体的浸入,那不适和不友好便逐步消散,局部的灼热,终于浑然融成一体。热水不再是敌意般地抗拒,而是全身心地将你拥抱。这真是极美妙的一瞬。在这美妙到来之前,你常常需要勇气:咬咬牙紧住眉头,然后一闭眼睛猛地浸下身子——呵!呵!这时候,你会痛快地叫出声来。

再往后,便是乐趣的巅峰了——泡。这是洗澡中最幸福的时刻。这幸福不是瞬间完成的,而是一种持久的延续。如果你的时间从容,那就闭上眼睛,躺在热水中舒舒服服地浸泡吧。疲乏的肌肉会不知不觉地松弛,血液在温暖的环抱中加速流淌,被寒冷弄得僵缩的皮肤也舒展、滋润开来,烦恼和痛苦远远地离你而去。你什么都不要想,就这么静静地泡着,大脑会进入一种滞空,昏昏沉沉间把你带入一种幻觉的氛围中。如果说这是人生最幸福的时刻,也毫不为过。直到你泡足了,泡够了,泡得赤体通红,周身酥软,你再爬出水来,在水池边搓去油泥和污垢,打上香皂或香波,让淋浴冲出一个洁静。这时候你仿佛蜕去一层皮,获得再生,有一种说不出的轻松和愉快。

乐趣并没有就此结束。在澡堂的起居间里，那儿有一张为你预备好的沙发躺椅。出了浴池，师傅们送上滚烫的热毛巾，揩去水珠和微汗，你就可以舒舒服服地在躺椅上躺下，再掩上毛巾毯。这时候酽酽地泡上一杯茶，美美地抽上一口烟，或消消停停地读一段报纸，或与同行的朋友山高海阔地神聊一番，或者干脆闭上眼睛，舒展了身子，小憩一会儿，那滋润劲儿真是美不胜收，难以言喻。如果说有神仙过的日子，大约不过是如此了。

去澡堂洗澡的乐趣，不仅是在冬天，夏天同样如此。十来年前，我去苏州实习，正逢五黄六月之际。那一年，天气格外热，南方尤甚，我这个来自北方的人真有些喘不过气来。住的旅馆，规格不高，无冷气、也无洗澡等卫生设备。每晚从单位里回来，只能端点水马马虎虎地将就。日子一长，就感到难以忍受，身上好像老是不清爽，痒痒的，腻腻的，弄得人心烦意乱。后来，同屋里来了一位上海的老采购员，他一住下便拿了毛巾、肥皂和换洗衣服上澡堂去了。我说：这大热天下澡堂，吃得消？他说：这你就外啦！夏天泡澡最惬意。不信，你试试。

我将信将疑。终于有一天耐不住，便试了一回。那是个星期天。休息。在旅馆里没事，热得坐卧难宁，午睡起来，浑身大汗淋漓，便找衣服上澡堂去了。街对面就有一家浴室，下午刚开张，没几个人。空空落落的更衣厅里，只有三两个老头刚出浴，红扑扑的，赤裸着身子，坐在躺椅上，喝茶闲聊。

澡池里，热气弥漫。偌大的两个水池里，几乎没有人。水极清澈，池底的瓷砖一块一块清晰可见。水色绿得可爱，如游泳池一般让人神清气爽。在人们的想象中，夏天本应找荫凉的去处，上澡堂岂不是往热堆里钻吗？其实不然。刚入池，是有些不适应，但泡了一会便渐入佳境。始则大汗频出，通体发热；继则四体酥软，浑身轻松；终则昏昏然也，领略到别一种舒坦。热仿佛不再是一种折磨，而是一种享受。这里是否有些以毒攻毒的道理？似乎一下子很难说清楚。总之，畅快淋漓至极！

出浴后，连揩两三把热毛巾，揩去汗珠和水珠，在电扇下一吹，身上便有一种飘然的滑爽。抽着烟，喝着茶，拿一最佳姿式躺好，再加上一册闲书在手，便让人体味到人生的满足。炎热也仿佛一下走远了许多，不再那么苦苦地煎熬。一位朋友说,中国式的澡堂和洗澡足以体现中国的文化,一个"泡"字就渗透了老庄的无为境界。玄哉斯言!我没有过多地想过,但有一点似乎是肯定的,那些夏日泡澡堂的老头儿,无疑是世界上最会享受的人。

记得下放的时候,农村里没有澡堂,只有一种叫"浴锅"的东西。所谓浴锅,顾名思义,就是用来洗澡的锅。这是一种很大很大的铁锅,可容纳两三担水。在城里,我从未见过如此之"巨"的锅。第一次见到时的惊讶,也是可以想见的。一般情况下,一个生产队只有一口这样的浴锅,支在社屋里。洗澡时,先把锅里挑满水,然后就在灶下用稻草烧。锅里横一块木头。水烧热后,人便坐在木头上洗。锅边放一个盛凉水的桶,如果你嫌水热,就舀几瓢凉水进去;如果水不热了,你就可以朝灶间喊一声:"再烧一把。"于是在灶间烧火的人便明白了,便烧上一把草。遇到爱开玩笑的,多烧上一把草,锅里的人便会叽叽歪歪地叫骂起来,于是,灶上灶下一片笑声。

烧浴锅是极费稻草的,所以轻易不烧。一年里,也就是过年前烧上一次。逢到这时,村里便像过年似的。全村人排着队洗,一个挨一个,也不换水,全村几十号人一锅水到底。但谁先洗后洗是有讲究的。一般有身份有地位的人总是排在前头洗,且先男后女。这后一点又极重要。一锅水,如果有女人洗了,那男人就不能再洗了,必须把水倒光,换上水重新再烧。所以女人在洗之前都很谨慎,直到问清楚,男人们都洗过了这才敢下水。自然,女人们之间谁先谁后,也要排列一番,仍然是按照有身份有地位的在先的原则。最后洗的,常常是那些孩子和村里最没地位的人。待到全村人洗完了,那锅水也稠稠的,如浓汤一般。对于我们这些来自城市的下放学生,村里人总是很照顾,先让我们洗。他们说:"你们城里人嘛!"那意思很明白,是说我们城里人讲究干净,第一个洗也成了天经地义的事情。尽管如此,我对那些排在后边的人还是满怀歉疚。然那些被愧疚者鲜有被同情的感受。他们总是笑呵呵地说:"那有什么?脏水不脏人嘛!"他们真诚地快乐。尽管水脏,我想,他们终究还是领略到了那一份洗澡的乐趣。

有人说,中国的澡堂是最不卫生的地方。想一想,不无道理。然却割舍不下那一份洗澡的乐趣，依然要上澡堂。妻说："就不能在家里洗吗?"然而在家洗澡是一种受罪。由于没有供暖设备，冬天洗澡便像打仗，三把两把，急急匆匆，生怕冻坏了自己。即便购置了浴帐，像我这种身材高大之人，窝憋于帐中，亦捉襟见肘，十分不痛快。某单位建了一个浴室，朋友们便介绍我去。那浴室经过改革，一律淋浴，就卫生而言是值得称道的。然洗澡离了"泡"，便全然失去了洗澡乐趣的最重要最核心的部分。且出浴后，没有躺椅，没有热毛巾，没有茶，没有烟，那一份悠闲和"正宗"也完全被剥夺。洗澡不再是一种乐趣，而是一种任务，便不免让人扫兴。正如有人批评中国式的合餐没有西式分餐制来得卫生一样，如果中国饭菜用分餐制，那么也就多少要失去中国式饭菜的味道。这样说未免有些抱残守缺之嫌，但决不是"觚不觚，觚哉！觚哉"的顽固和愚腐。我怀念那一份享受和乐趣。中国人能够得到的享受和乐趣，实在太少，少得可怜。

然而，这一份乐趣终于被剥夺。这几年，我不再去澡堂。曾几何时，性病这一可怕的字眼开始在内地人的生活中盘旋，继之又有了爱滋病这个陌生的魔鬼，人们谈之色变。澡堂就是易于传染的地方。报刊上不断披露这方面的消息，数字惊心怵目，私下里传起来更是危言耸听。朋友相见，皆云："可怕！可怕！"有的还要幽默一下："这种病染上可不好办，和老婆都说不清爽。"妻更是发火了，坚决不让去澡堂，晓之以理，厉之以色。想想，也不无后怕。真要是染上，将无颜立足于世，且不说肉体上的痛苦，各种非议也将活活折杀人也。终于下了决心：不再去澡堂！以后每每洗澡只好在家里将就，不免要哀声叹气一番。我想，澡堂大约也同样感到悲哀。

想想，不去澡堂至今已两年有余矣。然而那一份乐趣和享受始终萦绕心头，拂之还来，经久历年，便越发思念。我突然觉得应该为此写点什么，为那一点失去的享受和乐趣，为那一点小小的怀念和追悼。

（1982 年 10 月）

一把弹弓

儿子才六岁，长得虎头虎脑，令人喜爱，可令我担心的是儿子性格中胆小懦弱的一面。他的胆子实在太小了，且不说小狗小猫小鸡小鸭之类的活物不敢碰，就连电动玩具也害怕。朋友送了一只电动骆驼，只要一开动，当那骆驼摇头晃脑朝他走过去时，他准会吓得清嘶鬼叫。夏季，为了不让他摆弄电扇，我从菜市场买了一只小乌龟拴在电扇跟前，于是整整一个漫长的夏季，他都离电扇远远的，不越“雷池”一步。这件事当时很让我们乐了一阵子。然而，随着孩子逐渐长大，随着他的弱点的日益突出，我们开始担忧起来。

儿子已经四岁了。我们送他去幼儿园，在那个新的环境里，其性格中的弱点便更加突出地暴露了出来。离开了家里人的庇护，他是那样无助，经常要受欺负。只要老师稍稍不注意，他就要吃亏：不是脸被抓破，就是东西被抢走……本来他在班上是个子最高的，且长得又虎头虎脑，但谁也不怕他，谁都敢在他面前炫耀“武力”，就连一些女孩子也不例外。日子久了，他也更加胆小怕事，逆来顺受，毫无抗争的意识。抢不到玩具，他就站在边上看别人玩；分的糖果和点心被人抢走了，也不敢声张，只是回家后才可怜巴巴地向我们述说。开始我和妻都安慰自己，凡事总有个过程，刚去幼儿园可能不习惯，以后慢慢适应了就会好的。但这种状况，一直到他上大班了，依然没有明显的改变。有一次，我去幼儿园接他，发现他脸上凸着一条乌紫的血痕。我吃了一惊，还未及开口问他，他已经伤心地哭起来。在他抽抽泣泣的述说中，我才知道是一位小朋友用木刀打的。我又心疼又生气，便让他带我去找那个孩子。我打算找那个孩子的父母交涉。可当我看到那个打他的孩子竟是小班的同学，而且个子几乎比儿子整整矮一个头时，我一句话也说不出来了。我为儿子感到悲哀，为他的软弱，为他的胆小。

我和妻都意识到，不能再这样下去了，我们必须帮助儿子，帮助他克服自己的弱点。他应该坚强起来，学会保护自己，学会在社会环境中生活的能力，否则在将来激烈的竞争中，他将无以立足，寸步难行。

妻对儿子说："如果你不还手，别人就会以为你好欺负，今后还会欺负你……你明白吗？"

儿子低着头，一直不吭声。他总是这样，温吞吞的，激不起一点火性。我恼火地说："和你说话哩，你听到了吗？"

儿子害怕地看了我一眼，这才十分勉强地"嗯"了一声。声音像蚊子哼。

这样的训诫反复进行了多次，却收效甚微。儿子在外面依然不断地受欺负。

妻说："算了吧，这孩子心太善了。"

我却感到说不出的悲哀。在现代社会中，善良不过是无能的代名词。马善被人骑，人善被人欺呀！我想起自己小时候总是称王称霸，总是欺负别人，上门告状的接连不断，如今摊上这么一个儿子，难道是报应吗？

然而，就在今年春季的一天，偶然的一件小事却使我受到了触动。我重新认识了儿子。我开始为他骄傲。

那是一个星期天，我带儿子去奶奶家。包饺子的时候，儿子来缠我，要我替他做弹弓。他并不敢打弹弓，皮筋一拉开就害怕得闭眼睛，手也发起抖来。但别的孩子有，他便也想要。弹弓在他手里已不再是弹弓，不过是像纸船、口琴之类的小玩具而已。在这之前，我曾给他做过两把弹弓，一把被人抢走了，一把被他自己弄丢了。所以当他又要我做弹弓时，我便没好气地说：

"一边呆着吧，做的多也没你丢的多。"

"这一次不丢了，保证不丢了……爸爸，求求你了……"

我不理睬他，他就不停地哼哼叽叽。奶奶心疼了，在一边说："哎呀，你就别训孩子了，给他做吧。"

既然母亲发话了，我只好从命。但我对儿子说："这是爸爸给你做的最后一把弹弓,如果弄丢了,或被别人抢走了,你就永远不会再有弹弓了。知道吗?"

"知道!知道!"儿子快活地连声答应。

弹弓做好后,他便乐颠颠地下楼去玩了。中午吃饭时,儿子却空着手回来了。我立刻意识到弹弓肯定又被他弄丢了。

"弹弓呢?"我板着脸问。

儿子嘟起嘴,低着头,不吭声了。我明白事情让我猜对了。看着他那副窝囊的样子,我的气便不打一处来。一把弹弓本不算什么,但儿子的无能又一次深深地刺伤了我。

"是不是被人抢走了?"

儿子不吭声。

"说呀!"我更火了。

他怯怯地看我一眼,然后摇了一下头。

"是不是弄丢了?"

儿子还是摇摇头。

"那你说哪里去了?说呀!"

他却低下头,彻底不吭声了。我最看不得他这副样儿,即便表示不满,他都不能拿出一个男子汉的痛快劲来。我真想给他一巴掌,却被妻拦住了。

"我说你去给我找回来,找不到就别回来吃饭。"

儿子撇了一下嘴,像是要哭的样子,然后很不情愿地下楼去了。

我心里也不大好受。这样对孩子是不是太过分了?当我站在窗口朝下看时,儿子正傻愣愣地立在楼下的花园里发呆。我不知如何描述我当时的心情,只感到一丝苦涩和伤感淡淡地弥漫开来。

后来,还是奶奶下楼把儿子找了回来。为了安慰她的宝贝孙子,她还当面把我这个做父亲的数落了一顿。

中午吃饭的时候,儿子显得特别乖,不吵,不闹,也不像往常那样挑肥拣瘦,文静得像只小绵羊。我知道他是在弥补自己的过错。我的心又软了下来。他毕竟才六岁,还是一个孩子嘛。

下午从街上回来,我看到楼下一个叫圆圆的孩子手里拿着一把弹弓,正是上午我替儿子做的那把。我问圆圆:“这弹弓是哪来的?”圆圆说:“是你家然然给我的。”我将信将疑。回到家,把儿子叫过来,问道:

“你告诉爸爸,弹弓究竟哪里去了?”

儿子翻翻眼,又低下头去。

“是不是给圆圆了?”

“嗯。”儿子点了点头。

“那为什么不说实话?”

“因为……怕你骂我……”我笑了起来。我说:“是圆圆问你要的吗?”

“不,是我给他的。”儿子说,“圆圆好可怜,他没有爸爸,没人给他做弹弓……”

我没有想到儿子会说出这样的话,心里不禁一热。他曾经问过我们,圆圆为什么没有爸爸。这个问题太复杂了,根本无法向孩子说清楚,我们只能绕圈子回避。但儿子穷追不舍:没有爸爸谁带他骑自行车?谁送他上幼儿园?……他的问题是那样多,又那样具休,那样琐碎,我们简直无从回答。我们只能告诉他,没有爸爸的孩子是很可怜的。没想到,他一直记在心里。

这么小的孩子居然就懂得同情,而且冒着责骂,冒着委屈,这太使我意外了。我久久地看着儿子说不出话来。就在这一刹那间,我发现我需要重新认识儿子。我没有理由为他悲哀。他内心潜藏着一个多么美好多么崇高的东西,这不正是最可宝贵的吗?突然间我想得很多,很远,脑子飘飞起杂乱的思绪。我想,悲哀的不是儿子,而是我们自己。我们险些犯了一个致命的错误。是的,力的崇尚能够赢得一时,却不能赢得永远。永恒的东西只有一个,那就是爱,一种人类才有的神圣的境界。

儿子看我不说话,误解了我意思。他说:“要不我找圆圆要回来……”

“不!”我紧紧地搂住儿子,用一种少有的激动和温柔,轻轻地对他说:“孩子你做得对,爸爸为你骄傲!”

(1991年2月)

松潘纪行

大唐古松州

“5·12”汶川大地震牵动了亿万中国人民的心。从地震发生的那一刻起，我就想前往灾区，亲身感受灾难的严峻和人民的坚强，并用手中的笔为抗震救灾尽一点绵薄之力。

机会终于来了！省委宣传部为了更好地宣传抗震救灾，决定组织文艺小分队前往四川松潘等地，我荣幸地成为其中的一员。小分队一行12人，由作家、编剧、编舞、摄影家组成，省文联书记处书记吴雪带队。7月9日，省文联党组书记杨屹、省委宣传部文艺处处长李梅梅为大家送行，并传达了部领导的指示，希望小分队此行能够发扬吃苦耐劳的作风，圆满地完成任务。众人也都跃跃欲试。

当天下午，飞机抵达成都。由于来不及转机，我们暂住机场宾馆。晚上，自由活动。四川省作协的朋友来车接我至市内小聚。四川省作协党组副书记傅恒为人儒雅谦和。他是小说家，我们是在中央党校的一个学习班认识的。《四川文学》主编高虹是我的老同学，我们已经二十多年没见面了。年轻时的高虹优雅漂亮，如今依然风采不减，且更加成熟。短短的几小时见面，我们的话题主要围绕地震进行。四川的朋友告诉我，成都此次没有遭灾，完全得益于地质结构。因为成都的地质结构是由喜马拉雅山长年冲下的积土形成，具有缓冲性，而受灾严重的地区则为岩石板块，所以尽管距成都不到一小时车程的都江堰损失惨重，但对成都的破坏并不大。不过，成都的震感十分强烈，余震不断，一日数摇，在人们的心理造成了很大的阴影。有一个广为流传的段子名叫《什么更可怕》：“比地震更可怕的是余震，比余震更可怕的是预报余震，比预报余震更可怕的是预报了却一直不震……”高虹对我说，《四川文学》马上要推出一个抗震专刊，其中有一个老记者撰写的报告文学。这位老记者就是当年国内首位报道长江漂流的人。他从地震一开始就在第一线跟踪采访，采用的都是第一手材料。在采访中，他不断地与编辑部沟通，写得极为感人。高虹说，她在编这篇稿子时，几度中断，心里说不出的难过和感动，后来实在编不下去了，只得让别的同志来接着编。这给了我很大的期待。我说，刊物出来了，一定要寄给我。

第二天一早，我们就乘机赶往松潘。松潘又称大唐古松州。史料载，贞观二年(628年)，“置松州都督府，属陇右道”。这里是藏、羌、回、汉多民族聚集地区。县政协副主席马德龙是松潘的活字典。他是回族人，新版的《松潘县志》由他担任主编。他向我们介绍说，松潘历史悠久，民族文化资源丰富，地理位置尤为显要，不仅是茶马古道的重要枢纽，而且是战略要冲，向有“川西北门户”、“边陲重镇”之称。唐与吐蕃大战就发生在这里。这是历史上一次著名的大战。此战吐蕃战败，其首领松赞干布派使者谢罪，并求婚于唐朝，这就是史书上记载的文成公主西嫁吐蕃的故事。如今在松潘古城的松州门外就树立着松赞干布与文成公主的塑像，记录着这段民族和好的史实。

松潘在历史上就是一个多震的地区。县志中有关地震的记载颇多。如，贞观十二年(638年)，“二月，松、丛二州地震，坏人庐舍，有压死者”；又如，明神宗万历三十五年(1607年)，“秋七月，地大震，数日乃止”；再如，“明思宗崇祯二年(1629年)，“十二月，地震，声如雷，一日一十二次”，“山崩，城塌一百二十丈”，“次日复震三十余次”，“城垣又塌三十余丈”。

民国时期，这里地震更加频繁。其中破坏最大的要数1933年的叠溪大地震。震级为7.5级。地震发生前，牲畜惊恐不安，羊不吃草，猪不吃食，鸡犬不宁，通宵达旦，蛇聚成堆，老鼠成群乱窜。当日下午3时许地震爆发。一时间，“山崩城陷，岷江断流，积水成湖，人畜伤亡，死6800人”。在这次地震中，叠溪整座城镇陷入地下，形成堰塞湖。几天后，我们前往茂县，曾路过叠溪海子(海子即湖水)。放眼望去，大片的湖水宽阔而清澈。陪同我们的县委宣传部副部长赵琏云对我说，这片海子就是1933年的大地震中形成的，下边埋着整整一座城镇。听了他的话，我简直不敢相信。在如此美丽的湖面下竟然埋着这样残酷的历史。

乘车离开时，我坐在车上良久无语。在这块灾害频仍的土地上，松潘人并没有退却。他们依然热恋着故土，不弃不离。这使我想到了安徽的王家坝，他们同样如此。尽管在自然灾难面前，人显得渺小而无奈，但人的坚韧和顽强有时是不可战胜的，即便再严酷的灾难也无法使之屈服。

安徽松潘一家亲

此次汶川大地震，松潘被列为“重灾区”，尽管与震中的汶川、北川、青川以及都江堰等“极重灾区”相比，死亡人数较少，受灾程度稍轻，但情况仍十分严重。大地震波及了全县 25 个乡镇，受灾人口达 7 万人，受灾面积 100%，其中 9 个乡镇受灾严重。截至目前，全县死 25 人，伤 22 人，失踪 12 人。农村房屋、城乡道路、城镇设施以及水、电、路、通讯等基础设施严重损坏。根据中央指示，东、中部 18 个省市(包括深圳)将对口支援地震中受灾严重的市县，松潘被列为安徽的对口支援县。

7 月 9 日，省委书记王金山和王三运省长先后抵达松潘，正式拉开了我省援建松潘的序幕。松潘县委宣传部部长秦远波参加会议回来后，心情十分激动。他对我们说，安徽省委领导同志表态说，要倾一省之力支援松潘，要把松潘当作安徽的第 62 个县，从此我们就是一家人了！秦部长是一个藏族干部，30 多岁，身材健壮，皮肤黝黑，说话时表情沉稳，思路清晰。他还高兴地说，这次安徽将拿出 18 到 20 个亿，用三年时间建设一个全新的松潘。后来，在与我们座谈时，他又说，松潘的财政收入全年为 5 千万，除了吃饭，用于建设的费用只有 3000 万，安徽的援建将使松潘的发展提前 50 年。秦部长无比感慨地说，无论用什么话语，都无法表达我们对安徽人民的感激之情！

秦部长的话发自内心。在松潘期间，这种感恩安徽的情感铺天盖地，而由于王金山书记和王三运省长的到来，更是达到高潮。不论我们走到哪里，只要听说安徽的领导来了，无论藏、羌、回、汉各族村民都会向我们拥来，用最热烈的方式表达由衷的谢意。松潘的东城门上就挂着一个巨幅对联。上联是“感恩图报铭记安徽鼎力援助”；下联是“众志成城再建松潘美好家园”。在公路沿途、交通要道，以及村寨周围到处张贴着类似的横幅和标语。如，“千年松潘铭记同胞患难相救，藏羌回汉感恩安徽倾情襄助”、“安徽情似九天雨，沐浴松潘万人心”、“安徽松潘心连心，中华民族一家亲”……如此种种，不一而足。

在镇平乡的一个安置点，村民家家都分到了安徽大米。乡干部介绍说，这个安置点主要安置双泉村、立壳村的131户村民。这两个村子原先都在高半山上。所谓高半山，就是指住在山顶和半山腰上。这次地震，他们的房子都毁了。乡里把他们安置到了山下，让他们喝上了自来水，每人家中分发大米50斤。这些大米都来自安徽。村民们打心眼里感激。我们走时，他们依依不舍，一直把我们送到村头，又把我们送过吊桥，直到车前，仍然意犹未尽。他们脸上洋溢着感激之情，挥着手，向我们喊着“扎西德勒”(藏语：吉祥如意)和“拿过来”(羌语：幸福吉祥)。

中午时分，我们路过一个名叫新塘关的村子，正逢村民们在分发救援物资。我们停车察看。村民们听说是安徽的文艺家，立即拥上前来，端茶倒水。村支书余强华是一个女同志，她紧紧抓住我们的手，连声说：“感谢！真是太感谢了！安徽好！安徽人民就是我们的亲人！”由于心情激动，她的语速很快，反复说着同样的话，眼睛里闪烁着亮晶晶的光，那种感觉仿佛恨不得把心掏出来。在分发物资的现场，我们看见一袋袋印有“安徽救灾援助”字样的大米，还有一些数量可观的衣服和物资。余书记对我们说，这些都是安徽捐赠的。一个穿着少数民族服装的村民对我说，安徽大米好吃！我说，你知道安徽吗？她说，安徽有黄山。我说你怎么知道的？她说，从电视上看的。这些天，我们在下榻的客栈，看到松潘电视台时常播放一些有关安徽的电视片。我想，村民们或许正是通过这些宣传，加深了对安徽的了解。

新民村是一个受灾较重的村落。该村150户，在地震中死亡3人，重伤2人，倒塌房屋80多间。我们看望了村里的灾民。其中一位羌族老大娘，名叫马华珍，已经77岁。在地震中，和她生活在一起的小儿子不幸丧生。如今，只剩下马大娘孤身一人。站在倒塌的房屋前，大娘凄楚的眼神令人心碎。村干部告诉她，这是安徽的领导，来看望你来了。大娘不善言辞，她嘴里低声咕哝着，我们听不清她在说什么，只能看见她眼里滚动着泪花，双手抱在一起，不住地向我们作揖。走出老远了，我回头望去，她依然一动不动，双手合在一起，远远地望着我们。那一刻，她矮小的身影与倒塌的房屋融在一起，令人心头发颤！

在新民村，我们听说这里有一个帐篷小学，是由 4 个从外地回来的师范学生自发组织的。由于学校停课，她们回到家乡，决定把孩子组织起来，一来为他们补课，二来也好让家长们集中精力更好地投入抗震救灾。来到帐篷小学，我们遇到了一个意外的惊喜。原来，由于地震，学生们没有过上“六一节”，今天，4 位老师别出心裁地要为他们补过一个。听说我们到来，她们邀请我们一起参加欢庆。在帐篷前的一块并不平整的空地上，各民族学生穿上节日的盛装开始表演节目。村民们也纷纷赶来，整个现场充满了浓烈的节日气氛。孩子们表演的第一个节目是合唱《感恩的心》。一位姓王的老师对我说，我们从开课的第一天起，每天上课第一件事就是唱这支歌。我们要让感恩的思想注入每个学生幼小的心灵。看着孩子们欢快的笑脸，听着他们稚嫩的歌声，我的心里充满了欣慰。

感恩，这是一种人性的美德。懂得感恩，才懂得回报。中华民族曾经多灾多难，正是有了这种美德，我们才会一方有难，八方支援，在任何困难面前都屹立不倒，永不言败。

茂县之行

第一次注意到茂县，是央视报道十五名空降兵写下遗书，冒着生命危险从两千多米的高空跳下，那个地方就是茂县。我记住了这个地名。

这次赴灾区采访，我有机会来到了茂县，亲眼看到了这个曾经牵动亿万人心的地方。从松潘到茂县，路途十分艰险。一边是万丈沟壑，一边是悬崖峭壁。震后留下的滚石、岩块以及泥石流的残痕，一片狼藉，满目皆是。有些巨大的岩石就高高地挂在头顶，一丝相悬，随时都可能落下。当地人告诉我们，山体在地震之后变得很酥松，遇有下雨或震动就随时可能落下。在一些险要的路段，山石不断崩塌，抢险队伍不得不反复抢修。我们沿途时常可见一些抢险队伍在冒险清障。一个司机对我说，路过险段时，千万不要鸣笛，以免笛声产生共鸣，将山石震下——这话听上去简直有些恐怖了！试想，鸣笛微小的共鸣都能将山石震下，可见山体已是多么脆弱了。值得庆幸的是，我们的司机相当有经验。他在这条路上跑了二十多年，路况熟悉。每至险段，便放慢速度，拉开与前车的距离，然后加大油门，一冲而过。尽管这样安全概率要大些，可山石并没长眼，如果你加速时，山石恰好滚下，同样难逃厄运，正所谓防不胜防，只能听天由命。好在由于连日疲劳，我很快就睡着了，等到醒来时，最险的路段已经过去了，前边就是茂县了。

茂县是一座美丽的山城，岷江穿城而过。这使我想起了德国的海德堡，莱茵河也是从城中流过，河对面是绿荫覆盖的山坡，这一格局与茂县有相似之处。走在黄昏的街道上，宁静的小城显得分外美丽。但是这座美丽的小城在地震中遭到严重的毁坏。当地宣传部的范主任是个羌族女干部，她对我们说，地震发生时，地动山摇，天昏地暗，简直可怕极了。县里的交通、通信、电力全部瘫痪，直到几天之后，才与外界恢复了联系。我问到第一批空降兵在这里跳伞的情景，尽管事情过去已经近两个月了，范主任说起来仍然很兴奋。她说，那天天气晴朗，当空降兵从空中下来时——这是外界第一次有人来——全城百姓欢呼雀跃，朝着空降兵下来的地方蜂拥而去。大家奔走相告，说解放军来了，我们有救了。

茂县在地震中损失严重，属极重地区，但城内的房屋乍看上去并没有太多的倒塌，不过这只是表面现象，严重的“内伤”使它们大多成为危房，已无法居住。有人把茂县称作“立着的废墟”，就是一位形象的比喻。当地宣传部副部长三郎俄木是一个藏族干部，他向我们介绍说，茂县在地震中死亡4016人，危房达到80%以上，倒塌的房屋为20%。他说，地震发生后，有人从飞机上看下去，发现茂县房屋倒塌不多，以为受灾不重，这个情况报导出去后，一度对他们的抗震救灾造成了不小的负面影响。后来有记者来深入采访，才发现情况并非如此。

到达茂县，我下榻于九顶山宾馆。宾馆伤痕累累，门前的廊柱已经震裂，上面的花岗岩或脱落，或裂开，不得不用铁丝暂时捆绑加固。屋内不少地方亦有不同程度损坏，墙角和洗漱台都随处可见裂纹或裂缝。偌大的宾馆空空荡荡，就住了我们小分队十几个人。夜晚四周漆黑，一片静寂。10时许，我正在洗脸时，门外有人叫喊：地震了。我们开门一看，是同行的几个人，他们问我：“你感到了吗？”

“感到了什么?”我说。

“地震啊!”

我摇头。或是感觉迟钝,或是洗脸的缘故,我并没有感觉。可同行的摄影家刘小兵和编导王成等人都感到了明显的摇晃。第二天,陪同我们的范主任证实,昨晚10时许的确发生了四点几级余震。据说,直到现在,茂县仍规定晚上必须睡帐篷,不准住在室内。只有我们十几个人“胆大妄为”,这也算是“无知者无畏”吧。

在茂县最让人高兴的事是遇上了合肥老乡。他们是公安部派往茂县的合肥特警支队。“5·12”大地震发生后,公安部命令合肥特警抽调200人紧急赴川,其中100人就驻扎在茂县。晚上,我们赶往特警驻地。支队杨队长和赵政委热情接待了我们。我们坐在驻地简易房门前展开了交谈。老乡见老乡,大家都有些兴奋。杨队是个豪爽健谈的人,说话十分风趣。赵政委则沉稳谦和,说话不紧不慢。

杨队告诉我们,他们是5月30日接到命令,第二天就立即开拔的。16辆警车、4辆物资车,日夜兼程,途中走了7天,经过了当年红军长征走过的泸定、丹巴、马尔康等地。其中二郎山隧道、雅克夏雪山海拔均在4000米以上,极其险峻,走得极为艰难。特警中多为年轻司机,从没走过如此复杂的地形,加之途中多处塌方,飞石不断,情况之险恶,前所未遇,但他们克服了重重困难,经受住了考验,顺利抵达目的地。据说,租用的物资车中有一个司机途经雪山时,面对如此险要的地形简直吓晕了,浑身发软,根本无法开车。后来,多亏他的妻子还有些胆量,总算把车子开了过来。他发狠说,早知这样,你们给再多的钱我也不干。

茂县是全国最大的羌族聚集区,羌族人口占全国的三分之一。此外,还有藏、回、汉等多民族聚居。这里多山,地形复杂,村落分散,语言不通,执行任务相当困难。但合肥特警在极短的时间里就迅速打开了局面。有一次,渭门辖区发生一起因接电引发的群殴事件,驻点特警接警后冒着大雨,不顾塌方、飞石、泥石流的危险,翻山越岭30余公里赶到事发地点。他们手挽手用人墙将斗殴群众分开,成功地平息了事件。就在我们到达茂县的前几天,当地刚发生一起较大的盗窃案件。合肥特警接到报案后,第二天就迅速破案。他们的高效率、高素质赢得了当地同行和百姓的惊叹和赞誉。

合肥特警在茂县进行的最大一次行动是转移阿坝州监狱的犯人。这是一次千里大转移,60 多名特警参与行动,持续 8 天。任务完成得极其漂亮。我听后感到很振奋,这完全是一个大片的题材,由于时间关系,无法进行深入采访,只能留待以后再说了。

在较场镇派出所,一个特警在与我们交谈时说,说实在话,哪怕你一二十个人拿刀带棍,我们都不怕,可这山真让人有(毫)怕,不知什么时候,它就会砸下来。可是,怕也没用。他们的执勤环境一天也离不开山。每天的任务就是穿行奔波于这些随时都可能发作的大山中,与死神周旋。杨队说,有时深入村寨执行任务,干警让狗咬了,找不到狂犬疫苗,让人着急万分。就是在这样的艰苦条件下,合肥特警树立了形象,好评如潮。公安部领导给予高度评价,称赞他们"开进距离最远,路途最艰险,成效最明显"。

离开茂县时,我们专程赶往特警驻地告别,并与全体特警合影。他们身着警服,站成几排,身高均在 1 米 80 左右,看上去个个精神抖擞,活力四射,我不禁由衷赞叹:合肥小伙子,真帅!

小战士与女书记

小战士名叫胡凯,是济南军区某部的新战士;女书记名叫刘衍丽,是茂县黑虎乡副书记。我是在黑虎羌寨采访时与他们相遇的。

茂县是全国最大的羌族聚集区,在全国 30 万羌族人口中,这里占了 9 万。该地拥有全国唯一的羌族博物馆,还有历史长达 2000 多年的羌族雕楼,在这次汶川大地震中,羌文化受到严重损坏,尤其是那些珍贵的雕楼。到达茂县的次日,当地宣传部的同志便提议我们去考察这些雕楼的损坏情况。

我们要去的地方是黑虎乡小河坝村鹰嘴河组,位于高山之上。由于我们乘坐的面包车,车身较长,无法上去,只能徒步攀援。山很高,坡陡路险。我们走得很艰难。行至半山腰,我们走错了路,被一个一人多高的陡坡拦住了去路。就在我们连滚带爬试图爬上去时,一个素不相识的解放军小战士从山上看见我们,迅速跑了下来。他跑得很快,绿色的军服闪动着，显得十分轻捷。不一会，他来到了坡上，伸出手把我们一行十多人一一拉了上去。我们向他致谢，他说不用谢。并说，跟我走，我来给你们带路。我问他你叫什么名字。

“胡凯。”小战士脆脆地答道。

“哪里人？”

“山西。”

“哪个军区的？”

“济南军区。”

我说，我过去也是济南军区的。长山岛知道吗？小战士摇摇头，显得有些不好意思。我说，我就在那里当过兵。小战士笑了，他的眼睛亮亮地闪动着，脸色红扑扑的，显得十分可爱。

胡凯告诉我，他们部队是来抗震救援的，今天上山是帮当地百姓打扫卫生。到了一个路口，乡干部迎了上来，我们寒暄着，一转眼小战士已经不见了。到了村寨，我向一些战士打听胡凯，可他已经到村里干活去了。我很想给他照张相，可直到离开时，也没有见到他，不免有些遗憾。

鹰嘴河的雕楼原先是很知名的，有好几座，均依峭壁而建，用石块层层叠垒而成，造型别致，工艺精巧，令人惊叹。陪同我们的乡干部是一个女同志，她就是黑虎乡党委副书记刘衍丽。刘衍丽身高 1 米 5 左右，显得矮小。她 1999 年参加工作，在黑虎乡已经工作了近十年。她对我们说，这些雕楼的用途是用来防御外敌入侵的，建在陡峭的山崖上也正是为了更有效地实施防御。她还对我说，这里之所以叫黑虎乡，是因为当年有一个黑虎将军，他在这里英勇抵抗外族侵略。在他死后，当地人为了纪念他，决定为他戴一万年孝，所以这里人都带白色头帕，就是为黑虎将军戴孝。雕楼损坏的情况十分严重。有一座已经完全倒塌，还有一座也裂开、倾斜，成了危楼，无法上去。这次地震对文物的损害几乎是无法估量的。我问刘衍丽，这些雕楼还能修复否？她说，要想恢复到震前恐怕已经很难。

下山时，我和刘衍丽边走边聊。我说，像鹰嘴河这样的山寨，你经常来吗？她说，是的，救灾时我们有时一天要跑好几趟，分发物资，抢修房屋。我说，这山这么高，爬来爬去一定很辛苦。她说，习惯了。我问起地震发生时的情况。刘衍丽说，地震发生时，她正在汶川家中休假。当房屋摇晃时，她抱着6个月大的孩子从房内跑出来，回头看去，房屋已经轰然倒塌。当时，烟尘弥漫，啸声大作，人们四处奔跑，尖声惊叫，十分恐怖。后来，她抱着孩子步行7个多小时，赶到都江堰。我说，这不太危险了？她说，是危险，途中山石崩塌，余震不断，可我们当时觉得只有走出去才有希望。我说，你很了不起，一个女同志，还带着一个幼小的孩子。她说，正是为了孩子，才一定要走出去。我想，这正是一种母爱的力量吧。

我问刘衍丽是什么时候返回黑虎乡的，她说在震后第三天，她将孩子在亲戚家安顿好，立即返回了乡里。由于道路不通，她只能绕道马尔康，走了两天。我说，是乡里通知你回去的吗？她说没有。当时通信完全中断了。我说，你的假期未满，又没人通知你，孩子又小，你为什么要返回？她说，乡里人少，这时候正需要人，我当然要回去。刘衍丽在说这段话时，显得轻描淡写，好像这一切都很平常，不值一提。我却不由得肃然起敬。我说，你真的很了不起，其实，你就是英雄，平凡中的英雄。她笑了，说，我算什么英雄，这都是应该做的。

离开黑虎乡后，我一直在想，在抗震中，有多少像刘衍丽和胡凯这样的平凡人，他们的事迹也许并不可歌可泣，可他们在默默无闻中为抗震救灾贡献力量，发挥自己的作用。他们的确是平凡中的英雄。

（2008年10月）

古徽道的遐想

石台有条古徽道，心向往之，久矣。今年开春，受友人之邀，终于如愿以偿，踏上了这条古老的徽道。

石台古徽道位于仙寓山中。仙寓山，取仙人寓所之意。据《池州府志》记载："相传有建德（今东至县）檀氏女子于此修道得仙，故山庵以仙名。"据友人介绍，仙寓山地处石台、祁门、东至三县交界处，当地有"一脚踏三县"之说，意思是当你登上仙寓主峰，三县便踩在你的脚下了。这真有一点不到长城非好汉的气概了。

安徽多名山。黄山、九华，自不必说了，而天柱、齐云诸山，亦闻名遐迩，仙寓山却是"养在深闺人未识"，就连我这个安徽人也知之不多。此次有机会亲临其境，便有一种意外的惊喜。这里的奇、险、秀、美，并不亚于皖南的诸多名山，而其尚未开发，游人稀少，更具一种纯朴、清新的意味。

仙寓山出名还因为这里是著名的雾里青茶产地。据说，雾里青茶早在宋代就已有名，称作"嫩蕊"。1977 年，南洋海域打捞起一艘名为"哥德堡号"的古商船，在船上发现了保存完好的雾里青茶。从清代海关资料查证，这艘古商船是 1855 年在驶往新加坡途中沉没的，由此可见，雾里青在清代就已是出口的名茶之一了。

阳春三月，我们的车行驶在九曲八弯的山道上。周围层峦叠嶂，满目苍翠，群峰争奇，沟谷纵横。正是采茶季节，半山中的茶林中闪动着采茶工的身影。路边，每走一段，便可见一些停放的摩托车，那是采茶工代步的工具。远远近近的绿色中，映山红在树丛中鲜艳地开放，令人赏心悦目。

古徽道终于到了。这是一条用青石板铺就的山道，蜿蜒曲折，起伏于丛岭之中。周围是茂密的树林,植被丰饶,各种古朴的树木,比比皆是。空气清新,风中带着丝丝清凉。友人告诉我们,此道全长约7.5公里,是目前保存最完好的古徽道了。有人考证说,古徽道最早的记载见于唐代,但从一路上所见到的遗迹看,主要是清代以后留下的。如榉根关、继保亭、古稀亭和玉泉亭上的古碑石刻,上面的记载大抵说明了这一点。

徽州山多田少,民多业商,而清代正是徽商最活跃最鼎盛的时期。徽州盛产茶、木,尤以茶为大宗。明末清初,饮茶风气不仅在国内盛行,而且开始流行于海外。于是,华茶出口大受青睐。道光二年,由广州出口的茶叶总值是生丝出口总值的7倍,超过1500万元,其中徽茶就占其中很大的份额。而这些徽茶,能够运出大山,靠的就是这样一条条的古徽道。

走在古徽道上,我的思绪难以平静。山道的艰辛使我浮想联翩。我曾去过云南,见过那里的茶马古道,藏民们运茶和货物,至少还有马作工具,可这在崇山峻岭之中,在这样的陡峭的山道上,马和牛都无法行走,只能靠人挑肩扛。这是何等不易!想想挑夫们穿行于山道中的模样,除了惊叹之外,我说不出更多的话来。

第一次鸦片战争前,中国有着严格的外贸制度,所有的货物出口均要由广州,并由专门的"公行"(约有十二三家,故称"十三行")负责交易,否则即是违法。从皖南到广州,千里迢迢,旅途艰险。道光年间,歙县一个茶商曾记下了由徽州运货物至广州的路程:先是由篁墩至屯溪,再由屯溪至渔亭,再由渔亭至祁门、饶州、赣州,过天柱至安南,翻越大庾岭至南雄,然后经韶关,最后抵达广州,前后两月余。这样的行程,对今天的人来说,几乎是难以想象的。但徽州商人像蚂蚁搬家似的,搬出了一代代富商巨贾,搬出了明清数百年的辉煌。

《南京条约》后,虽然"一口通商"改为"五口通商",海外贸易可由上海出口,路途比广州便捷了许多。但从大山中将茶、木运出,仍离不开古老的徽道。

古徽道,这是徽州通向外界的进出口,也是徽州人赖以生存的生命通道。

有人把徽商比作"徽骆驼",又云"钻天洞庭遍地徽"。即,有人的地方,有城市的地方,就有徽州商人的影子。而这些徽州商人都是从这样的一条条古徽道上走出去的。

古徽道是历史的见证。它见证了徽商的艰辛,也见证了徽商的荣耀。历史已成为过去,但历史的精神永远不会消失,并激励着未来。

走在古徽道上,它给我们的启示是历史的,也是现实的。

(2008 年 7 月)

新安源里好风光

新安源，顾名思义，乃新安江之源头。尽管对新安源头有过不同说法，但勘察结果，有关部门还是认定新安江源头起于休宁县西南角怀玉山脉之六股尖，谓之新安源。其流经休宁境内，谓之率水；屯溪至歙县段称之为渐江；而由歙县深渡始则名为新安江。不过，现如今全流域已统称为新安江了。

这些年，由于写作需要，我常去徽州，也越发对徽州文化着迷。古徽州一府六县，而休宁乃其中名邑之一。有朋友对我说，了解徽州不去休宁不行。诚哉斯言！但我多年来心向往之，而每每错过机会，这次“作家走新安，探秘新安源”大型笔会在休宁启动，我的宿愿终于得偿。

出发的那天是是谷雨，进入休宁便下起小雨。一路上，山道蜿蜒，细雨霏霏，青山苍翠之间雾气蒙蒙，别有一番情趣。同行的评论家钱念孙有感而发，即兴赋诗一首，中有“重峦叠嶂峰波涌，雨雾空濛山欲动”，倒也贴切生动。

下午4时，我们抵达右龙村，这是新安源有机茶的重要基地之一。作为安徽省历史文化名村，此村果然名不虚传。一是历史悠久，建于唐朝末年，至今已有上千年的历史。二是文化底蕴深厚。村内古祠堂、古民居、古亭、古庙、古石、古栏等遗迹随处可见。三是自然景观绝佳。村子位于深山腹地，周围群山环绕，植被丰茂，中有右龙河穿村而过，山清水秀，古树参天，气候宜人，故美其名曰“黄山生态第一村”。走在村中，脑海便不由得蹦出欧阳修的名句：“环滁皆山也。其西南诸峰，林壑尤美。望之蔚然而深秀者，琅琊也……”遗憾的是，欧阳公未能亲临右龙，否则写出比《醉翁亭记》更美的篇章，也未可知。

到达右龙的第二天，我们一行便赶往新安江发源地六股尖。六股尖又称鄣公山、三天子都，海拔一千六百多米，是怀玉山脉最高峰，位于休宁与江西婺源交界处。六股尖之名的由来据说是因为此峰是由六大支脉汇聚而成，故而得名。我们沿率水而行，沿途景色如画，美不胜收，而其中最值称道者，乃龙井瀑布。瀑布高数十丈，由山崖上飞泻而下，虽没有“飞流直下三千尺，疑是银河落九天”的壮观，但亦可领略到袁枚笔下“三丈以上尚是水，十丈以下全为烟”的胜境。

右龙村是一个自然村，但从行政区划上属于冯村，而冯村现如今已与邻近的四门村合并，更名为新安源村。当地人说，由于新安源头水的滋润，这里的生态环境非比寻常。仅千年古杏、红豆杉、香榧等国家珍稀濒危保护野生植物，便随处可见，比比皆是。其中一些参天巨树需五六人合抱，其根状如虬龙之巨爪，凸出地面，向四周延伸，方圆达数平方米，令人惊叹。据随行的当地人介绍，休宁至今尚保存这样一块占地20多亩的古树林，堪称一绝。

一方水土养一方人。徽州拥有丰饶的竹木茶业资源，这是老天对徽州人的特别惠顾，如同石油之于中东。明清徽商称雄于天下，茶、木乃为经营之大宗。古书中此类记载甚多。如“茶业六县皆产，木则婺源为胜”，“茶叶兴衰，实为全郡所系”……如此种种，不一而足。徽府茶叶自古便名扬海内外，如今仍为主打农产品之一。在新安源采风时，我们重走徽商古道，并亲身体验采茶、制茶的过程，感受颇多。过去在一些文艺作品中，采茶女青春靓丽，载歌载舞，可在现实中采茶则是一项艰苦繁重的劳动。拂晓而起，日落而归；烈日之下，汗滴焦土。采茶的难度之大也超出我们的预料。我们试着采摘了一下，要想在茶树上找到叶片就并非易事。当地茶农告诉我们，她们一天采下来，至多能采四五斤鲜叶片，而制成茶叶只有一斤有余。平时，我们喝茶不觉得，可这其中不知包含了多少辛苦。

一路上，陪同我们的方国祥先生是茶业专家，也是新安源茶叶品牌的创始人。他一路上为我们介绍了许多有关茶叶的知识。方国祥先生经历坎坷，曾放过电影、贩过牛，之所以后来转而从事茶业，是因为他看到当地村民一家一户，零打碎敲，既不上规模，质量也无法保证，因此产生建立合作社的念头，把当地农民组织起来，按照统一规范生产经营，严格规定，禁施农药和化肥，并创立品牌，结果方圆两镇数十自然村的茶民皆因此受益。如今，新安源茶叶主要用于出口欧盟等国。提起方国祥，当地村民均赞不绝口，称其为致富带头人，感激之情，溢于言表。谈到了对品牌的认识，我们均有同感。安徽茶好，但在品牌宣传上不如他省，这是不争的事实。方国祥先生对我说，我的电视剧《新安家族》中写到“剑潭雾毫”，该剧播出后，他立即抢注商标，结果还是慢了一步，当时全国有数百家抢注。一旦抢注成功，其价值不下几百万。听了他的话，我感到十分惊讶。由此可见，当今人们对品牌已越来越重视，而文学作品的影响亦不可低估。

三天的笔会转眼便结束了，离开新安源时，大家都恋恋不舍。安徽好地方太多了，好东西也太多了，但许多尚“养在深闺人未识”，未免可惜。在回程的路上，同行的作家都感到自己有责任。秀才人情纸半张，如果大家都能用手中的笔为宣传安徽尽点绵薄之力，也不负这方养育我们的水土。

（2012年4月）

在三河吃米饺

三河米饺在庐阳一带也算是小有名气的吃食了，对此我早有所闻。这次来肥西三河开会，自然免不了要品尝一番。

抵达的当天晚上，负责接待的一位同志就兴冲冲地宣布，明天早餐喝茶、吃米饺。接着又侃了一通米饺如何如何，说得大家心里直痒痒，恨不能马上一饱口福。第二天一早，我们一行便兴致勃勃地来到旅店附近的小饭店——会议就在这里包伙。遗憾的是，我们来得太早，离饭点还有半个多小时。一位矮胖的女服务员这时热情迎上来，笑眯眯地说："先上楼喝点茶吧。"我们欣然应允。

这家饭店规模不大，房子是木制结构的，古老而陈旧。楼下是一个门厅，门厅里边是灶火间，一阵阵油香味不时从里边飘出来。配菜的大案板就面朝大街，设在门厅最醒目的地方，杀好洗净的鸡鸭一只只悬吊在案头上，名种配菜五颜六色地陈列着——这就是活的广告。纯朴的乡镇人不相信什么花花绿绿的宣传，他们更相信自己的眼睛。看来，店家确是懂得一点朴素的心理学的。楼上是喝茶吃饭的地方。当我们踩着吱嘎作响的木楼梯，小心地爬上去时，便仿佛走进了古老的历史和文化。楼上所有的陈设都是木制的：木桌、木椅、木地板，就连门窗也不例外，而且都有了许多年头，陈旧中透出一种沧桑感。在这种氛围中吃米饺，也许才能真正感受这种古老小吃的文化精髓。我们选了一张临街的桌子坐下来，推开木制的小窗，铺设着青石板的小街和大清早热闹而嘈杂的集市便尽收眼底了：卖鸡的、卖鱼的、卖河蚌和各色菜蔬的，应有尽有；人与人，筐子和篮子，拥在一起。在薄如轻纱的晨雾中，人头攒动，红红绿绿，充满了生机。

不一会儿，茶就送上来了。送茶的是个上了年纪的老人，他在每人面前摆上一只青瓷小碗，里边事先已放好一撮茶叶，然后提起一把硕大的、颜色斑驳的长嘴大铜壶，动作麻利地点了几点，碗中的水便贴齐碗边满满地注上了，而且滴水不洒，真让人叹服不止。

一杯茶喝下去，米饺终于端上来了。这是一种用米粉制作的小吃，里边用豆腐调以各种作料为馅，然后用油炸得焦脆。吃起来外面香酥，而内里软嫩，咸中含甜，爽口不腻，堪称物美价廉的小吃佳品。我们美滋滋地吃起来，边吃边兴奋地夸赞着，议论着，探询起米饺的来历。据说，这种小吃流传下来，还与英王陈玉成有关哩。当年这位勇冠三军的太平天国将领在三河抗击清军，浴血奋战，大获全胜，于是当地老百姓就制作了这种米饺来犒劳三军，受到陈玉成的赞赏。从此，这种小吃的名声便传扬开来，并流传至今。这种传说是否确实，谁也说不清楚。当一位年轻的小伙子来为我们添茶时，我们向他问起这个问题，小伙子却吱唔着，腼腆得说不出话来。后来他唤过刚才为我们上茶的那位老师傅，他也回答不上来。

“反正……很早，很早……”老人憨憨地笑着，想了想，又说：“反正……一直就是这样吃的……”

没有必要再探究下去了。放着美味的小吃，还是尽情地品尝吧！那些问题，还留待食品专家们去探讨吧。

（1984年6月）

斯人斯事

有一年，我因椎动脉供血不足入院治疗，吃中药的时候，不由得想起一件往事……

那是1969年冬。我回江苏老家插队，离我们村十几里的地方有一位杨大夫，据说是祖传名医，早年曾在国民党军队中做过军医，看病极神。关于他的故事，当地传闻很多，有的简直神乎其神。常州附近有一个患者，老婆死后便得了一种奇怪的病，每晚胸口疼痛难忍，无法入睡，四处求医，均不奏效。后来杨大夫给他吃了一种自制的丸药。这药一吃下去，立马脚心出汗，杨大夫叫病人服药后把脚泡在水里。据他解释说，这丸药是用来逼病气的，病气随脚心的汗渗出，再用水一洗也就洗掉了。这种传闻究竟有多少真实的成分，我不知道；不过，杨大夫经常给病人用一些自制的丸药倒是真的。我们村里也有人吃过这种丸药，效果很好。用当地的话说，就是"满来丝"的。

杨大夫有一位亲戚在我们公社。有一段时间，我的鼻窦炎发作了，头疼欲裂，苦不堪言，由他这位亲戚介绍，我便去找了杨大夫。杨大夫看上去是一个很随和的人。他满头白发，长得倒也没什么特别之处，只是上唇留着一撮孙文似的小胡子，令我颇感新奇。说话时，他的表情丰富，极富感染力。替我号完脉后，他就提笔开起药方。我问他这病好治吗，他便开玩笑地说我找他算是找对了。"你去访访，"他啧着嘴说，某村某某比你厉害多啦，南京上海都治不了，最后鼻子淌脓水，到我这也就是几副药的事，"你这点毛病，小来稀了！"让他这样一说，我心里顿时轻松下来，药还没吃，头疼也好像减轻了许多。回来吃了药果然有效，以后很长时间都没有犯病，心里不禁佩服起这老头来。

可是，就在我下放的第二年，杨大夫突然出事了，被公安机关“专政”起来。主要罪名是诈骗，据说他的那些丸药都是假的。这是一个下放医生发现的。这医生出于好奇，把一粒丸药送到省里去化验，这才发现这些丸药实际上都是用糖和面粉做的，根本没有药的成分。此事在当地造成了很大的轰动。记得还召开了公判大会，我也赶去看了，会上的杨大夫被剃光了脑袋，胸口挂了牌，脸上有伤痕，像是挨了打。台下人们议论纷纷，有骂的，也有说想不到的，但更多的是惋惜。因为杨大夫毕竟看好过不少病人。

此后不久，我便离开了农村，杨大夫的事也渐渐淡忘了。后来过了许多年，有一次我从报上看到苏联“阿尔法”（反恐怖部队）上校阿纳托利的传记。阿尔托利的女儿报考莫斯科大学时，心理压力很大，于是阿尔托利就想到一个主意，他对女儿说，“阿尔法”部队有一种特制药，是部队执行任务时用来保持镇静的。他让女儿吃了这种药，果然消除了女儿的紧张情绪，使她顺利地考上了莫斯科大学。其实所谓的特制药不过是维生素C片而已。

看到这条消息，我又突然想起了杨大夫。其实，心病心治的案例，在中医典籍已有不少记载，只是没有在理论上明确而已。近年来，国外时有报道，美国科学家正在开展一项利用“假药”治疗心理疾病的研究。报道说，对于那些心理疾病患者，药物本身常常并不重要，重要的是使他们感到自己正在接受有效的治疗。杨大夫的医术高明，又系祖传，他的那些所谓的假丸药，是否也是出于治疗心理疾病的需要呢？这完全可能。于是，我立即写信给老家的一位朋友，询问杨大夫的情况。不久，朋友回信说，杨大夫在公判大会之后便入了狱，后在狱中被折磨而死，据说死得很惨。

看完这封信，我唏嘘不已，感慨良多。世上常有这样的事，一种创造的价值，往往要许多年之后才会被人们所认识。正因为如此，有的创造给创造者带来的是荣誉，而有的却是灾难。想到这里，我的心情难以平静，不吐不快。此后我便以此为素材，创作了小说《祖传绝技》，算是对杨大夫的一点纪念吧。

（1994年12月）

聊补无"酒"之憾

年轻时，我不大爱喝啤酒，觉得胀肚子，还不过瘾。那时，自恃有点酒量，加之年轻气盛，逢年过节，或朋友聚会，常率性而为，恣意胡来。自己酒量有多大，并不清楚，反正到了酒桌上，兵来将挡，水来土掩，倒也应付自如。记忆中只醉过一次，那是一个亲戚结婚，当时几个弟兄打拼上了，不知不觉喝多了，骑车（那时还没的士）回家路上，走到大钟楼便呕吐不止，此后身子发飘，车也没法骑了，只好在马路边呆坐了好几个小时，闹得内人提心吊胆，如果当时要有110，估计她非打不可。

后来，我的胃渐渐被糟蹋坏了。第一次出血是在1987年，当时我在北京学习，狐朋狗友们碰到一起，当然就拿身体不当身体了，熬夜、喝酒，怎么痛快怎么来，最终把"锅"搞坏了。到医院一检查，四个加号，医生当时就不让走了。客居他乡，独自一人住在医院里，自有一番悲凉。更糟糕的是要做胃镜。当时还是第一代胃镜，管子奇粗，硬是从喉管里塞进去，塞得我死去活来，翻江倒海直恶心，直到如今只要想起还直冒冷汗。于是下决心要好好善待自己的胃，从此不再喝酒。

可是，人的忘性大，时间一久，便好了伤疤忘了痛。上了餐桌，便有些蠢蠢欲动，加上有好事者唯恐天下不乱，左劝右劝，于是死灰复燃。不过，头脑尚保持一丝清醒，那就是喝一点可以，切不可多喝。然而，尽管如此，我的那口"破锅"还是承受不了酒精之重。此后又接二连三出血。记得最严重的一次出血是在夜里，当时由于出血量大，我被送到医院后就昏迷过去。第二天醒来时，方知已输了两瓶血浆。这一次，我指天发誓，立地成佛。别人请吃饭，首先声明，饭可吃，酒不喝。到了桌上，即便冒着最"恶毒"的语言，甚至朋友翻脸的危险，也决不沾酒。久而久之，大家都知道我的“锅”不行,也不再让我喝酒,经常是享受女同胞的待遇,喝些牛奶饮料之类。

从健康角度说,这无疑是好的,可自己总感到哪里不得劲,好像少了什么。每逢上了餐桌,面对满桌佳肴,看着别人推杯换盏,不免遗憾多多。有朋友劝我说,不妨喝点啤酒试试,啤酒号称液体面包,对胃有利而无害。我想也是的,于是便尝试着喝起啤酒。这一喝效果倒不错:一是对胃刺激不大,自己那口千疮百孔的“破锅”可以承受,特别是在炎炎夏日,傍晚打球回来,喝上一罐啤酒,感觉特爽;二来啤酒虽不能与白酒、红酒相提并论,但好歹也算酒啊;三是最关键的一点,那就是让我找回了一点喝酒的感觉。人的感情是需要释放的,而释放的形式也很重要。中国人遇到高兴事,总免不了要聚在一起大吃一顿,而光吃不喝,从形式上便有了缺憾。既然不能喝白酒、红酒,那么喝点啤酒也不错,就算是聊补无“酒”之憾吧。

不久前,欧锦赛开赛,我便备下啤酒和小菜(这也是形式的需要,没这种形式就达不到看球的快乐),凌晨即起,边喝边看,感觉极佳。有一天夜里,记得是小组赛最后一场,捷克对德国,时天降暴雨,电闪雷鸣。2点40准时起床,打开电视,此时双方队员正在进场。我也打开啤酒,摆好吃食,恰在这时突然停电。这一来,可把我和儿子急坏了,忙不迭地检查电路,发现电路并无问题,而是停电所致,于是心中暗自叫苦,但并不死心,心想说不定电马上就会来,于是点上蜡烛,耐心地边喝啤酒边等待。然而,那晚电终于没来,好在酒喝下去后,心也平静下来,自我安慰说这场球并不重要,不看也罢,然后便晕乎乎地上床睡了一个好觉。如果没有啤酒,我的心里肯定懊恼不已,恐怕连觉也睡不好。或许,这也算是啤酒的又一妙处吧。

(2005年4月)

记 性

《安徽文学》复刊后，我向老作家彭拜先生约稿，彭老很爽快地答应了，不久就寄来一篇《我的记性坏》。稿中抖落了他记性坏的种种表现。比如，一本书前边看了，后边就忘了，等等。本来都是一些令人苦恼的事，但彭老用一种乐观的笔调一一写来，并且还别出心裁地总结出了一些健忘的“好处”。比如，看过的书忘了，再看仍像看一本新书，因而也就重新有了读新书的感受。再比如，一些不愉快的事，很快忘掉了，也有利于心理健康，不容易得病，等等。这恐怕是彭老一贯的人生态度。认识彭老的人都知道，他一生坎坷，磨难多多，但他始终以积极乐观的态度对待人生，很值得学习。

稿子当时就定下发表了。几天后，彭老寄来一信，说稿中有个别字句需作调整，如果方便的话请予改正。看过信后，我就准备交给责任编辑，可责编不在，于是便放在桌上，想好了明天再交，谁知事情一多就忘了。

编辑部每天都要接到大量的文稿书信，且当时《清明》和《安徽文学》合署办公，我身兼两刊主编，桌上稿件一天到晚堆得乱七八糟。春节前，实在看不下去了，就腾出时间来整理了一下。这一整理，便把彭老的信整理出来。我想坏了，这事怎么就忘了呢？而且稿子后来怎么安排的，也一点想不起来了。于是赶紧去找分管散文的副主编潘小平询问，她也不记得此事了。于是，我又把桌子、柜子及抽屉翻了个底朝天，仍然不见稿子踪影。后来，我就一个一个编辑问，问到鲁书妮，她说这稿早发了，她是责编，记得很清楚，好像是去年哪一期。小贺又找来去年的合订本，果然发在去年第10期，这才放了心。小贺开玩笑地说：“季主编，我看你干脆也写一篇，题目就叫《我的记性更坏》。”在场者全都大笑。

的确，我的记性有时非常糟糕。光是找稿子的事就经常发生。有时还和编辑们纠缠不清：我说稿子给他们了，他们却说没有，结果有时是他们的错，更多的时候则是我的错。这样的事经常发生，逼得我没办法，只好做起记录。

这还算好的，还有比这更糟的。有一次，我翻柜子发现一件纪念品，怎么也想不起来这是哪来的。回家后我对妻说，也不知是哪次会上发的，竟忘在柜里了。妻说好嘛，瞧你这记性，真成问题。过了几天，同办公室的人突然问我，是不是看见那件纪念品了。我说我还以为是我的，带回去了。原来是那人放错了柜子。这事后来也成了一件笑谈。

记性坏有时真让人悲观。俗话说，书到用时方恨少。实际上恨书少，还不如恨自己记性差。许多看过的东西，到了用时却记不起在哪本书里了，只好一本本从头查找，不胜其烦。那么做笔记吧，好记性不如赖笔头。可要把看过的东西都做笔记，这不可能，时间和精力也不允许，而只要不记，看了等于白看，到了用时便踏破铁鞋无觅处，唯有摇头叹息，恨不记录初读时。但悲观归悲观，这是现实，谁也改变不了。人脑不是电脑，没有存盘功能，忘却不可避免。然而，一本书哪怕留下一点印象，或记住一个观点、一句话，这也是收获。因此，尽管不断地忘却，书还是要读的，文章还是要写的。就像歌里唱的：这就是人生。

（2002年4月）

China 姚

姚明来了，在合肥掀起了一股热潮。中澳对抗赛的球票也顿时紧张起来，其紧张程度远远超出了我的想象。几年前，中澳对抗赛也曾在省体育馆打过，当时我随便拨一个电话就弄到好几张球票。可这次不同了，接连问了好几个人，都摇头说票不好弄。最后打电话给晚报的秦连新，连新可是体育界和新闻界“大哥级”的人物。用周旗的话说，他要弄不到也就没人能弄到了。但连新接到电话后，也没了以往的爽气，用十分保留的语气说，尽量弄吧。

篮球是我的一大爱好，从年轻时就爱打，打过校队，在部队时还打过团队和师队。现在年龄渐大，体力大不如前，但每晚闲来无事，还要到球场蹦跶一会儿，出一身透汗，用年轻人的时髦话说，那真叫爽啊！由于爱好，平时看电视也常锁定体育台，NBA 的转播几乎场场不落。有一年去武汉参加《芳草》杂志笔会，正赶上 NBA 总决赛，于是大会组织游玩时，我却找借口躺在宾馆里美美地享受电视转播，让与会的一些朋友大惑不解。这次中澳对抗赛来到合肥，当然也想一睹为快。可没想到票这么紧张。连新对我说，主要是姚明来了，有不少人迷他啊。

这倒是事实。姚明现在已成了世界级人物，特别是在美国华人圈内，其大名更是如雷贯耳。我这次积极弄票还有一个原因，那就是因为我的一个小侄子从美国回来探亲了。在姚明来肥之前，米卢也来到合肥，当时有朋友送票来，我儿子问凯文（小侄子的美国名）去不去看，凯文说：“米卢是谁？”显然他对米卢一无所知，可当听说姚明要来，马上来了情绪，一口一个“China 姚”，崇拜之情溢于言表，可见姚明在美国华人圈内的影响有多大！凯文并不会打球，但他喜欢姚明，他在美国住在波特兰，还没有机会亲眼见过姚明。听说姚明来了,当然很想一睹为快。我得满足他愿望。

临近比赛的日子了,连新打来电话,说票差不多,但只有一张。我说一张不行,起码得两张。连新差点叫起来,一张还没拿到手哩。我解释说,有一个美国来的亲戚,才上小学,一张票让他怎么去啊?得有人带他啊。连新听我这样一说,只好勉为其难,弄了两张票来。但这两张票是轮不到我的,因为有一张是我儿子的。他也是一个体育迷。

比赛的前一天晚上,朋友聚会时遇到商报的赵焰,他刚采访了姚明,文章发了满满两大版。他把报纸拿给我看,我说你能弄到票吗?这一问倒把赵焰给难住了。他把票如何紧张陈述了一遍,最后说试试看吧。我一听也就不抱什么希望了,没想到第二天,赵焰却把票送来了。可这张票还是轮不到我,因为有一个小侄女早就等着哩,她也是姚明迷,弄到票后当然得先给她。

晚饭后,儿子领着表妹和表弟浩浩荡荡去了体育馆,我便坐在电视机跟前看转播。看到体育馆里人山人海,万众欢腾的景象,心里不免生出一阵感慨,这其中恐怕有一半,甚至三分之二的人是不懂球的。他们是冲着姚明去的,冲着明星去的。于是,我突然理解什么叫明星了,明星就是让外行跟着瞎起哄的人。

(2003 年 8 月)

儿子当上小组长

儿子上学后，当的最大的“官”便是小组长了。学校里的“官”要说起来，种类不算少。班上有班长、班委，少先队里有大、中、小队长，各科有课代表，就连小组长还分语文组长、数学组长什么的。一个班四五十人，干部就占了一半。尽管如此，能够混上小组长这个比芝麻还芝麻的头衔，对我儿子来说也是极难得的。妻有时半开玩笑地对儿子说：“你看看，你的表哥表姐有的当了大队长，有的当了学习委员，可你连个小组长都搞不上，不难为情吗？”儿子反驳说：“有什么了不起，请我当我还不想当哩！”

老实说，我并不赞成儿子在班上当干部。在我看来，孩子只要学习好，当不当干部无所谓。然而，我很快就发现，问题并不那么简单。

记得上二年级的时候，儿子曾当过一次小组长。那天从学校回来，他表现得格外听话。作业早早地做完了，字也写得特别认真，这的确让我们大感意外。整个晚上，儿子的情绪都显得有些亢奋，好像有什么事憋在心里，欲言又止。直到临睡觉，他才忍不住了，有点腼腆地对他妈妈说：“老师今天让我当小组长了。”

“哦，那不错啊！”妻立马把他鼓励了一番。

可好景不长。不到一个星期，有天我去学校接他，几个同学看见我，便叽叽喳喳地对我说：“叔叔，季然小组长给下掉了，他上课讲话。”儿子从教室出来后，我问他是不是这样的，他便耷拉着脑袋，小声咕哝道：“我没讲话，没讲话，老师看错人了……”我知道他这是在狡辩，老师是不可能冤枉他的。

知子莫若父，儿子的毛病我这个当爹的最清楚。他的最大的问题就在于缺乏责任感，所有的事情无不依赖别人，就连做作业这样起码的事情，如果我们不加以督促，他也常常不能自觉主动地完成。有段时间，我们工作一忙忘了督促他，他便连作业也不交了，直到有一天老师把我找去，我和妻才警惕起来。那次回到家里，我把他狠狠教训了一顿。这以后不交作业的情况倒是有了改变，但他的学习态度仍然很糟糕。作业做得马马虎虎不说，还经常偷工减料。一次，我出差回来检查他的作业本，竟发现上面一连有好几个红笔批的“缺”。其中有个“缺”字写得老大，后面还加了三个惊叹号，足见老师当时是何等愤慨。我安慰自己说孩子还小，但他身上所缺乏的责任感不能不令我担忧。这不仅是他，实际上也是他们这一代人最致命的弱点。

儿子上四年级后，换了一个姓丁的班主任。这是一位四十来岁、相当有经验的老师。不知她看中了儿子哪一点，开学没多久就宣布让他当了小组长。当儿子把这消息告诉我们后，妻既高兴又担心。她说：“这回你可要好好干啊，别没几天又给下了。”儿子红着脸说：“不会的。”这一次他居然没有失言，不但一直干了下去，而且第二学期还连任。

渐渐地，我们也发现儿子身上的确有了一些变化。尤其是作业有了明显的进步，不交作业的情况再也没有发生，“缺队长”也不当了。有一天晚上，家里停电，那天学校里布置的作业又特别多。儿子做到很晚还没做完，蜡烛又用完了。我们劝他不要再做了，并答应明天给老师写个条子说明情况。但儿子执意不肯，坚持要她妈妈打着手电把最后两道题做完。他说：“我是小组长，自己不做完，怎么收别人的本子呢？”望着他那副认真的神态，我不禁颇有感触。就在这一霎那，我突然意识到儿子身上的变化是什么了。这就是责任感！——一种他们那一代人最缺乏，也是最宝贵的品质开始在他身上出现了，尽管这还只是开始，但我仍然有理由为他高兴。

（1994年4月）

运　气

一次打开收音机，里边正在讨论关于运气的话题，不少热心听众纷纷打进电话，发表自己的见解，倒也引发了我的思绪。

去年黄山笔会时，从山上下来，在温泉游泳时，我和江苏作家苏童、叶兆言闲聊偶然地涉及这个话题。苏童说，过去他写小说，用的是真名，结果老是退稿，改用“苏童”这个笔名后才走起运来。而叶兆言说，他正相反，以前用过许多笔名，总也不顺，不少稿子都石沉大海，改用真名叶兆言后，这才给他带来了好运。“这里边绝对有讲究。”叶兆言肯定地说。

当然，这些都有很大的“戏说”成分。不过，运气这玩艺儿有时好像确实存在，由不得你不信，否则许多事情就不好解释。

我对运气的理解主要有八个字，即“谋事在人，成事在天”。这个观念的形成很大程度是受父亲的影响。父亲是个抗战初期就投身革命的老战士。他兢兢业业，清明廉洁，是个忠贞的马克思主义者，却一生坎坷，受尽磨难。长期的军旅生活拖垮了他的身体。从我记事起，他就病歪歪的，经常住院。妈妈对我说过，我刚出生那一年，父亲就因肺结核大吐血，医院还发了病危通知单。尽管父亲的身体十分虚弱，但他是我一生中见过的最有毅力、最坚强的人。父亲做事情常常有一股子不达目的绝不罢休的狠劲，许多事情在我们看来几乎是绝望了，但他仍要坚持，仍要努力。我们兄妹中做的任何事，只要他认为是正确的，哪怕困难再大，他也总是鼓励，从不泼凉水。我刚开始学写东西时，弟妹们都对我的所谓作品报以善意的嘲笑态度，但父亲不。他躺在病床上仔细地看完了我的第一篇小说，并极其认真地提出了他的意见。他虽然不懂多少文学，可他的态度给了我一种良好的自我感觉。父亲经常对我们说：“谋事在人，成事在天。

有些事情做不成那是天意，但你不努力，以后就会后悔。”后来的许多事情都证明他的话是正确的。

有一件事，直到现在我仍记忆犹新。那是1979年前后，我弟弟两次高考都很不走运，其中原因比较复杂，因为他考的是美术专业，分数评定有很大的伸缩性。他第二次落选后，全家都很沮丧，弟弟的情绪也低落到了极点。大家一致认为，再考已经没有意义了，就连弟弟自己也失去了信心。妈妈主张立即给弟弟安排工作，她不忍心再让自己最小的儿子去遭那份折磨。在全家的反对声中，父亲却坚持继续考。他说，既然还有机会，就应该再试试，否则他将来一定会后悔的。在父亲的坚持下，弟弟又苦干了一年，终于一试而捷。记得录取通知书到达那一天，全家都高兴极了。妈妈特地烧了一桌好菜，父亲兴致颇高，很难得地喝了一点红酒。饭后，他让我陪他去澡堂洗澡。父亲的身体很瘦弱，身上的肋骨历历在目，每次替他擦背时，我心里都有些伤感。我觉得老天太不公平了，凭着父亲的毅力，如果给他一个好身体，他一定能做成功很多很多事情。这一次，在澡堂里替他擦背时，我又想到了这一点。就在这时，父亲突然回过脸来，没头没脑地笑眯眯地对我说：“我还是那句话，谋事在人，成事在天，你们以后一定要记住。”

如今，已经十几年过去了，那天的情景和父亲的话仍深深地印在我的脑海里。在我一生中，父亲可以说是对我影响最大的一个人，他的这句话也成了我的一个座右铭。从那以后，不论做什么事，我总要尽自己最大的努力——不为别的，就为了将来自己不后悔。

（1995年6月）

爱　好

我总认为，人要活得有点质量就非得有点业余爱好什么的。否则，他的生活一定是枯燥乏味的。其实，世界上没有业余爱好的人也许是不存在的。如果有人坚持认为他没有任何业余爱好，那我想，极大可能是他的爱好太不起眼，以至于连他自己也忽略了。

曾经有一次，一位记者朋友问我："你的业余爱好是什么？"我竟让他问住了。倒不是因为我没有爱好，而是因为我的爱好太广泛，且又不大突出，所以一时间不知怎么回答才好。事后，我认真地想了想，在我诸多的爱好中，要论"历史悠久"，恐怕非球类莫属。除了高尔夫球之类改革开放后引进的"洋"玩艺外，几乎所有在国内较为普及的球类，像足球、篮球、乒乓球、羽毛球，等等，我都"好"过，而且极为投入。记得小学三、四年级时，我就经常随大一点的同学，步行到离学校和家里很远的农学院、合工大球场去踢球；我们还多次敲碎过机关乒乓球室的玻璃，破窗而入，过一把乒乓球瘾。至于踢球踢破人家窗玻璃而被告状者告到家里，更是家常便饭。为此，我没少挨父母的责骂。但积习已深，改也难。

回忆起来，在我的球类运动史上，最为辉煌的一页当属在部队时打过师篮球队。每当集训、比赛期间，也是我感到最快乐的时光。在部队这个荣誉感极强的氛围中，竞技篮球所激发出的自豪感足以令我陶醉。因此，有一段时间，我对篮球的迷恋达到了相当程度。直到如今，每当看到别人打球，还是禁不住手直痒痒。

然而，随着年龄的增长，体力下降，精力也有限了，再加上工作环境的变化，打球对我来说已经是越来越少了，但兴趣依然未减，只是改变了形式——改"打"为"看"了。空闲下来，打开电视，欣赏一段美国 NBA 篮球赛，或意大利足球甲级联赛，在我仍然是一种最好的享受。如果赶上四年一度的“世界杯”，那就更令我欣喜若狂。

当然，由于阅历的增长，如今看球也与过去不完全相同。除了输赢和技战术之外，有时也能从文化角度和人生意义上感悟许多球赛之外的东西。在这次世界杯期间，我的一位朋友因在单位里没评上职称，情绪坏极了。他的夫人让我劝劝他，我便把他邀到家里，可开始怎么劝，他都油盐不进，甚至还朝我发火，让我少给他讲大道理。那天晚上，正好有两场世界杯比赛，其中有一场是被行家们视为“世纪之战”的巴西对荷兰的比赛。这位朋友也是球迷。在观看比赛时，我注意到他的情绪发生了明显的变化；及至比赛结束，他已是激动不已。临走时，趁他情绪好，我本想再劝他几句，谁知刚开口就被他豪迈地一挥手打断了。他说：“职称算个屁！你说罗纳尔多是什么职称？”有他这句话，我知道不需再说什么了。几天后，他夫人打电话给我，说他从我这里回去后情绪十分高涨。她还在电话里连声说谢谢我。我说：“别谢我。要谢，你就谢世界杯，谢罗纳尔多。”

什么叫活得有质量？一种理解，一种感悟，一种超脱，我想这就是质量吧。而这一切，又常常与自己的爱好紧紧联系在一起。

（1994 年 8 月）

沉　默

我这人有个毛病就是话多，不会沉默。妻曾抱怨说："如果你每天少讲几句话，肯定会多写几部长篇。"或许她的话有点道理，因为说话的确能够产生能量。记得好像是索尔仁尼琴在哪篇小说中写道，如果把一个人一天说的话转化为能量，可以煮沸一壶开水。不知此话有无科学根据。

然而，就是我这个不会沉默的人，曾经有过一次了不起的沉默的经历。

那是我上小学的时候。一天，父母亲下班后，很严肃地把我叫到面前，交代我不准再去大楼里玩。他们说的大楼就是机关办公大楼。那时候，我们这些孩子在大人下班后常爱去那里玩。我不知出了什么事，后来碰到大院的沪生，才听说大楼里贴满了大字报，有写沪生父亲的，也有写我父亲的。沪生比我大几岁，是大院里的孩子头，他讲义气，而且够种，打起架不要命，我们都打心里服他。至于大字报是怎么一回事，他也不清楚，但我们心里都明白，这肯定不是什么好事情。一天晚上，我按捺不住好奇，从窗户里翻进了大楼，就在这时，我看见了沪生，只见他正在撕扯大字报。沪生这时回过头来，也看见了我，但他并没停止撕扯，反而加快了动作。撕完之后，好像意犹未尽，又操起毛笔在墙上写下了"王八蛋"三个字。我记得很清楚，他把"蛋"错写成了"旦"。从大楼里跑出来后，沪生对我说："你可别翻舌！"又警告说："翻舌就是叛徒！"——叛徒，这是我们当时心目中最可耻的字眼——我向沪生保证不会当叛徒，沪生很高兴，他对我说，我把写你爸爸的大字报也都撕了。

第二天，机关里翻了天。撕大字报成了一个严重的事件。当天下午放学后，机关里所有的孩子，只要会写字的，都被学校召到楼下的一个办公室里，由教导主任亲自报听写。在报听写的过程中，我看见机关里有两个大人，正在走廊上与学校领导叽叽咕咕地说着什么。事后，我们才知道，他们这是为了查对笔迹。在所报的听写中就夹着“王八旦”三个字。但不知为什么，这一招没有奏效。

又过了两天，一些有嫌疑的孩子被集中到保卫处去了。这一回派出所也来了人。别的孩子都很坦然，但我心里揣着秘密，所以特别紧张。沪生大约看出来了，在我要求上厕所时，他也找机会跟了出来，给我打气说：“什么都别说！我都不怕，你怕什么?”听了他的话，我便鼓起勇气，下决心死活不开口。保卫处和派出所的人连哄带吓，却毫无所得。后来，一个胖胖的大人便牵着一条肥大的狼狗出现在了门口。派出所的人宣布说，再不说就让狼狗闻了。听了这话，我差点晕过去。看着那条拖着舌头、眼睛闪闪发亮的大狼狗，内心的防线也几乎要崩溃了。就在这时，站在我旁边的沪生狠狠地捏了我一把，我才勉强振作起来。后来派出所的人又说了什么，我一句也没听进去，两眼只是死死地盯着那条狼狗，害怕它随时扑过来，心里恐惧得要命。然而，幸运的是，那个胖胖的大人始终没有把狼狗牵进来。事后，我们才得知，那狗根本不是派出所的，而是一家仓库的，把它牵来就是想吓唬我们一下。

然而，我们最终没有被吓倒。尽管在压力之下，我曾害怕过，可最终还是保持了沉默，这使我深感自豪和骄傲。至于当时支撑我的信念是什么，现在回想起来，其实很简单，那就是：不当叛徒！

（2000 年 6 月）

出错

“文化大革命”中流传一个笑话，某“革委会”主任在会上作报告，念到“阶级斗争要狠狠地抓”时，主任把“狠狠地抓”念成了“狼狼地抓”。坐在一旁的秘书急了，小声提醒道：“狼没一点。”主任却得意地大声说：“我早看出你少写了一点，我给你加上去了。”引得台下哄堂大笑。后来在写《灰色迷惘》时，我把这一细节用了进去，居然收到山东一位读者的来信，说他们厂里就有个头儿念错别字特别有经验，“文化大革命”中经常把“狠狠抓”读成“狼狼抓”，直到如今仍有个外号叫“狼狼抓”，问我的小说细节是否由此受到启发。我当然矢口否认，不过心里也暗自称奇，可谓天下之大，无奇不有，妙哉斯言。

中国的汉字是世界上公认的最复杂的一种文字，据我所知，能够不依靠字典而把汉字认全的人并不多，因此出错有时也在所难免。我当编辑后最感头痛的事便是校对。每每校对，都感到是一种负担，甚至比编稿、写稿还费力。特别是自己编的一些熟悉的稿件，只要脑子稍一松懈，闹不好就要出错，即便十分认真，也难保百分之百的正确。出版部门规定的允错率为万分之一，而现在的出版物能达到这个标准的并不多。有人戏之曰：“无错不成书。”据报载，某出版社出版的一部工具书，错误率竟高达万分之四十之多。这简直是犯罪！编辑的素质和现代人的浮躁，也由此可见一斑。当然出错的原因是多方面的。比如有一次，印刷厂将“床笫”错排成“床第”，三校我改了三次，结果印出来仍然是错的。一了解，原来排字工人根本没有意识到这两个字还有差别。他也在纳闷，以为我闲得难受，无事找事做哩。以后有了经验，再遇到这类情况便要在一旁注上“此字是‘笫’不是‘第’”之类，错误才大大减少了。

出错是一件令人沮丧的事情,但有时也会产生意想不到的效果,让人津津乐道。不久前,我用电脑敲了一篇小说,寄到一家杂志社去。打印时不知哪里出了问题,中间竟没头没脑地冒出了好几段文字。当时我也没有察觉,及至发现赶紧打电话到那家杂志社去。编辑一听,在电话里笑了。他说:“老兄,你这一错不要紧,害得我琢磨了好半天,以为你在玩什么意识流哩。”我也忍俊不禁,没想到竟然错出了“先锋”味来,岂不有趣!

出错大体上反映的是一个学识和水平问题,可有时也不尽然。儿子上一年级时,有位代课老师在黑板上布置完作业后,常常要加上一句“家长要鉴字”,把“签”字错写成“鉴”了。不止一个家长对我说过,老师写错字了,可就是没有一个人纠正。我有好几次话到嘴边,也咽了回去。如今儿子已经上五年级,有一次我偶然路过低年级教室,看到黑板上仍然写着“家长要鉴字”,心里顿时涌出一股说不出的感触。我能说什么呢?人活得太世故了,所以才常常感到累。

(1994 年 7 月)

英伦见闻琐记

去岁冬，我随安徽摄影家代表团赴英参加交流活动。这次活动我省共去了30多位摄影家，省摄影家协会名誉主席徐殿奎、主席陈志勇、副主席兼秘书长乐卫星等我省顶尖的摄影高手都在此列，可谓阵容强大。交流活动的重头戏是举办“魄力安徽，走向世界”摄影展。展览的地点设在剑桥大学的一座学术楼内。剑桥大学成立于1209年，最早是由一批为躲避殴斗而从牛津大学逃离出来的学者建立的，后来声誉日隆，成为世界著名的十大学府之一，先后有81位诺贝尔奖得主出自该校。

开展当天，剑桥下着蒙蒙细雨。一些古老的建筑笼罩在烟雨之中，显得颇有诗意。为这次展览，英国皇家摄影家协会理事长迈克尔·普理查德专程从伦敦赶来。他在开幕式上发表了热情洋溢的致词，两国摄影家还互赠了摄影作品。开幕式结束后，迈克尔先生在卫星主席陪同下兴致勃勃地观看了展览。这位英国同行一边看，一边与大家交流，尤其是对一些表现安徽乡土风情和民俗的作品，表现出了浓厚的兴趣。他说，这些从没见过，一定很有趣。卫星主席向他发出邀请，说他如去安徽，可以带他亲眼看一看、拍一拍。迈克尔表示十分向往。在一幅反映淮河大坝的作品前，迈克尔表示赞叹，他说中国政府可以集中财力修筑这样的大坝，在英国却很难。走到一幅表现童趣的作品前，迈克尔会心地笑起来。这幅作品是几个村童坐在社场边看着前方某处开怀大笑。迈克尔指着作品说，这位作者一定是说了什么笑话，把他们逗乐了。迈克尔说这话时，我想摄影不分国界，有许多相通之处，他或许也有过这样的经历吧。在剑桥的活动虽然短暂，但十分圆满，英国当地的报纸也予以了报道，并配发了照片。

在英国交流期间，给我印象最深的是当地的环境。所到之处，满眼皆是蓝天白云，大片的绿草地，鸟群飞翔，牛羊悠闲地在吃草。那种宁静而富有诗意的画面让人沉醉其间，留连忘返。记得前往苏格兰罗梦湖时，雨后天晴，暮色降临，空气格外清新。湖的周围充满宁静，除了我们一行，几乎没有其他人。美丽的罗梦湖就像一个冷艳高贵的美女静静地凝视着我们。置身在这样的美景中，环顾清澈的湖水和周围的群山，我想起了王维的诗句“空山新雨后，天气晚来秋。明月松间照，清泉石上流”。在英格兰一处乡村小镇的农舍周围，门前池塘环绕，远处的山坡上不时有鸟群飞过。这又让我想起杜甫的诗句“舍南舍北皆春水，但见群鸥日日来”。尽管时值冬令，眼前的景色还是让我想到了一年中最美好的季节——春天和秋天。

对于这些美景，摄影家们自然不会放过。一路上众人长枪短炮，噼啪作响。每到一处，更是四处搜猎，不肯放过一个镜头。有的人还起早贪黑，冒着大雨，甚至忘了吃饭，用镜头记录下一个个美好的瞬间。他们这种忘我的精神，令我自叹弗如。卫星主席对我说，这次赴英大家收获不少，回去可以出一个摄影作品集。他让我也选几张照片出来，一并选入集中，并敦促我几次，可我有自知之明，与这些行家相比，我的那些照片实在太业余，摆不上台面。不过，我想，这部作品集还是很有意义的。除了欣赏摄影家们的精彩作品，还可以看一看英国的风光美景，从中或许能给我们很大的启示。

英国的空气污染一度相当严重。自18世纪工业革命以来，大量的污染排放导致环境恶化。尤其是伦敦，被称作雾都。1952年发生的“雾霾事件”，至今让人谈虎色变。这次事件从当年12月5日到8日，持续四天，伦敦上空毒雾弥漫，造成伦敦市区4000多人死亡，而在此后两个月内，亦有近8000人因为烟雾事件而死于呼吸系统疾病。这件事曾使我对英国环境留下了恶感。然而，此次赴英，情况则完全相反。这种巨大的变化，盖因“雾霾事件”以来，英国人便痛下决心，花大气力治理空气污染，连续出台各种防治空气污染的法规，采取一系列严苛的措施，限制各种污染排放，同时大规模兴建绿地，终于收到效果。到了1975年，伦敦的雾日已由每年几十天减少到了15天；1980年则进一步降至5天。反观国内，我们正在重蹈英国1952年以前的覆辙而浑然不觉。众所周知，这些年国内雾霾情况日益严重，虽还没有到达直接致人死命的程度，但间接的威胁已不可低估。青山绿水、干净的空气正在逐渐远去，甚至成为不可企及的奢望。尽管如此，我们的反思和对策却远远不够。我以为，英国的过去和现在就是一面很好的镜子，我们不妨照一照，特别是那些掌权者，可以从中吸取有益的经验教训。

在英伦十多天期间，我的感受颇多，不过有一件“奇遇”一直令人匪夷所思。那是一天下午，我们前往大英博物馆参观。该馆成立于1753年，是世界上历史最悠久、规模最宏伟的综合性博物馆，其藏品之丰富、种类之繁多为全世界博物馆所罕见。乘车前往时，翻译一再提醒大家，说博物馆小偷很多，多来自东欧等国，大家需要小心。可我不以为意。因为我的钱包和护照等都放在随身的小背包内。这包随我多次出差和出国，两道拉链，十分安全。但我没想到的是，这次在大英博物馆却出了问题。当时，记不清是从哪个馆出来，正好有个电梯，我便上去了。跟在我后边的是几个穿羽绒服的人。电梯本来不大，加上欧洲人体格胖大，又穿着羽绒服，电梯内便显得拥挤。到达二楼时，我下电梯时稍稍挤了一下，出来后便下意识地看了一下背在身前的小包，一切正常，拉链也拉得好好的，于是便没在意。就在我上楼时，忽然有一人从后边追上来，叫着什么。我驻足一看，是一个外国人——现在回想起来，那人长什么模样已记不清了，只记得他是一个中等身材、肤色较黑的人——我正好奇，只见他手上举着个钱皮朝我示意。我顿时一惊，这不是我的钱包吗，怎么在他手中？我连忙检查我身前的小包，两道拉链拉得好好的，可钱包已不翼而飞——我的天！这里的小偷果然名不虚传，身手了得！——就在我惊诧莫名之时，那人把钱包递给我，我一看里边钱、证都在，不禁暗舒一口气。就在这时，那人已转身离去。由于事发突然，一时间我竟没有反应过来。事后，我一直在想，那送钱包的人究竟是谁？是小偷？良心发现？还是其他什么原因？后来我和翻译探讨过这件事，翻译分析说，还你钱包的不可能是小偷，很可能是大英博物馆的安保人员。我想也许如此。算我幸运，躲过一劫。不管那人是谁，可以肯定的是，他是个好人。看来英国也有活雷锋啊。遗憾的是，我连声 thank you 都没来得及说，只有在心里真诚地为他祝福——祝好人一生平安！

（2015年3月）

第二辑

认识一个人，认识几个人，或者认识一些人，都是可能的，但要识尽天下之人，难乎哉。因为人是复杂的，而且是变化的。所谓路遥知马力，认识一个人往往需要时间和机会。有的人我们也许一辈子也不可能真正认识。甚至有的人死了也无法盖棺定论，需要几代，甚至十几代，才能逐步拂去历史的尘埃，还其本来面目。从这个意义上讲，没有永远的伯乐，却永远存在被埋没的千里马。

段祺瑞其人其事

清末民初，中国有两个“合肥”名噪一时。一个是李鸿章，李合肥；另一个就是段祺瑞，段合肥了。以籍贯名之，这是旧时对有名望者的一种尊称。如，袁世凯被称作袁项城，张之洞被称为张南皮等等，不一而足。

笔者自幼在合肥长大，当然早闻段乡党的大名。小时候，家居附近——位于合肥市六安路与淮河路交界处一带——被称作段家祠堂。我一直认为，这便是段祺瑞的家祠了。后来方知，此段非彼段，该祠堂乃属段芝贵所有。段芝贵，字香岩，是合肥南乡义城集人，晚清时做过黑龙江巡抚（封疆大吏），民国时做过陆军总长（相当于国防部长），在近代合肥历史上也是响当当的人物，但其地位和影响远不如他的同乡段祺瑞，尽管他与段祺瑞同时为官，论辈分还要高于后者，时人却称其为“小段”，而称段祺瑞为“老段”。

老段出身于合肥西乡（今合肥肥西县）一个普通的农民家庭，家中早年以租田为生。如以成分论，当属贫雇农之列。晚清时，合肥西乡出过周盛波、周盛传兄弟（周姓乃当地大户，段家就是租种周家田产为生），都是李鸿章手下的淮军名将，他们统领的部队番号盛军，以善战闻名。李鸿章办淮军带出了一大批江淮子弟。尤其是合肥西乡，向被称为“淮军摇篮”，当地加入淮军者众。段祺瑞的家族也不例外。其祖父段佩曾官至淮军统领（师、团级），父亲段从文也在淮军做过管带（营级）。从这个角度说，段祺瑞的家庭又可以说是行伍出身。

段祺瑞打小在军营中度过。他不爱读书，倒爱舞枪弄棒，成天和一帮孩子在一起打打闹闹，玩一些排兵布阵的打仗游戏，经常弄得浑身脏兮兮的，加上平时就不讲卫生，一天到晚鼻涕邋遢，家中的老仆人有时看不下去了，就骂道："瞧你这个屌样，哪还像个少爷啊！"

段祺瑞的私塾老师是一位开明的先生，他对段祺瑞舞枪弄棒并不一味斥责，而是婉言诱导。他对段祺瑞说："将门子弟，深通排兵布阵之法，倒也无可厚非，只是不读诗书，将来不过一勇夫耳。尔当牢记！"这番话给段祺瑞留下了很深的印象。后来，他常常提及老师的这段教诲。段祺瑞进入北洋武备学堂后，发奋努力，终于出人头地。

清光绪八年，公元 1882 年。这时，段祺瑞的祖父和父亲都已相继去世，家道开始中落。为了摆脱贫寒，段祺瑞步行两千多里，只身去山东投军。其时，他的族叔段从德在淮军中任管带，便收留了他。这是段祺瑞步入军旅的开始。这一年，他才 17 岁。

不久，李鸿章在天津创办北洋武备学堂。这是中国最早的军事院校，晚清早期的军事人才几乎都出自该学堂。如冯国璋、王士珍，他们二人后来与段祺瑞一起并称为"北洋三杰"。段祺瑞在武备期间，学习成绩优异，后来又被保送至德国留学军事。

段祺瑞赴德是在光绪十一年（公元 1885 年）。这是清政府公派的最早的一批军事留学生。段祺瑞那批留学生，汉族名额仅 5 名，通过层层保送、筛选，最后到了北洋大臣李鸿章的手中。李鸿章一看名单，山东籍的竟占了 3 名，而安徽籍的只有 2 名，顿感不悦，提笔便划掉了一个山东籍的，同时把段祺瑞的名字加了上去。

李鸿章发现段祺瑞，据说是有一次视察武备学堂，当时，段祺瑞的射击演练给他留下了深刻印象。后来，听说该学员是合肥同乡，又是淮军后人，便十分高兴，记下了这个名字。

当然，这只是一段逸闻，并未见诸确凿的史料，但段祺瑞赴德留学为他今后的晋升提供了一个难得的机遇，这倒是实情。

光绪二十一年，公元 1895 年 12 月，袁世凯奉命在天津小站创练新军，这支军队就是后来鼎鼎有名的北洋军。

北洋军创立之初，急需新型军事人才。袁世凯四处网罗，不遗余力。此时已经回国并在武备学堂担任教习的段祺瑞很快进入他的视野。不久，他便和冯国璋、王士珍等一批武备精英，作为新式军事人才，先后被调往小站，成为小站练兵的重要骨干。小站练兵是晚清史上的一个重要事件，也是段祺瑞一生至关重要的时期。人生的机遇总是非常难得的。所谓千载难逢，就是说这样的机会不是每个人都能碰到的。对于段祺瑞来说，小站练兵就是如此。它提供了一个舞台，使其崭露头角，而与袁世凯的相识，更让他在仕途有了重要的靠山。

袁世凯是个有野心、有抱负的人。这种人大奸大雄，往往善于网罗人才为其所用。段祺瑞一到小站，袁世凯便看好他，并对他青睐有加。为了把这帮年轻人提拔上来，同时又让一些老家伙无话可说，袁世凯倡导公开考试选拔。为了确保段祺瑞等人不至于落选，考试前便悄悄把考题透露给他们。当然，段祺瑞也非等闲之辈。他不负重望，很快成为袁世凯的左臂右膀。到了辛亥革命爆发时，段祺瑞已是北洋军第二军军统（相当于军长），后又以第一军军统兼任第二军军统，并节制前敌所有军队，成为袁世凯麾下手握重兵的头号大将。

1998 年夏天，笔者为了写《共和，1911》，曾去过武汉，参观了当年的都督府（现为辛亥命纪念馆），之后又驱车至刘家庙、孝感、信阳等地。武汉之战发生后，北洋军的集结、调动多在这一带，而段祺瑞的前敌司令部（设在一个专列上）也经常游走于几地之间。公元 1911 年 2 月 5 日，段氏的那个著名通电就是发自孝感附近。

辛亥革命爆发后，东山再起的袁世凯暗生异志。他一方面利用手中的北洋军打压南方革命党，一方面又利用南方革命党来逼迫清廷退位。袁世凯的做法引起了一些皇族亲贵的极端不满，宗社党甚至扬言要杀掉袁世凯。围绕要不要退位，斗争十分激烈。御前会议上，相持不下。就在这时，段祺瑞从前敌发来了一个通电。通电洋洋千余言，言辞激烈，矛头直指反对派王公大臣，声称“三年来，皇族之败坏大局，罪实难数”，并强烈表示，如若不从，将率全军将士入京，“与王公剖陈利害”，“挥泪登车，昧死上达”。通电由段祺瑞领衔，北洋将校 42 人列名于后。这无疑是一枚重磅炸弹！京师一片恐慌，御前会上，众亲贵亦相顾失色，不复抗言。最后，隆裕太后只好抱着小皇帝泪流满面地同意退位了。

这次著名的逼宫，当然是袁世凯授意的，通电的发出却是因为一个意外。据段祺瑞的幕僚曾毓隽回忆说，逼宫的通电早已准备好了，由段的亲信徐树铮拟稿，但何时发出，一直悬而未决。因为这毕竟是通天的大事，必须慎之又慎。因此段祺瑞搁置不发，尚在观望等待之中。然而，那天夜里突然发生变故，北洋军第四镇某部发生兵变，谣传有袭击司令部之说。为防意外，段的专列一边匆忙向北开去，一边调兵遣将。广水驻军急车来援，忙乱中发生撞车。当时的情形真是一片混乱。就在这混乱中，电报员稀里糊涂竟把那份通电发了出去，没曾想居然收到了“不可思议”之奇效，段祺瑞也因此获得了“一造共和”的美誉。

有人评价段祺瑞，说他一生“三造共和”。除了上边的“一造”外，还有“两造”：一是反对洪宪帝制，一是镇压张勋复辟。在这三次事件中，尽管存在是非曲直，但从大处而言，段氏顺应了潮流，因而赢得了赞誉，也并非浪得虚名。其实，反对清室，镇压张勋，对于段祺瑞来说，都不是难事，而反对洪宪帝制，即反对袁世凯称帝，却让他遭遇了一次困难的选择。

袁世凯与老段之间，关系非同一般。袁对段恩重如山，没有袁世凯，就没有段祺瑞。段氏原配去世后，袁世凯还把自己的义女张佩衡许配给他。张系前江西巡抚张沛之侄孙女，其父张瀛与袁世凯为至交。张瀛死后，袁世凯便将张佩衡收养过来，视为己出。从这个角度说，段之于袁除了门生故旧的情分之外，还多了一层亲戚关系。因此，反对袁世凯，这对老段来说，的确是一件非常难心的事。

袁世凯称帝是在1915年前后，起先一直是偷偷摸摸进行，就连段祺瑞、冯国璋这些老部下也被蒙在鼓里，及至消息传出，时任陆军总长的段祺瑞便公开表示反对。有一次，段芝贵进京，便劝说段祺瑞，让他不要在帝制上与“老头子”顶牛。他还说，总统、皇上还不是一回事。段祺瑞则回答说，这可不是一回事。项城做总统，见面敬敬礼，拉拉手就可以了，如果做了皇帝，我们见他就得磕头，说话也得跪着说。我最恨这种长子变矮子的把戏了。

段祺瑞的态度让袁世凯很生气。有一次，两个人发生了争吵，袁世凯便绷起脸说：“你回去吧，我看你脸色不好，应该休息了！”话说到这个份上，段祺瑞只好称病请辞。

段祺瑞请辞后，受到严密监视，但表面上袁世凯对他还是很关心，多次派自己的“御医”登门看望，并为段诊病开药；隔三岔五他还让人给段公馆送一些吃的东西，如鸡汤、参汤等。据段公馆的仆人回忆说，这些东西谁也不敢吃，谁知里边有没有毒啊，只有倒掉了事。

这期间，外界传闻很多。有人说段被软禁了，其实并没有。不过，在段公馆倒是发现过一枚来历不明的炸弹，外间都传此事与袁世凯的大儿子袁克定有关。这位袁大公子是想用恫吓的办法来威胁段祺瑞。

但是段祺瑞并未被吓倒。有一次，他对曾毓隽说："我反对帝制只能用口不用兵。我想袁不至对我有所不利；万一有，那我就坐以待之。"

后来，段夫人张佩蘅得知这件事，便想方设法把这事辗转告诉了袁世凯，于是，袁便把袁克定叫来了，要他不准乱来，他说，你姊夫（指段）对帝制有意见，但他不以兵而以口。他是我们家的至亲，现在事还没定，我们内部就这样，将来更不堪设想了。以后，这类事就再也没有发生过，段的安全也有了保障。

随着帝制活动不断升温，外国报纸也捕风捉影，对袁、段关系大加渲染，这使袁、段之间本来就紧张的关系更加紧张。在这种情况下，段祺瑞不得不公开发表声明，进行辟谣。声明中说，大总统对于他"数十年如一日，分虽部下，情逾骨肉"。他的辞职完全是因为"近数年来，祺瑞因吐血失眠，呈请息肩"。声明最后谴责外国报纸"以挑拨离间之诡计"，造谣中伤。为此，他"不得不略表心迹，以息讹言"。

1915 年 12 月，袁世凯不顾全国人民反对，宣布称帝。段祺瑞非常痛心，却无能为力。有一次，梁启超来访。段对他说："我不赞成帝制，这一点不会改变，但要我公开反对袁项城也做不到。否则，人家要指我脊梁骨，骂我忘恩负义。"这番话很能表现他的真实心理。作为旧时代的人，他从根本上还是摆脱不了那套封建伦理观的束缚。

然而，尽管老段动口不动兵，但他的消极态度实际上产生了很大的影响。作为北洋头号大将，他的倾向为各界关注。从袁世凯方面说，他的态度也起到了内部瓦解的作用。

帝制失败后，南方要求严惩袁世凯，这时重新出山的段祺瑞坚决不同意，并多方维护，甚至不惜一战。袁世凯病死后，在他的主持下，北京政府还对袁进行了隆重的国葬。段祺瑞亲自签署了国葬通令，规定全国下半旗致哀、停止娱乐一天、学校停课一天、文武官吏停止宴会 27 天等。由于多年的战争，当时国家财政几乎崩溃，只有靠国外借款勉力维持，可段祺瑞仍下令拨银币50万元作为丧葬费。袁的遗体在中南海停灵期间,段还亲率各部总长轮流参加守灵。他还令河南方面替袁修筑了一个占地140亩的豪华墓地,墓地的修建持续两年才完成。袁的灵柩从北京启程归葬时,场面更是盛大。各国使节、在京文武官员、袁的门生故旧,以及中外记者等尽数到场。沿途军警清道,放礼炮101响……就连过去一向仇视段祺瑞的袁克定也感激得不得了,连声用河南话说:“这次得亏了大哥!”

段祺瑞骨子里是一个讲义气的人。不但对袁世凯,后来他亲自指挥镇压了张勋复辟后,同样顶住压力,对张进行了多方保护。

袁世凯死后,段祺瑞俨然成了北洋的接班人。他出任民国总理,后来还当上了民国执政(相当于总统,这已是国家最高领导职务),但好景不长,随着直皖大战中皖系战败,老段被迫下野。下野后,老段一度住在天津。虽然身居高位,但段由于一向清廉,下野后连所房子也没有,只好住在部下的房子里。老段不贪财是有名的。据说他在位时,别人送他东西他都不要,只是有一次,冯玉祥送他一只南瓜,他高兴地收下了。对于身外之物,老段一向看得很淡。许多名人字画,他随手乱扔。有回忆说,梁启超曾为段写了一副字,可梁走后,段便随手扔到了床下。

段的家规很严,夫人和姨太太都严禁干政。有一回,有个姨太太在段面前替一个老妈子的亲戚谋个小差事,段的鼻子马上歪到一边,说:“好哇!你们要卖官怎么着?得了人家多少钱,快说!”在他当政时,合肥老家不时有亲朋来京谋差事,他总是好吃好玩地招待,然后奉送一些盘缠让其走人。他的老弟段启甫,家乡人称“段二大人”,曾经也来京找过段,想闹个一官半职,可段祺瑞一句话就给回了,你哪适合做官呢?给你一些钱,你回家做买卖吧。因此,段的亲朋好友中很少有人利用段的权势发大财的。

老段是个很透明、很固执的人,而且喜怒形于色。他认准的事,别人都反对,那也没有用;而他反对的事,别人都赞成,他也不改变。老段生气的时候,从不掩饰,而且一生气,鼻子就歪到一边,因而有了“段歪鼻”的绰号。段从本质上是一个军人而不是一个政治家。他的身上很少有政客习气。一是一,二是二,不善应酬和绕弯子;搞阴谋的事,他更是不沾。别人找他办事,他总是开门见山,一上来就问你有什么事,你说了之后,能办就办,不能办就说不能办,三言两语就让你走人。

老段喜欢下棋、打麻将。玩起来,他也很认真。下棋输了,有时也会歪鼻子。他的麻友王揖唐(合肥人,曾任众议院议长)付账时总要等着下一把再付,段便不高兴,说他牌品不好。

1931 年,"九一八"事件发生,日本人想借重段祺瑞威望,让他出来组建华北政府。蒋介石知道后,便派人来请段祺瑞南下。蒋介石是保定陆军学堂的学生,段是该校校长,因此蒋介石对段开口必称老师。段掌权时,一直走的日本路线,但日本侵略中国后,段拒绝做汉奸,接受了蒋介石的邀请。他对蒋派来的人说:"我已老不中用了,如介石认为我南下于国事有益,我可以随时就道。"

1933 年 1 月 21 日凌晨,段祺瑞在严寒和夜色中悄然离开了天津。到达浦口时,蒋介石下令南京少将以上军人全体至浦口迎接。他自己也全副戎装亲往下关码头恭候。之后在蒋的安排下,段祺瑞一直住在上海,蒋介石每月赠送敬仪 1 万元作为他的生活费。

1936 年 11 月 1 日,段祺瑞由于胃出血,病逝于上海,终年 72 岁。死后,蒋介石拨款 20 万,计划在黄山为老段修建墓地,可老段的儿子段宏业坚持要将其父葬于北京。如今,在北京的万安公墓中有一个普通墓室,那就是一代风云人物段祺瑞的最后归宿。墓碑上刻着简单的几行字:

段公芝泉
母张佩衡　之墓
男　宏业
宏范　及诸孙　敬立

(2008 年 1 月)

刘铭传其人其事

光绪十年，公元1884年7月，这是一个炎热的夏季。然而，比天气更热的是一天天正在逼近的战争气氛。6月下旬，北黎冲突爆发，中法之间的战争开始进一步升级。就在这当口，有一个重要人物从天津乘船，悄悄地来到了上海。他的到来，立时引起了各方关注，尤其是法国的高度重视，对他的行踪密切监视。

这是一个什么人呢？为什么他的到来会引起如此大的关注呢？

原来，此人就是即将出任台湾防务的最高指挥官刘铭传。中法之战，起于越南。1882年4月，法国军队攻占了越南北方重镇河内，越南朝野上下惊恐万分，很快向清政府求援。

作为中国的属国，越南“久列藩封”已二百余年。属国告急，宗主国岂能坐视不管，更何况法国的行动，骨子里还有针对中国的更险恶的图谋？

早在1862年，法国就发动了第一次侵越战争。在这次战争中，它强迫越南割让了以西贡为中心的南方大片土地。可是，法国的野心远没有满足。它的“法兰西东方帝国计划”，包括占领越南全境以及中国的南部。

法国的图谋，清朝当局早有觉察。1881年9月，云贵总督刘长佑就上奏朝廷，声称法人志图越南，以窥滇粤。福建巡抚丁日昌也向总理衙门奏报，法国在越蠢蠢欲动，图谋不轨。朝廷谕令北洋大臣李鸿章筹商办法。李鸿章提出了战备、和议双管齐下的主张，用他的话说，就是“以理喻之，以势遏之”，“二者交相为用”。

然而，时间过去不到半年，法国又一次公然在越南挑起了战争。此时，李鸿章因母逝丁忧，直隶总督一职由淮军大将张树声署理。6月初，张树声秉承朝廷的旨意，下令陆军开赴越南，同时调动广东兵轮，克期出洋，遥为声势。

中法对抗，一触即发。鉴于局势威迫，朝廷不顾李鸿章丁忧，“夺情”让其返回天津，署理北洋大臣。李鸿章回任后，试图通过谈判来避免战争，结果并未达到目的。1883 年 12 月 11 日，法国为了迫使清军退出越南，突然向驻扎在越南山西的清军发动了进攻。中法军队在相互对峙了一年多之后，终于正式开战。

法军进攻山西，标志着中法战争正式爆发。随后不久，事态进一步扩大。观音桥事变发生后，中法战争迅速升级，战火也由越南境内向中国本土燃烧。为了对华战争的需要，法国组建了远东舰队，兵分两路直指福州和基隆。台湾海峡局势骤然紧张！

刘铭传就在这个节骨眼上肩负重任从天津来到了上海。

刘铭传，字省三，合肥西乡刘老圩人，兄弟排行六，幼时，因出天花，脸上留下麻点，故有“六麻子”的绰号。

这个绰号听上去很不雅观，但刘铭传并不忌讳。民间相传，有一天，他的夫人陈氏正在作画，刘铭传在一边看得高兴，便提笔助兴，在上面画了一些梅花，并随手题下一首诗。诗云：“圈圈点点叉叉叉，顷刻开成一树花。若问此花何人画，大潜山下刘六麻。”

俗话说得好，人如其名。刘六麻子不仅长相粗犷，而且个性也很火爆。他年轻时贩过私盐，18 岁时手刃逼债的土豪，然后啸聚山林，拉起了一支武装，名为“保护乡里”，实与土匪无异。他四处索要打劫，甚至连自己的舅舅家也没放过。当地一个郭姓大户，因为刘铭传经常索要团费，怀恨在心。一天清晨，郭姓兄弟带人在六麻子必经的山口处架起了土炮，远远看见刘铭传带着队伍过来时，便瞄准放了一炮。轰隆一声巨响，硝烟弥漫。郭姓兄弟以为六麻子必死无疑。谁知硝烟散去后，六麻子居然从烟尘中站了起来。他拍拍手上的尘土，然后灰头土脸地向他们走来了。大户兄弟吓坏了，连忙跪下，一个劲地磕头捣蒜，请求饶命，并表示心甘情愿，纳钱纳粮。

合肥，古称庐州，由于地处皖中，战略位置十分重要。咸同年间，这里一直是太平军和清军交战的主战场之一。庐州两克、三河大捷，战状十分惨烈。在这种情况下，庐州团练经受了锻炼，变得十分凶狠善战。其中最著名的便是合肥西乡的“三山”团练。

所谓“三山”，即指合肥西边的周公山、大潜山、紫蓬山，这里是大别山余脉，冈峦起伏，森林茂密。当地民风彪悍，争勇好斗。当地团练最有名的有三大支：一是周公山的张树声、张树珊兄弟；一是紫蓬山的周盛波、周盛传兄弟；还有一个就是大潜山以北的刘铭传。除了这三大支外，还有唐殿魁、唐定奎兄弟和董凤高、吴秉权、叶志超等团练，也都颇有实力。他们以“三山”为中心，太平军来了，互相呼应，群起而攻；太平军走了，又为各自的利益，相互火并厮杀，互争雄长。

“三山”团练向以凶悍好斗而出名。他们大多以地域、宗族和血缘为纽带，父死子承，兄死弟及，盘根错节，联络紧密。多年来，他们与太平军死打活缠，就连陈玉成、李秀成这样的名将也对他们惧怕三分，告诫手下“勿犯三山”。

1861年底，李鸿章在安庆创办淮军，刘铭传和庐州团练便先后投奔而来。有一天，曾国藩要接见大家，于是各部将领都早早来到了安庆总督衙门。可是，左等右等，一直未见曾国藩露面。在场的人，包括李鸿章在内，都静候于客厅，默默等待着，只有刘六麻子耐不住性子，心里的火气直往上蹿。过了一会儿，他终于忍不住了，跳起脚来，直着喉咙嚷嚷道：“弄妈的，要见就见，不见拉倒，再不来老子走啦！”

此时，曾国藩正在屏风后偷偷观察。事后，他对李鸿章说：“脸上有麻子者，帅才也！”曾国藩没有走眼，刘六麻子后来果然成了淮军的一员猛将。他勇武剽悍，充满血性。所部之铭军，更是淮军之劲旅。平捻结束后，他因战功卓著先后升授直隶提督，督办陕西军务，赏头品顶戴、穿黄马褂、获巴图鲁勇号，晋封一等男爵。

刘铭传作战勇敢，但性情耿直，桀骜不驯。有一年，他的老上司李鸿章做寿时，别人都拼命巴结，纷纷送上重礼，唯恐落在他人之后，而刘六麻子只是按乡俗送上两斤寿面、两条方片糕，并附诗一首：“时人个个好呵泡，鸡鱼肉蛋整担挑。惟有省三情太薄，二斤挂面两条糕。”李鸿章不以为忤，反倒深爱其才，对他多方呵护和提携。

1870年6月，刘铭传受命督办陕西军务，并获“专折奏事”的特权。这一任命，其实是李鸿章保荐的结果。其意不言自明，就是为他下一步出任陕西巡抚铺平道路。可是，到了陕西之后，刘六麻子不听李鸿章的劝告，和当时的云贵总督左宗棠闹起不和。

左宗棠是湘军大将，地位仅次于曾国藩。刘铭传却从不买他的账，早在平捻的尹隆河之战时，由于刘铭传与湘军抢功，相互之间就结下了梁子。到了陕西后，刘铭传处处看不惯老左，便利用“专折奏事”的特权，打了左宗棠的小报告，说左部官兵能战的少，不计虚縻，进剿缓慢。左一生气，也打起刘的小报告。左也有“专折奏事”的特权。两个人你来我往，互相攻讦，眼看矛盾越闹越大，清廷便要起了惯用手法，各打五十大板，这让刘铭传咽不下这口气。不久，他就以“脑痛欲裂，坐卧难安”为由告假还乡。

回乡后的刘铭传，开始大兴土木、寄情山水。每日与人饮酒、赋诗、下棋，消遣时光。著名的刘老圩就是这时修建的。

今天的刘老圩已不复当年盛况，但在当时显赫一时。无论规模气派，都是首屈一指，方圆数十里，无人比肩。据说，圩内当年还修有一座六角亭，专门用来放置西周著名青铜器——虢季子白盘。这是刘麻子打下常州后，从太平天国护王府中缴获的战利品。这件宝物后来成了刘家的传家宝。

刘铭传解甲后，李鸿章一直对他很关心。他写信规劝他，要他莫效信陵君，以醇酒妇人自乐，而应“多读古人书，静思天下事，乃可敛浮气而增定力”。他还说，像你刘铭传这样的人，决不会终老山林，总有一天会报效国家，不如“及此闲暇，陶融根器，后十数年之世界，终赖扶持”。许多学者认为，正是这封信对刘铭传产生了至关重要的影响。

在赋闲的十几年里，刘铭传心念天下大事，关注着国家安危。他购置了许多西方报刊译作和中国史籍，认真阅读，“静研中外得失”。他的座上宾多是吴汝纶、马其昶、薛福成、陈宝琛、徐润等这些具有洋务改良思想的知名人士。每当酒酣耳热之际，想到敌国外患，他便按捺不住，常常情绪激愤。

有一次宴会，喝到兴头，他便拍案而起说：中国不变西法，罢科举，火六部例案，速开学校，译西书，以励人才，不出十年，事不可为矣！

刘铭传虽然没有功名，但识见非浅。在淮军中他是最早改练洋枪，并聘用洋教习的将领之一。对于西洋有用的东西,六麻子总是津津乐道,从不排斥。在他聘用的洋教习中,有一个法国军官毕乃尔,与他情谊甚笃。后来此人为中国文化所吸引,自愿冠戴薙发,学习汉文。同治四年,刘铭传帮他娶了一个合肥人为妻,并支持他申请归化中国,隶籍合肥。同治六年,毕乃尔离开淮军后,便生活在合肥、六安一带,当地人皆呼其为“毕鬼子”。

毕鬼子死后葬于六安城外白塔乡。墓碑上刻有“毕大公之墓”。柱表上有一副对联,上书“异地借才,用夏变夷真杰士;同仇敌忾,摧锋蹈阵大功臣”。

据说此联出自合肥名士王尚辰的手笔。刘铭传不忘故人之情,还在墓侧置祭田,命人为毕氏守墓,并在金桥一带为其后人置田,供其生活。1958年毕墓被毁,据当地老人回忆,墓中大小棺木两口,系夫妻合葬。毕身材高大,着朝服,挂朝珠。

刘铭传是个重情谊的人,同时也思想开放,敢于接受新事物。1880年冬,刘铭传应诏进京陛见。这是他复出的一个好时机,可谁也没想到,他一进京就捅了娄子。觐见时,上了一道《筹造铁路以图自强折》,在奏折中大声疾呼,修建铁路,急不可缓。此折一上,立即引起轩然大波。

原来,修建铁路当时还是一个“禁区”。这个问题极其敏感,就连权势煊赫的恭亲王、李鸿章等亲贵重臣都不得不小心谨慎,退避三舍。至于其他人,更是三缄其口,唯恐避之不及。刘铭传胆大妄为,真有些不知天高地厚。保守派愤怒了,他们群起而攻,恨不得一口吃了刘铭传。刘铭传一看事不可为,便一拍屁股,三十六计走为上,干脆打道回府,重新过起了隐居生活。直到三年后,中法战争爆发,越南战场连遭败绩,朝廷“闻鼙鼓而思将帅”,再次想到了刘铭传。于是,刘六麻子在隐居14年后终于出山了。

1884年6月22日,刘铭传进京陛见。就在第二天,从越南传来了北黎冲突发生的消息。

北黎冲突,又称观音桥事变。此战是法国挑起的,中国军队是在不得已的情况下被迫迎战。结果,一仗打下来,法军被击败,并遭受重创,死伤官兵多达百人,最后不得不丢盔卸甲,狼狈逃窜。

观音桥战败的消息传至法国，法内阁大为震怒。他们指责中国违反协定，并公然把战火烧向福建和台湾。

台湾，号称“南洋之枢纽”、“七省之樊篱”，战略位置极其重要。但是，由于孤悬海外，远离大陆，在防守上却是一个薄弱环节。法国把矛头对准台湾，其意不言自明，就是试图占领基隆，据地为质，向中国讨价还价。因此，能不能守住台湾，在当时便成了一个极为重要、极为迫切的大问题。

6 月 26 日，刘铭传进京后第 4 天，清廷正式委任他以巡抚衔督办台湾军务，把东南海防中最为要害的地区交到了他的手中。

任命下达后，李鸿章很为自己的老部下担心。因为孤身一人前往台湾，而且还要面对强大的法国远东舰队，结局如何，实在是难以预料。他曾关心地提出，让刘铭传留在天津帮办军务，但六麻子笑着谢绝了。五天后，他来到了上海，随身只带了 134 名从自己的旧部中精心挑选出来的得力将弁。

刘铭传一到上海，马上引起了法国的高度关注。他们加强了对他的监视，几乎差不多同时，刚刚被任命为远东舰队司令的法国海军上将孤拔，也率舰队在东海游弋，随时准备从海上拦截刘铭传。

然而，令人迷惑不解的是，六麻子到达上海后，似乎没有马上动身的意思，不仅看不出丝毫的战前紧张和准备，反倒是一副逍遥自在的模样。他天天大摆宴席，会见亲朋故旧。有人向他打探何日将去台湾，六麻子则回答说，这要等两江总督曾国荃与法国公使巴德诺谈判之后，再定行止。

这话听上去倒也顺理成章，法国人渐渐放松了警惕。一天晚上，曾国荃举行宴会宴请巴德诺，刘铭传也应邀出席。宴会进行得很顺利，整个过程并无任何异常。而且，当天夜里，天降大雨，海上风高浪急。谁也想不到，第二天突然传出消息，刘铭传连夜去了台湾。法国人接报，大吃一惊。后来才知道，刘铭传出席完宴会后，便带着贴身亲信，神不知鬼不觉地直奔码头，登上了海晏号轮船。显然，这一切都是事先准备好的。这时候，法国人想通知舰队在海上拦截也来不及了。

7 月 16 日，刘铭传抵达了基隆。这时，离法军发起进攻仅有半个月时间。就在这宝贵的半个月时间，刘铭传迅速完成了防务部署。

8 月 3 日，法军副司令利士比指挥 4 艘战舰进逼基隆海口。进攻开始前,傲慢的利比士派人上岸给刘铭传送来了劝降书,但六麻子根本不予理睬。恼羞成怒的法国人在两天后发起了进攻。密集的炮火向清军阵地进行了长达4个小时之久的狂轰滥炸。台湾守军奋起还击,但因火力太弱,加上火炮射程短,很快居于下风,炮台和弹药库亦全部被毁。刘铭传当机立断,决定改变战术,命令各营退守后山,以诱敌陆战。

果然,法军陆战队在炮击停止后开始陆续登陆。他们兵分两路,一路攻占沙湾东侧山头,一路进攻后山。刘铭传指挥部队与之展开激战。但由于法军占据了有利地形,清军久攻不下。

刘铭传急了,他把诸将召至帐下。当时,刘铭传正在吃饭,他故意对左右说,我曾以数千人大破长毛和捻军十万之众,主要是靠手下的唐殿魁、刘盛藻这两员猛将,可惜他们现在不在了,要是他们二人在的话,我还怕法国人吗?诸将一听,随即热血沸腾,嗷嗷地叫起来,章高元、邓长安说,我们跟随大帅也十多年了,大帅今困绝域,我等义不生还,唯公命之。刘铭传一听,马上扔掉筷子,上前握住章、邓的手,说,好男儿就应该扬名立万,不光是唐殿魁、刘盛藻能如此啊。

刘铭传的激将法产生了效果。随后在他的精心部署下,各营兵分三路:一路由章高元率领,一路由邓长安带队,两边夹击,先是偷袭成功,接着,第三队由曹志忠统带,乘机掩杀。法军大溃,死伤百余人,残部狼狈逃回舰上。

基隆首战告捷,几天后却传来了不幸的消息,法军偷袭马尾,造成福建水师全军覆灭。这意味着,台湾将失去大陆的依托,成为孤岛。

马尾之战是由法国远东舰队司令孤拔亲自指挥的。在取得胜利之后,他调集8艘战舰,加上利士比的3艘战舰,共计11艘,由他亲自指挥,气势汹汹地再次猛扑基隆。双方兵力悬殊,而法军新胜,志在必得。对于刘铭传来说,一场真正的考验开始了。

心高气傲的孤拔并没有把刘铭传放在眼里。他曾说过,刘铭传是我学生的学生,哪有学生是老师的对手?意思是说,毕乃尔是他的学生,而毕是铭军教习,刘铭传不过是他教出来的。语调中的那种轻视,几乎毫不掩饰,溢于言表。

10月1日,大战拉开了帷幕。在猛烈的舰炮掩护下,法国陆战队600

余人强行登陆。刘铭传率部奋勇反击。战斗从清晨一直持续到黄昏。

就在双方打得难解难分之时，沪尾突然告急。沪尾，又称淡水。位于台北以西仅30余里，战略位置相当重要。一旦失守，台北必然不保，而台北不保，则基隆顿失后路。法军猛攻基隆的同时，分兵进攻沪尾，正是企图形成前后夹击基隆之势。然而，沪尾兵力单薄，炮台防御能力也较弱，很难抵挡法军的强大攻势。面对这个局面，当时有两个办法，一个是分兵救援沪尾，但刘铭传这时兵力不足，基隆打得不可开交，不可能再分出兵来。还有一个，就是放弃基隆，集中优势兵力，全力守住沪尾。但放弃基隆，这需要很大勇气。按大清律，失地者斩，这样做的后果十分严重。

然而，此时刘铭传没有更多的选择。事关全局，他果断地作出了决定，下令撤守基隆，驰援沪尾。命令下达后，部队将士都不理解。一些老部下甚至跪到马前，含泪谏止，但刘六麻子的豪气这时顿显出来。他按剑大喝一声："我意已决，有罪我来承担，违令者斩！"诸将不敢违抗，只得遵命而行。

撤基保沪，这是一个战略部署。部队将士不理解，老百姓就更不理解了。当部队撤退经过一个名叫板桥的地方时，愤怒的民众围住刘铭传，将其拖出轿来，一边骂他是汉奸、懦夫，一边对他推搡、殴打。

更严重的是，一些本来就对刘铭传心怀不满的湘军将领，也乘机向朝廷告状，诬告刘铭传临阵脱逃，请予严惩。但刘铭传坚信自己的决策是正确的，他一边据理驳斥，一边严阵以待，迎击法军。

10月8日，沪尾之战爆发了。上午9时，在孤拔的指挥下，法国8艘战舰猛轰清军阵地，接着数千名陆战队官兵开始登陆。他们分成三路扑向沪尾炮台。即将逼近时，埋伏在四周的清军齐声呐喊，冲向敌军。法军登陆后，大炮用不上了，等到法军到了跟前，清军就冲上去将法军团团包围，敌军惊慌失措。双方展开肉搏。淮军将领章高元拿着枪一马当先，冲在前边。有一个姓朱的哨官光着膀子，口含大刀，杀向敌阵。由于诸将身先士卒，全军无不奋勇。

经过数小时的激战，法国军队终于力不能支，败退下去。此战法军被击毙者300多人，被俘者14人，落海溺死者70余人。事后，就连观战的英美驻淡水领事也高度评价说："只有台湾的中国军队才能够一比一地坚持与法国人交战，这大部分应归功于刘铭传的精明的准备工作和几位淮军军官的指挥才干。”

淡水大捷后，法国领教到了刘麻子的厉害，再也不敢轻易对台湾用兵。1885 年 3 月，孤拔转而率舰队进犯镇海，试图找到新的突破口，但甬江一战，法军再次受挫，孤拔本人也在此战中被清军炮弹击中，不久便命丧澎湖。就在镇海大捷差不多同时，越南又先后传来了镇南关大捷和谅山大捷的消息。法军在陆海两面先后受挫，整个战局由此发生了根本逆转。不久，法国茹费里内阁因战败而倒台，法国人只好被迫坐到谈判桌上来了。

然而，谈判的结果让人大失所望。中国的胜利换来的却是又一个不平等的条约。这是晚清政府软弱、妥协的必然结果。因此时人讥之为“法国不胜而胜，吾国不败而败”。但是，中法战争结束后，清政府开始认识到台湾的战略重要性，谕令台湾建省，从此宝岛成为当时中华版图上第 20 个行省。

台湾建省后，淡水厅改为台北府，刘铭传被任命为第一任巡抚。他率淮军 40 营驻守、建设。刘在巡抚任上一共 6 年，做了许多事，他积极推行洋务运动，增设炮台、购买军舰、修筑铁路、设立机器局、架设电报、设立邮电总局、建街造路、创立西学堂，使台湾迅速成为当时中国的近代工业较先进的省份。

刘铭传在台湾留下了许多佳话。如今，一百多年过去了，他的名字以及他对台湾的贡献已与祖国的宝岛紧密相连，成为晚清史上闪光的一页。

（2009 年 5 月）

乾隆身世及其他

《海宁陈家》是孟森先生的遗作。此作详考了海宁陈氏家族的渊源和历史，并对多年来一直蒙在这个名门世家与清室之间的种种神秘之疑团，予以了澄清与更正。其中条分缕析，旁征博引，拨去迷雾，去伪存真，虽系严谨的学术论著，读来却如推理作品，丝丝相扣，开卷难释。

海宁陈家是明清之际江浙第一望族。其显赫虽不及历史上“江左之王、谢，北地之崔、卢”等门阀大族，但也盛极一时。三百年来，其家族仕宦显达，居要任者甚多，“举贡进士者二百数十人，位宰相者三人，官尚书、侍郎、巡抚、布政使者十一人”。史料记载，康熙四十二年癸未会榜、五十四年乙未会榜，陈家居然两次三人同榜。科举考试万里挑一，其难不言而喻，而一时天下之大，应试者之多，为何屡为陈家所占？于是，种种神秘附会之说更为流传。其中影响最大的便是雍正以女换了陈家之子，此子后来继位，即为乾隆皇帝。所谓“暗移其祚”，“帝出乎陈也”，指的就是这件事。虽系齐东野语，但捕风捉影，似是而非，诸如康熙“两书堂匾”、乾隆“四幸家园”等等，谜团重重，倒也令人真假难辨。

据考，乾隆为雍正第四子，在他之前已有四位阿哥(其中一位早殇，未入玉牒)。如此说来，雍正并非没有儿子，为何还要再换他人之子？其中说法颇多，而以“弘时之死”最离奇，也最为扑朔迷离。即雍正当年换的不是乾隆，而是皇三子弘时。弘时之前虽有两子，但均无寿相。邸中生育不蕃，不足以取重于康熙，为确保争嫡成功，故有“以女换男，充实胤胄”之举。及至皇四子弘历(即乾隆)出生并长大成人，而雍正业已取得皇位，便有了除去弘时之心。雍正五年，终于发生天伦之变。弘时以“年少放纵行事不谨”被处死，并削宗籍。其罪名颇为含混，难免令人生出种种揣测。

其实,弘时之死与易子无关,他是雍正兄弟之间政治斗争的牺牲品。在他死去的前一年,正是雍正大戮其弟之时,弘时“不谨而有所流露”,故雍正罪之,乾隆上台后便替他平了反。诸如此类,孟先生均细致考证,一一辩驳,不放过一个疑点,读来让人信服。

乾隆身世之谜是清代几大疑案之一。在当时,“上自缙绅,下迄妇孺,莫不知海宁陈家子有一为帝之说”,后经文学渲染(金庸《书剑恩仇录》便是演义此事),更是代代相传,深入人心。所谓众口一词,牢不可破。而其中最让人迷惑的说法,便是乾隆六下江南,四幸家园。那么,乾隆为何要接二连三地去海宁呢?真实的原因是与修筑浙江海塘有关。浙江海塘工程,自雍正时便受到重视,并多次拨款修筑。雍正十一年有谕:“如果工程永固,可保民生,即费千万不必惜。”此为大举修筑浙塘之始。乾隆即位后,更是倾注心血。为了确保工程进展,他停止了地方捐款,明确指示:“朕思捐纳一事,原为一时权宜,无益于吏治,并无益于国帑……浙省增捐之处不必行。海塘工程,著动正项钱粮,办理其事。”所谓“正项钱粮”,即国库开支。可见乾隆决心之大,更可见他体恤民情,尽心于民事。

乾隆第一次南巡是十六年,至绍兴而返;第二次是二十二年,至杭州止。这两次均未到海宁,而其后四次南巡为什么又都去了海宁,并驻跸陈家?原因是浙塘工程原先重点在绍、杭一带,乾隆二十五年,海宁潮信告警,并有石塘、柴塘之争议,于是,二十七年,乾隆第三次南巡便亲驾海宁,简从临视。当时有人提出以石塘代替柴塘的主张。石塘虽坚,耗资却大,乾隆出于长远考虑,采纳了这一建议。是年三月初二有谕:“柴塘改建石工,即多费帑金,为民永远御灾捍患,良所弗惜。”针对施工时,柴塘沙石松软,不易立桩,有人提议退后数十余丈,而田土较坚,宜于立桩,乾隆认为此举势必损害百姓利益,降旨不准:“若旧塘迤内数十丈许,土即宜桩,而地皆田庐聚落,将移换石工,毁拆必多,欲卫民而先殃民,其病甚于医疮剜肉矣。朕心不忍……”他还要求提高材料的官价,以调动百姓积极性:“至缮工欲固,购料不得不周。现在采办柴薪,非河工秫苇之比,向为额定官价所限,未免拮据,应酌量议加,俾民乐运售而官易集事……”为此,他还写了一首很长的御制诗,以示地方官员。诗中有句云:“接石为柴塘,易石自久经,费帑所弗惜,无非为民生……活沙说信然,尺寸不可争……固云举大事，弗愿小害应，然以卫民心，忍先使民惊？……”从这些谕旨及诗中，乾隆勤政恤民之心，细致入微，历历可见，不禁使人油然而生敬意。

而后数十年，乾隆又三下江南，而每次必至海宁，其目的都是为了督促海宁塘工（有大量谕旨及诗文为证）。即便不是出巡之年，亦不断有关于海宁塘工的专门谕旨。在其亲自筹划、督办之下，海宁塘工“持之二十余年不懈”，大功始成，“将柴塘四千二百余丈，一体改建鱼鳞石塘，为滨海群黎，永资捍卫。”乾隆四十九年，最后一次南巡，正是海宁塘工告竣之时，此时的乾隆虽已七十三岁，但依然“古稀据鞍”、“矍铄从公”，亲阅河工海塘。然而，如此“爱民大举”竟被附会于传闻之中，想想也真为这位励精图治的皇帝感到委屈。至于乾隆每次驻跸陈家，则因陈氏本三朝宰相，其家园又为海宁名胜，迎驾再自然不过。如孟先生云，海潮北趋，海宁始警，此事关乎民生，乾隆忧戚所在，而“愚民无知”，反讹以回乡省亲而乐道，“殊可笑也”！读到这里，不禁想起一则流传已久的笑话，一农人议及皇宫生活，说是慈禧太快活了，每天早上一碗羊肉汤，胡椒面随放，油条随吃，其想象力大约只能如此。当然，乾隆身世之谜还有其他一些背景，诸如反清需要而刻意渲染种种，则当别论。

乾隆是一个了不起的皇帝。别的不说，仅从他治理海塘来看，作为一个封建帝王，能以民生为重，并多方为百姓着想，不因“举大事”而忘“小害”，不忍“卫民”而先“殃民”，实属难得！或许，我们今天的有些干部也该读一读这些谕旨和诗文，不知会生出何种感想来？

（1999 年 3 月）

生平恨不识鲍超

闲翻欧阳昱的《见闻琐录》，其中有两条笔记引起了我的兴趣，一条是“曾文正知人”，另一条是“鲍武襄”，皆事关曾国藩，对照读一下，颇值得玩味。

曾国藩是清末名臣，关于他的事迹史料上有很多记载，尤其是在用人方面更是流传不少美谈。欧阳昱在《琐录》中写道：“予观文正一生，不善用兵而善用人，牛溲马勃，无不收纳。所以群才效用，大寇荡平，而为中兴第一功臣也。”

在“曾文正知人”中，他专门写到曾文正识人的本领，称他“一见能卜其终身”。在任两江总督时，有人把浙江的陈兰彬和广东的刘锡鸿推荐到他幕中。陈、刘二人在当时都是很享有一些文名的。所谓“俱富文藻，下笔千言，善谈天下事”。可曾国藩接见他们之后，却对人说：“刘生满脸不平之气，恐不保令终。陈生稍沉实，官可至三四品，然无大作用。”后果如其言。刘锡鸿作为副使出使外洋时，由于和正使郭嵩焘闹不合，互相抵牾，影响很坏。据说他还干出了偷洋人手表的丑事，朝廷十分恼怒，便撸了刘的副使。刘回国后，便一蹶不振，最后穷困潦倒，吞烟而亡。而陈兰彬也不出曾之所料，因生性柔弱，没有大的作为，官至副都御使。“未几，因事降职，告病归。”曾文正识人的本领当然不止这两件。在军命将，说谁将来可做营官，谁将来可升大帅；谁福浅，将战死；谁福厚，将建功立业。无不一一应验。“真如龟卜数计”，几达出神入化的程度。但在“鲍武襄”一条中，欧阳先生写到了另外一件事。

鲍武襄，名超，字春霆，也是咸丰时的一员猛将。此公早年却劣迹斑斑，其中最让人不齿的便是押妻之事。据说，鲍某年轻时乃一无赖子，生性好赌,“家资罄尽,无可典质”,便把老婆也押上了,结果仍然输个精光。在走投无路的情况下,这才去投军。鲍超初入川军,后以哨官投到曾国藩的门下。曾国藩开始看不起他。可偏偏鲍武襄也不知趣,自视甚高,言行中常有藐视湘军之意,这就叫曾某无法容忍了。

据《汪穰卿笔记》载,有一次,曾国藩令鲍超执行任务,路过一城,守兵认识他,便大呼其名,道:“老鲍吃牛肉吗?”

鲍问:“熟否?”

守兵答:“熟!”

鲍超于是下马大吃大喝起来。这一吃喝不要紧,结果酒醉误了大事。曾国藩非常生气,下令按军纪执行斩首。鲍超的好友雷脱皮见状,一把抱住鲍超不放,哭喊着请求开恩,曾国藩不允,雷脱皮说,那就让我一起死吧!曾国藩大怒,一拍桌子,令同斩。

幸好这时有人出来说情,曾国藩这才同意免死,但死罪能免,活罪难逃,一顿军棍,鲍超八百,雷脱皮六百。一时间,打得皮开肉绽,血肉模糊。后来又亏得那个说情人留下十两纹银,供他们治伤,这才使两个人大难不死。

这个说情的人名叫陈士杰,是曾国藩的亲信幕僚。关于这件事,《清史稿·陈士杰传》中亦有载,说“鲍超时为小校,坐法当斩,(陈)力请释之”。看来确有其事。据说,陈士杰也会看相,他从军帐中察看鲍、雷二人,结论是:此二人面有贵相,于是出手搭救。

陈士杰没有走眼,后来鲍超果然成了湘军名将,勇冠三军,骁勇异常,领兵十余年,大小七百余战,所部号霆军,转战鄂、皖、赣,战无不克,屡建奇功。咸丰十年,曾国藩在祁门身陷太平军重围之中,已做好杀身成仁的准备。多亏鲍超闻警,日驰百余里,连战连捷,杀开一条血路,力解祁门之围,救了曾国藩一命。直到这时,曾文正才后悔自己没有早识此人,并刻了一方小印曰:“生平恨不识鲍超。”

其实,识人都是相对的,即便像曾文正这样“一见能卜其终身”者亦有走眼的时候,而且不独鲍超然。

程学启是安徽桐城人氏,早年加入太平军,后在桐城名士孙云绵的策反之下,投奔湘军,在曾国藩的九弟曾国荃手下任职。由于他是太平军的叛将，因此不招曾氏兄弟待见，处处受到猜忌、压制和排挤，这让程学启很苦闷。后来李鸿章组建淮军时便把程“借”了过去。结果程在淮军大放异彩，攻坚拔垒，所向披靡，转战苏南，无坚不摧，被誉为“淮军第一悍将”，成为李鸿章的左臂右膀。到了这时，曾氏兄弟才后悔了，想把程要回去已经不可能了。有一次，曾国藩问孙云锦，程学启到底是个什么样的人。孙说：“学启爱将如命，挥金如土，杀人如草。”

曾国藩听了之后，沉吟良久，然后感叹道：

“此名将也！”

话语中的遗憾之情溢于言表，难以掩饰。当然，即便有这样一两个例子，也不能全盘否定曾国藩识人的眼力，因为世上也许没有比识人更难的事了。认识一个人，认识几个人，或者认识一些人，都是可能的，但要识尽天下之人，难乎哉。因为人是复杂的，而且是变化的。所谓路遥知马力，认识一个人往往需要时间和机会。有的人我们也许一辈子也不可能真正认识。甚至有的人死了也无法盖棺定论，需要几代，甚至十几代，才能逐步拂去历史的尘埃，还其本来面目。从这个意义上讲，没有永远的伯乐，却永远存在被埋没的千里马。

（2014 年 10 月）

一个不该忘却的名字

1911年10月10日，武昌首义爆发，旋即波及全国，满清统治被推翻，中国千年帝制也随之终结。在这场载入史册的大起义中，有一个安徽人，名叫周荣棠，却被忽略了。在史料记载中，他很少被提及，即便提及，有的弄错了名字，有的甚至连名字都没有，令人遗憾。

武昌首义是在一种紧迫、混乱和无序的状态下发生的。在起义的前一天，风声走漏，官府展开了大规模的搜捕。革命党的领导人伤的伤，跑的跑，刘复基等人不幸被捕，英勇就义。当时，武汉三镇风声鹤唳，笼罩在一片恐怖之中。在这种情况下，革命党的基层士兵各自为阵，仓促发动。工程营率先打响第一枪，轰轰烈烈的大起义由此掀开序幕。

武昌驻军当时分为两大块：一是陆军第八镇(镇相当于师)，统制为湖北提督张彪；一是陆军混成第二十一协(协相当于旅，混成协相当于加强旅)，协统是黎元洪。起义发生后，第八镇所属各营队先后卷入，但第二十一协所属第四十一标迟迟没有动静。原来，这支部队被黎元洪控制住了。黎元洪的儿子黎重光回忆说：

> 武昌起义的前一天上午，我父(指黎元洪)从总督衙门回家，怀着满腹心事说："昨夜杀了三个革命党，搜获了革命党的秘密名册，名册上很多是军中兵士，恐怕要出乱子了。"

当天夜里，起义果然爆发了。9点多钟时，黎元洪接到督署电话，称其所辖的辎重第二十一队、工程第二十一队(以上两队均驻城外塘角一带)发生兵变，令他派兵弹压。当时，黎元洪正在黄土坡司令部。他当即派炮营前往平息,结果是兵变没制止,炮队反而也卷了进去。驻塘角的部队此时彻底乱了套,而由于电话不通,驻南湖的骑兵第二十一营也失去了联络。至此,黎元洪对驻扎城外的部队已完全失去控制,而留在城内隶属于他的只有第四十一标的部分驻军。黎元洪担心这支部队再发生问题,于是便亲往第四十一标坐镇。打响首义第一枪的熊秉坤回忆说:

(黎元洪)遂集合第四十一标留营全体官佐于会议厅。黎不发一言,亦无命令,盖借此有秩序之集合而防范之也。

第四十一标营区位于城内阅马厂附近。该标营区,原先驻扎三个营,此时第一营已调往沙市,第二营出防岳州,剩下的只有第三营,加上第一、二营的留守人员,人数不足600人。这点兵力很难有所作为,由于电话不通,外边的情况也不大清楚,黎元洪对眼前的局面显然束手无策,并无好的办法。他唯一能做的就是把军官们集中到会议室并控制起来,进而保持部队不乱。至于以后怎么办,只有走一步看一步了。

黎元洪这样做还是起到了一定的效果。由于他的控制,四十一标迟迟未能响应起义。当晚11点半,起义军攻打督署遭遇敌军顽抗,先后失利,急需援兵,临时总指挥熊秉坤决定派人前往四十一标送信,通知该标同志立即行动,响应起义。这个派去送信的人,就是周荣棠。

据有关史料记载,周荣棠接受任务后,是翻墙进入四十一标营区的。当时,军官们正被集中到会议厅,而士兵们则被限制在营房内不准出来。周荣棠进入营区后便高声呼喊:“起义已经开始!弟兄们赶快行动!”

听到喊声,士兵们从营房里纷纷探出头,有些胆大的干脆跑了出来。军营里开始出现了骚动,这是军官们最害怕的。如果不及时制止,局面将一发不可收拾。黎元洪当然也很紧张,接下去的事,是必须阻止周荣棠的煽动。他派人将周抓了起来,但周并未退缩,继续大喊大叫,鼓动部队行动,最后英勇就义。

周荣棠的死有多种说法:一说是卫兵们开枪打死的,并把尸体扔进了水沟;一说是卫兵们抓住周,把他带入会议厅进行了讯问,之后被下令处死;还有一说是,黎元洪为了稳定局面,震慑众人,亲手将周砍死。这后一种说法，就是“黎元洪手刃革命党”的由来。

究竟哪一种说法更接近真像，史无定论。下面是一些首义亲历者的回忆，可供参考：

熊秉坤回忆：

工程营发难后，即派周荣棠同志送信该协。周（荣棠）逾垣而入，为守者所执，黎（元洪）讯明来历，即用杀一儆百之计，手刃周于会议厅。果也众心慑伏，暂时收效。

逸民所述：

当革命党劫库存（指楚望台军械库）时，二十一混成旅协统黎元洪闻讯乘马驰往，意将保护此库。人多不服制止，元洪掣军刀砍一人死。众兵中有识元洪者呼曰：“尔我同为汉人，今日之事并非造反，协统宜自为计，勿以孤身历险也。”元洪见事不为，遂策马归寓，匿居弗出。

测绘学堂集体回忆：

……后来才查知十九日（即公历 10 月 10 日）夜，他（指黎元洪）不准他的部下参加革命，站在营门口杀掉我们的邹玉溪同志一人，后来觉得大势不好，才跑回家里暂避，最后还怕在家里遭危险，才跑到黄土坡他的参谋刘文吉家隐藏。

谢石钦回忆：

辛亥八月十九日，黎元洪犹手刃无名英雄一人，此君为吾同仁，南京人，佚其姓字，隶某部下。彭、刘、杨三烈士就义后，各营士兵气愤填膺，跃跃欲试，虽清吏命令如山岳，不能镇压同仇敌忾之心。有无名英雄者，冒死前往黎军，说以反正，请出而主持军事。黎惶恐而震怒,立手刃之,当时毙命。惜告者亦不详其里姓等,其尸亦不获。凡为军人而参加辛亥之役者,莫不知此事。呜呼惨矣!

这类回忆还有不少,无法一一摘录。从摘录的以上四种回忆看,有两个忘记送信者姓名,有一个误为“邹玉溪”。虽然时间、地点和人名均有较大出入,但在送信者英勇无畏、壮烈牺牲这一点上是一致的。据张国淦《辛亥革命史料》载,民国建立后,黎元洪有一次在北京曾对居正讲起过这件事,他承认周荣棠是被抓到司令部后被处死的——

……(当晚)十一时半,有一人攀营墙高呼:“革命成功,同胞速出,去攻督署!”护兵将此人擒至司令部手刃之,刃折而人未死,仍高呼革命,护兵乱刃齐下,移尸沟中。事后各方面查询,始知为革命军临时总指挥所派来联络各营周荣棠也。

尽管黎元洪在周荣棠死的问题上闪烁其词,但他的回忆证实,送信者的确叫周荣棠,这一点与熊秉坤所说吻合。而且,周荣棠是熊秉坤亲自派去的,他的回忆系第一手资料,应该是最可靠的。据黎元洪所说,周荣棠死得很英勇,护兵的刀砍断了,在一息尚存之际,他仍大呼革命,最后被护兵乱刀齐下,活活砍死。其英勇无畏之精神,壮哉!烈哉!武昌首义之所以取得胜利,正是由于有无数像周荣棠这样的士兵流血奋斗,才最后大功告成。他们的英魂,我们永远不能忘记。遗憾的是,我查阅了许多史料,有关周荣棠的记载只有12个字:

荣棠,安徽宣城人,工程营饲养兵。

以上少得可怜的记载见诸《辛亥首义回忆录》。特录之,聊备哀思和祭奠。

(2003年1月)

颍州往事

2011年，是辛亥革命爆发100周年。为了纪念这场伟大的革命，全国17个省的人民出版社打算联合出一套书，每省一本，总题目定为《辛亥革命全景录》。好友子瑞找到我，希望我来写安徽的这一本(此书后以《铁血雄风》为名出版)。我对晚清的历史了解一点，曾写过《段祺瑞传》、《共和，1911》等书。我想，之所以找我，也是考虑这个因素吧。

接到任务后，我一边查阅资料，一边深入各市县实地采访。2010年秋，我先后跑了六安、阜阳和亳州等地。在短短的二十多天的采访中，我的心灵受了震撼。在阜阳采访期间，发生在颍州辛亥冬季的血战更是让我久久难以忘怀。

安徽辛亥起义的第一枪是由寿县打响的。公元1911年，清宣统三年，旧历辛亥。这一年的10月10日，武昌爆发了新军起义，起义军当晚便占领武昌。接下去两天，汉阳、汉口次第光复，接着湖北各地相继响应。起义声势越来越大，并向湖北周围迅速扩展。

10月22日，湖南首先举起义旗，随后陕西、江西、山西、云南先后宣布独立。短短20余天起义便波及数省，大有不可遏止之势，这极大地鼓舞了各地革命党人。

武昌起义发生后，消息迅速传至安徽。据时任《皖江日报》主编的张九皋回忆，10月10日夜，即武昌起义的当天，芜湖便得知了消息。当晚，报社的邹秋士回来兴奋地说是武昌新军起义，已占领武昌，湖广总督瑞澂逃往楚豫兵轮。据邹说，他的一个同乡在电报局工作，这是汉局向沪局通报时透露出来的，大家一听都很振奋。

当时已是次日拂晓，报版已经上机。尽管如此，张九皋还是决定临时改版将此消息插入，不过由于情况不甚明了，所以措词含混，只说武昌方面传来剧烈的枪炮声，真相还不甚清楚。可是，到了第二天、第三天，从各方面传来的消息越来越多，这包括汉口出版的报纸，以及乘船来的旅客带来的消息，都证实了武昌发生起义。于是，报社随时将最新消息写成大字报贴在报社门墙上，同时编印成“号外”散发，最多的时候一天发行三次。由于传播速度迅速，武昌及各省的起义情况很快在安徽各地传播开来。

安徽紧邻湖北，地处南北之中，历来为兵家必争之地。所谓“长江之锁匙，上游之保障”，且与湖北“近在接壤，又处上游”，战略位置极为重要。武昌军政府在成立之后，先后向安徽发出《民国军政府檄安徽文》和《敬告皖省父老文》，号召安徽响应湖北，共举大业。

11 月 5 日，位于淮上中心的寿县首先举起了义旗。寿县起义的主要领导人之一是“信义会”的创办人张汇滔。辛亥革命期间，寿县涌现出许多重要人物，被誉为“淮上健儿”。其中有先后出任安徽都督的孙毓筠和柏文蔚以及张汇滔等。所谓“淮上”，一般认为是以寿县为中心，包括皖北等地。1905 年，陈独秀曾专门来到寿县，从联络“淮上健儿”入手，先后访游怀远、蚌埠、蒙城、涡阳、亳州、太和、阜阳、合肥、芜湖等地。这次访游收获很大，被史书称为“一次革命力量的大发动”。除了联络淮上健儿和有志革命的人士外，会党兄弟、绿林豪杰，群相附骥。据柏文蔚自述称：“从此淮上同志深相契合，革命思潮遍于乡里。”

在寿县革命党人中，张汇滔是一个杰出的代表。张汇滔，字孟介，1882 年出生于寿县西乡涧沟集张大郢孜。幼年读书，喜好兵略。19 岁时为家人所迫参加童试，发榜时名列前茅，却毅然放弃，徒步至安庆，先入武备学堂，后加入新军。安庆新军中多两淮英迈之士，张汇滔多方联络，与熊成基、柏文蔚等组织“同学会”。因宣传革命，引起清廷注意，乃逃往上海。1905 年东渡日本，入东京警监学校学习。在日期间，他先后加入孙毓筠的“阳明学社”和中国同盟会。次年回国，在寿县组织“信义会”，暗中开展活动，为起义打下了基础。

寿县起义成功后，淮上革命军正式成立，四乡农民纷纷剪去辫子，前来投军。几日之内，淮上军就扩充至 2 万人之多。11 月 9 日，淮上国民军开始分兵向颍州和亳州等地出击。整个皖北顿时风生水起，轰轰烈烈，各地旧政府在淮上军的威逼和打击之下，很快土崩瓦解，一发不可收拾。

不久，颍州（今阜阳）府所辖一州五县除亳州之外全部光复。此后，张汇滔又兵出蒙城，西征豫东沈邱、淮阳等地，这使袁世凯大感不安了。

据《申报》报道，张汇滔光复颍州后，驻兵府署，检查财政公款，发现当地士绅等十余人有侵蚀舞弊情况，便下令索拿到案，令其赔偿。其中一些人闻风而逃，跑到河南向袁世凯告状，诬陷张汇滔是土匪，并非国民军。袁世凯起初未予理睬，他们又编造谣言称，张汇滔有计划进攻河南，毁坏袁氏祖坟。

参加告状的除当地士绅，还有山东候补知州宁继光。淮上军光复颍州时，他正好逃回家乡，后闻讯潜逃出城，从山东绕道前往河南项城袁世凯老家。宁继光与袁氏有姻亲，他向袁家报告颍州情形，并夸大其辞，声称颍州民军有 4 万之众，奸淫掳掠，无所不为，并言之凿凿地说，十月初十日，他们将赴袁寨，烧杀袁姓族人。袁家人吓坏了，合族外出逃避。

这一来，袁世凯坐不住了。袁的老家在河南彰德，如果淮上军一旦进入豫东，攻占信阳，彰德则必陷危境。因此，他急令心腹部将倪嗣冲设法保护。不过，对于上述说法，袁世凯仍将信将疑，在给倪的电报中指示，如系民军，可以文明交涉；如系土匪，即速电禀，再行派兵剿办。可倪嗣冲根本不理这一套，请求多带兵马，赴皖剿办。

当然，袁世凯派遣倪嗣冲率部入皖，除了保护家产、祖茔外，还有战略上的意图，因为安徽紧邻湖北，对于战局至关重要。据说，袁世凯在倪嗣冲入皖前便有意派兵在那里布防，以牵制鄂、皖、豫三地。他曾叮嘱倪嗣冲，要他入皖后扩编部队，争取“立功”。

在阜阳采访期间，当地的朋友帮我找了一些有关倪嗣冲的资料。倪嗣冲是袁世凯小站练兵时带出来的亲信之一。此人原名毓桂，字丹忱，是阜阳县倪家寨三塔村（今属阜南县三塔集）人。其父倪洪，是清末举人，当地人称倪老洪。倪老洪曾受聘于袁世凯做家庭教师，后成为袁的亲信幕僚。袁世凯小站练兵时，倪嗣冲便投其麾下，受到袁的赏识，不断得到提升，先后出任过东三省民政司长和河南、安徽布政使，民国后统治安徽达八年之久。倪嗣冲生性凶残，劣迹昭彰，曾在东北剿捕“胡子”，杀人如麻，人称“倪屠夫”；他还因贪污被参，后由其侄子替他顶罪才减轻处分。倪嗣冲本是文职，入皖前，袁世凯以清乡剿匪为名，加派他为湖广总督广水行营卫队武卫军右翼统领。在阜南县名人录中，倪嗣冲赫然在目。不过，他干过的好事似乎并不多，而在辛亥年间更是双手沾满了革命党人的鲜血。

1911年11月中旬，倪嗣冲从河南周口店率马队一营、炮队一营、步兵三营进入安徽，直扑太和。根据他的部署，其部分为两路，由颍水南岸和颍水北岸分头发起进攻。驻守太和的革命军负责人宁治元，一看倪军来势凶猛，又听说清兵数倍于己，便于夜间匆忙撤离。倪嗣冲轻而易举攻占太和，之后便长驱直入，向颍州进发。此时，淮上军已经分批出击，转战于皖北各地，颍州兵力空虚，情势万分危急。

湖北军政府闻讯急电各省都督，称“惊悉敌军三路进攻颍州，太和已失，大局可危”。江浙联军第一军军长柏文蔚(寿县人)也致电上海大都督陈其美，中有“北军倪嗣冲率兵进攻颍、寿一带，请敝处派兵驰援”等语。

倪嗣冲进犯颍州时，正值南北议和期间。袁世凯重新出山后，北洋军向武汉发起强大攻势，先后攻陷汉口、汉阳两镇，给民军以重创。然而，就在北洋军在湖北得手之时，江浙联军攻克东南重镇南京，同样给清军以重大打击。老谋深算的袁世凯为了利用这个局面，达到自己的目的，对民军采取了又打又拉的手法，主动提出议和。议和期限先是三天，后又不断延长，最后南北双方都派出代表团在上海租界正式开议。按照事先约定的条款，双方在和议期间，一律休战，并停止敌对行动。因此，倪嗣冲进攻颍上，完全是违反停战条款。独立省份对此十分生气，纷纷指责。南方外交总长及议和总代表伍廷芳也向北方提出抗议，要求严查违约之事，但袁内阁多方开脱、庇护。

其实，倪嗣冲早在进入皖境时就接到清内阁停战的电报，但他秘而不宣，置之不理，继续向颍州进军。就在倪嗣冲大举进犯之时，退守徐州的张勋江防营也与倪嗣冲秘密联络，一边分兵清江，一边进驻宿州，拟发兵攻击涡阳，与倪嗣冲连成一气。与此同时还有消息称，原安徽巡抚朱家宝也率十五营开向亳州。一时间，皖北地区清军云集，大有黑云压城城欲摧之势。

为了应对这一局面，淮上军参谋长张汇滔考虑到革命军兵力分散，力量单薄，决定把颍州一带的兵力集中起来以固守颍州，同时通知各地分兵驰援。根据他的安排，颍州防线分为两部分，外线以小部分兵力布防于刘家集，此处位于阜阳、太和三十五里之间；内线以全部主力，收缩入城，堵死西门和北门，并在城内构筑工事，准备死守待援。

12月11日早晨，倪嗣冲的部队向颍州城发起攻击。在猛烈的炮火支援下，清军发起多次进攻，都被击退。战斗打得异常激烈，炮声震天，硝烟弥漫。淮上军坚守阵地，英勇反击，攻城清军遭到重大损失。战斗持续了两天，到12日傍晚，颍州城依然牢牢地掌握在淮上军手中。

就在双方僵持不下之时，倪嗣冲的胞弟倪毓棻率部赶到。倪毓棻，字香圃，早在其二哥倪嗣冲在小站练兵时，就投靠其兄进入北洋陆军炮队随营学堂（又称小站随军学堂）学习，后随其兄参与镇压义和团。颍州光复时，他与倪嗣冲的岳父、阜阳大地主宁继泰一起从城内化装逃出，前往河南投奔倪嗣冲。倪嗣冲当即委他为募兵总办，在豫东、皖北一带招募新兵，同时收编了老巡防营石忠玉部两营官兵和一些散兵，并以此为骨干，不断扩充，人数达数千之多。这支队伍后来经改编归入安武军，成为北洋皖军的主力部队。

倪毓棻赶到后，清军力量大增，于是向颍州城发起更强大的攻势。然而，淮上军尽管兵力、武器远逊于对方，但在张汇滔的指挥下，利用坚固的城墙和有利地形，“尽塞四门，撄城固守”。

倪嗣冲久攻不下，十分着急。而由于血战多日，炮火终日不息，颍州城内也是遍地焦土，淮上军弹尽粮绝，逐渐不支。为了拖延时间，等待援兵，张汇滔派当地士绅吴兆璜等人出城与倪嗣冲谈判。没想到，这一做法却被倪嗣冲所利用。由于城内士绅受到张汇滔的查办，早就忌恨在心，于是便与倪嗣冲勾结在一起，决定里应外合。回城后，他们秘密策反原巡防营管带朱兆勋、团防练勇管带徐金城（一作徐振清）等人，并向倪嗣冲提供了城内的布防情况。当时，淮上军全力防守东门、南门，主力大部集中于此，而西门、北两门只是用石条封堵，守军薄弱。

倪嗣冲得到情报后，便集中兵力，以营务处高士读、管带邱昌锦、帮带马联甲、管带周茂冬以及募兵总办倪毓棻等部队共千余人，准备大批云梯，于14日分别向西、北两门发起攻击，而城内朱、徐两营也倒戈内应。

西、北两门随之被攻破，大批清军拥入城内。淮上军此时已腹背受敌，但依然殊死血战。许多战士在弹尽之后，便用砍刀、棍棒和石块与敌人拼杀、肉搏。双方在城内展开激烈的巷战。一时间，死伤枕藉，血光蔽日。战斗一直持续到15日晚7时，淮上军终于力不能支，被迫突围而去。张汇滔抱牺牲精神，决意不走，要与敌人血战到底，后被左右强行架起，缒城而出。此时，革命军的另一领导人程恩普（阜阳人）在亳州败后，元气大伤，在退出颍东中流村后，本欲率残部前往救援，但为时已晚。

据当地朋友告诉我，颍州之战，革命军付出惨重的代价，牺牲者高达584人，被俘者300余人，后残部突围至颍上县。我在张汇滔的家乡寿县查找资料时也证实了这一点。在这些牺牲者中大多是张汇滔从寿县、凤台带出来的子弟兵，仅张汇滔本族人在这次战斗中就牺牲了57人之多，其中张汇滔的叔父张士杰和他的两个侄子张维屏、张维敬都在战斗中英勇就义。看着这些资料，我不禁为之动容，并肃然起敬。一位陪同我的朋友对我说，寿县人对安徽辛亥革命贡献很大，而张氏家族更是付出了巨大的牺牲。

倪嗣冲攻占颍州后大开杀戒，疯狂抢劫。城内富户、商铺均遭劫掠，被劫钱财多达20多万。他还大肆搜捕革命党人。城内凡剪辫者一律格杀勿论。因为淮上军多为寿县一带人，倪嗣冲极为痛恨，破城之后，他把城内外籍人集中到城隍庙，让他们报数，凡口音不同于当地的寿县人，一律当作“乱党”杀害。半日之内，就杀400余人（一说500余人，“悉坑之”），城隍庙前“尸积如山，血流成河”。更残忍的是，他还把民军财政司的干部李澍堂剖心碎尸，将薛某缠以柴草，浇上煤油，放火焚烧。在他们死后，尸骸不准掩埋，抛于护城河边，“狗争食之，十日未尽”。

倪嗣冲的残暴行径令人发指。淮上军司令部一边向武昌、南京和安庆告急，请求增派援兵，驱倪出境；一边通电揭露袁世凯、倪嗣冲公然破坏停战议和，向民军发起进攻。伍廷芳代表南方通过英领事向袁世凯提出严正交涉，倪嗣冲却为自己狡辩。他不顾事实，信口雌黄，诬蔑张汇滔等皆系土匪，并非革命军，所部剿匪并无过错，更不存在违约。他还大言不惭地说：“我亦革命党，何能于停战期间自伤同类？”并谎称进攻阜阳前，曾电询黎元洪，得到的回答是张汇滔确非革命军，所以才杀之不赦。

袁世凯的态度当然是曲意袒护。他一边指使北方代表以剿匪为名为倪嗣冲开脱掩饰，一边公然为倪嗣冲请赏，奏请清廷授于他额尔德穆巴图鲁勇号。在袁世凯的纵容之下，倪嗣冲气焰极为嚣张，自此盘踞颍州，横行无忌，并扬言要将皖北“匪患”一扫而光。

然而，倪嗣冲的暴行并未吓倒革命党人。张汇滔从颍州突围后，先是屯兵于三河尖(位于豫、皖两省结合部，属河南固始县)收拢残部，之后退回正阳关，一边向南京求援，一边积极备战，准备实施反击。

一个多月后，从安徽各地开来的北伐军日夜兼程，驰赴皖北。张汇滔的同乡、好友，此时正在津浦线指挥作战的北伐军司令柏文蔚也派镇军卢镜寰(字慈甫)率步兵二营前来参战。此时，革命军力量大增，各军会合之后，沿颍水北上，向倪军发起攻击。

1月25日，革命军抵达颍上县。26日，进至颍州城东的六十里铺。据探马侦知、倪嗣冲的清军位于四十里铺。27日，北伐军集中五千多兵力向四十里铺攻击前进，双方展开激战。倪嗣冲下令炮队轰击，奇怪的是，炮弹却频频落入北伐军的身后，毫无杀伤力。相反，北伐军攻势凌厉，一路猛冲猛打。倪军抵挡不住，节节败退，先后由四十里铺退至十八里铺和七里铺。事后，倪嗣冲得知，炮队管带于秀山和哨官段其滨已暗中倒戈。据说，于、段本来就倾向革命，后由程恩普的参谋吴殿元和敢死队长李栋从中说服，答应充当内应。开战后，他们便故意抬高炮口，让炮弹落空，从而使北伐军占据主动。

28日，北伐军从七里铺发起进攻。枪炮如雨，势不可当。倪嗣冲下令抵抗，试图扭转战局，遏制北伐军的进攻，但北伐军越战越勇，不断发起冲锋，终于冲垮了敌军的防线。兵败如山倒，清军如决堤的洪水向后逃窜，一路自相踩踏，死伤无数，就连倪嗣冲也差点做了俘虏。

退回颍州城中，倪嗣冲一边据险死守，一边调集兵力进行反扑。他还在内部进行清洗，下令捕杀吴殿元、李栋等人。于秀山见势不好，请假离营，但即便如此，倪嗣冲仍未放过他。民国元年夏季，他指使其弟倪毓棻秘密将于秀山和段其滨等人杀害。

1月30日，倪嗣冲集中城内主力，孤注一掷。他下令重赏部下，分三路开城出战。北伐军奋勇迎敌。双方在城外进行了一场你死我活的较量。战斗十分激烈，从早上一直持续到午后1时许，清军伤亡惨重，不得不再次退回城里。北伐军乘胜进逼颍州城下，马队余耀山部甚至已经冲到城门下，准备一举攻城。但由于弹药将尽，不得不暂时后退。

此时，龟缩城内的清军士气低落，倪嗣冲更是惊慌失措，朝不保夕。史料记载，他向清廷发电告急，声称"外援缓不济急，万难坐以待毙"，并致电河南巡抚齐耀琳，乞求"请火速派援，或有一线生机"。齐耀琳也感到问题严重，请求朝廷"派大支军队援救，以保颍州"，"不然豫南必随颍州失陷，大事去矣"。

据当地人宁剑南回忆说，阜阳被围后，倪嗣冲到处求援，均无音信，急得他坐卧不安，寝食俱废。他挨门挨户强逼城内居民各家出人，拿着刀枪棍棒去城墙守卫。他还把四周城门用泥土封闭起来。当时，倪嗣冲的清乡督办公署设在城内知府衙门内。当革命军攻击猛烈，城防岌岌可危时，他换上清朝的袍褂朝服，又穿上黄马褂，戴上了翎顶官帽，在大堂上设立香案，打算破城时自杀尽忠。

从1月27日至30日，短短的四天里，北伐军连战连捷，有力地打击了倪嗣冲的嚣张气焰。然而，就在这大好形势下，革命军却放松了警惕。几天后，倪嗣冲之弟倪毓棻率一万余众前来增援，突然从北伐军背后发起攻击。卢镜寰部受袭之后，顿时大乱，其他北伐军也措手不及。这时倪嗣冲又率部出城掩杀。在两路夹击之下，北伐军大败而去，一直退向正阳关一带。

颍州反击战失败后，革命党人并没有退缩，而是重新积聚力量，决定再次发起进攻，但令人失望的是，就在这当口儿，和议重开，南北双方再次签订停战协议，第一次北伐遂告中止。安徽境内，皖北地区和津浦线一带也先后停战。对于和议，张汇滔和很多革命同志都不能理解，但只能服从大局……

随着岁月的流逝，如今那场发生在一个世纪前的颍州争夺战，已从人们的记忆中渐渐淡去了。在皖北采访时，已经很少有人知道这段历史，我们只能依靠史料来还原这段往事。应该说，北伐的结束是妥协派占据了上风。造成这个结果的原因是多方面的，但不论对这段历史如何评价，北伐军英勇无畏、浴血奋战的精神值得肯定。他们有力地打击了清王朝的势力，保卫了南方的独立成果，最终促使袁世凯压迫清廷，并在各方的合力之下，推翻了满清王朝，建立了亚洲第一个共和制国家。在这场伟大的变革中，作为北伐主战场之一的安徽，作出了重要贡献。尤其是淮上军在皖北的战斗，付出了巨大牺牲。尽管这支武装大多数是农民，仓促召募而来，缺乏基本训练，而且枪械不精，粮饷不继，但他们凭借空前的团结和高涨的革命热情驰骋于疆场，前仆后继，不畏强敌，成为安徽革命军中的最能战斗、最令人值得骄傲的一支劲旅，并在安徽辛亥革命史上书写了一道壮丽的可歌可泣的风景线。

写到这里，关于张汇滔需要补记一点。和议之后，他并未停止战斗。“二次革命”爆发后，他出任讨袁军第一支队长，率部进击皖北，在涡阳、蒙城一带再次与倪嗣冲的“倪家军”狭路相逢，并给予重创。“二次革命”失败后，他又东渡日本，协助孙中山成立中华革命党，并参加护法运动。1920 年 1 月 29 日，张汇滔在上海遭到暗杀，两日后于上海广慈医院辞世，终年 38 岁。张汇滔遇刺与宋教仁、陈其美之死并称“民国三大血案”。后经查明，此案系倪嗣冲收买刺客所为。张汇滔死后，孙中山十分悲痛，决定按宋(教仁)、陈(其美)二人之例，为他举行隆重的追悼安葬仪式。中山先生还亲临吊唁，题写“国魂不死”之挽额，以祭奠亡灵。

（2011 年 10 月）

焚烟亭纪事

安庆有座焚烟亭,1987 年由安庆市政府投资建造。该亭建造是为了纪念一个人,他的名字叫柏文蔚。

安庆是一座英雄的城市。辛亥革命期间,这里涌现出了太多的英雄:徐锡麟、倪映典、熊成基、范传甲、吴旸谷、韩衍……这一串串名字背后,每个都有着感人的故事。这其中当然也包括柏文蔚。

现在的年轻人对柏文蔚的名字也许已经陌生了,在清末民初,柏文蔚却是一个叱咤风云的人物。尤其在安徽的政界、军界,一度举足轻重、影响深远。

柏文蔚,字烈武,安徽寿县人。据史料记载,他出身于书香门第,早年参加科举,一考即中,但他胸怀大志,无意于功名,认为“经国大计,不在此雕虫小技也”。甲午战争后,他与同乡孙毓筠、张树侯等人在寿城内创立天足会,之后又在南京与赵声等组织强国会,密谋反清,事情败露后他来到安庆,进入安徽武备学堂。四年后,他自武备毕业,出任南京防营第二十三标管带。这期间,他与孙毓筠等谋炸两江总督端方,事败亡命关外,先后在沈阳、吉林等地藏身。1905 年,柏文蔚重返安徽,与陈独秀一起开展革命活动,并相偕访游皖北。

这次访游,被很多史书提及,认为这是一次革命力量的大发动、大串联。一路上他们宣传革命,联络淮上健儿、革命志士,“会党兄弟、绿林豪杰,群相附骥”。据柏文蔚自述称:“从此淮上同志深相契合,革命思潮遍于乡里。”在这种背景下,安徽第一个资产阶级革命组织——岳王会成立了,而柏文蔚就是发起者之一。

武昌起义爆发后,全国各地积极响应,光复浪潮风起云涌,不可阻挡。

南京政府成立后，柏文蔚出任江浙联军第一军军长，手握重兵，坚定地支持孙中山，反对和谈、妥协。

1912年元旦，孙中山宣誓就职临时大总统后，袁世凯恼羞成怒。在其指使下，北方清军开始向南集结。不久，战争爆发。柏文蔚被南方革命政府委以重任，出任北伐军第二路总指挥，统一指挥浙、苏、皖、粤诸军。

第二军的主战场在凤阳、临淮关、蚌埠、固镇、宿州和徐州一带，这是南北争夺的重点。清军沿津浦路一线向南展开进攻，意图攻取南京。战斗从1912年1月开始，一直打到2月。在柏文蔚的指挥下，革命军通力合作，浴血奋战，先后攻克新马桥、固镇、宿州，并向徐州发起攻击，迫使清军向兖州、济南方向溃逃。北伐军高歌猛进，一直追至徐州以北30里。2月16日，北伐军进入徐州城。

就在第二路军连战连捷之际，和议重开，南北双方再次签订停战协议，第一次北伐遂告中止。安徽境内，皖北地区和津浦线一带也先后停战。

据柏文蔚回忆说，固、宿、徐三战三捷，北方震动，和议之声再起。南京参谋部急电，要他停止前进。柏文蔚对此不能接受。他认为，革命军如不乘胜打到黄河以北，议和就不会有主动权。于是，他表面上奉命停战，暗中仍令部队昼夜向前推进。然而，此时南京的妥协派已占上风。不久，参谋部来电斥责柏文蔚有意破坏和局，要他立即退兵。

辛亥除夕之日（公历2月17日），中午12时至傍晚6时，柏文蔚连续接到参陆两部四封急电，召其回宁。迫不得已，他率部乘坐敞车连夜返回。除夕之夜，天寒地冻，官兵们又冷又饿，呻吟不休，冰满须发，霜满衣披。看着满天星斗，柏文蔚百感交集，痛心不已。第二天回到南京，他先后拜谒黄兴、孙中山，方知和议已成定局。孙中山在接见柏文蔚时说："一人倒地，牵其一根头发而拽之立起，吾其知万万不能；大家皆愿讲和，不愿再事兵戎，吾岂能要大家牺牲，为吾一人争总统耶？"其无奈之情溢于言表。此后不久，和议达成，第一次轰轰烈烈的北伐就这样结束了。再之后，孙中山退位，袁世凯如愿以偿，登上了大总统的宝座。

第一次北伐虽然以南方妥协而告终，但柏文蔚战功卓著，声名大震，就连袁世凯也对他忌惮几分。

1912年5月3日，柏文蔚开始署理安徽都督；7月1日，得到正式任命。

柏文蔚上任后，首先对行政机构进行整顿和改组。一些旧官僚、旧军人先后被撤换，而陈独秀等一批革命派得到重用。经过改组之后，政府机构面貌一新，旧势力和立宪派力量被极大削弱，排除在权力中心之外。在政治制度建设上，他还仿照西方议会制度，推行行政、立法、司法三权分立制度，并举行议会选举。

柏文蔚督皖后，为推动安徽的经济发展、文化教育和社会风气改良，进行了一系列的大胆改革，并取得了一定的成效。

其中影响最大的一件事便是推行严厉的禁烟政策。

清末民初，由于纪纲紊乱，安徽各地烟患严重，吸烟种烟，到处皆是。柏文蔚对此深恶痛绝。1912年5月，在他上任之初，便发表禁烟通电，布告天下，"禁种禁吸，期根杜绝"，并不惜放弃每年几十万的税收，"拟将皖省土税、膏税一律停止，统限一年内禁绝，不使稍留余毒，病我同胞"。他还下达手令，重拳出击，在全省范围内实行"禁吸禁种禁运"；取消所有烟照，查封所有烟馆，铲除所有烟苗。他还通知全省60县知事（即县令，民国后改称知事），从11月起将派军队"严行稽查"，凡查获种植烟苗百棵以上者，即行枪决，并对该县知事"严加惩议"。

为了加大禁烟力度，他从领导抓起。第二年又与各县知县"约法三章"，规定：三月以前各县发现烟苗者，"知事立予撤任"；四月内发现烟苗者，"该县知县除撤任外，并照第二百七十条之处分坐罪"；五月以后再发现烟苗者，"知事除撤任外，并援照纵令他人贩运罪二百九十五条严办"；对于做出成绩的，则请总统奖励。

柏文蔚说到做到。一次军队在皖北吴山庙查烟时，有人抗命不从。军队闻讯赶至，先后格杀十数人，并强行铲除烟苗，以儆效尤。在他的铁腕之下，各地无不畏惧，柏文蔚因此被称作"断头将军"。在当时长江流域实行禁烟的各省中，安徽最为严厉。一时间，全省烟馆烟苗尽绝。

1912年9月，正当柏文蔚在全省实行禁烟之时，一艘英国商轮驶抵安庆。在例行检查中，安庆水上巡警从该轮上查获鸦片7箱20包，价值160万元。柏文蔚接到报告后，当即命令宪兵予以截获，并公开焚毁。

据方怡昌回忆,焚毁鸦片是在安庆都督府门前进行。柏文蔚带人将截获的鸦片放进预先准备好的装有石灰和木炭的大坑里全部烧掉。看着烈焰冲天而起,在场的上万军民齐声欢呼。停在江面上的英国兵轮原已卸掉炮衣,将炮口对准安庆,试图进行威慑,但见此情景只好无奈离去。安徽都督府秘书十分激动,当场赋诗一首:

百年相望正遥遥,
一炬重将毒物烧;
夹岸万人齐鼓掌,
笑看敌舰已惊逃。

柏文蔚在皖禁烟力度很大,影响也很大,但是他的做法,包括强力推行的各项政策和举措,也遭到了不少反对,阻力重重。一些反对派和地方保守势力更是对他群起而攻之。他们制造舆论,向中央告状,指责柏文蔚在都督府人事安排上拉帮结派,排除异己,"大权授诸佥小","私人充塞要津"。他们还抵制焚毁淫祠、打倒偶像,以"信教自由"为号召,煽动愚顽民众进行罢市。在禁烟问题上,议会中一些非国民党议员抓住他在运作上的不当,对他没有通过议会而直接颁布禁烟手令进行诘责,认为他以命令代替法律不是民主国家所应有。至于截获和焚毁英国鸦片,更是引起轩然大波。

早在柏文蔚推行禁烟令时,商会中的一些烟商便大为不满。他们采取各种手法软磨硬抗,后来又以商务总会的名义呈请都督府,提出种种理由,进行讨价还价。但柏文蔚毫不通融。他重申禁烟条规,明令对私运烟土"从重惩办,决不姑宽",各土膏店也必须"一律勒令闭歇在案"。至于商会的呈请,他的回答是"所请之处,应毋庸议"。

柏文蔚的态度使烟商们又恨又怕,但又不甘心就此罢手,便勾结英商,并利用英国商轮将鸦片偷运入境,以求一逞。但他们低估了柏文蔚的禁烟决心,英轮上的鸦片不仅被全数查抄,而且被公开焚毁。事情发生后,一些烟商便跑到上海,向英国领事罗磊斯(一作福雷司)告状。不久,罗磊斯便带兵轮"费罗辣"(一作"司儿脱")号及鱼雷艇一艘,气势汹汹地赶到安庆。柏文蔚闻讯以外交礼节相待，请其赴宴，但遭拒绝。第二天，双方进行会谈。柏文蔚委派代表毕炜前往。英领罗磊斯态度蛮横，指责中方违反条约，威胁索要赔偿，并以林则徐之事为例相恫吓。据《民立报》(1912 年 10 月 9 日)报道，谈判的气氛异常紧张，“该领事(指罗磊斯)身带手枪，言辞颇厉。毕办抗议不屈，现尚相持未下”。

首轮交涉持续两日，未有结果。10 月 9 日，柏文蔚亲自出面与罗磊斯谈判。罗磊斯一上来便责问道：

“焚毁洋药，系何人命令?”

柏文蔚答：

“系奉本都督命令。”

罗磊斯又问：

“焚毁洋药是何理由?”

柏文蔚从容作答，一一陈述理由，但罗磊斯拒不接受。双方唇枪舌剑，互不相让。英方试图抹杀公理，以强权压人。自第一次鸦片战争以来，此法屡试不爽。原以为只要一吓，安徽官员就会畏葸退让，不仅获得赔偿，而且可以此为突破，破坏正在各省实行的禁烟法令。然而，英方的如意算盘打错了。柏文蔚非但不为强权所惧，反倒义正词严，据理抗争，对于英方的无理指责一一驳斥。

罗磊斯在交涉中强词夺理，提出两点：

一、咸丰八年，中英订有通商条约，其章程规定准许鸦片进口，如今民国成立，中英尚未续定专约，不得突言禁运。

二、禁运政策只限制内地土商，断绝本土，外人可不受此限制。

柏文蔚则针锋相对提出四条理由：

其一，查禁烟条约，凡各省种烟禁绝，即不准印土入境。皖省在前清时，即报肃清，本年 4 月 29 日，又由孙前督(毓筠)电国务院与外磋商，停止进口。

其二，此次查获烟土，烧毁 7 箱中有三箱无运单，4 箱运单月日不符，照海关条例，理应充公；另外 20 包，运单上“汉文日期不符，洋文年号涂改”，显有弊窦，不合手续，亦应照章扣留。

其三，咸丰八年中英条约第 5 款规定，虽准洋药进口，但只准在口岸经销。凡货物一离通商口岸，即为中国货物，与外国无涉。安庆既非通商口岸，烟土系中国商人所有，中方有理由行使主权，外人绝无干涉之权。所运货物只要违章，即全罚入官；至焚毁与否，地方官自有主权。

其四，皖省烟厘及土膏牌照等税捐一律停止，其不惜损失数10万收入者，正为禁绝起见，且私种土苗20株以上者，当处以死刑。

柏文蔚不卑不亢，以理服人。对于他的驳斥，罗磊斯虽然拒不接受，却理屈词穷，无言以对。最后，英国人只能扬言此事在安徽讲不通，便要上交中央政府处理，但柏文蔚依然不为所惧。10月13日11时，英舰离开时，他还按照外交礼节，亲往送行，做到有理有利有节。

柏文蔚的正义之举赢得了来自全省和全国各界的广泛支持。就在罗磊斯与柏文蔚进行谈判时，皖省各界在安庆召开大会，声援柏文蔚。全国各地也纷纷通电抗议英国干涉安徽禁烟，并对安徽表示坚决支持。10月23日，孙中山到达安庆后在都督府发表演说，称赞安徽禁烟最认真，“办理颇为得法”，“实为各省之模范也”。他还抨击英国的干涉，指出英领事受奸商唆使，带军舰两艘前来，显系“无理干涉”。

据柏文蔚所述，此事后来果真闹到了北京。英国公使朱尔典向中国外交部提出交涉，与此同时，他还请安庆同仁医院的英国医生戴世璜（一作戴璜）和教会何小姐从中调解，软硬兼施，均无效果。12月9日，朱尔典带着罗磊斯至外交部，当面提出抗议，坚称安徽焚烟违法，要求赔偿烟款2.5万两白银。如果不能满足条件，英国将不承认中华民国为友好国。

闹了一阵，双方僵持不下，最后由外交部长陆征祥、外交次长颜惠庆出面转圜，针对英方提出的安徽烟种未绝，不属于禁烟省份的说法，作出一些让步。即同意由拒毒会、红十字会和领事团共同组成调查烟苗团，前往安徽考察。如果安徽确系烟种未绝，则必须对英方进行赔偿。柏文蔚得知这一消息后，立即电令各地防止偷种，以免授人以柄。结果，调查团到达合肥一带，经过询问教会人士，得到的回答是皖省烟禁严厉，烟苗早已断绝，就连调查团中的英国代表韦礼敦也无话可说。至此，英方不得不收回无理要求，一场风波遂告平息。

柏文蔚主皖前后一年有余（从1912年5月3日署理，到1913年6月30日被解职），在极端困难的条件下，筚路蓝缕，从政治、经济到文化教育和社会改良等诸多方面，大力推行革命化进程，颇多建树。尽管在当时的条件下，他的设想和目的不可能完全实现，但他做出的种种努力令人敬佩。尤其在禁烟上成绩斐然，面对英帝国主义的压力，他不畏强暴，敢于斗争，其事迹载入史册，并受到孙中山先生的高度评价和社会各界的拥护支持。

1987 年，是柏文蔚先生 40 周年忌辰，安庆市政府投资建造了一座“焚烟亭”，以资纪念。这就是安庆焚烟亭的由来。

逝者如斯夫，不舍昼夜。历史的长河奔流不息，但拂去历史的尘雾，留下的有成功，也有失败；有辉煌，也有暗淡；有感动，也有遗憾。柏文蔚是一个悲情英雄。他的一生有成功，有辉煌，也有失败和暗淡，但他的失败是历史局限造成的，而他留下的功绩和留给后人的感动却闪耀着民族理想和人格魅力之光，令人缅怀和景仰。

（2013 年 6 月）

劝君切莫去抬郎

今年四月，应台湾夏潮基金会董事长宋东文先生的邀请，我随安徽作家代表团赴台访问。访问期间，日程安排中有一项内容是参观“国立台湾文学馆”。该馆位于台南市，收藏陈列了一些台湾作家的书籍、手稿和资料等，并以艺术、科技和互动等现代手法呈现出来，新颖别致。其中有一个展区是专门介绍台湾民俗的。我无意中发现了一首客家民谣《渡台悲歌》。歌词摘要如下：

劝君切莫过台湾，台湾恰似鬼门关。
千个人去无人转，知生知死都是难。
就是窑场也敢去，台湾所在灭人山。
台湾本系福建省，一半漳州一半泉。
……

据称，这首民谣传播于道光末期，在岛上流传十分广泛，后被改成“三脚戏”（该剧只有生、旦、丑三个脚色，故而得名），唱腔为潮州调，每逢年节，村社之间经常演唱，妇孺皆知。我仔细查看了这些资料和图片，不禁联想到刘铭传的《劝番歌》，心里一阵欣喜，因为这使我对《劝番歌》的来历有了新的发现。

一般认为，《劝番歌》系刘铭传主台后编写的。光绪十一年（1885年），中法战争结束后，清政府鉴于台湾的重要性，决定台湾建省，刘铭传由福建巡抚改任台湾巡抚。对于这一决定，刘铭传起先表示反对，因为在他看来，当时台湾建省困难太多。首先，台湾一旦建省，将失去福建接济，

“依托一空，猝有难端”，于台湾的发展不利；其次，台湾“番民”尚未归化，开发程度较低，这也是建省的一大难题。于是，他上书朝廷请求台湾推迟改省，以便“从容筹办”，但遭驳回。谕旨云，刘铭传所请，“着毋庸议”。

刘铭传主台后，面临三大要务，其中一大要务便是“抚番”。台湾少数民族居多，统称为“番族”（今称高山族）。根据其发展程度，又有“生番”、“熟番”之别。史料称，“生番横亘南北七百余里”，分布广泛。刘铭传也说过：“沿海八县之地，番居其六，民居其四。”随着汉人的迁入，这些当地少数民族与汉人之间的民族矛盾日益激化。如何解决这一问题，历届台湾官员都找不到好办法。

刘铭传的前任沈葆桢和丁日昌都花了不少精力来进行治理，但收效甚微。

官府最初采取了隔离封锁政策，勘界立石，严禁汉族移民和原住民来往。他们把原住民称作“番”，而把汉族移民称作“民”。这种称呼本身就带有明显的歧视性。

但是，隔离政策显然收效有限，每年仍有大量的汉民被杀。刘铭传的前任沈葆桢曾在一份报告中说：“自嘉义迤北，绵延数百里，番社多未及降，岁杀垦民数百人，为政教所不及。”到了刘铭传主政时，情况依然很严重。每年涉及“番民”杀人、偷盗和抢劫的案件不计其数。一些匪盗还以“番地”为巢，聚众推动，地方官员则“相率苟安，生番杀人，熟视无睹”。刘铭传认为“番民”问题不解决，台湾便不可能发展。“如人之一身，生番横亘胸腹，四肢血脉不通，呼吸不灵，百病重作。”

光绪十二年，台湾建省不久，刘铭传便奏请设立抚垦总局，自己兼任总办，由在籍太常寺少卿林维源为帮办，在全台大力推行“开山抚番”。总局之下设八个分局，办理抚垦事务。具体任务是组织番民“归化”，鼓励他们开垦荒地，改变生产方式，“教之耕耘，使饶衣食”。除了筹其生计外，还创办“番学”，教其读书认字，开启民智。这样既解决了“番民”的生活需求，又达到了教化人心的目的。刘铭传提出的口号是：“抚垦以广幅员，清丈以裕供赋。”他还专门写了一首《劝番歌》。内容如下：

劝君切莫去抬郎，抬郎不能当衣粮。

抬得郎来无好处，是祸是福要思量。
百姓抬你兄和弟，问你心伤不心伤？
一旦大兵来剿洗，合社男女皆惊慌。
东逃西走无处躲，户屋烧了一片光。
官兵大炮与洋枪，番仔如何能抵当？
不拿凶手来抵命，看你跑到何处藏？
若如你们不肯信，问问苏鲁马那帮。
莫如归化心不变，学习种茶与耕田。
剃发穿衣做百姓，有衣有食有银钱。
凡有抬郎凶番仔，那个到老得保全？
你来听我七字唱，从此民番无仇怨。

诗中的“抬郎”，为台湾土语，意为杀人。诗的第一句“劝君切莫去抬郎”，便是劝君切莫去杀人……通篇内容皆为劝说“番民”归化，宣传“番”与“民”之间和解、共存，是一个研究刘铭传“抚番”的重要史料。

关于《劝番歌》的由来，我在写《淮军四十年》时曾查过有关资料，清史专家翁飞博士也给我发来最新整理出的《淮军乡土资料》，其中有马祺先生的《刘铭传轶诗》一文。据该文称，《劝番歌》的由来有两种说法：一说是刘铭传组织人编写的；一说是当地人以为刘铭传没有功名，文化不高，想考考他，没想到刘铭传出口成章，吟出了这首《劝番歌》。

另据台湾省光绪《恒春县志》载，这首诗写于光绪十三年(1887)四月，是刘铭传以当地土音写成，并以官方文件形式，札发各知县，抄给各番社头人通事等，要求男女老少，大人小孩都要朝夕歌唱，并认真教导，为之讲解，使之家喻户晓，“期革嗜杀之风，渐知人伦之道”。

以上资料大致说明了《劝番歌》的来历。不过，这次在台湾文学馆参观时，当我看到《渡台悲歌》的有关资料后，忽然发现《劝番歌》无论语调还是形式，都与《渡台悲歌》十分相似，而且，后者比前者早了约五十多年。加之《渡台悲歌》在台有较广的民众基础，刘铭传入台后不可能不有所耳闻。由此推测，当年刘铭传编写《劝番歌》时，显然不是独创，而是套用了《渡台悲歌》这种形式。因为这种形式大家耳熟能详，可以更好地宣传他的“治番”理念，以达到其“教化”之目的。虽然我这还是猜想，但从研究角度说，有据可依，有“案”可查。

其实，歌谣写作互相借鉴模仿，或前人的作品影响后人都再正常不过。早在《渡海悲歌》之前，道光十五年，一位台湾官员柯培元就曾写过一首《熟番歌》：

> 人畏生番猛如虎，人欺熟番贱如土。
> 强者畏之弱者欺，无乃人心太不古。
> ……

这些歌谣的一大特点就是口语化，简明易懂，朗朗上口，易于传播。这些可能都给了刘铭传以启发，而他的《劝番歌》也许正是在这些歌谣的启发和基础上写出来的。当然，对此我未作深入研究，但我的偶然发现或许能给学者们提供一点研究线索，也未可知。谨以小文记之。

（2014年10月）

从漫画到素描

晚清和民国笔记中有许多李鸿章出访欧美的笑话,这些笑话极尽讥讽嘲笑之能事,给人的印象是,李鸿章完全是个昏庸无能的酒囊饭袋。但近读《帝国的回忆:〈纽约时报〉晚清观察记》,看法有了改变。

该书是《纽约时报》对华报道的选编,时间从1857年1月至1911年10月,内容涉及政治、外交、军事、文化、社会生活、革命及华侨等各方面,是一部以独特视角记录晚清历史的珍贵资料。编者郑曦原先生曾在中国驻美国纽约总领事馆工作三年,现为外交部二等秘书。

李鸿章出访美国是1896年8月底至9月初,《纽约时报》对此作了连篇累牍的详细报道。从报道中看,美方对李的访问给予极高的国宾礼遇。李鸿章抵达纽约港时,卢杰将军亲自登上"圣·路易斯号"邮轮迎接,"纽约港欢迎市民涌动如潮,港内百舰齐鸣向清国政治家致敬";美国海军派出"迈阿密号""纽瓦克号""罗利号""辛辛那提号""联盟号""得克萨斯号""马萨诸塞号""纽约号""印第安那号"和"哥伦比亚号"十艘战舰,分成两排,组成盛大的欢迎阵容。舰队司令邦司将军的舰令旗在"纽约号"军舰上迎风飘扬。当"圣·路易斯号"邮轮驶来时,各舰水兵在甲板上列队,行注目礼,旗舰"纽约号"首先鸣放19响礼炮,从威廉堡也发出了17声炮响。《纽约时报》记者援引一位官员的话说,这种礼仪是"史无前例"的,并称之为"皇家式的接待"。接下去,美前国务卿在华尔道夫饭店迎接清国贵宾,而美国总统克利夫兰特地包租"蓝宝石号"游艇驶往纽约,并在惠特尼公寓举行盛大午宴欢迎李总督。老李经过纽约城区时,美国第六骑兵旅200名骑兵进行护送,"大约有50万人观看并欢迎清国总督",交通堵塞,盛况空前。报道说,在经过第5大道19街时,有一个小孩向李鸿章投掷了一个煎柠檬，但未造成伤害。在整个欢迎仪式中，这只是一个小小的不快的插曲。

《纽约时报》对李的评价也相当高，称他“既是著名的军事家，又是政治家、金融家和外交家”，报道中还称他为“清国铁腕人物”“东方王子”云云。在接受采访时，“他（指李鸿章）神采飞扬”，“态度非常坦诚、谦虚”，“一举一动都代表着东方这个伟大的国家”。这些评价可能不光是溢美之词，因为李鸿章当时在外国人眼里，地位的确颇高。用梁启超的话说，“五洲万国人士，几见于李鸿章，不见有中国”，“外国论者，皆以李为中国第一人”。

当然，由于东西方文化习俗、政治制度不同，李鸿章也有一些不合适宜的举动和谈话。比如，“他总是不断地吸烟，而且不分场合，甚至在女士船舱也吸，这是法律禁止的”。还有，“他手里总是拿着一只小银杯，因为他不时要咳痰”（我记得有一则笔记说，李出访时参加某要人宴会，当侍者将银杯端上，准备斟酒时，他竟朝里边吐了一口痰，弄得在场者大跌眼镜——这故事是否从这里演义出来，不得而知。如是，则出入甚大）。再者，在与威尔逊将军交谈时，他问：“你在美国很富吗？”他还问卢杰将军：“你多大了？”清国公使馆的秘书不得不分别作出解释，说明这些问题在清国都是很礼貌的，是友好的表示。

除了这些文化习俗外，李鸿章对美国的政党制度、建筑等问题也表现出了无知的一面。据《纽约时报》报道，李鸿章在华尔道夫饭店举行了记者招待会。当一名记者问道，什么是您认为我们做得不好的事情，李鸿章回答说，我不想批评美国，“只是有一件事让我吃惊和失望。那就是你们国家有形形色色政党的存在”。显然，李鸿章对此很不理解，他说，这不会引起混乱吗？他还说，你们报纸能否为了国家利益将各个政党联合起来？在场的记者和官员对于李这番“天真”的言论，只能报以无声的微笑。在谈到摩天大楼时，李鸿章对此颇感惊奇，他说，在清国和欧洲从未见过这么高的楼，“但清国不能建这么高的楼房，因为台风会很快把它们吹倒，而且高层建筑如果没有你们这样好的电梯配套也很不方便”。诸如此类的问题还有一些，不过均属细枝末节。从总的情况看，尤其在一些重大问题上，老李还是老成持重，游刃有余，表现出了一个外交家应有的水准。

1892年,美国加州民主党人托马斯·格力提出了一个歧视在美华人的法案,即所谓的《格力法》。李鸿章在记者招待会上当众进行批评,呼吁进行修改。他有点激动地说:“排华法案是世界最不公平的法案。”他还说:“如果我们清国也抵制你们的产品,拒绝购买美国商品,取消你们产品销往清国的特许权,试问你们将作何感想呢?”“我相信美国报界能助华人一臂之力,以取消排华法案。”

在回答有关报纸问题时,他的态度则幽默而坦诚。他说:“清国办有报纸,但遗憾的是清国的编辑们不爱将真相告诉读者,他们不像你们的报纸讲真话,只讲真话。清国的编辑们在讲真话时十分吝啬,他们只讲部分的真实,而且他们也没有你们报纸这么大的发行量。由于不能诚实地说明真相,我们的报纸也就失去了新闻本身的高贵价值,也就未能成为广泛传播文明的方式了。”

有记者问:“美国资本在中国投资有什么出路吗?”李鸿章的回答是肯定的。他说:“清国政府非常高兴地欢迎任何资本到我国投资。我的好朋友格兰特将军曾对我说,你们必须邀请欧美资本进入清国以建立现代化的工业企业,帮助清国人民开发利用本国丰富的自然资源。”但他同时指出,这些企业的管理权应归清国政府。在结束这段谈话前,他再次强调:“所有资本,无论是美国的还是欧洲的,都可来华自由投资。”应该说,这样的谈话颇具水平,且发生在一百多年前,实属不易。难怪《纽约时报》要称李鸿章为“清国改革运动之父”哩。

不过,积弱之国不可能有什么真正的外交。关于对李鸿章的评价,这里亦不去多说,但老李决非某些笔记和文章丑化的那样无能之辈,却是事实。梁启超曾说,当世“五十岁以上之人,三四品以上之官,无一可以望李之肩背者,则吾所能断言也”。这或许并非过誉之言。评价历史人物,贵在实事求是。如今一个世纪已经过去,“漫画式”的李鸿章似乎可以休矣,而《纽约时报》的报道就是一幅让老李走出哈哈镜的素描,更接近历史的真实。

(2011年11月)

袁世凯的驭人之道及其他

袁世凯何许人也？众所周知。民初，此人窃取了总统，后来又做皇帝，可谓大奸大滑，是个曹孟德似的人物，手段十分了得。

袁世凯出道是在朝鲜。当时，他在广东水师提督吴长庆手下只是个吃“白饭”的人。光绪八年，朝鲜内乱，韩王李熙寻求中国保护。于是，吴长庆的部队奉命开赴仁川，此时日本的兵船也到了仁川码头。为了赶在日本人之前，吴长庆下令连夜登陆。可他手下的一个帮带（相当于团长）却有畏难情绪，提出部队太劳累了，是否休息一夜。吴长庆一怒之下便撤了这个帮带，把袁世凯提拔上来。袁世凯为了震慑部队，一上来便杀了七个违纪的士兵，让人不寒而栗。后来有人作诗讥讽说：“本是中州歪秀才，中书借得不须猜；今朝大展经纶手，杀得人头七个来。”

袁世凯不光有“狠”的一面，更有“软”的一面。凡是对他有用的人，则完全是另外一副面孔。陈光远是他一手提携起来的亲信将领，后来做到江西督军。有一次，陈找袁世凯报销，报销单上的数字为一万八千元，袁阅后，即在“一”字上加了一竖，改成“十”字，变成了十万八千元。陈取款后，不敢收用，向袁请示，多余九万元作何开支。袁说：“咳，你带着吧！买些地，买些股票。你也够辛苦了。”

袁世凯不仅对高级将领极尽笼络之能事，对一些中下级军官，也常施小恩小惠，不时地馈赠衣物、食物，或各种礼品。比如，今天送貂皮大衣给某师长，明天赠羊皮外套给某团长，后天又会送人参或营养品给某某营长或连长，即便对一些班长也是如此。他的卫士陶树德回忆说，民国3年时，袁世凯曾请所有驻京部队的班长吃过一顿西餐。大队的班长从中南海的后门福华门（北海大桥迤西）一直排到宝光门，就在这长长的林荫道两旁坐下进餐，袁着陆海军大元帅礼服，举杯步行向在座者敬酒。

袁世凯拉拢人的手段不可谓不多。段祺瑞的夫人死了，他忙不迭地把自己的义女介绍过去；冯国璋的夫人去世，他又千方百计把他与自己的家庭教师撮合到一起。就是凭借这些手法，袁世凯得势时，身边的确网罗了大批党羽。所谓一呼百应，不可一世。可是，当他背叛共和，要做皇帝时，便众叛亲离了。就连他最信赖的两员大将段祺瑞和冯国璋也站出来反对他，这恐怕是他自己都未曾想到的。

中国有句老话："君子之交淡如水，小人之交甜如蜜。"何谓小人之交？像袁世凯那种拉拉扯扯，不讲道义和原则，即属此例。这种交往的基础乃"利"字当头，表面上红红火火，实则一旦利尽则义丧，是根本靠不住的。那么，何谓君子之交？我们可以想一想《红岩》，想一想许云峰、江雪琴，他们为了信仰，为了自己的同志，甘愿牺牲自己的生命。这种交往虽然淡如水，却浓如血。因为它的底蕴是正义与理想，是真诚与情操。这是一条坚不可摧的纽带，是最值得信赖的。

然而，袁世凯不懂得这个道理，所以尽管他"聪明"一世，下场却是很可悲的。那么，现在的人是不是都懂得这个道理呢？未必。

（2001年11月）

刘罗锅与一柱楼诗案

电视连续剧《宰相刘罗锅》播出后，一时间刘罗锅成了人们茶余饭后感兴趣的话题，不少报纸纷纷载文介绍刘镛其人其事。有一篇署名唐风的文章指出，剧中描写刘镛对文字狱深恶痛绝并不真实，相反，清代著名的“一柱楼诗案”由他“推波助澜”，此言极是。

一柱楼诗案是乾隆年间，继“吕留良案”之后又一轰动朝野的文字大狱。《清明》杂志今年第二期推出了沙黑的中篇小说《诗案》，艺术而生动地再现了这一历史上著名的文字狱，并对刘镛在案中的表现作了真实而细致的描写。《宰相刘罗锅》的片头冠以“不是历史”，而《诗案》却可以称得上“这是历史”。一个戏说，一个正写，对照读来，相得益彰，而那些对“刘罗锅”感兴趣的读者更是可以大饱眼福。

《诗案》的故事是由徐、蔡两家的田产纠纷而展开的。乾隆三年，泰州书生徐述夔中了举人，但卷子依例送礼部后，却被“磨勘”出一条“不敬”的疵句来，受到终生停试的处罚。徐述夔自此死了心，躲进自号为“一柱楼”的书房中著书立说。徐述夔死后，其子徐怀祖“痛先人功业之不彰”，决意将先父的著述刻印行世。此书由徐述夔的两个弟子徐首发、沈成濯协助整理，姚德、毛澄作序，著名诗人沈德潜写了传和墓志铭。徐怀祖死后，邻人蔡嘉树因田产宿怨向徐家发难，他们抓住诗稿中所谓的反句，如“明朝期振翮，一举去清都”等，告到东台县衙，于是，在徐述夔死后十五年，一场惊心动魄的诗案揭开了序幕。

东台知县涂跃龙是个颇有心计之人，接到蔡家的状子后，一脚将球踢到江宁书局，江宁书局委员保定纬收到东台解呈的书稿，见没有加签，心想不懂规矩，便一气之下照原样打回了东台。蔡家知悉后，当然于心不甘，又将状纸投到了布政使衙门。江宁布政使陶易不耐琐事，便把此案交由他的幕友陆琰全权处置。陆琰对蔡家挟嫌报复十分反感，严词驳回，并要扬州府对蔡之所为进行查究。

扬州知府谢启昆是个聪明而谨慎的人，他稍一讯问便知蔡家居心险恶，但他仔细读了徐的著述，发现确有违碍字句，于是详细写了呈文，又把案子推到陶易那里去了。事情至此，蔡家已骑虎难下，就在这时，江苏学政刘镛到了扬州，案子立时起了波澜。

刘镛接到蔡家的状纸后，不由分说，立即写了一道密折，越过两江总督直呈京师。乾隆四十三年八月甲申日，这道密折呈到了乾隆皇帝的案头，龙颜为之震怒，于是乎大狱兴矣。徐述夔之孙、帮助成书的两位弟子、陆琰解京斩立决；江宁布政使陶易死于狱中，扬州知府谢启昆、东台知县涂跃龙等撤职查办；为诗稿写序的二人被流放海南岛。就连死人也未放过，徐述夔戮尸，沈德潜掘坟夺谥；其他被诛连者达数千人之多。刘镛可说是这场大案的直接帮凶，与电视剧中的那个可爱的罗锅子完全判若两人，真可谓此刘镛而非彼刘镛也。

历史人物往往比较复杂。一个人做过好事，也可以做过坏事，不是非黑即白，因此对人物的评价也应客观公正，但文艺作品往往抓住一点，不及其余，不能不说是一个遗憾。

（1996 年 4 月）

第三辑

阅读有不同的境界。同样的书，不同的人阅读会产生不同的效果，而不同的人在阅读过程中也会产生不同的兴奋点。这取决于认识程度的高下。王安忆是优秀的小说家，因而她的阅读和理解便有了许多独到之处。这些独到的见解细腻而生动，看得见，摸得着，有血有肉，有声有色，而且并不枯燥，使人能够一口气地读下去。它给人许多启发，让人不时怦然心动，或者会心一笑。尽管有些见解还没有上升到理论高度，但显而易见的是，它的长处是单纯的理论无法取代的。

我与文学

《江淮文史》几次约稿，我一直推托。不为别的，主要是“名人自述”，让我望而生畏。说实话，我不太愿写这类文章，因为写这类文章对我来说似乎还太早。我从不认为自己就是“名人”，或者已经获得了成功。凡事都是相对的，每个成功在更大的成功面前，都微不足道。所谓山外有山，天外有天，诚哉斯言。

我与文学结缘是很偶然的。小时候，我是一个很“废”的孩子。“废”，这是合肥土话，即调皮、讨厌之意。上小学、中学期间，我经常惹是生非，上门告状的踏破门槛，父母为此头痛得要命。那时候的我，爱武不爱文，爱动不爱静(现如今完全颠倒过来，判若两人，回想起来就连我自己也感到不可思议)。我踢足球、打篮球，举杠铃、摔石锁，拜师学武，拳术棍棒，样样都来，简直着了迷。“文化大革命”期间，学校停课了，接着又下放。那时我也看书，但看的都是一些侠义之类的小说。譬如《说岳全传》、《三侠武义》，以及《水浒》、《说唐》等(那时还没有金庸)，津津乐道的也是这些英雄好汉。直到如今，《说唐》中的十八条好汉以及这些小说中的诸多情节，我仍记忆犹新，说来头头是道。后来有一天，同村的一个“插兄”借给我一本外国小说。不知道他是从哪里弄来的，小说没头没尾，好像下过油锅，油腻腻的，又脏又烂。记得那是一个梅雨天，队里停工，无法外出，睡觉也睡够了，无所事事，我便捧着这本“破书”看起来。这是我第一次读外国小说，开始对那些别别扭扭的外国人名字还不习惯，但看着看着，就入迷了，书中的那些人物和故事深深打动了我。我连着看了两遍，爱不释手，通宵达旦，甚至连吃饭也忘记了，也第一次感受到了文学的魅力。但当时这本书叫什么名字，我们都不知道。直到粉碎“四人帮”后，我排着长队从新华书店买到法国作家斯汤达的《红与黑》之后，才恍然醒悟当年令我激动不已的居然是本世界名著。现在回想起来，我真正迷上了读书，或者说我的读书史，就是从这本书开始的。

在农村待了一年多，我便去部队服兵役。那时参军也是为了寻找一种出路。到部队后，有一次，连里让我帮着整理一个标兵的讲用稿。因为此稿要代表团里去师里讲用，所以团里很重视。初稿写成后，便让我送去团报导组进行修改。在与报导组接触的几天中，他们的生活让我很羡慕，那简直就是神仙过的日子。不用站岗，不用训练，吃饭吃小食堂，享受军官待遇；至于工作，无非是每天这里跑跑，那里转转，还美其名曰采访。回到连队后，我就琢磨起写报导的事来。我找来报纸，仔细分析一些文章，发现新闻稿并不难写，关键是要有新的观点。于是，我根据连队的训练情况，找了一个好的角度，很快写出一篇报导。寄出后不久，这篇报导居然在《前卫报》上发表了。《前卫报》是大军区的报纸，影响很大，连队订到班，部队人人都能看到。我一下子出名了，紧接着便被抽调到团报导组，后又被借调到师报导组。那段时间，我又写出好几篇报导，其中一篇长通讯《水的故事》，在《解放军报》头版发表。这在师里"史无前例"，不啻放了一颗卫星，为此我受到嘉奖。家里人也很为我高兴，他们写信鼓励我，尤其是我的父亲，给我写了一封很长的信，信中还附有妹妹为我从报上抄写下来的一些好文章，令人非常感动。

我父母都是抗日老战士。由于战争年代生活艰苦，父亲的身体很差。听母亲说，我刚出生不久，父亲就因吐血去南京干部疗养院疗养，情况一度很危险。在我的印象中，父亲身体羸弱，经常住院，但他的性格中有一股拖不垮、磨不烂的倔强和韧劲。我们兄妹不论做什么事，只要是对的，他总是鼓励，鼓励，再鼓励，从不泼一点冷水。他爱说的话是：谋事在人，成事在天。意思是，只要你努力了，就没有什么后悔的了。

父亲对我的影响很大。这种影响是潜移默化的，开始我并未觉察，只是后来才一点点地感受到了。父亲不是搞艺术的，但对艺术有一种根深蒂固的情结。他对我们说过，小学读完后，他一直梦想能上艺术学校，做一个画家，可这种愿望由于种种原因没能实现。抗战爆发后，他参加了新四军。有一次家里修房子，我帮父亲整理东西，看到一本他自己装订起来的小本子，纸张已经焦黄发脆，上面画着一些新四军战士的素描，有头像，也有全身的，底下落款竟是一九四〇年×月×日。父亲对我说，这都是他在部队时画的。可见他到了部队，心里依然留恋着艺术。1983年，父亲离休后，这一次他终于可以圆自己的艺术梦了。他在家里辟了一间画室，做了一个大画桌，还托人买来成捆的够画几十年都画不完的宣纸，以一种忘我的热情投入绘画之中。我们担心他身体吃不消，都劝他悠着点，这么大年纪了，身体又不好，画着玩吧，别太当回事。可他不这样想，他认为要么不干，要干就得干出点样子来。这就是父亲。我们兄妹在一起常常议论，我们只要有父亲一半的劲头，就没有什么事干不成的。

我从新闻报导转向文学创作大约在1979年。那时我已从部队转业，正在安徽大学图书馆学专业读书，近水楼台先得月，我有机会接触了大量的文学作品，这其中包括一些当时还属于"内部读物"的禁书，真是大开眼界，同时也有了一股抑制不住的创作冲动。我记得，我写的第一篇小说是农村题材，以下放生活为素材。写好后，我第一个拿给父亲看。当时父亲正在病中，他戴着老花镜，斜靠病榻，认真看稿的模样，直到如今仍刻在我的脑子里，历历在目。其实，这篇稿子写得糟得不能再糟，妹妹弟弟都一个劲地嘲笑我，但父亲没有这样做。他认为有耕耘就会有收获，他还批评妹妹弟弟，说他最讨厌那些动嘴不动手、眼高手低的人。父亲的鼓励，给了我很大的信心，于是我坚持写了下去。

凡事开头难。回想我所走过的文学之路，除了父亲的鼓励之外，给予我帮助的老师、朋友很多，但在起步阶段，有三位老师不能不提。他们是：王春江、林效成和温文松。

王春江先生是合肥市文联的专业作家，当时他还兼任市文协的副主席。春江先生是个富有激情的人，慷慨激昂，谈风甚健。我是通过一个朋友与他认识的。那时的春江先生已出版过一本书，发表过不少作品，但他对青年朋友依然很热情。那段时间我们常来常往，谈人生、谈文学，交流读书心得。他还常把他写的一些稿件让我过目。春江先生一直鼓动我写，他认为我的基础不错，是能够写出好作品的。1979年的一天，我把自己写好的一篇小说《送行》拿给春江先生看，心里忐忑不安。没想到当天晚上，他就到我家来了。春江先生显得很兴奋，他说此稿人物很有个性，完全可以发表。可我心里仍然没有底。过了几天,春江先生问我稿子怎么处理了,我说还放在家里,他就说你投稿啊,我看这篇行。他还提议我把稿子送给《希望》杂志,并告诉我分管合肥片的编辑叫林效成,可以直接把稿子送给他。

在春江先生的鼓动下,我便打起勇气把稿子送到《希望》杂志。在那里,我第一次见到了林效成先生。效成先生是个内向、沉稳的人,他不善言谈。我把稿子送去后,他让我把稿子留下来,此后就不再有话。我们第一次见面只有短短几分钟,接下去便是漫长的等待。几个月后,有一天,一位同学兴冲冲地跑来对我说:

"老兄,你是不是写小说了?"

我愣了一下,不知他指的是什么。那位同学又说,题目叫《送行》。我更纳闷了,说你怎么知道的?因为我从未对任何人说过。那位同学打开手中的《安徽日报》,说你自己看吧。原来那张《安徽日报》上刊有《希望》杂志的目录,我的小说果然就在上边。我又惊又喜,当晚,几个同学吵着非要我请客,于是我便慷慨地把他们带到一家小饭店,猛吃猛喝了一通。

自从这篇作品发表后,我与效成先生便逐渐熟悉起来。他常常把自己的一些书籍和杂志借给我看,还向我介绍一些国内外的创作动态。《希望》杂志举办的活动,他也邀请我参加,给了我很大帮助。

1981 年,我的一篇小说《同胞兄弟》在《安徽文学》8 月号发表了。当时正在拨乱反正期间,《安徽文学》思想解放,独树一帜,在全国引起很大反响和关注,发行量一度高达 17 万份。《同胞兄弟》在 8 月号头条发表后,年底又被评为一等奖,奖金 200 元(当时一般人的工资为 40 多元),发奖是在琅琊山举行的。那时候不像现在,写几个长篇还没人知道,《同胞兄弟》虽是个短篇,但这之后我在省内的业余作者中也算挂上了号,各类笔会我常常被划在邀请之列。第二年,我还加入了省作协,并出席了在马鞍山举行的全省青年作家代表大会。

应该说,《同胞兄弟》是我在起步阶段的一个突破,而这一切都与温文松老师分不开。我与温老师的交往也是从投稿开始的。文松先生是《安徽文学》的老编辑,他待人和蔼、耐心,尤其是对年轻作者更是关爱有加。我这人写作并不勤奋,想写就写,不想写的时候,半年都不写一个字。记得有一次，我给文松先生寄了篇稿，不久他就写信约我抽空去谈一次。那篇稿写得并不好，我知道发表的希望不大，加上当时正在忙别的事，因而没有及时去。直到过了大半年，有一天我抽空去了一趟。我想文松先生肯定已把此稿忘记了，没想到他却从抽屉里拿出一张纸，上边用铅笔写了满满的意见。他一条条地给我讲解，包括一些用词不当之处。我当时感慨不已，可以说像他这样认真负责的编辑并不多见。与我同时期的许多省内作者都有同感。他们的稿件同样是经过文松先生之手走上《安徽文学》，进而走向全国的。

一个篱笆三个桩，一个好汉三个帮。一个人的成长，除了自身的努力，离不开别人的帮助。文学创作也是如此。在你起步的阶段，有人扶你一把，至关重要。而有人在进入更高阶段的时候，也许就会忘掉那些早期扶助过你的人，他们宁肯炫耀自己与一些名人的交往，而把那些为自己铺过路的人丢到脑后，忽略不计，或羞于提及。这种人根本不值一提。

《同胞兄弟》发表后，我的创作好像渐渐开了窍。以前我一直懵懵懂懂，云里雾里，此后却清楚了许多东西。我知道了该怎么写，该在哪里用劲。我的作品开始接二连三地在《清明》、《上海文学》、《青春》、《萌芽》、《收获》、《十月》等全国的刊物上发表。我对写作的兴趣也越发浓厚起来。

1984 年，我调入《安徽文学》。当时在《安徽文学》主持工作的是祝兴义老师。祝老师对我一直很赏识，他出任编辑部主任后，便向主编江流先生建议把我调去。到了编辑部，我的眼界进一步扩展了。1986 年，我去北京鲁迅文学院学习。当时，正是各种文学思潮和流派风起云涌之时，有意识流、结构主义、爆炸文学，尼采、弗洛伊德、萨特、马洛斯，等等。我的视野和文学观念在这期间发生了很大转变，创作也开始进入一个新的阶段。我的作品更加成熟，数量也开始增多。小说集《爱的变奏》和《当铺》先后出版，后者被列入作家出版社"新星文学丛书"。我还出版了长篇《段祺瑞传》和《权力的十字架》。我的一些中、短篇小说多次被《小说月报》、《小说选刊》和《中篇小说选刊》、《新华文摘》所选载。不久，小说《当铺》还被改编成电影，获得全国第二届大学生电影节一等奖。

1990 年前后，市场经济的大潮扑面而来，文学陷入了前所未有的低谷。人们纷纷跳槽、下海。海南、深圳的朋友都邀请我去一起干，有的条件相当优惠，高工资、住房，还有汽车。我也动过心，但后来还是推辞了。究其原因，最根本的一点就是割舍不下对文学的爱好。文学队伍向来自生自灭，所有能够走到底的人，都离不开爱好。孔子说："知之者不如好之者，好之者不如乐之者。"一个人如能以自己的工作为快乐，那还有什么可以阻止他呢？尽管我也曾有过困惑和迷茫，但还是一步步走了下来。如今，我担任《安徽文学》主编、《清明》主编，在忙于审稿和编务之余，仍然笔耕不辍，先后出版了长篇小说《徽商》、《共和，1911》，以及大量的中、短篇小说，杂文、随笔等。我还写作了一些电视作品，多次获奖，并产生较大反响。随着创作的进步，各种荣誉也接踵而至：我被评为一级作家、享受国务院专家特殊津贴、当选为省人大代表，还先后出席了全国第五次、第六次作家代表大会和全国第七次文艺家代表大会。

文艺界是个名利场，也是是非场。做文先做人，这是我始终恪守的原则。古人云："勿与小人仇，勿向君子媚。"尤其是前者不易，因为小人难缠，你不惹他他却常常会找上门来。然，只要己正，就不怕别人泼污水，而名利、荣誉不过是身外之物，如同浮云。博尔赫斯说："我写作，是为了让光阴的流逝使我心安。"文学之于我，就是心灵上的一片静土，在这片静土上收获着快乐、充实和纯净，这就是最令我欣慰的追求。

（2001 年 12 月）

浅谈历史题材纪实文学的真实性

什么是纪实文学？关于它的定义有多种表述和理解。李辉先生认为："纪实文学，是指借助个人体验方式（亲历、采访等）或使用历史文献（日记、书信、档案、新闻报道等），以非虚构方式反映现实生活或历史中的真实人物与真实事件的文学作品，其中包括报告文学、历史纪实、回忆录、传记等多种文体。"（李辉《纪实文学：直面现实，追寻历史——关于〈中国新文学大系纪实卷〉（1977 — 2000）》，《南方文坛》2009 年 1 期）我个人比较赞同这一表述。诚如李辉先生所言，纪实文学包括报告文学、历史纪实、回忆录、传记等多种文体，而且是"以非虚构方式"来表现"真实人物与真实事件"。所谓非虚构方式，就是真实性。当然，不同的作家和不同的作品在表现手段上可能会有所侧重，或偏重于纪实，或偏重于文学，但在表现"真实人物与真实事件"上都必须要求"以非虚构方式"，这一点不言而喻。我从上世经 90 年代开始涉足纪实文学，先后写作了《段祺瑞传》、《共和，1911》、《燃烧的铁血旗》、《铁血雄风》、《淮军四十年》等历史题材的纪实作品，下边结合自己的创作体会对历史题材纪实文学作品如何做到真实性谈一点粗浅的认识。

一、真实性与史料性

1. 真实性必须建立在史料性的基础上。文学作品必须尊重历史，而对于"以非虚构方式"表现"真实人物与真实事件"的纪实作品更应如此。但对远去的历史人物和历史事件，由于历史久远，我们无法借助个人体验的方式亲历或采访，如何做到真实性，只能借助于历史文献来再现。因此，史料性在历史题材纪实作品的创作中就显得格外重要。众所周知，创作历史题材的纪实作品，最大的困难就是史料。历史越久远，资料搜集越困难，写作难度也越大。相反，对于一个作家来说，谁掌握的史料越多，对史料的研究越深入、越透彻，谁写出的作品就离历史的真相越近，真实性也越高。

2. 注重史料性需要严谨的创作态度。搜集史料是一件苦差事，埋头于故纸堆中，不仅乏味枯燥，而且十分辛苦，需要耗费大量的时间。然而，要使作品能够真实地反映历史，没有捷径可走。为了真实地再现一百多年前武昌首义的历史，我在写作《燃烧的铁血旗》时，前后耗费十多年的时间查找史料。辛亥革命史料浩如烟海，车载斗量，有大量的档案、个人文集、回忆、笔记、日记、年谱、传记，以及数量庞大的学术著作，加上那段历史波澜壮阔、风云变化，其中留下了许多疑点和悬案，每一个问题要想搞清楚都并非易事。为此，我不厌其烦地查阅、研读了数百部文献资料。这项工作耗时耗力，苦不堪言，却是值得的。由于掌握了众多史料，我在写作中感到有底气，心里不发虚，别人读后也感到真实可信。为了加强作品的真实性和可信度，我对书中重要人物和重要事件大多采用“还原”和“呈现”的办法，尽量让史料说话。比如，武昌起义原定发动时间为公历 1911 年 10 月 11 日，可 10 月 9 日，共进会机关——宝善里发生意外爆炸打乱了起义的计划，并造成严重后果。那么，这个爆炸是怎么发生的，它的严重后果又是如何造成的？在描写这一事件时，我便以当事人的回忆、自述、日记、书信及档案、新闻报道等史料来“还原”历史。其中采用了《汉口日报》对事件的报道，以及当事人赵楚屏、李白贞、李春萱、孙武的私人秘书高筹观、打响武昌首义第一枪的熊秉坤、英国专栏记者丁格里等人的回忆和文章，从多个角度、多个侧面对这一历史事件立体呈现。在全书四十多万字的写作中，这样的手法一以贯之。尽管十分费劲，但以事实说话，根基扎实，令人信服，收到了较好的效果。汪修荣先生在评论我的纪实作品时指出：“今天，挂羊头卖狗肉、以假乱真早已不是什么新闻，假货泛滥已经到了令国人见怪不惊麻木不仁的程度，就连一向神圣清高的文坛也受到此风的污染，一度十分辉煌、至今仍被许多报刊用来招徕读者的所谓大特写大写真都程度不同地存在着假冒伪劣的现象，有的甚至完全凭空杜撰，这在圈子内几乎是公开的秘密。文坛上那种真正意义上的纪实作品已经越来越少。”因此他在看了我的纪实作品后称“给人一种久违的感觉”，“令人耳目一新”（汪修荣《复活的历史》，《文艺报》2001 年 12 月 2 日）。

3. 提倡学者精神，力戒凭空想象、随意发挥。当前，写作纪实文学有一种偷工减料的办法，即找一点史料，加上想象、虚构，敷衍成篇。如此一来，作品中很多事件和人物描写都缺少根据，离真实性相去甚远。虽然文学作品在细节上允许适当的虚构，但虚构并不是臆测，尤其是对一些重要的史实必须本着对历史负责的态度。只有在创作中做到一切以史料为依据，以事实为准绳，努力做到无一事无来历，无一事无证据，这样才能通过史料的研读，最大限度地还原历史，达到历史的真实。因此，我一直认为在纪实文学写作中要有一点学者精神，这是达到纪实文学真实性的一个重要保证。我在写作中也始终告诫自己凡事要有出处，对于不知道或没搞清的地方，宁可不写也不想当然地乱写。即便是一些细节和对话也力争有所凭据。为此，我下功夫查阅了大量的文献资料，并反复参详核实，对作品中几乎所有重要事件、重要人物的描写都力争做到有史料为佐证。张志强先生在论述 2011 年非虚构军事文学创作时指出：“2011 年非虚构军事文学创作表现出鲜明的‘学者化’倾向。”“可以说，2011 年度几乎所有的非虚构军事文学优秀作品都是靠‘体力’获得认可的。干‘体力活儿’的作家们在 2011 年的非虚构军事文学创作中越来越多。他们的体力都花在了学者式的调查、考证、研究、分析上，解除了浮躁的、仅依靠书斋与猜想便完成的叙事行为。”“季宇创作的《燃烧的铁血旗》以史料翔实、考证扎实为学术界与文学界称道。叙述中，季宇以他敏感而细腻的笔墨与扎实可靠的研究体悟，剥开历史的层层迷雾，从独特的视角还原了那场发生在 100 年前的纷繁复杂的辛亥革命历史。”（张志强：《多重视域中的历史叙事》，《文艺报》2011 年 3 月 15 日）我觉得，这些评述都是对我创作中注重史料的认可和肯定。

二、真实性与客观性

所谓客观性，即客观实在性，指事物的客观存在。它与真实性是一致的，两者并不矛盾。但历史是人的历史，既然是人的历史，就必然有不同的思想、观点存在。张修林先生指出:“所谓纯粹的客观实在,指与人类的认识没有直接关系的纯天然性的实在,它与人类的任何判断、认识和想象无关。人类一旦对其实施判断、想象、认识,它就已经与人类发生关系,而成为现实。”“由人类从实在转变而成的现实,它可以是伪现实,也可以是本真现实;它并非是一种固定化的‘现实’,人类通过另外方式、角度的语言对该现实的‘构成实在’重新认识后,它就改变而成为了与认识它的方式、角度的语言相对应的另外一种现实。”(张修林:《现实、存在和价值》)因此,史料本身并不等于真实性,也不等于客观性。对同一个人、同一件事,历史文献的记载会有很大的不同,或截然相反,人们在选择运用史料时也会受一定的思想观念的支配和左右。从这个角度说,要达到真实性,客观公正地选择史料至关重要。

1. 打破僵化的传统思维,全面客观地解读历史。历史进程的发展和历史人物的出现是一个复杂的过程。因此在解读历史事件和历史人物时不能简单化地处理,而应该历史地客观地进行评述。那种非白即黑的简单的道德评判和是非标准并不可取。相反,我们应该把历史事件和历史人物放到历史的大环境中全面考量,这样才能把历史事件和历史人物的复杂性、丰富性和真实性表现出来。比如袁世凯,这是晚清历史上的重要人物。此人从一个落第书生逐步登上高位,几经浮沉,最后逼迫孙中山退位,当上了民国大总统。对于这个人物做出简单的道德评判并非难事,相反真实全面地写出这个人物的复杂性才是纪实文学所要完成的任务。袁世凯作为一个奸雄式的人物,一生做过不少逆历史潮流而动的事,最后被钉上了历史的耻辱柱。但他并非一无是处,相反刚出道时,在朝鲜“壬午”和“甲申”两次事变中,袁世凯率部抗击日军,临危不乱,堪称是爱国志士之举。他在小站练兵中,创练了中国最早的新式陆军,对中国的军事近代化也做出了贡献。在辛亥革命中,袁世凯充满野心,用两面手法对付革命党和清廷,最后登上总统宝座。但他顺应历史潮流,逼迫清廷退位,加速了清朝的灭亡,也有目共睹。我觉得应该把这个人物放到晚清风云变化的历史背景下全面、客观地陈述,才能还其真实的面目,告诉人们一个真实的袁世凯。再如,武汉之战,双方的统帅一个是黄兴,另一个是冯国璋。尽管黄兴代表革命党,而冯国璋代表清朝政府,但在描述这场大战时，我采取冷静客观的态度，既不拔高一个，也不贬低另一个。作为两个著名的历史人物，虽然代表的阵营不同，但他们都是强者，仅从战役角度而言，他们斗智斗勇，均有可圈可点之处。在书中，我对冯国璋的长处如实表现，对黄兴的错误也不讳言，总之尽力做到客观，避免既定思维的干扰。这一章的标题为“强者的对话”也表达了我的叙述态度。我想只有这样才能真正做到客观性，从而达到真实性。

2. 开放性的手法具有更大的包容性。辛亥革命留下了大量的史料，如当事人、亲历者的回忆、日记、书稿以及官方文件、报纸文章等等，但这些史料对人物和事件的褒贬并不一致，甚至相互对立，截然相反。由于立场、阵营不同，或者由于党派、情感的不同和道听途说等原因，许多事实被遮蔽、歪曲、改写，或混淆。在选择史料时，一方面要加以甄别、证伪，另一方面应采取审慎的态度，力求保持客观公正，不以个人的好恶、感情和想象作为取舍标准。我的做法是，在史料运用上采取开放的手法，多角度、多侧面地引用各种(包括相互对立的)史料，特别对一些存在争议、至今尚无定论的悬案、疑点，不简单地下结论，尽量把各种有代表性的观点、看法逐一列出，以便读者在阅读中作出判断。比如，黎元洪在首义当晚的表现历来存在很大争议。作为一个旧军人，在首义之初他拒绝与革命党合作而遭到非议，而在清帝逊位后他被视为“革命领袖”、“手创民国的元勋”，受到歌功颂德。这前后的变化导致对黎元洪的评价从一个极端走向另一个极端。出于为尊者讳的目的，一些人对他首义之初的一些不良表现采取涂抹和淡化的手法。特别是他“手刃革命党”之说，究竟是否存在，始终存有争议。我在书中将各种(包括黎元洪本人的)说法有选择地摘录下来，让读者能够看到事实的全貌，结论也由读者自己去做。其实，黎元洪作为镇守湖北的清军二号人物，他的一些所作所为，我们并不能以革命党的标准来要求他，即便他有些污点也不影响他的功劳。再如，吴禄贞之死，这是晚清历史上第一个高级军官被刺杀。一般认为这是袁世凯所为。因为从动机和种种迹象分析，袁世凯的嫌疑最大。但嫌疑归嫌疑，并没有确凿的证据，直到如今这件事仍然是个谜案。在处理这一事件时，我同样采取开放的手法，将各种可能一一托出，让事实说话。我认为，从叙述策略上说，开放性的手法具有更大的包容性，与那种武断地下结论相比更客观，也更理性。

三、真实性与思想性

王达敏先生在评论我的《共和，1911》时谈到两个原则，即客观原则和深度原则。他认为，在历史事实叙述中，采取客观的原则是必要的，但这只是“第一创作原则”，因为“过去的历史体现为两个方面，即外在的具体事实和它背后的思想史”，表现历史事实中的思想是纪实文学创作的“深度原则”（王达敏：《历史叙述的客观原则与深度原则》，《光明日报》2002年2月18日）。此段论述十分精辟。的确，强调史料性和客观性并非不要思想性，相反，思想的真实才是作品的灵魂。正如王达敏先生所言：“每一桩历史事件都是人行动的产物，是人思想的产物，所以，不通过人的思想，历史就无法加以理解与说明。要了解前人，最重要的是要了解人的思想。只有了解了历史背后的思想，才算真正了解人的思想。”（同上）其实，强调客观性和思想性并不矛盾。在纪实文学中，我们可以对具体人物和具体事件采用客观的叙述原则，这是必要的，但一部作品必然有一个统摄全篇的宏观视点，而且作为叙述者也不可能没有思想、感情和态度。那么，如何在纪实文学中体现思想性原则？我觉得有两点值得注意：

1. 注意发掘作品的时代精神。时代精神来源于生活，一方面反映了当时那个时代生活发展的主流，另一方面是民族精神的传承和象征。在创作历史题材纪实作品时，抓住时代精神就抓住了本质。辛亥革命发生有着深刻的社会、经济、思想和文化背景。它的发生不是偶然的，而是必然的。辛亥革命爆发前夕，由于清政府的腐败无能，广大民众和有识之士为救危亡而奋起革命，这是历史的潮流。正因为如此，在革命党领导下，许多仁人志士不畏牺牲，前仆后继。我在作品中围绕孙中山、黄兴、吴禄贞，以及“辛亥三烈士”杨洪胜、刘复基、彭楚藩，打响首义第一枪的熊秉坤等一大批投身于革命的历史人物，浓墨重彩，加以描写。“辛亥三烈士”中彭楚藩在敌人搜捕中本已脱身，但为了营救同志又重新返回遭到逮捕。在被审讯时，铁忠有意为他开脱，但他不愿偷生，慷慨赴死。打响“首义第一枪”的熊秉坤在起义总指挥部被查抄、群龙无首的情况下，毅然挑起重担，依靠主动精神，联络各部新军果敢发动起义。在这些人物身上体现了时代精神和民族精神，同时也体现了那个时代的思想风貌和文化风貌。抓住了这一点，也就抓住了作品的魂，使作品的思想含量大大提升。

2. 注意用现代观点反思历史。克罗齐说过，一切历史都是当代史。用当代人的观点解读历史，是历史学家的任务，也是纪实文学作家的责任。如今一百多年过去了，作为一场意义深远的伟大革命，留下的教训却不少。总的来说，革命党人缺乏明确的、彻底的反帝反封建的纲领，缺乏坚强有力的组织领导，没有深入广泛地发动群众，虽然皇权帝制打倒了，但封建专制和帝国主义势力并没有铲除；共和建立了，但真正民主并未到来。起义胜利后，革命阵营迅速发生分化，四分五裂。作为领导者的资产阶级却无力改变局面，表现了相当的软弱性。除了主观上的原因，从客观而言，辛亥革命时期，中国革命取得彻底胜利的条件还不成熟。无产阶级尚未登上历史舞台，封建主义和帝国主义还很强大，而资本主义发展尚在弱小阶段，且与封建主义和帝国主义有着千丝万缕的联系。妥协是必然的，也是不可避免的。这是历史的缺憾，而非人力所能改变。尽管革命党人对袁世凯抱有的幻想随着宋教仁被刺杀而警醒，而袁世凯称帝的野心也最终被粉碎，但中国仍然陷入了一场漫长的无休止的军阀混战之中……虽然辛亥革命过去一百多年了，可这些问题仍然值得认真反思，并在作品中加以表现。此外，从当代的角度出发，许多问题也需要我们重新发现、认识。比如，对于孙中山和同盟会的退让和妥协，对于袁世凯和立宪派、旧官僚的作用究竟如何看待，尽管这些问题仍然存在争议，但许多看法已经更加开放、宽容。应该看到，孙中山和同盟会的退让，尽管有其妥协的一面，但也不乏策略上的考虑和务实的一面；袁世凯虽然充满野心，可他利用革命力量压迫清廷，逼其退位，客观上顺应历史潮流，加速了清朝的灭亡，这也是事实；立宪派和旧官僚附从革命有功，而他们分裂革命又起到了破坏作用，这也应从两个方面客观评价，一概否定，或一概肯定，均不可取……对于这类问题的反思和解读有助于读者更好地了解历史、关照现实，对于提高作品的思想深度也十分有益。

（2012 年 2 月）

《徽商》自序

写徽商的想法，在我是由来已久。朋友们在一起聊天，都说这是一个好题材，但同时也认为这是一个大题材。正因为如此，我才一直想动笔，而又迟迟未能动笔。徽商的研究据说早在清末民初就已开始，近年来更是逐渐升温，有关徽商研究的著述也开始热了起来。但在创作上，反映徽商生活的作品一直是凤毛麟角。明清笔记和小说中，偶尔提及徽商，也大多是负面形象。诸如“杜十娘怒沉八宝箱”中的盐商，还有那放高利贷的“徽州卫朝奉”等等。或许徽商中确有这样的人物在，但在我看来，即便有，也不可能是多数，否则我们就无法解释徽商何以形成那么大的气候，产生那么大的影响。有人说，徽商过于精明，并把他们比作欧洲的犹太人。言谈之中，不乏贬损之意。其实这种误解背后，包含着千百年来正统文化对商人的歧视。商人重利，不言而喻，但作为徽商群体来说，他们身上有许多可贵的东西。比如，贾而好儒，信义为重，兴资办学，乐善好施，等等。其中有些人是有大才并有大德的。用文艺的形式来反映这一生活，我认为是一件很有意义的事。

1996年春节前的一天，海南电视台的安徽籍青年导演王栋突然找到我，提出想请我写一部关于徽商的电视连续剧。记得那天，我和王栋，还有好友禹成明、陈树凡，在一家僻静的小酒店里谈了很久，谈得很投机很愉快。春节之后，王栋邀我和树凡一起去了徽州。在黟县西递村，我们走在蒙蒙的细雨中，走在那些令人赞叹的、有着精美木雕和砖雕的徽州古民居中，我开始感到了强烈的创作冲动。我感到那些呆板的史料开始变得鲜活起来。那些好像既熟悉又陌生的人物开始从这些房子中走出来，在那迷宫般的村巷里有声有色地开始了他们的故事。正是从那一刻起，我觉得我找到了感觉。从徽州回来后,我几乎是一气呵成,花了三个多月的时间,完成了20集电视连续剧《徽商》。此剧后来得到金安徽国际大酒店和安徽电视台的支持,顺利拍摄完成。

在创作中,我感受最深的就是徽州人的那种顽强的生存意志。徽州山多地少,除了科举之外,当地人只有外出经商一途。所谓"地狭人稠","寄命于商",就是一个真实的写照。很多徽州人还在孩提时便不得不背井离乡,出外学生意。他们遭遇的坎坷和磨难,难以尽述,有的生意失败,甚至沦为他乡孤鬼。史料中记载了这样的歌谣:"前世不修,生在徽州;十三四岁,往外一丢。"在徽州采访时,一位学者还向我们提供了这首歌谣的下半段:"做成生意,儿啊,娘的心头肉;做不成生意,在外成鬼也孤幽。"即便如此,徽州人仍然顽强不屈,一茬又一茬地走上经商之路。这种不朽的生存意志,正是我创作冲动的形成基点。此外,徽商的重儒、尚义、团结,以及在商场上表现出的智慧和勇气,都是我在剧本中力求表现的。

剧本写完后,我并没有平静下来。因为我觉得还有许多话没有在剧本中说出来。该剧的总策划殷光衡先生是个颇有思想和见地的人,他对电视剧投入了极大的热情。我们常在一起聊天,其中谈论最多的话题就是徽商为什么会形成气候,又为什么会衰亡下去。对于这些问题,虽有各种各样的争论,但我们的基本看法是一致的,那就是任何事物的兴衰,归根结底最深刻的原因还在于自身。剧本写完后,我又去了一趟徽州。从徽州回来后,我决定用小说的形式进一步把未能在电视剧中说出的话说出来。应该承认,这一次写得很苦,整整花费了一年多的时间,要不是责任编辑杨宏英女士的多次催促,我可能还要用更多的时间。在写作的过程中,我有好几次感到体力不支;当写完最后一个字时,我几乎大病一场。现在这本书就要出版了,我当然很高兴。但在高兴之余,也不免惶惑。我不知道读者会如何看待这本书。有人说,影视是遗憾的艺术,其实小说不也同样如此吗?

最后,我要感谢海天出版社和杨宏英女士,感谢那些曾经给予我热情关心和支持的朋友们。

(1997年12月)

关于《王朝爱情》

1999年我写完长篇小说《徽商》后，感到意犹未尽，总感到还有一些东西可写，但由于琐事缠身，这个想法没有深入下去。直到2002年，我突然有了新的想法，于是便写出了《王朝爱情》。

《王朝爱情》发表后首先引起了影视界的注意，先后有十几家影视公司前来找我洽谈，想把这个故事搬上银屏。后来，改编版权几经易手，炒出了天价。今年4月份，我和影视界的几位人士去北京拜访著名导演陈家林，谈有关改编的事情。陈导对这个小说赞不绝口。他对我说，当时他在上海拍片，他女儿将小说传给他，让他看一下。他是一口气读完了小说，不禁拍案叫绝。他说，小说中男、女主人公的情感反差和转变简直妙极了，小说真正吸引他的也就在这里。

影视界人士常常是非常敏感的。应该说，《王朝爱情》并不是一个十分新鲜的故事，之所以能引起影视界的兴趣，我想可能就在于它的构思和角度上与众不同。这是一个关于错位的爱情故事：男主人公一辈子都在努力奋斗，试图征服自己的妻子，可他的努力总是不断地错位。在他事业达到辉煌的顶点时，他与爱情却越来越远；直到他后来破产了，在事业的最低点反倒意外地赢得了妻子的感情。这种反差和变化，除了男、女主人公的家庭、文化背景不同外，最重要的还在于他们价值观念的差异。这种差异，使他们貌合神离，越走越远；也正是这种差异的变化，使他们最终抛弃了十几年的恩恩怨怨，走到了一起。人类的内心冲突是文学描写的永恒主题，而人类的冲突很多也是由于内心而起，这是作家永远不应该忽视的。

（2003年5月）

《猎头》后记

《猎头》是我的第四本小说集。前边虽出过三本,但这本是我最为满意,也是收录篇目最多的一本。取名《猎头》并无深意,不过是随意从文中抽取一篇篇名作为书名而已,这也是一种惯常的做法。我原想用《县长朱四和高田事件》为书名,因为这个篇名有点怪异,自以为能吸引人,可编辑和朋友都认为书名太长,不易上口,想想也对,于是便选了《猎头》。因为这是书中篇名最短的,同时也比较适合做书名。

中短篇小说创作,尤其是中篇小说,新时期以来特别兴盛,据说这是中国特有的现象。世界各国的小说创作,要么长篇,要么短篇,中篇倒是不多见的。究其原因当然有很多,其中一条可能与国内读者的阅读习惯有关;与此同时,国内文学期刊众多,也为中、短篇小说创作提供了广大的园地。据我所知,国内许多作家都是靠中、短篇小说创作起家,而后逐步走上文坛。这也从另一个方面印证了中、短篇小说兴盛的原因。一个能够吸引众多优秀作家的体裁,其兴盛自然也就顺理成章,不足为怪了。

我写小说始于上世纪 80 年代初。先短篇,而后中篇,从此一发而不可收。如今回首一看,忽忽已三十余载,其间写作从未中断,但我最喜欢的还是中短篇小说,不仅喜欢写,也喜欢读。一来,这种体裁相对长篇较小,写起来、读起来都比较方便;二来国内的小说创作,我一直认为,中短篇小说相对水平较高,总体上是领先于长篇的。看一个作家的小说创作,与其看他的长篇,不如看他的中短篇,更能见出功力。这当然是我个人的看法,也许失之偏颇,并不正确。但这种想法的形成,根深蒂固。一些作家和朋友送我的长篇,由于时间关系,我可能暂时不读,但中短篇集子拿到手是一定要读的。因其短,更因为喜爱。作为中短篇小说,我认为最宜锻炼作家，也有利于表现作家的才华。不过，这些年，随着年龄的增长，我的许多精力大多耗费到长篇和电视剧上了，中短篇创作逐渐减少，读的也少了，这让我很遗憾。但我骨子里还是喜欢这种体裁，平时挤出时间来，看得最多的还是中短篇小说。由于喜爱，自然看重。现在，我的这本小说集就要出版了，心里自然高兴，但同时又不胜惶恐。出版之前，原想仔细看一遍，并做一番打磨，但由于时间关系，已不允许。不过，这样也好，虽然留下毛刺，但能保持创作原初的样子，倒也另有价值。

最后，承蒙安徽文艺出版社的厚爱，在此我向他们，向唐伽社长、朱寒冬总编，尤其是本书的责任编辑、温溪副总编，以及所有的编校人员表示衷心的感谢和深深的敬意！

（2010 年 6 月）

《新安家族》后记

今年春节前夕，将近百万字的小说《新安家族》总算脱稿了，这让我长长地舒了一口气。该书从构思到写作完成前后有五个多年头，是一个漫长的过程。2008年是改革开放三十周年，2009年是建国六十周年，各种活动和安排一个接一个，让我应接不暇，显得格外忙碌，但《新安家族》的写作从未停止。节假日自不必说，只要没有会议和活动，大多用来敲字。平时每天只要可能，总要挤出时间来写。出差、开会时也带着电脑，有空就写上一段，有时一天只能写一两千字。由于篇幅过大，写作过程中常常让我感到绝望，好像前方漫漫长夜，永无尽头。写到最后，我竟有些体力不支之感。如今写完后，回头看看，就连我自己都感到惊讶。惊讶之余，也感到欣慰。

《新安家族》是一部关于家族和商战的小说，或者说是一部写徽商的小说。徽州，古称新安。明清时期徽州商人独步天下，称雄三百余年，向有"无徽不成镇"、"钻天洞庭遍地徽"之说。近年来，关于徽商的研究受到了关注，徽学也成为当前的三大显学之一。关于徽商的文学作品却不多，这是一个遗憾。我从上世纪90年代后期开始接触和关注徽商题材，陆续写过或参与过一些徽商电视剧、专题片和小说的创作，但都由于种种原因，展开不够，并不尽兴。所幸的是，在这些过程中，我积累和搜集了大量的史料和素材，许多徽商的人物和故事让我激动不已，难以忘怀，这些都为我创作《新安家族》打下了基础。

如何写徽商，或者说，如何解读徽商？这是我写作前不得不思考的问题。其实，无论徽商、晋商或其他商帮，说到底都是商人，他们之所以能做大，在历史上产生影响，在他们身上都有一些共性的东西，如讲究诚、信、义等等，这是一些最基本的素质。如果仅仅表现这些，显然是不够的。在我看来，重要的是要挖掘出每个商帮不同之处，写出他们的精神内核。

徽商的精神包括很多方面，但其中一个重要特点是重儒，所以徽商又被称作儒商。徽州山多地少，求食困难。为了生存，徽人自古只有两条路，要么科举，要么外出经商。这就形成了徽商亦儒亦商的特点。贾为厚利，儒为名高。徽商在经商的同时更注重精神上的追求。因此，徽商在财富的观念上与众不同，有其独特的文化色彩。我想，只有抓住这些不同于其他商帮的特点，才能写出新意，写出不同于其他家族和商战的作品来；也只有这样，才能展示出徽商独特的经商济世之道，让徽商的形象真正立起来。

小说围绕汪、鲍、许三大家族展开，应该说，这是出于好看的需要，但从写作一开始，我就确定了目标，实际上三大家族的恩怨情仇，不过是故事的表相和外壳，内在的东西则是写人。小说中着力塑造的中心人物是程天送，他从一个弃婴、一个学徒，历经磨难和坎坷，逐渐成长为一代民族实业家的过程，寄托了我对徽商的理解，这才是小说的主旨所在。小说的时间跨度很长，从晚清一直持续到抗战。这样的框架结构，一是便于展现近代中国政治、经济波澜壮阔的风云变幻的背景，二是有利于塑造人物，使人物的命运更加跌宕起伏，并通过他们辉煌悲壮的历程来展示一代中国人的民族精神。

商人爱国，古已有之，但商战不同于其他战场。西方的侵略和掠夺虽然看不见硝烟，却更加惊心动魄。因此有人大声疾呼："亡印度者，非英国之海陆军，而是英国东印度商会耳。"在小说中有两条线索，一是对内求发展，一是对外争商权。这既是两条并列的线索，也是两条递进的线索。程天送初入汪家时，为了振兴汪家，在许家的挤压下不断奋争，但等到汪家逐步壮大之后，他的思想开始变得更加开阔。到武汉开辟新庄时他已经认识到"万物并育而不相害，道并行而不相悖"的道理。这种理念的出现，使他由家族的生存发展转而关注民族的生存发展。为了争取公平的商权，他不惜殊死抗争，并在民族危亡的时刻毅然毁家靖难，演绎了一出可歌可泣的悲歌。程天送从对内求发展到对外争商权的发展，既是他个人成熟的标志，也是每个民族的最终发展之道。

当然，程天送的成长不是偶然的，他的成长扎根于徽州这块热土。这块丰厚的土地抚育了他，也滋养了他。在他的成长过程中，有几个人对他产生了至关重要的影响。比如他的养父程德水，虽然他是一个落第的穷书生，但他教会了程天送什么是道义，什么是气节。又如老庆叔，他使他懂得了如何生存，教会了他坚忍和勇气。再如他的老师胡东阳，这是他的精神导师，他教会了他如何做人，告诉他凡事皆有道。经商有术，术无道则不立，然道乃根本，道术合璧，方能通天达地。此外，还有他的生父鲍清源、汪家大爷汪仁福、汪家三爷汪仁康等等，他们都对程天送产生了影响，不仅教会了他经商之道、为人之道，而且打开了他的眼界，使他能够完成从一个传统商人向实业家的蜕变，最终为家族、为国家、为民族大义做出巨大牺牲。从这个意义上讲，读懂了程天送，也就读懂了徽商。

也许我这样说有些大言不惭，但这确是我的用心和追求所在。至于效果如何，还得由读者来评判。

（2010 年 3 月）

《段祺瑞传》后记

写《段祺瑞传》的准备工作断断续续进行了五六年，决定写这个人物的想法，起因倒也很简单，就因为他是一个合肥籍的历史人物。合肥人写合肥人，在某些方面可以说得天独厚，再加上段祺瑞在民国初年是“权倾一时”、“赫赫有名”的大人物，且本身的经历也充满戏剧性，这就具备了可写的因素，尽管他是一个反面人物。

但是，随着搜集材料的深入，我的想法逐步开始深入。段祺瑞是北洋军阀的巨魁之一。他是袁世凯小站练兵时的主要将领和骨干，参与了北洋新军的创建，发挥了重要作用。辛亥革命前后，他几乎成了直接控制北洋军和中央军事的最高指挥官，就连袁世凯也不得不对他顾虑重重，一度将其打入“冷宫”。袁世凯死后，段祺瑞很自然地成了北洋军阀的领袖人物。他几度出任总理，后来又成为民国执政，就在他下野期间，仍能呼风唤雨，控制、操纵政局。袁世凯是北洋军阀的创始者，段祺瑞却是一个贯穿于北洋军阀统治时期的代表人物。这样一个人物的出现应该说不是偶然的。这里有着复杂的国际、国内、政治、军事、历史以及个人的因素。大而言之，中国近代史上出现北洋军阀统治的时期，也应该不是偶然的。长达十七年的军阀混战，给我们这个多灾多难的民族和国家带来了巨大的破坏，给人民带来了惨重的劫难。当我们回顾这段历史、这样一个人物时，也许是会有所启迪的。如果立足于此，那比简单地写一个军阀人物的故事，要有意义得多，深刻得多。这就是我动笔前的基本思路，传统的说法叫主题思想。

对段祺瑞这样一个人物作出好坏评判，并不是件十分困难的事，因为这是一个已经“定了性”的人物。但是，传记的任务恐怕并不止于对一个人物作出政治的、道德的评判，更重要的应该是写人，而人又是一个复杂的组合体。这才是真正的困难之处。段祺瑞作为一个大军阀，他的政治立场是反人民的，这毫不足怪。但他反对袁世凯的洪宪帝制，是有积极意义的，就连孙中山先生也认为“不失为爱国之举”。1933年，当日寇试图利用他的影响建立伪政权时，他接受蒋介石的邀请，南下上海，也堪称明智的行动。还有，段祺瑞性格爽直，反对一个人、一件事，向来是直来直去，不搞阴谋、不搞暗杀，这在当时的军阀集团中是不多见的。在生活中，段祺瑞崇尚简朴、为官清廉。在他执政期间，各省军政大员进京，总要向他馈赠大批贵重的礼品，每次他只是从中象征性地挑一两件最不值钱的收下，其余的如数退还。他不仅自己不收礼，也不准家人收礼，一旦发现就要大发雷霆，严厉惩办。他家教颇严，对亲属的录用也不是无原则的。在他做总理时，他的胞弟段启甫曾进京求他安排一个职务，他却拒绝了，认为胞弟不是一个做官的料，他只是给了他一些钱，让他回家做点小生意。后来这位被称作“段二大人”的段启甫，利用段祺瑞的影响，在合肥包揽词讼，有人告到北京，段祺瑞也严令制止……然而，这只是一个侧面。从主导方面来说，这些并不妨碍他带兵去镇压义和团、镇压武昌革命、镇压白朗起义、镇压国民党人发动的癸丑之役；也不妨碍他从日本人那里借款打内战，利用手中的权力，实行独裁统治……

人是复杂的，写人同样是困难的。这就是我写这本书时最突出的一点感受。

过去一些反映北洋军阀的书和人物传记，大多简单化、漫画化。在这些书中，军阀人物大多是草包，无知而荒唐，甚至是很可笑的；北洋新军也是一支不堪一击的毫无战斗力的武装。我想，这些作者饱含的强烈的爱憎是可取的，但是这样做并不完全符合历史的真实。诚然，北洋军阀统治时期是一个十分荒唐的时期，大大小小的军阀中不乏酒囊饭袋，但在军阀混战中沉浮的乱世英雄中也不乏具有政治手腕和军事手腕的奸雄和“强人”。否则，像孙中山这样的精英，在和军阀的斗争中为什么常常处于劣势，就很难解释了。至于北洋新军，这是中国陆军近代化的一个标志，具有进口的先进装备，全盘接受德国式和日本式的训练，在当时是颇有战斗力和威慑力的。如若不然，它也不会在镇压武昌革命和癸丑之役时，给武汉民军和国民党造成那么大的困难和压力。记得一位外国作家说过，如实地描写敌人的强大并不等于美化敌人，而是从另一面烘托正义事业的艰难和曲折。他这是对创作而言，而对历史来说，真实就意味着所有，意味着一切。

在写作的手法上，我力求把文学性和史料性结合起来，并在很大程度上向史料性偏移，这样做的目的是为了让作品更可信。在引用史料方面，我选择较多的是当事人的回忆，尽管有些人的观点不尽正确，却更接近历史的原貌；有些有争议的事件，我力求客观陈述，这种不确定性或许能给读者留下更多的思索空间。对于一些符合人物性格的逸事，我也适当地进行了选用，以增添可读性，使人物更为丰满。这些做法在我来说都还是一种尝试，希望得到读者的批评指正。

最后，向给我写作这本书提供帮助和便利的合肥市图书馆刘豫生先生、安徽大学图书馆李泽华先生以及安徽省图书馆的同志表示感谢！向安徽人民出版社表示感谢！

（1992 年 8 月）

也许是废话[①]

做编辑久了，手便要懒起来。没有时间是一个原因，而更多的是成天在稿子堆里打转。一上班就看稿子，有时真是看厌了。回到家便想喘口气，离稿子远远的。这也是一种惰性。不少编辑均有同感。然而，有时又不得不写点，也不完全是为了稿费。我想，这里大约有一种惯性作用。不过，刚开始写作时的那种盲目的皮相的冲动很少有了，代之而来的常常是一种更冷静的思索和观察。

1987 年，我到北京去学习。那是一段神仙过的日子。不用上班，不用看稿，身边的琐事也一下子抛得远远的。时间仿佛多得用不掉，可以任意挥霍。班上的同学大多来自全国各地的文学界，每日吃饱了喝足了，便聚在一起山吹海侃，常常通宵达旦。有时候关起门来，话题便免不了要野起来，不着边际，云里雾里，荤素全来，可谓妙语连珠，受益匪浅。头两个月就这样“侃”过去了。接下去该谈的好像都谈完了，大家似乎不约而同地意识到该做点正事了，于是一下子都规矩起来，一个个铺开稿纸，面壁苦思，作写作状。

于是，我想我也该如此了，于是便逼着自己坐下来。《灰色迷惘》的初稿就是这样写出来的。

我极崇拜鲁迅。先生对国民劣根性的剖析令人叹为观止。如此锋利、深邃的文笔，在中国文学史上唯先生所独具。我常想，生为中国人是应该骄傲的，许多时候，我们却骄傲不起来(鲁迅大约也是如此，否则他应

① 中篇小说《灰色迷惘》原载《小说家》杂志 1989 年 5 期，《中篇小说选刊》1990 年 1 期选载，此文系应《中篇小说选刊》之约所写的创作谈。

该拿起竖琴去歌唱,而不是用匕首和投枪去战斗)。经济上的落后,以及随之而来的人的精神上的猥琐和丑陋,常使人屈辱、汗颜,以至于愤慨。

台湾有一位作家曾把中国文化比作“酱缸”,认为是这只“酱缸”腐蚀了国人的灵魂。虽然这种理论曾为某些人痛心疾首,我本人也不完全赞同。但毋庸置疑的是,在中国的传统文化中的确存在着许多腐蚀人的精神糟粕。这一点,我想,即便最偏激的人也无法否认。在中国传统文化中,处世立身是一个大课题,直到今天演变为种种处世哲学,其文化上的承传,可以说是一脉相通的。中国的许多事情就坏在这里。

我时常感叹:做人难;做一个真正的人,做一个有骨头的人更难!

(1989年12月)

爱国者的苦难及其他[1]

这两年，有意无意地，我时常泡在故纸堆中。先是写长篇《段祺瑞传》、《权力十字架》，后又写二十集电视连视剧《徽商》，这些都离不开史料。查找资料是件很苦的事，但也有不少乐趣。尤其是当你发现一条新的线索，弄清一件事情的原委，或者拨开原本笼罩在某件事上的迷雾之后，就如同解开一个谜，这令你兴奋不已。当然，读史料还有一个好处，那就是使你的思想变得丰富起来，因为历史就是一个不可多得的老师。它为我们认识今天提供了一个新的参照。

县长朱四这个人物就是"泡史料"泡出来的。我这样说，倒并不是说史料中就有现成的人物原型。现在回想起来，这个人物的产生，是与史料中一系列爱国者形象联系在一起的。中国历史上有许许多多的爱国者，尤其是近代，但他们中的很多人的命运都是与苦难联在一起的。这是为什么？道理不言而喻。

最近，市场上流行一本很畅销的书，名叫《中国可以说不》。然而，在一个腐朽的制度和不能说不的政府统治下，爱国者的命运注定是苦难的。这几乎就是一种宿命，除了悲壮的抗争和牺牲之外，他们没有别的选择。这是一种历史的不幸。

一次聊天的时候，有位朋友问我，你写的朱四是个英雄吗？对于这个问题，我当时愣了一下。因为我从来没有这样想过，但是后来我是这样告诉他的。我说："也许朱四算不上是个英雄，可他是一个爱国者，这一点毫

① 中篇小说《县长朱四与高田事件》原载《收获》1996 年 5 期，《中篇小说选刊》1997 年 1 期选载，此文系应《中篇小说选刊》之约所写的创作谈。

无疑问。”

爱国与否，作为一个抽象的理念，是很容易作出回答的。可是，在具体问题面前，那可能就是另外一回事了。以死抗争的爱国者的形象，我们已经见过不少了；相形之下，朱四的行为对许多人来说，也许是陌生的。同样是抗争，但这种抗争是走了形的。一边是日本人以外交、武力苦苦相逼，而另一边则是省府大员们滥施淫威，迫其就范。应该说，这是高压之下的一种奇特的反应。死，当然不是轻松的，但有时死并不是解决问题的最好办法。朱四维护了国家利益，而自己却蒙受了卖国者的骂名。从这个意义上讲，这是比死更难做到的事。尽管他的行为没有历史上某些爱国者那样慷慨悲壮，但同样是令人叹服的。

值得一提的是，在写这篇小说的时候，日本的某个政界要员正好公开发表讲话，否定当年日军的侵略性质。实际上，这样的表演，在日本政界要员中已不是一次两次了。这些人的所作所为，难道仅仅就是为了掩盖历史上的罪恶吗？恐怕未必那么简单。虽然世界反法西斯战争的胜利至今已经四十多年了，但法西斯主义的阴魂并没有彻底消失。不错，今天的中国已经可以向世界说不了，但摆在每个爱国者面前的，也不全是一片坦途。这里可以试举一例：据说某市与日商合资，由于日商贿赂了市府要员，结果在谈判中，中方代表受到来自上面的种种限制，其利益更受到明显的损害。像这样的例子也许只是少数，可从中可以看出，在新的形势下无形的战争仍在继续，而摆在每个爱国者面前的课题，同样是严峻的。当然这已是题外的话了。

（1996年12月）

寻找公正[①]

接到《中篇小说选刊》章世添副主编打来的电话，通知拙作入选，心里十分高兴。章副主编在电话里坦率地谈了对这篇小说的看法和意见，并建议我创作谈不要就事论事来写。他的话对我颇有启发。

的确，小说的情节涉及一桩官司，但落脚点并不在官司。因为如果只写官司，那么仅有后半部就够了；而通过一场官司，引发对某种人、某种社会现像的思考，才是我写这篇小说的真正用意所在。我曾写信给《江南》金学种副主编，谈到这些想法，得到了他的认可和支持。近年来，一些媒体上的"红人"，或所谓的"成功人士"纷纷落马，已成为一大景观。如禹作敏、牟其中、胡万林，包括那个曾坐在轮椅上唱《血染的风采》而一度大红大紫的"青年楷模"等等，这些人都曾红极一时，有的甚至成为时代偶像，可转瞬之间，便风光不再，不是沦为阶下之囚，就是原形毕露，斯文扫地。这种现象已引起广泛的关注。《上海文学》曾以"当下中国的'市场意识形态'"为题，发表了多名学者的文章。这些文章言之成理，精辟到位，虽然说的是经济领域，但这种现象不唯经济领域才有。王晓明先生在《半张脸的神话》中指出，"今天，一种叫做'成功人士'的新的形象，正在广告和传媒上频繁出现"，"但是，这仅仅是半张脸的肖像"。那么，另外"半张脸"又是什么样子呢？公众并不清楚。他们是如何获得成功的？是"跳龙门"，抑或"钻狗洞"？公众也不清楚。然而，"成功人士"周围的人，比如他们的同乡、同事、邻居、同学，或亲友等，心里一清二楚。在这些熟人面前，不论

① 中篇小说《证人》原载《江南》杂志 2000 年 3 期，《中篇小说选刊》2000 年 4 期选载，此文系应《中篇小说选刊》之约所写的创作谈。

他们如何装神弄鬼，屁股上的屎却无法遮掩，即便包裹得严严实实，臭气依然还在。因此，这些人最怕的就是熟人，最不愿提起的就是自己的另外"半张脸"。正如陈思和先生说的："因为另外'半张'的不可告人或不可言说，必然会影响此'半张'的鲜亮和光洁度。"而且，"只要稍一接近某种真相，马上会引出官司纠纷"。造成这种现象的重要原因，我认为，不是因为他们理直气壮，而是因为脆弱和恐惧。由于害怕真相，这些"成功人士"常常变得极度自恋，极不自爱，这种病态的程度有时甚至达到了令人不可理喻的地步。

恶人先告状，其目的无非是要混淆是非，倒打一耙，这种事古已有之，并不稀奇。然而，恶人劣迹斑斑，为何却敢于理直气壮地告状？这就是值得玩味的事情了。小说中的牛五本是一个痞子似的人物，通过某种机遇和不光彩的手法，一夜之间竟也成了所谓的"成功人士"，腰缠万贯，招摇过市。不幸的是，他的另外"半张脸"，却在一个偶然的情况下，被他中学时的班主任熊老师无情地揭穿了。按理说，熊老师是站在公正和正义的一方，可在整个官司中，他一直处于被动。问题就出在证人方面。法律是公正的，但法律的公正有局限性。这个局限性就表现在它只维护程序的公正，而不是事实的公正。也就是说，法律维护的只是"证据事实"，而不是"客观事实"。尽管熊老师说的是事实，可法律的程序是重证据，没有证据，尽管是事实，法律也不予支持；而伪造的证据，如果不能被揭穿，就能蒙蔽法律。牛五钻的就是这个空子，而熊老师的被动也就在这里。应该说，这是法律的尴尬，也是道德的尴尬。但熊老师始终没有屈服，他顽强地寻找证人，因为他相信人间自有公正在。真正的事实是谁也改变不了，抹杀不了的。

世上没有绝对的公正，但如果一个人连寻找公正的勇气和决心都丧失了，那才是真正的悲哀。

（2000年6月）

警惕腐败的土壤[①]

清代顺治皇帝有一次问大臣范文程:为什么贪官这么多啊?范答:这些人未当官前都知贪官不可为,可一旦当上官,便利令智昏了。顺治说:这都是平时不能正心之故啊,如果能识明守定,怎么会为财物所动呢?

这段对话很有意思。由此可见,一些所谓的"腐败分子"并非天生,而是当了官后逐步变质的。几年前曾看到一位博士写的文章,题目叫《我们为什么不腐败?》,结论是:腐败也是有条件的。不是什么人想腐败就可以腐败的。一个农民,或者一个下岗工人,即便想腐败,也只能是心有余而力不足。然而,当官的就不同了。因为手中握有权力,而权力使用不当,往往就会导致腐败发生。由此可见,权力是产生腐败的温床和土壤。

我从1998年以来一直受聘担任安徽省检察院的监督员,这使我有机会接触检察院的工作。这些年来,检察院的反腐力度不可谓不大,他们做了大量艰苦细致的工作,成绩是十分显著的;可从另一方面看,老百姓似乎并不满意,而贪官也似乎是越反越多。有人戏称之为前"捕"后继。这不能不引起人们的思考。有一年春节前,我应邀随安徽省反贪局局长高宗祥去安庆地区视察,一路上我们也谈到这些现象。比如说,有些干部平时反映并不坏,甚至口碑很好,为党做了不少工作,及至出事,往往令人大吃一惊,为之惋惜。在座谈会上,高局长谈到近些年来检察院在反贪的思路上,不仅要注重"反",而且要立足"防",我觉得这是完全正确的。所谓

① 中篇小说《最后期限》原载《清明》杂志2003年3期,先后被《新华文摘》、《小说月报》、《中篇小说选刊》等选刊选载,并获《中篇小说选刊》奖(2002—2003年度)。此文系应《中篇小说选刊》之约所写的创作谈。

“防”,就是防患于未然。其实,我一直认为,仅仅把贪官的出现归咎于个人品质使然,并不全面。尽管有些贪官的确品质恶劣,素质低下,但并非所有人都是如此。为什么有些人当官前还是好好的人,当上官后却不能把握自己,前后判若两人?看来问题还是出在体制上,出在当官这个职业上。由于手中握有权力,而且这种权力又缺乏监督,一旦当上官,就等于进入了腐败的“高危人群”,好比那些工作在传染病地区的医护人员。权越大危险性也越大。因为各种花样百出的糖衣炮弹随时都会锁定你,各种层出不穷的诱惑时刻都在缠绕你,你稍不留神便会铸成大错。

小说中的黄敬就是这样一个稍不留神便跨入贪官行列的人物。在我心目中,严格地说他并不是一个坏人,也不是一个存心要行贿受贿的人,但就在不知不觉中(甚至连他自己也未意识到)已滑向了人民的反面。古人常说做官如履薄冰,不可不慎,看来的确如此。人们常常怀念上世纪50年代,那时的干部要清廉得多,贪官也少得多。可如今我们生活的环境已大不同于以往。在市场环境下,各种奢靡之风、不良风气正在侵蚀着我们。现在的干部要想做到“识明守定”,要比上世纪50年代具有更大的实力。一个人的堕落往往有多方面的复杂原因,但社会环境是一个不可忽视的重要因素。俗话说,人在江湖,身不由己。反腐败必须从社会大环境入手,这样才能从根本上限制腐败的发生。贪官也是人,我觉得仅仅从道德层面上做出批判是不够的。我写黄敬这个人物,就想在这方面有所开掘,从社会和制度层面引发人们的思考。

顺便说一点,为什么要选择“最后期限”这一背景?目的就是为了更好地展现贪官内心复杂的心理。贪官实际上也是很可怜、很可悲的,他们捞钱时的快乐也许只是短暂的,而那种炼狱般的恐惧往往会持续不断地折磨着他们,使他们长久不得安宁。

清代大清官于成龙曾说过:“人当惜福,为子孙留余地,布衣蔬食,享受无穷,实不解膏粱文绣,有何可恋?”朴素的话语,含有大境界。

最后,感谢《中篇小说选刊》选发拙作,使其有机会面对更多的读者。

(2003年6月)

猎亦有道[①]

《猎头》发表后，有朋友打电话来，第一句话就是你怎么想起写这个题材的？因为这个题材对很多人来说都是陌生的。的确，猎头，在国内尚属新鲜事物。我对这个领域本来也是一无所知，但一次与朋友聚会，席间一位业内人士向我谈起其中内幕，是非曲直，风起云涌，听来如同天方夜谭，顿时引起了我的兴趣。我当即表示这是一个好题材，值得一写。然而，由于杂事太多，说过以后也就忘了，但朋友表示了极大的热情，没过多久又专门打电话来，催我把这个故事写出来，他还表示如我愿写，可以提供更多的内容。就这样，我不得不把这当回事了。经过一段时间的深入了解和思考，小说《猎头》就这样写出来了。

《猎头》要写些什么？一句话，即做人的原则。我想这就是我要表达的主题。猎亦有道，做人更得有道。人与动物的差别其实很小，正如孔子所云："人之异于禽兽者几希？"如今，美国科学家的研究已经证实了这一点：最高等灵长类动物的基因99%与人类相同，而不同者只有1%，这1%的不同却至关重要，"这是一种发生在人类身上的道德进化"（劳伦斯·坎宁安教授），即"道"之所在。

做人的道理很简单，但要做好人并非易事。因为做人就必须坚守做人的原则，如忠诚、友谊、信义、气节和爱。当我们面对眼花缭乱的诱惑时，能否做到这一点，将是一个不小的考验。

也许有人会说，这道理太简单了。其实，对小说来说，道理的深奥与

① 中篇小说《猎头》原载《中国作家》2004年8期，《小说选刊》下半月刊9期选载。此文系应《小说选刊》之约写的创作谈。

否并不重要，重要的是你能否把你要表达的主题与人物故事有机地结合起来，并融为一体。孙犁先生说过，所有哲理都是古人说过的，关键要与现实结合好。福克纳也说过，爱情、荣誉、怜悯、自尊、同情、牺牲等感情，这是人类古老的普遍真理，“缺了这古老的普遍真理，任何小说都只能昙花一现，注定要失败”。因此，故弄玄虚和深奥，对小说毫无意义，相反还会损害小说本身。

小说就是小说，小说就应该有小说的样子。

（2004 年 8 月）

难忘的回忆

接到作家出版社的征稿信，十分高兴。我从书架上取出《当铺》一书——纸张已经发黄，封面也已褪色，但当年出书的情景仿佛历历在目，那种欣喜的心情又一次油然而生。

这本书的出版首先要感谢张水舟先生。水舟先生笔名半岛，上世纪90年代初写了大量的小说，以先锋探索为鲜明特色。我很喜欢他的小说，也经常交流，很快成了好友。水舟当时在作家出版社任职，"文学新星丛书"就是由他们主持编撰的。这套丛书主要收编作家的处女作，入选的多为活跃于文坛的青年作家，当时在文学圈中影响很大。一次在电话中，水舟通知我入选了该套丛书，我十分高兴。按照要求，我把那段时期新写的四个不同写法的中篇和一个短篇寄给了水舟，小说集取名为《当铺》。这是集中的一篇小说之名，之所以用它作书名，主要是因为此作刚被改编成电影。朋友建议说，这样有利于发行。

《当铺》写于90年代初。提起这篇小说，我又想起了好友闻树国先生。树国时任天津《小说家》的主编，他是一个思路活跃、充满想象力的人。在他的主持下，《小说家》经常会有一些新颖的举措，小说擂台赛就是他的创意之一。这次擂台赛引起了各方的关注，全国数十名青年作家踊跃参加，一时间，颇有声势。为了搞好这次赛事，树国特地在黄山开了一次笔会，苏童、叶兆言、赵玫、迟子建、肖克凡和我等都参加了这次笔会。会后，我为擂台赛写了中篇小说《当铺》。小说发表后，一些选刊纷纷选载，北京青年电影制片厂还把它搬了上银屏，更名为《家丑》，由王志文主演，导演是刘苗苗，她是著名的第五代导演之一。此片公映后，获得第二届北京大学生电影节最佳故事片奖。然而，事过境迁，如今回想起来，树国先生已经离开了我们。他的辞世是因为一次偶然的事故，得知噩耗，我异常震惊，并为他英年早逝唏嘘不已。

《当铺》发表后，产生了一定的影响。我所在的安徽省文联决定为我召开一次作品研讨会。研讨会由省文联与文学基金会联合举办。出席会议的有陈登科、鲁彦周、苏中、贾梦雷、刘祖慈、韩瀚、张禹等著名作家，还有安徽大学的王多治教授和王达敏教授等。这是我的作品第一次被研讨，心里不禁颇为忐忑，但大家在会上给了我很多鼓励。尤其是陈登科老师和鲁彦周老师，对我多有褒奖。陈老说，我近年来年纪大了，眼睛不行了，一般作品都不看了，但季宇的小说，我仔细看了。他对《当铺》给予了肯定，认为我的创作很有潜力，鼓励我多写多看。鲁老也说，季宇的小说很有特点，人物写得鲜活，文字功底扎实，手法也很新。我知道这是前辈作家对我的鼓励，更感到要加倍努力。会后不久，"新星文学丛书"就决定编选我的集子了。按照丛书的要求，每书必有一篇序文，我便请陈老为书作序，陈老欣然应允。半个月后，序文写好了，是用钢笔写的，写在16开大的方格稿纸上，字迹有些颤抖，但一个字一个字写得非常清晰。如今，陈老已经仙逝，但这份手稿我仍然保留着，成了一份珍贵的纪念。

转眼将近二十年过去了。这么多年里，社会生活发生了很大的改变，文学潮涨潮落，风云变幻，但我的写作从来没停止过。在《当铺》出版之后，我又陆续写了十多本书，开本越来越大，印制越来越精美。相比之下，在我的书架上，这本小32开本的《当铺》已经显得非常不起眼了，但只有我知道她的分量。在我的心中，她是不可取代的，她不仅是一本集子，而且是一个重要的起点。千里之行始于足下。开始总是最重要的。如果说，如今我仍在坚守，那这一切的源头都可以追溯到《当铺》的出版，是她给了我鼓励，给了我信心。

感谢"文学新星丛书"！

感谢作家出版社！

（2008年10月）

一点回忆

书棋兄来信，让我为《小说月报》（以下简称《月报》）200期写篇短文。放下信，立时浮想联翩，有关《月报》的点点滴滴开始接踵而至。

我第一次看到《月报》，是在一位朋友家。那时《月报》刚创刊不久，记得封面是木纹图案，庄重大方，外带一点古朴，当时就喜欢上了。借回家后，我一口气从头看到尾，几乎没漏掉一个字，心情的喜悦和振奋，如饮甘霖。如今十几年过去了，依稀还记得当期有张洁的《爱，是不能忘记的》等作品。我当时和许多文学青年一样，正沉浸在文学的梦境之中。《月报》的创刊对于我们来说，无疑是打开了一扇视野广阔的窗子，看见了一块绿洲。从那以后，我或订，或零购，或利用工作之便阅读（1982年后，我一度曾在某大学图书馆就职，于是近水楼台先得月，每次期刊来了之后，首先占为己有，先睹为快，为此还引起过一些读者的抱怨），和《月报》接下了不解之缘。

1984年以后，我开始从事编辑工作，直到如今仍在这一岗位上为人做嫁衣。做了编辑后，我更加重视翻阅《月报》了。我觉得这对了解创作的动态和走向至关重要。我还十分注意《月报》上出现的一些新人，这对我们组稿同样颇有帮助；而每一次《月报》选了我们刊物的稿件，更要成为一个津津乐道的话题。我常常与一些同行谈到这一点，许多人亦有同感。

1992年前后，《月报》选了我的中篇小说《当铺》。这是《月报》第一次选我的作品。收到那期刊物后，我突然有了一种过去从没有过的新的感觉。那就是一种参与，在单纯的读者关系之外，如今又增加了作者这层关系。此后，《月报》又多次选发过我的作品。我觉得我与《月报》之间更亲近、更密切了。

逝者如斯夫。岁月无情，带走了许多东西，但有些东西也许是永远无法带走的；即便带走，也会给我们留下了深刻而美好的回忆。在我从事文学工作短暂的经历中，伴随我的书籍和杂志有许许多多，但《月报》始终是我最珍视的一种。她给我的帮助和启迪是无形的，而我能做的却微不足道。如今虽然我仍然迷恋着文学，但与以前那个做着文学梦的青年来说，已有了本质的改变。我不再为文学绚丽的外表所吸引，我懂得了文学是一种事业，是艰苦，是寂寞，是牺牲。而作为一种见证，《月报》将忠实记录下新时期文学的每一步足迹，随着岁月的推移，而弥足珍贵。

（1996 年 10 月）

关于文学的断想

赫尔岑说过，我的文字将成为淹没在永恒中的生命的墓志铭，其中将记载我把我自己埋葬了多少。我年轻时很喜欢这句话，并把它记在了笔记本上，因为这句话道出了写作的甘苦。但随着年龄的增长，我觉得这句话实际上过于沉重了。写作是艰苦的，也是快乐的。尤其是当你抛弃了功利目的，把阅读和写作当成人生的一部分时，快乐往往超过了艰苦。

如果可以重新选择，我不一定选择文学。我之所以选择文学，很大原因是我成长的年代是文学辉煌的年代，于是我像成千上万的文学青年一样挤上了这条狭窄的小道。如今忽忽二十载，我并不后悔，因为我已从阅读和写作中享受到了快乐。

写作的快乐就在于创造。当有一天，你不得不放下笔，无法再进行创造时，真正的痛苦才降临了。

博尔赫斯说："我写作，是为了让光阴流逝使我心安。"我现在更喜欢这句话，因为他说出了我的心声。我不知道，对于我来说，离开了阅读和写作，那将是一种怎样的生活？

文学与时代紧密相连。孙犁在谈小说时说过，让人记得住的小说，"是那一个时代，为人所最关注的题材，也可以说是时代尖端题材"。我曾多次引用这句话，这句话强调了关注时代、关注现实的重要性，但并不是说我们可以简单地追风，图解现实。比如，今天搞股份制了，你就去写股份制；明天强调环保了，你就去写环保……这样做，时代性倒是有了，但往往损害了文学，即便轰轰烈烈，也不可能长久。

重要的不是题材，而是内容；不是写什么，而是怎样写。这才是最重要的。

历史仿佛是一座迷宫。它的魅力就在于充满了谜团。解谜的过程是思辨的过程，也是审美的过程。这给文学提供了广阔的空间。但我不喜欢“戏说”，因为它脱离了历史，往往成为小丑似的表演。

历史是一面镜子。解读历史就是解读今天，也是解读未来。文学应该在这方面有所作为。

作家的深度往往体现在对人类生存状态的关注和解读的程度上。这是文学永恒而重大的主题。世上最难解读的就是人和人的生存状态了。钱钟书的“围城”，卡夫卡的“城堡”，之所以成为经典，就因为他们解读了人类生存的困境。

作家的笔有时是冷的，心却是热的。在尖刻、冷峻、反讽和嘲弄的文字潜流下，流淌的往往是愤怒、激情、忧思与热爱。

文字是软弱的，又是强大的。人类的困境不是文学最终所能解决的，但作家的呼喊可以撕开沉沉黑幕，透出一线曙光，让人看见希望，振作起来，勇敢前行。鲁迅说文学不是大炮，赶不走孙传芳，但文学能唤醒人心。

这就是文学的力量。

拒绝读者，还是为读者写作，这是作家的权力，但拒绝读者的作家中有大家，也有低能儿，而为读者而写的作家中同样有大师或平庸者。重要的是看你怎么去写。

拒绝读者并不意味着高雅，而赢得读者也不代表通俗。历史上不少所谓的通俗作品最后成为了经典，而一些自诩为“藏之名山”之作，却永远淹没，无人问津。

害怕通俗，这是不自信的表现。大俗大雅才是大境界。我愿为此而努力。

（2000 年 5 月）

想　象

想象是作家不可或缺的才能。作家需要生活,但更需要想象。因为每个人都有生活,但想象的才能不是人人皆有。正是从这个意义上说,想象对于作家极其重要。没有想象就不可能写出作品,或者说即使写出了作品,那也一定是平庸之作。

《纳博科夫访谈录》中有一段有趣的对话。问:经常听作家们说小说中的人物如何纠缠他们,如何左右故事的发展。你有过这样的体验吗?答:我从未有过这样的体验。有过这样体验的作家一定是不入流的作家或是神经不正常的作家。我的小说是想象力的产物,每个人物都按照我为他想象出的路子行事。我是人物的主宰。纳氏的话虽说尖刻了一点,却颇有道理。也许有的作家会说,生活就是如此,我不可能违反生活去塑造人物。不过,应该说这话只说对了一半,因为一个优秀的作家不可能拘泥于生活,而非凡的想象力却能够使他在艺术的天空中自由遨翔。

《变形记》的开头这样写道:“一天早晨,格里高尔·萨姆沙从不安的睡梦中醒来,发现自己躺在床上变成了一只巨大的甲虫。”我不知别人是否如此,但我头一次读到这本书时,的确感到坐不住了,书中惊世骇俗的奇想简直把我弄得目瞪口呆。——这就是卡夫卡的想象所产生的巨大的冲击力。鲁迅说过,写娼妓不必非得做过娼妓(大意);卡夫卡在描写格里高尔挪动着许多细长的虫腿在地上爬动时,他也不可能去当一回甲虫。解决这个问题的办法,也许只有一个,那就是想象。《庄子·秋水》中,惠子曰:“子非鱼,安知鱼之乐?”庄子曰:“子非我,安知我不知鱼之乐?”从这段精彩的对话中,可以看出惠子与庄子的差别就在于一个太缺乏想象力,而另一个则相反。

但是,想象力也有高低之分。爱尔兰著名作家塞缪尔·贝克特在第二次世界大战中曾有一段不平凡的经历:1942年,他逃往未被德军占领的位于法国南部的鲁西永村,这里由于地势复杂,因而成了逃亡者的聚居之地。贝克特在这里苦苦等待(一度参加过抵抗活动),度过了他有生以来最难忘的时光。这段生活日后也成了他创作的重要源泉。但贝克特的杰出在于,他并没有被生活的"真实"所束缚,同时更没有急功近利地去忙着写一部反映第二次世界大战的作品。也许那样做会引起轰动,但未必能流传下去。而在他最有影响的作品《等待戈多》中,我们可以鲜明地感受到鲁西永村生活对他的影响,但这一切都已上升到人类基本生存状态的高度。书中的两个主人公守在一棵光秃秃的树旁等待一个名叫戈多的人,他们不知道为什么要等待,也不知道这个叫戈多的会不会来,甚至连戈多是否存在也无法确定。他们就这样等待,无穷无尽地等待下去……人类的困境和尴尬在贝克特的笔下几乎被表现得淋漓尽致。1969年,贝克特获得了诺贝尔奖,而这些恐怕首先得归功于他无与伦比的想象。

(2009年10月)

王安忆的视角

第一次见到王安忆的《心灵世界》，是在逛书店的时候。书名并不引人注目，此外它还有一个同样让人乏味的副标题："王安忆小说讲稿。"序言中说，这是王安忆在复旦讲课时的讲稿，共十三讲。我当时随手翻了翻，便放下了。应该说，这本书一开始并未引起我的注意。这种忽略是因为，我对所有谈创作的书都或多或少抱有偏见。我一直认为创作是不好谈，也无法谈的。

可是后来，不止一次有人在我面前提到这本书，包括一些批评的意见，我才觉得有必要看一看。及至开卷之后，我才感到此书有着强烈的吸引力，迫使你不得不兴趣盎然地一讲接一讲地读下去。

小说是什么？王安忆的解释与众不同。她认为，小说不是现实，它是个人心灵的世界。这是王安忆对小说的命名，也是《心灵世界》书名的由来。在整部书中，王安忆都在不断地论证这一观点。她的论证不是理论式的，却充满了一个优秀作家对小说艺术独特的感悟和理解。这也许就是这本书的真正价值所在。

《心灵世界》最吸引人之处，或者说它最大的特色，我觉得在于它提供了一个视角，一个王安忆才有的独特的视角。在这部讲稿中，王安忆讲到了不少中外作品，从对这些作品的理解和阐释中，王安忆的心灵世界仿佛也掀开了一角。这些都是我们过去在王安忆的小说中无法看到，或者无法看得很清楚的。在讲解《复活》、《巴黎圣母院》，以及《心灵史》、《九月寓言》等等这些中外名作时，王安忆总是先要用较大篇幅来复述故事。在有些人看来，这些复述可能是不必要的。特别是那些看过原著的人，也许会没有耐心去听别人唠唠叨叨。可恰恰相反，我丝毫没有这种感觉。虽然我读过这些作品，但依然感到王安忆的复述相当精彩。为什么如此？就因为它提供了一个视角，告诉我们这些作品，王安忆是怎么读的，又是怎么理解的。这些复述不是简单意义上的复述，它是一个小说家经过消化和提炼后的感悟。在娓娓道来的叙述中，我们看到的不再是原来的《复活》，或者原来的《巴黎圣母院》，我们看到的是，这些名著在王安忆阅读过程中滑过的轨迹，以及在她心灵上激起的浪花。这真是非常难得，也是非常有意义的。

阅读有不同的境界。同样的书，不同的人阅读会产生不同的效果，而不同的人在阅读过程中也会产生不同的兴奋点。这取决于认识程度的高下。王安忆是优秀的小说家，因而她的阅读和理解便有了许多独到之处。这些独到的见解细腻而生动，看得见，摸得着，有血有肉，有声有色，而且并不枯燥，使人能够一口气地读下去。它给人许多启发，让人不时怦然心动，或者会心一笑。尽管有些见解还没有上升到理论高度，但显而易见的是，它的长处是单纯的理论无法取代的。

此外，这部书还有一点值得一提，那就是它向我们透露了王安忆是怎样读书的，同时它也告诉我们，王安忆心目中的文学标准和理想是怎样的。一个出色的作家必定要博览群书，而且他的阅读也一定是严肃的，一丝不苟的。王安忆在讲稿中说，我们笼罩在前辈作家的巨大阴影中，在书库堆积如山的著作中，留给后人开拓的天地已经相当有限。可她又指出，小说是心灵的世界。这就是希望所在。雨果说过，比海洋大的是天空，比天空大的是思想。既然小说是心灵的世界，而心灵的世界又是无比广阔的，那么我们就没有必要过于悲观。

（1998年10月）

黑暗中的善与希望

鲁迅说,悲剧是将人生一点点撕碎了给人看。看完《黑暗中的舞者》[①],我就不由得想起这句话,因为那种被撕碎的感觉,那种揪心揪肺的痛,如影随形,阵阵袭来。整个晚上,我都无法摆脱。

莎蔓是个捷克移民,由于家族遗传,她自幼患有眼疾,而且知道不久将双目全盲。为了不让儿子重蹈家族的宿命,她拼命工作,希望攒够手术费,医好儿子的眼疾。终于有一天,莎蔓什么也看不见了,工厂解雇了她。当她拿着最后一笔工资回到家中,发现多年积攒的钱不翼而飞。她找到了房东比尔,发现是他偷了钱,为了夺回儿子的救命钱,悲剧发生了……

比尔的死,起因不在莎蔓,而是因为比尔窃取了莎蔓的钱。其实,比尔原本也不是一个坏人,他偷钱的理由仅仅是为了在爱妻面前维持一个体面的形象。他手头拮据,银行按揭到期,但他不想让爱妻知道自己的窘境,甚至还要在她面前造成一副有钱的假象。为了摆脱困境,他向莎蔓借钱遭到了拒绝。"这是小俊的钱。"莎蔓这样回答他。小俊是莎蔓的儿子,她不允许任何人动用儿子的救命钱。这是她全部的生活动力和希望。

母爱的力量真是伟大。善良的莎蔓为了夺回儿子的救命钱,打死了比尔。当她把这笔钱交到医生手中时,脸上的表情是平静而欣慰的。后来,莎蔓被法庭判处绞刑,她的女友帮她找了律师向最高法院上诉,这是命悬一线的最后机会。可莎蔓得知找律师需要动用儿子的手术费时,她断然拒绝签字,放弃了生的最后希望。

更让人痛心之处还在于莎蔓的善良。在法庭上,她始终恪守对比尔

---

① 丹麦电影,导演为拉斯·冯·提。

“沉默是金”的承诺，至死也未把比尔向她吐露的隐秘说出来，结果直接导致了对她不利的判决。俗话说好人有好报，但在现实生活中，好人并不一定都有好报。生活的严峻和残酷的一面往往就表现在这里，这也是悲剧揭示的社会问题的根源所在。

悲剧的力量往往是喜剧无法比拟的。我一直认为喜剧不过是生活的调味品，不能承受人生之“重”，而悲剧中才可能产生真正的精神大餐，让人感动，让人震撼。这种看法或许并不完全正确，但《黑暗中的舞者》至少表明，它在思想内涵上比我看过的其他奥斯卡获奖作品更胜一筹。好莱坞是造梦工厂，而奥斯卡奖台上并非全是浅薄的商业之作。

在艺术手法上，《黑暗中的舞者》也超出了一般现实主义的作品。莎蔓生活在黑暗中，但她的心充满了光明，这光明就是善与希望。任何响声在她听来都是音乐，给她带来幻觉上的舞蹈。莎蔓希望生活在音乐剧中，因为音乐剧中没有苦难。当这些翩翩起舞的幻觉出现时，影片充满了生气，但观众的心却在流血。

影片结束时，莎蔓脚下的踏板呼地打开，她的身体悬空而下，吊在绞架上，接着，屏幕上出现了一片黑暗，舞者的生命结束了。看到这里，我感到震撼。莎蔓的死是一种控诉和呐喊，但在这控诉和呐喊之后，我同样也看到了一个普通人的善良和希望所在。这就是支撑我们在这个并不令人满意，甚至是艰难的社会中活下去的勇气和力量。

（2002年10月）

钥匙派对及信念危机

看完《冰风暴》[1],思绪久久难平。正如片名一样,影片给人的视觉冲击和心理冲击不亚于经历了一场真正的冰风暴。那种刻骨铭心的感觉,让人真正领悟了什么叫颓废,什么叫纯真丧失?

影片主人公本·胡德一家表面上生活幸福,可实际上在面具之后充满了谎言和不幸。本与珍妮私通,却一直欺骗着妻子埃琳娜,而他们的孩子——保罗吸毒,温迪放纵——同样毫无纯真可言。影片中最惊心动魄的情节,要属“钥匙派对”了。这种游戏把人的尊严与爱情统统抛至脑后,人与动物几乎没有任何区别。在一个高度文明的社会发生这种事情,简直让人难以置信。但事实就是如此。影片的女主人公埃琳娜本是一个有责任心的女人,她抵御住了菲利普神父的引诱,但面对丈夫的不忠,她终于也选择了不忠,以此来报复。

本·胡德一家的生活实际上是美国社会的一个缩影。60年代末至70年代初,美国社会发生了许多重大事件:越南战争、经济危机、肯尼迪遇刺,以及水门事件等等。尤其是水门事件,合众国的总统居然用卑鄙的手段欺骗公众,这在美国人的心目中影响是巨大的。在经历了这一系列事件之后,人们的思想发生了极大的变化。这种变化中最重要的一点,就是丧失了信念。人们不再相信什么,也没有什么再值得被相信。有人把这称之为“纯真丧失”的时代,的确言之有理。影片的深刻之处,就在于它通过本·胡德一家的生活反映了美国社会最本质的危机。

然而,思想的震撼力只是影片成功的一个方面,而衡量一部影片成

① 美国电影,由华人导演李安执导,曾获第50届戛纳电影节金棕榈提名奖。

功与否的重要尺度还在于艺术表现方面。《冰风暴》中几乎没有一句说教，无论人物、情节和对话都是生活化的，但在这一个个生活化的片断中蕴含了编导者的独具匠心。比如，影片背景中经常出现尼克松在电视上关于水门事件的辩解，以及人们关于水门事件的谈话；温迪与迈克在地下室里厮混时，温迪还戴了一个尼克松的面具……这些细节仿佛都是不经意的，却巧妙地衬托了主题。而“钥匙派对”，作为一个主要情节，更具有典型性。它把美国社会颓废、消极的一面淋漓尽致地表现出来，产生了极大的震撼力。这就是影片的艺术魅力所在。

（2002 年 10 月）

《美国丽人》[1]观后

如果把《美国丽人》改成《美国问题》可能更为切题。影片反映了美国当代社会存在的各种比较典型的问题。如吸毒、婚外情、同性恋,以及青少年性问题等等,而最让人感到震动的是笼罩在人际之间的那种可怕的冷漠和虚伪。

莱斯特的上司一边借口资金紧张而裁员,一边又滥用公费嫖妓。莱斯特的家中同样充满了各种危机:女儿简与父母毫无感情,而对女儿并不关心的莱斯特夫妇却偏要装出一副关心女儿的样子;夫妻之间,一个偷情,一个手淫,同床异梦,形同路人。再从莱斯特周围看,他的两个邻居,一个是同性恋者,一个是愤世嫉俗、对所有的人都充满敌视和怀疑的退休军官。这是一个完全缺乏友爱和温暖的环境。

青少年问题更为严重。里奇 15 岁就开始吸毒,18 岁时已成了一个毒品贩子。安杰拉和简在性问题上随心所欲,她们谈论性时是那样放肆,那样毫无羞耻。一个美国性问题专家曾针对美国社会存在的性泛滥问题尖刻指出:“也许到了某一天,我们除了谈论性,就再也找不到别的话题。”在影片中我们看到的不正是这样的情形吗?

最可悲的是,当充满沮丧和失望的莱斯特梦想从安杰拉身上重新找回生活动力之时,无情的子弹结束了他的生命。影片的结尾是悬疑似的,究竟是谁打死了莱斯特并不重要,重要的是死亡的结果,即梦想永远只能是梦想。好莱坞是一个造梦的地方,《美国丽人》这一次带给观众的却是一个被打碎的梦。

---

① 美国电影,曾获第 72 届奥斯卡最佳影片奖。

莱斯特一家的生活实际上就是美国中产阶级生活的真实缩影。诚然,美国是一个在文化和意识形态上与我们存在很大差异的国家。也许我们不能完全用我们的标准来衡量他们,并作出是非判断,但影片所反映的问题在美国同样引起了震撼。作为一个非主流的影片能够一反常规,获得奥斯卡评委的垂青,这本身已经说明了问题。现代科技和工业的发展,给美国社会带来了巨大的财富,但在这种繁荣的背后隐藏着深刻的道德危机。从这个角度说,美国社会所反映出的问题,已经具有了普遍意义。

(2002 年 10 月)

拉柏雷与他的《巨人传》

小时候，我最喜爱的书要数一些古典文学方面的连环画，如《西游记》、《三国演义》、《杨家将》、《岳飞传》什么的；当然也有一些革命题材的书，如《铁道游击队》、《敌后武工队》，等等。那时，书很便宜，几分钱一本。我和小伙伴们攒了钱，便去书店买回来，交换着看。我记得，那时可供少儿阅读的外国名作，简直少得可怜，除了一些俄罗斯和苏联的作品外，欧美译作更是凤毛鳞角。像安徒生那些脍炙人口的故事，如今的孩子几乎耳熟能详，可我们当时却闻所未闻。尽管如此，我还是有幸接触了拉伯雷的《巨人传》。这本书是何时、又怎样到了我的手中，已经记不清了，但书中那些奇妙的想象给我带来的无穷乐趣，直到如今依然记忆犹新。

《巨人传》写的是巨人高康大和他的儿子庞大固埃的故事。高康大是国王的儿子，他是在其母怀孕十一个月后，从耳朵里生下来的。他身材巨大，食量惊人，为了供应他每天喝奶，需要一万七千多头奶牛，而他的一件上装就得上千尺白缎。他骑的马有六头象那么大。在去法国留学的路上，路过一片森林，由于遭到马蜂的袭扰，那匹马一怒之下，甩起尾巴，竟将大片森林夷为平地。最有趣的是，他到巴黎后，由于遭到围观生起气来，一泡尿就淹死了二十多万人。在他的国家遭到进攻时，他应召回国，轻而易举地打败了敌人。他的儿子庞大固埃，也同样了得。还在摇篮吃奶时，有一次竟将喂奶的奶牛一口吞进肚子。在抵抗敌人进攻时，庞大固埃的表现同样神勇，一点也不比他老爸逊色。在敌人放火烧城时，他一泡尿导致了方圆十里一片汪洋，淹死敌军不计其数。诸如此类的情节，在书中比比皆是，读来使人开心不已。我和小伙伴们津津乐道，并不断地把这些故事翻说给别人听，而每一个听到这类故事的人，差不多都和我们一样，为之惊叹不已。更为重要的是，这些充满神奇的故事，不断地激起我们的想象。我们常常聚在一起讨论：如果遇到巨人，藏在何处最为安全？应该怎样才能躲避危险？而讨论到最后便一致认为，首先必须学会凫水，否则巨人撒起尿来可就太可怕了。有时，我们也会换一个思路来进行探讨，那就是我们把自己看作巨人，当我们来到小人国时，也像高康大，或庞大固埃那样，把那些小人捉在手里玩，让他们听从我们的指挥，并把他们的小房子当作玩具，那一定也十分有趣。偶尔，我们的讨论还会深入下去，进入"比较文学"的层次。比如，我们会把高康大，或庞大固埃拿来与《西游记》中的孙悟空相比较，讨论他们之间谁更厉害。这样的讨论常常不欢而散，我们争得面红耳赤，但意见根本无法统一。不过，不管怎么说，这些讨论或争吵，都给我们带来了极大的乐趣。《巨人传》的魅力其实也就在这里。它使我们产生了无穷无尽的遐想，这一点我觉得比什么都珍贵。

许多年后，我才从文学史和有关书籍中得知，拉伯雷是法国著名作家，他的《巨人传》在文学史上占有重要地位。在那充满奇妙想象的故事背后，蕴含着深刻的人文主义思想。但这些我们当时一无所知，也不感兴趣，因为好看就已经足够了。孩子们最需要什么，而少儿作品应该如何写才更为有益，专家们有很多科学的建议。但我经验是，想象是最重要的。一本书如能充分激发孩子们的想象，那无疑就是一本好书。而要做到这一点，还真不容易。

（1998年5月）

真实与想象

在文学圈中不知道《百年孤独》的人恐怕不多。这的确是一本“精彩之极”的好书。它给我印象最深之处，当属那些一连串的奇妙无穷的想象。其中有这样一个情节：奥雷良诺·布恩地亚上校在“发动三十二次战争”之后，终于有一天开始厌倦战争了。他决定放下武器，并向政府投降。停战协议签订前，心灰意冷的上校不露声色地叫来了他的私人医生，他问他心脏的确切位置在哪里，医生用碘酒在他的胸部画了个圆圈。签署协议的仪式结束后，上校便对那个碘酒画的位置开了一枪。子弹穿透了他的胸膛，却没有造成致命的伤害。他的私人医生用一个浸过碘酒的布条，从他被子弹洞穿的前胸塞进去，从后背拉出来，然后非常得意地说：“这是我的杰作。”并解释说：“这是唯一可以穿过一粒子弹而不会伤着任何要害部位的一个点。”

这个情节写得非常精彩，但它是否真实，很少有人提出疑问。因为这是一本“魔幻现实主义”小说。既然书中的人物可以在晒被单时突然飞升到天上去，而且消失得无影无踪，那么上面的情节还有什么值得大惊小怪的呢？然而，如果在一部写实作品中出现上述情形，人们的看法或许就会是另外一个样子。

不久前，国内有一部广获好评的小说《生命通道》，小说的主人公——一个爱国医生为了救助爱国同胞，在日军每次行刑前，他都要巧妙地在那些被枪毙者的胸前画上记号——这些记号标明了心脏和器官之间的空隙，也就是说，子弹由此穿过胸膛将不会危及生命——然后由枪法好的人（同样也是爱国者）瞄准这个记号开枪，等到行刑结束后，再把这些人拉到一个秘密的地方实施抢救。通过这个办法，他们成功地救下了很多同胞。这就是所谓的“生命通道”。

应该说，这部小说写得同样十分精彩。但我听到了一些议论，即这个情节是否真实。我对解剖学毫无所知，当然不可能对此作出回答。或许人体中的确存在这样的“一个点”，或许压根儿就没有这回事。但在我看来，弄清这些问题对小说来说，其实并不重要，而且它也超过了小说所要探讨的范畴。因为小说不是教科书，它是想象的产物。只要想象得合理，能使小说生动精彩这就足够了。相反，过分地拘泥于所谓的精确，就可能使小说变得呆板，毫无趣味可言。

鲁迅说过：“科学虽给我们许多惊奇，但也搅坏了我们的许多好梦。”此外，《艺文类聚》中引梁简文帝诫其子当阳公的话：立身之道，与文章异。立身先须谨重，文章且须放荡。鲁迅对此话也颇为赞赏。我想，小说之道就是如此，有时不可太老实，要点滑头，出点格，往往正是智慧的表现。

（1997 年 6 月）

文学的黄昏

严肃文学越来越不景气，这种状况似乎愈演愈烈。文人相见，或长嘘短叹，怨天尤人；或牢骚满腹，悲愤难抑，但谁也无法改变现实。林斤澜先生说，现在有人觉得用“疲软”来形容文学已不过瘾，而要用“废墟”了。由此可见，严肃文学在中国走入了一个怎样的困境。也许，这正是我们民族的悲哀。

一位老编辑对我说，他不久前遇到一位过去的作者。这位作者在创作上很有潜力，一直被他看好，可后来下海了，不再写作，他颇感惋惜。那次相见，老编辑希望他有时间还能再写点东西，这位作者听后哈哈一笑，单腿点地，另一条腿跨在摩托车上，用轻蔑的口气说：“不可能了！如果你什么时候再看见我写东西，那说明我一定混得很惨了。”言外之意，文学已和讨饭差不多了。

其实，社会转型后，商品大潮的冲击给人们带来了极大的困惑，这是不争的事实。面对这种状况，许多人缺乏思想和心理准备。他们感到不平，感到痛苦，这也是必然的。不过，我们应该看到，如今的文学虽然失去了昔日的辉煌和荣耀，不再像以往那样热闹、那样轰动，但这正是一种返璞归真，正在走向成熟的表现。当年，王蒙先生曾告诫青年们，不要拥挤在文学的小道上。当然这种告诫而今已不复有意义，文学的小路上早已是冷冷清清，车少人稀。由此可见，那些过去拥挤在文学小路上的人中，有许多人对文学的热爱并不是纯粹的，投入也缺乏真诚。他们是冲着那份热闹，冲着文学所能给他们带来的好处去的。现在，当这一切都消失之后，他们的离去也是再正常不过的了。众所周知，文学是艰苦的，是寂寞的。对于那些纯粹的、真诚的人来说，这不算什么。他们并不在乎别人会怎么看，他们想的只是我该如何做。真正的热爱只有付出，不问收获。对他们而言，付出的过程就是一种莫大的享受。事情本该如此，又有什么痛苦而言？因为他们本来就没想到要利用文学去谋取什么分外的利益。

博尔赫斯说，他写作不为"少数精选的读者"，也不为"那个谄媚的柏拉图式的整体"；"我写作，是为了我自己和我的朋友们；我写作，是为了让光阴的流逝使我心安"。我并不完全赞成博翁的观点，我却赞成这种精神。对于文学家来说，创作只有成为一种不附加任何功利的纯粹的精神活动，如同信仰的存在，才是真正伟大的、不朽的。有了这种精神，有了这样的作家存在，文学就将与人类永存，永远不会消亡。

有人说，现在是文学的黄昏。黄昏是忧伤的，黄昏是无奈的，但黄昏同样也是美丽的。而我认为，能够领略这黄昏美丽的，才算得上纯粹和真诚。

（1994 年 6 月）

文学、地摊与市场

不久前，报上刊载了江苏20位知名作家（其中包括前任作协主席艾煊、现任作协主席赵本夫，以及叶兆言、苏童等）的联名呼吁书，提出《青春》杂志不该沦为“地摊”刊物。呼吁书中指出：“《青春》杂志是具有较高的思想性和艺术品位的，曾受到过中宣部表彰，并获得过‘庄重文学基金奖’。”然而，就是这本曾在全国产生不小影响的青年杂志而今在商品大潮的冲击下也未能逃脱沦为“地摊”刊物的命运，殊实让人痛心。

把文学推向市场这个问题已经讨论过很久了，但讨论也不过是讨论而已，并未见有任何行动和措施拿出来。尽管有关方面和领导似乎都很重视这件事，有的话也说得相当有分量。比如，没有文化的民族是要灭亡的，两个文明不能一手硬一手软，等等，都在强调精神文明的重要。可一落到实处，无一例外地都是“一手硬一手软”。这里原因很多，暂不去说它。问题是目前高雅艺术日渐萎缩，生存遇到了严重的危机，我们又该怎么办呢？《青春》现象不是偶然的，而是有普遍性的。文学期刊中，不仅是《青春》，就连《收获》这样在全国创刊最早、影响最大的老杂志前不久也遇到差点停刊的困境。再拿安徽的情况来说吧，严肃文学刊物同样每况愈下，原有的十几家刊物不是倒闭，就是纷纷“抱琵琶另上别船”，如今偌大安徽也只有《清明》等为数不多的一两家在惨淡经营、最后挣扎，能够维持多久尚在难料之中。

众所周知，市场经济的特点就是以市场为重，市场需要什么就生产什么。但精神产品不同于普通的商品，有时并不能一味地去迎合市场。比如，市场上《金瓶梅》好销，我们就去印《金瓶梅》行不行呢？从市场规律上讲，这样做有利可图，从社会效果上讲却不允许，精神产品的特殊性也就在这里。因此，简单地用市场经济那一套去要求文学实际上是行不通的。

由于工作需要，笔者曾去过武汉、四川、长沙等地的书市，在那里算是真正领略了“地摊”书刊的风光。刀光剑影、诲淫诲盗、艳史秘闻……有的内容简直让人怵目惊心，真个是乌烟瘴气，不堪入目。可书市红红火火，书商们个个大款派头，手提大哥大，吃喝玩乐，挥金如土；买起书号大包提钱，付起稿酬也不惜重金。在这种扭曲的竞争中，严肃书刊只能甘拜下风，并由此形成负面的“马太效应”。有些书刊社迫不得已，只好“逼良为娼”，与书商明来暗往。但是，如果书刊社因为这样而摆脱困境，扭亏转盈，并将此称作“改革”的成果，那实在是令人不敢恭维的。这种“改革”的意义又在哪里？它所造成的苦果也许要几代人去偿还，这并非危言耸听。

（1994 年 5 月）

文学与出路

文学与市场，这是时下一个文学界经常讨论的问题。一个老作家说过，过去用阶级斗争的方法搞文学，只能扼杀文学；如今完全用市场的办法，同样也会把文学逼上死路。这话虽说偏激了一些，但也道出了实情。在当前转型期间，特别是市场机制和出版环境还没有趋于完善，要把文学（这里指严肃文学）完全推向市场，显然是行不通的。但这并不是说，严肃文学就可以无视市场，高高在上。随着改革的深入发展，文学期刊的同仁们也在认真地探索，寻找出路。其实，市场说到底就是读者，任何玩高明玩深沉，只能离读者越来越远。

作为全国有影响的大刊，《清明》多年来始终坚持以不变应万变，历任主编都坚守贴近现实、贴近读者这一基本方针。现在看来，我们的做法是对的。刊物远离读者固然有许多原因，其中很重要一点就是我们的思路出现了偏差。近年来，严肃文学开始回升，除了大环境，这和编辑们及时调整思路不无关系。今年第 3 期，《清明》推出了“中篇小说专号”。这是我们创刊以来首次以某种形式推出的“专号”，目的就是为了适应形势发展，进一步拓展文学的市场空间。我们当初只是想做一个尝试，结果出乎意料，刊物热销，发行量猛增。尽管我们事前加大了印量，仍供不应求。

尝到了甜头，我们经过精心准备，第 5 期再次推出了“小说专号”。这次专号比第 3 期准备得更加充分。打头的栏目“名家新作”，推出了眼下当红的三位作家王跃文、陈世旭和石钟山的新作。王跃文以写官场闻名，他的《国画》、《梅次的故事》等曾风行一时，但近年来，王跃文也在刻意改变。年初，他为我刊写的《朝夕之间》（《清明》2003 年 2 期发表）就已发生了变化。这次专号上推出他的《夜色温柔》则远离官场，将笔触伸向情感领域。石钟山的名字也许有的读者还不清楚,但只要提及电视剧《激情燃烧的岁月》、《我们的连队》以及即将播出的《军歌嘹亮》等,便耳熟能详。他这次为我刊写的《非典时期的爱情》构思精巧,别具一格。除了三篇名家作品外,专号上另外7部中篇小说的作者也大多是当前活跃于文坛的中青年作家。新疆作家董立勃前不久以长篇《白豆》夺得《当代》小说奖,这次他应我刊之约而写的《夜不太黑》同样具有浓郁的西部色彩。陕西作家丁小村的《纪念我的朋友周迅》感人至深,让人回味无穷。此外,湖北女作家邵丽的《人在江湖》、山东作家陈占敏的《手舞足蹈》和上海作家李春平的《遍地收获遍地歌》都各有特色,值得一读。

总之,小说专号的一个基本原则就是要好看。但好看不是不要文学,相反提出了更高的要求。陈凯歌先生谈电影时说,一部片子让专家说好并不难,让观众说好也不难,难的是让专家和观众都说好。电影如此,写小说、办刊物不也如此吗?

(2003年8月)

妹妹往哪走

一位朋友去北京参加一个全国性的文学会议回来，用半调侃半认真的口气对我说，会议结束那天，与会者同声高唱了三支歌：第一支是《国歌》，意思是文学到了“最危险的时候”，每个人都应该“把我们的血肉，筑成我们新的长城”——救救文学；第二支歌是《国际歌》，意思是“从来就没有什么救世主，也不靠神仙皇帝”——文学自救只能靠我们自己；第三支歌是《妹妹大胆地往前走》，“莫回头，通天的大路九千九百九十九”——但往哪走？大家心里都很茫然。

文学出现今天这样的困境，应该说并非偶然，而是整个人文环境改变的一个缩影。今日中国已与过去不同，随着商品经济的发展，原有的结构和秩序正在重新分化组合，发生较大的变化。在这种情况下，文学走入低谷几乎是必然的。当然，衡量文学发展的健康与否，并不能简单地从文学的热与不热的表象上去看。当几亿人为一篇小说而欢呼而悲喜交加的时候，当无数文学青年拥挤在文学小道上的时候，这种“热”其实并不正常。正因为如此，当这种所谓的热刚开始减退时，一些有识之士还欣慰地指出，这是文学的回归，是一种可喜的现象。但接下来发生的一切，是人们始料不及的。文学被推向了市场，面对“下海热”的涌来，“经商潮”的掀起，以及商业文化铺天盖地的侵袭，文人们开始失声惊呼“狼来了”！是的，文学是一种商品，但它又是一种不同于普通物质商品的特殊商品，这种说法几乎成了陈词滥调。即便如此，还是有人常常忘却这一点。简单地把文学推向市场，正是忽略了这一特殊商品的特殊属性，其结果必然走入误区。众所周知，商品经济的法则是简单而残酷的，优胜劣汰，物竞天存。竞争貌似公平，但绝对的公平从来都不存在，尤其是对文学艺术而言。我们无法想象贝多芬、莫扎特如何与通俗歌曲竞争,无法想象严肃文学如何与地摊文学抗衡。这些高雅艺术之所以缺乏竞争力,并非由于它本身的价值不如对手,而恰恰相反,正是由于它的高雅,一时还不能为大多数人所接受,所以才需要我们去扶持去保护。这道理本来极其简单,但可悲的是,竞争法则把一切都掩盖了。低俗、平庸和野蛮凭借着原始的强大,就这样一步一步地把严肃的文学挤进了死胡同。有人把这称之为人文环境的“危机”或“恶化”,这种说法准确与否,姑且不论,但这的确就是文学在今天所面临的尴尬和困境。而且,我们别无选择。

人文环境的危机固然令人忧心忡忡,但这还不是最可怕的。真正可怕的是,伴随这种外部危机而来的文人内心的危机。具体说,就是面对眼花缭乱的变化和冲击,文人内心所发生的恐慌、不安、浮躁及崩溃。当文学的桂冠失去辉煌,变得黯淡之时,作家们的失落是不可避免的。因此,牢骚满腹者有之,怨天尤人者有之,痛心疾首者有之,忧国忧民者亦有之,但这一切都无济于事。社会变革从来都是以牺牲某些人或某些群体的利益为代价的,并不以后者的意志为转移。适者生存,我们所能做的只能是适应这种变革,而不是相反。尽管如今文学遇到了极大的困难,但我们也不必太悲观。应该看到,与过去相比,文学创作毕竟有了更大的自由,作家有了更广阔的施展天地,这就是进步。尽管有人下海,有人跳槽,但王蒙先生说得好,中国作家协会有四千多名作家,而下海的只有百分之几,大多数作家仍在文学这块园地里辛勤地耕耘。尽管严肃文学的阵地正在逐步萎缩,但不屈的战旗仍在悲壮地飘扬。也许有一天,它们还会重新振兴。即便没有那一天,文学作为人类的精神太阳,我坚信,还将永远伴随着人类,共存共亡。仅此一点,就足以令人欣慰。

至于文学的出路在哪里?我想这应该是“有关方面”回答的问题。但对于作家,对于文学工作者来说,战胜困境的最好办法只有一个,那就是战胜自己。唯有战胜自己,才能战胜诱惑,战胜寂寞。如同鲁迅笔下孤独的战士,背负起沉重的十字架,默默前行!

(1995年1月)

读者、作者和朋友

今年是《安徽日报》创刊六十周年，接到报社的约稿电话，我与《安徽日报》三十多年的交往便点点滴滴涌上心头。

《安徽日报》是省报、大报，在我心中的地位一直十分厚重、尊贵。上世纪 80 年代初，文学大潮兴起，我作为一个文学青年，如饥似渴地阅读各类文学作品，《安徽日报》副刊便是我最喜爱阅读的版面之一。我常去图书馆借阅，有时还站在报栏旁，一看就是半天。对于其中喜爱的文章，我会千方百计找来，做成剪报。碰上单位处理旧报纸，我还会不厌其烦地把一些副刊挑出来加以保存。那期间，经常出现在副刊上的作者我都耳熟能详。但我当时并没想到，有一天我的名字也会出现在副刊上。

那是 1984 年 4 月 8 日的《安徽日报》，副刊上发表了一篇评论，题为《崇高的献身精神——读小说〈雪花，静静地飘〉》，作者李书磊，而被评的这篇小说就是我不久前在《清明》上发表的。我那时在一所学校工作，名不见经传，发表的作品也十分有限，没想到居然有人注意到我的作品，而且写了评论，还上了《安徽日报》，这让我受宠若惊。直到若干年后，我才得知李书磊竟是全国著名的评论家。事后，我曾问过副刊的编辑这篇评论发表的经过。他们说是一篇自然来稿，尽管小说的作者毫不知名，他们还是给予了发表，这足见副刊编辑们对青年作者的支持和厚爱。

回想起来，这可能是我的名字第一次登上《安徽日报》，以后我开始向副刊投稿，副刊也时常向我约稿，一来二往，交往越来越多。副刊的一些领导和编辑，从葛崇岳、郭强到周根苗，从车敦安、郜磊、甘臻到方佛平、蒋莉等，都成了我的良师益友。记得有一年，八一前夕，时任副刊部主任的车敦安向我约稿，我写了一篇小说《老兵》，敦安兄对此褒扬有加，后来还获得了副刊征文奖，使我备受鼓舞。

上世纪90年代，我先后担任《清明》、《安徽文学》主编，后来又担任省作协主席、省文联主席。由于工作需要，我与《安徽日报》的交往更加频繁。在我的印象中，无论期刊的活动，还是文联的工作，只要有利于安徽的文学事业，《安徽日报》总是给予极大的关注、支持。这么多年来，作协和期刊的活动时常见诸《安徽日报》。尽管工作很忙，报社的领导和编辑也会时常抽空出席我们的会议和活动。2006年冬，全国第八次文代会和第七次作代会召开。为了宣传这次会议，时任文联领导的杨屹同志与《安徽日报》联系能否出一个专版，立即得到支持。我和几位文艺家从不同角度撰文，畅谈体会，产生了积极作用。为了推动安徽文艺事业的发展，《安徽日报》副刊部还多次与我联系，多次组织评论家，开辟评论专版，扶持文艺创作，推出精品力作。

2008年5月12日，汶川发生大地震，省委宣传部和省文联组织文艺小分队深入灾区采访。副刊部编辑蒋莉在第一时间就与我们联系，组织稿件。不久，便以最快速度发出了一篇篇报导和文章，产生了良好的社会反响。我也先后写了《咱们中国有力量》和《茂县之行》在副刊发表。这件事使我深受感触，作为党报，《安徽日报》一贯高度重视主流媒体传播能力建设，始终引领时代潮流，表现了一个主流媒体的责任担当。

这些年，《安徽日报》发展很快，各方面都发生了翻天覆地的变化。作为人大代表，我曾有幸两次随团前往报社参观考察。一次是参观印刷厂，一次是参观报社新址，先进的设备，全新的建筑，优质的管理，尤其是《安徽日报》人的改革和创新精神，令人由衷赞叹。在听完报社领导的介绍后，前往参观的领导和人大代表纷纷发表观感，给予高度评价。

60年弹指一挥间，但60年走过的每一步都凝结了报社所有同志的辛劳和汗水。作为一位老读者、老作者和老朋友，报社每一点进步都让我感到高兴。值此60华诞之际，我衷心祝愿《安徽日报》科学发展，不断进步，走向更大的辉煌。

（2012年4月）

第四辑

年轻时，我们还拥有很多友情。这些友情来自朋友、同学和同事。但我们是否都珍惜了？由于工作忙，我们常常会淡忘了这些友情，写封信，或打个电话，这些举手之劳的事，也会被丢在脑后。有时，我们还会为一点小事，闹得不愉快，甚至反目成仇，形同路人。然而，当某一天，你忽然发现你的某位朋友，或同学，或同事英年早逝，永远离你而去时，你才会感到友情是多么珍贵，并为过去发生的事情感到惆怅和懊悔。

勇敢者的精神

子路是孔子的学生，一个二千多年前的人物了。记得上学时，一位老师曾在课堂上讲过他的故事：一次打仗，子路的帽子被敌人的刀戈打歪了，于是他说：君子死，帽子不能掉。可结果呢，他系紧了帽子，丢掉了性命。“君子死，冠不免。”老师在讲这件事时，用的是明显的嘲讽口吻，他说，你们看看，这位封建的卫道士有多么愚蠢！

想想也是，脑袋都保不住了，还想着系帽子，这难道不是很可笑吗？然而，随着我的阅读视野渐渐扩大，这种看法开始有了改变。当我再读到“君子死，冠不免”时，不仅不感到可笑，反而肃然起敬起来。因为在子路身上，我看到了一种勇敢者的精神。

众所周知，子路在孔子的弟子中是很出名的一个。他忠勇耿直，喜怒形于色。有一次，孔子路过卫国，卫灵公的宠姬南子要见他。孔子应约前往，子路当时就不高兴了。“子见南子，子路不悦。”其实孔子这样做，也是出于无奈，因为这是南子第二次约见他。第一次已被推辞，如果再推就显得不够礼貌了。但当着子路的面一时又解释不清，急得孔子只好对天发誓：“予所否者，天厌之！天厌之！”说他要做不正当的事，老天就不会原谅他。这件事很能看出子路的个性，也可以看出他这个弟子在先生面前的地位。

孔子是一位教育家，他对自己的学生有着透彻的了解。当弟子们侍立在他身旁时，闵子骞“訚訚如也”，很恭谦的样子；子路“行行如也”，很勇武的样子；而子贡则“侃侃如也”，一副快乐的样子。孔子看着这种情景，心里很高兴，但又感叹道：“若由也，不得其死然。”意思是说，像仲由（子路）这样的性格，怕是不能善终啊。他的话不幸言中。后来子路去卫国做了孔悝的家臣。一次，卫国发生内乱，孔悝被劫持，子路闻讯赶去救护。子羔和公孙敢等人都劝他躲避，他却拒绝了。子路说："食焉，不避其难。"意思是食别人之禄，不应当见死不救。正如孔子教诲的那样："为人谋不忠乎？"凭着这种忠勇，子路虽然未着甲胄，且寡不敌众，依然毫不退缩。当他的冠缨被击中时，这就发生了上面所说的"君子死，冠不免"的情节。其实，在当时的情况下，即使他不去系紧被击中的冠缨，恐怕同样难免一死。因为只要他不放弃救助孔悝的打算，他的敌手就不会放过他。因而可以这样说，他的死其实与系帽子本身并无直接的联系。相反，在强大的敌人面前，为了保持尊严，他从容地系紧自己的冠缨，又从容地迎接敌手的刀戈，这是何等的凛然气慨！子路骨子里的勇敢精神在这一刻可谓达到了极致。他与那些千古传颂的慷慨赴死的志士，我觉得并没有什么太大的区别。这就是我对子路的理解。

我是出生于50年代的人。我们从小受的是理想主义教育。我们阅读的书是《牛虻》、《钢铁怎样炼成的》，我们看的电影（那时还没电视）是《董存瑞》、《卓娅和苏拉》，我们唱的歌是"我们年轻人有颗火热的心"，我们的理想是做一个时代的英雄。我们以忠诚为荣，以勇敢和献身为自豪，然而这一切似乎都变得遥远了。我的一个亲戚的儿子是80年代出生的，现在才刚上中学。有一次，我去他们学校找他，听见几个和他同龄的小伙伴在聊天。一个说："我要被逮捕，肯定当叛徒。"其他的都跟着附和。有一个稍有异议，立即遭到了围攻："噫哟，别吹牛了，你不怕打啊！"周围立时一片轰笑，而提出异议的孩子被弄得满面羞怯，好像做了什么错事一般。

后现代主义者提倡反权威、反英雄，作为一种文艺思潮，也许有它存在的道理。因为对一个社会而言，英雄毕竟只是极少数。是的，我们也许成为不了英雄，但如果我们连崇尚英雄、崇尚忠诚和勇敢的观念都丧失了，那社会会成为一个什么样的社会呢？正因为如此，我才觉得子路是值得敬佩的，他比孔子那些四平八稳、从不犯错误的弟子更可爱。因为他有一颗勇敢的心。

（1997年3月）

学然后知不足

鲁迅在《寸铁》中提到一个名叫思孟的人。此君何许人也？我未查过资料，不过文后的注释倒是提供了一点介绍，说他是“北京大学辞退的徐某”（胡风语），并说此君写过一本叫《息邪》的书，把当时的新文化运动及其倡导者大大地贬损了一通。说什么“蔡元培居德五年竟识字百余”，陈独秀“不解西文”，刘复、钱玄同“皆斗筲之才，不足比数”，胡适“英文颇近清通，然识字不多”等，而他自己却在文章中把马克思的名字拼错了。看到这里，不禁哑然失笑，此公狂妄也真到了胆大包天的地步。用合肥的话说，这叫“胆子有毫（点）偏大”。其实，无须我多说，大家也都看得清楚，上面那些被他贬损的，哪一个不是现代文学史上响当当的人物？而这个什么思孟，如果不是被鲁迅作为嘲讽的例子偶尔提及的话，又有谁还能记得起他来？

无知使人狂妄，这是一点不错的，尽管我不敢说狂妄的人一定无知。中国有一句成语叫“初生牛犊不怕虎”，这是说年轻人不囿于传统，敢想敢干，意思当然是好的，可仔细一分析问题就来了。因为这“不怕”首先是建立在对老虎无知的基础上的，即不知老虎的厉害。这本身就缺乏一种科学的态度。然而不怕，并不等于老虎就不吃“牛”了，违反事物规律的结果必然要付出血的代价。我承认自己也曾有过“胆子偏大”的时候。记得刚开始发过一两篇文章后，就有些膨胀起来，并对一些作家，包括一些大作家的作品不屑一顾，也说过一些不着边际的话。现在回想起来常常感到脸红不已。不过，所幸的是，我还不属于那类与生俱来不可救药的狂仔。有了这些教训，当然更重要的是看得多了，懂得多了，便越发看到了差距，说话也开始知深知浅，有了轻重。《礼记》中说：“学，然后知不足；教，然后知困。”只有眼界开阔了，学识丰富了，我们才能真正感到狂妄和无知的可笑。

《论语》中有一个故事，讲述孙武叔在朝中对人说：子贡的贤德超过了他的老师孔子。子贡得知后就说：譬如宫廷的围墙，我的围墙只有肩膀那么高，别人站在墙外就能看见里边美好的房屋；可老师的围墙有几丈高，一般人看不见里边，且“不得其门而入”，当然就无法知道里边有更巍峨的殿堂，有更美妙的境地了。子贡的话真是妙极！如果懂得了这个道理，再有人说杜拉不如琼瑶，雨果不如大仲马，那也没有什么奇怪的了。问题在于说这话的人是否读过或读懂了前者，这才是关键所在。

补　遗

《学然后之不知足》刊出后，有朋友提出了异议，认为，狂是一种进取的表现，不能一概斥之。他的话实际上说明了问题的另一个方面，这倒开拓了我的思路，于是忍不住要再写几句。

不错，狂有进取的一面。早在几千年前，孔子就说过：“不得中行而与之，必也狂狷乎！狂者进取，狷者有所不为也。”古称“狂士”、“狂才”者，也多指那些志向高远，或放荡不羁之人。在这里，狂作为一种叛逆精神，不囿于传统束缚，自有其值得称道之处。李白诗云：“我本楚狂人，凤歌笑孔丘。”郭小川也有诗：“原无野老泪，常发少年狂。一颗心似火，三寸笔如枪。”读来确有一股豪迈之气。不过，狂与狂妄不同。就譬如人们常说：“不想做元帅的士兵，不是好士兵。”这当然是一句富有上进心的话，听来也很可爱；可当自己明明还是士兵时，已经头脑发昏，把自己当元帅待了，说话办事也都摆出一副元帅的面孔，这恐怕就属于狂妄一类了。

周作人曾在文章中引过王筠的《教童子法》，记得其中有两句：“学生二十不狂，没出息，三十岁犹狂，没出息。”这话细细琢磨，颇堪玩味。年轻人不狂，缺乏上进心，当然没出息；然到而立之年，学识已丰，便开始进入“知不足”的阶段了，此时再狂，那同样没有大出息。

由此可见，狂也有个分寸和阶段问题。事实上，年轻人胸怀大志，难免有幼稚之处，说些狂话也属正常，人们都会予以谅解。可到一定年龄，仍然颠三倒四，那恐怕就要令人生厌了。我有一位亲戚的孩子，还在上幼儿园，有一次父母带他参加别人的婚礼。在婚礼上有吃有喝有玩，可把他乐坏了。回来时，他就感叹地对父母说：唉，你们什么时候也结婚就好了。这话出于孩子之口，当然很可爱，可换了一个成年人，情况又会如何呢？答案不言而喻。

（2001 年 1 月）

饿虱与疯狂

曾读过一篇小说，题目叫《买官》，情节很生动，读后留下了较深的印像。卖官鬻爵，这本是旧社会才有的丑恶现象，可如今在我们的现实生活中，也是司空见惯，见怪不怪。《买官》让人感到新鲜之处，不是买官的过程，而是那些买官者的心态。买官本是偷偷摸摸，见不得人的事，可小说中的人物好像没有这种感觉，不仅如此，反而振振有词。意思是说：不买就当不上官，当不上官就实现不了自己的抱负，干不成一番事业。这倒是一种新奇的逻辑。如果真有这种人在，当属买官者中的"异类"。

其实，这种"异类"在历史上确曾有过。晚清革命者吴禄贞就是一例。吴禄贞是清末军界知名将领，为了掌握兵权，发动反清起义，他曾花一万两银子贿赂当时的首席军机、庆亲王奕劻，从而"买"到了近畿陆军第六镇统制一职。遗憾的是，就在他即将发动起义前夕，消息走漏，从而被人谋杀致死。吴禄贞所为，完全是出于反清革命的需要，且特殊时期采取特殊手段，无可厚非。然而，察现实生活中，又有几个买官者是出于这种高尚的目的？他们买官无非是贪图荣华，追求富贵，甚至不择手段谋取私利，聚敛钱财。

有人把买官比作一种投资行为，并总结出"三大优点"，即见效快、风险低、回报高。这话不无道理。见效快——只要钱送出去，即可立竿见影；风险低——几乎很少落空；回报高——更是不言而喻。花几万元钱，得到的却是几十万、几百万，甚至上千万的回报。其利润完全是几何式的增长。正因为有这样的好处，买官者们才不惜血本，大把送钱。有报道说，某地有人为了买官，筹措无门，不惜采用贷款的方式，真可谓下了大本钱！可以想象，这种人一旦买官到手，能不千万百计把本捞回来吗？

《聊斋志异》中有个故事：某乡人偶坐树下，抓得一虱，用纸裹住塞入树洞。过了两三年，该乡人路过此树，忽然想起此事，便从树洞里把纸掏出来，打开一看，虱子居然没死，不过，“虱薄如麸”，已经饿得不成样子了。乡人好奇，把虱子放在掌中察看，这一看不要紧——“俄顷，掌中奇痒，虱腹渐盈矣”。回到家中，被虱子咬过的地方便如核一样肿起来，不几天就死了。这个故事耐人寻味之处，就在于该乡人犯了一个可怕的错误，把一个饿了两三年的虱子等同于普通虱子了，这才招致杀身之祸。试想，一个虱子饿了两三年，那还不疯了？逮着人能不朝死里咬吗？其实，那些买官者也如同这饿虱一般。花的本钱越大，便越穷凶极恶。江西原副省长胡长清花了八万元谋得职位，上台仅几年就贪污受贿五百多万，可谓日进万金。比之饿虱，其疯狂有过之而无不及。

有道是吏制腐败乃最大之腐败。而买官卖官则是腐败中的腐败。此种现象不杜绝，后患无穷。一旦让那些“饿虱”得逞，咬死的则恐怕不是哪一个人，而是整个国家、整个党。

（2002 年 2 月）

权贵者的虚伪

《耕堂读书记》是孙犁先生写于上世纪80年代的读史札记。这些文章大多不长，如孙先生一贯文风，用词节俭，力避空泛，但见解独到，不合流俗，读来趣味盎然。

《曾文正公手书日记》一篇中，孙先生随手拈了日记中的两件小事：一是曾国藩用一女婢，写信给其父，声称此女极丑；另一件是其九弟曾国荃在他处寄居时，兄弟不和，他在家书中引咎自责。推崇者莫不引为磊落和大度之例证，而孙先生对此评价乃四字："均属虚伪。"真是一语中的！其实，用女婢便用女婢罢了，何必言丑？画蛇添足，倒应了"此地无银三百两"一句。而在兄弟不和一事上，却言不由衷，究不过是一姿态而已。

日记中还记载曾国藩任直隶总督时，在天津办理教案的事情。这些事当然都是奉旨进行的，这位曾大帅心里也极不情愿，并发出"伤天害理"的感叹，似乎天良未泯。但孙先生的评价入木三分："然天良自天良，倒行逆施的行动，并未稍减。"短短数语，所谓中兴名将的虚伪一面，便露了出来。

《清代文献(二)》一篇中，谈到允祀、允禟一案。允祀为康熙八子、允禟系康熙九子，均系雍正兄弟，但其危及皇权，必须一一剪除，毫不留情，但雍正不想留下骂名，便要做得不留痕迹。《清史稿》及一些史书中对此案记载，大多存其史要，细节不详。孙先生援引有关奏报谕旨，弥补不足。其中微妙，实堪细品。

允祀、允禟被查办后，谕旨令允祀改名阿其那(满语猪)，允禟改名塞思黑(满语狗)，可见痛恨程度。但在具体操办中，仍要体现宽大为怀。允禟从西宁被押至保定看管，押解者乃都统楚仲及侍卫胡里什，既然允禟已改名塞思黑，楚仲等也真就把他当作狗来对待，用三条锁链拴住。待到保定移交给直隶巡抚李绂时，又自以为是嘱李"便宜行事"。可李绂毕竟历经宦海，并非鲁莽之人，接手看管任务后，反复密奏，"处处小心试探，自己留有余地"。果然颇得要领，而楚仲等人后来却受到责罚。究其原因，就在于楚仲揣摩上意，没能吃透精神。有些事，雍正可能也是这样想的，但做起来需施另一种手腕，且万万不可说出来，否则便有了"朕假手于大臣"之嫌。楚仲等人的愚蠢就在于没能掌握好分寸。及至允禟病重，雍正在李绂的折子上作了很多批注。先是重申不能"便宜行事"；再批"恐非过则不及也"；又批"朕意尚未定"；最后特别叮嘱："凡有形迹、有意之举，万万使不得。但严待听其自为，朕自有道理，至嘱至嘱！"御批至此，便再明白不过了。如孙先生云，谕旨的妙处在于，不留形迹。不久，得到允禟的死讯，雍正这才大大松了一口气，批了一句"好好殡殓，移于体统些房舍"。雍正的心态从这些朱批谕旨中得到了惟妙惟肖的诠释，可谓煞费苦心，令人慨叹。

文字的历史与真实的历史总是有差别的，因而辨伪、考信才显得乐趣无穷，令人着迷。人皆有短处，并总想极力掩盖之，此本能使然。权贵者因其掌握着"话语"的权力，于是便常常有虚假的历史在。但真实是掩盖不了的，而一些小节瑕不掩瑜，无关宏旨，亦无掩盖之必要。反之，掩盖不住，倒显出了虚伪的一面。

（2000 年 3 月）

关于周作人

黄裳先生早年的《旅京随笔》中有一篇《老虎桥边看"知堂"》，是记1946年，抗战胜利后去南京老虎桥监狱探访周作人的事。周作人其时作为战犯正关押待审，尽管他的态度颇谦卑，所谓"胁肩谄笑"，早已没了"那一脸岸然的道貌"，但谈话中仍闪烁其词，为自己辩护。临别前，黄先生问他最近有无写过新诗，周作人便把在监中为朋友题的一首诗写了下来。诗云："墨梅画出凭人看，笔下神情费估量。恰似乌台诗狱里，东坡风貌不寻常。"诗中不仅没有多少忏悔的态度，而且火气还挺大。黄先生在文章中写道："居然'风貌不寻常'，这在我一些也看不出来，只觉得这个'老人'的愈益丑恶而已。"

周作人作为一代文学大家，他的书很多人喜欢，这是不争的事实。就连在鲁迅眼里，他也是新文学运动以来"最优秀"的杂文作家之一。我对周作人的作品也十分喜欢，买过不少他的书。什么叫学者散文？我觉得周作人堪称代表。对他的为人却不敢恭维，对那些为他叫屈甚至要为他翻案的文章和议论，更是无法接受。中国知识分子最重气节，在民族危亡的重大关头，卖身投靠，纵有一千条一万条理由，也难逃唾弃。不错，历史上是有许多冤案疑案，需要认真考证梳理，但有些案是铁定的事实，不可翻，也不能翻。我以为周作人案就是如此。或许有人会说，周作人用心是好的，且无罪恶，还保护了一些人，言外之意是一个好汉奸。但好汉奸终究是汉奸，性质丝毫不能改变。

不以人废言，这道理过去就有很多人讲过。《清季野史》载，庚子事变，京都名人所题匾额多毁于兵燹，但严嵩所书"六必居"、严世蕃所题"鹤年堂"，依然保存。严嵩父子都是大奸臣，"淫贪误国，罪通于天"，但他们的字未因此废止。《谐铎》中也谈到，严嵩钤山堂读书，十年冰雪，颇有称道之处。他所著《钤山堂集》三十五卷，明代虽遭毁版，其后流传下来，人亦争购之。这样的例子还有怀宁阮大铖，所作《春灯迷》、《燕子笺》，文辞华美。章炳麟、陈散原所写的跋语，均以“不以人废言”立论。正如王凤之诗云：“孔雀虽有毒，不能掩文章。”

然在“文化大革命”期间，“左”的思想影响下，这样的提法自然是“大逆不道”，周作人的书也在严禁之列。新时期到来，思想界、出版界慢慢解冻，周作人的书也渐渐出来了。最早出的好像是陈子善先生编的两本《知堂集外文》。这在当时很需要一点勇气，钟叔河先生作序时开宗明义：“人归人，文归文”——好像怕人不明白，接着又解释说：“这两句话的意思就是：人呢，是什么样的人就是什么样的人；文章呢，是什么样的文章就是什么样的文章。”在另一篇序中，他又再次强调：“我早已声明，关于周作人，我只能辑其文，而不能论其人。”言词中的谨慎，迹近表白，其苦心明眼人自然看得出来，那就是早早地立一面盾牌，以便水来土掩，兵来将挡。

如今欣逢改革之年，先前的那种担心早已没有必要。人们的思想空前解放，经历过“文化大革命”的人，倍感珍惜。但矫枉过正，从一个极端走到另一个极端，并不可取。过去以人废言不对，现在爱屋及乌，连汉奸案也要翻了，同样不对。还是钟叔河先生说得好：“人归人，文归文。”然所取之意，今昔之间，已大相径庭。

（2001 年 10 月）

何必顶真

我一向认为周作人的文章好读而耐读，这和他寓理于事的写法大有关系。他曾作过一篇《不写说理文》的短文，称自己“从前读古文读伤了胃口过的”，因此便特别厌恶“寒气”重的说理文，而对陶渊明的清新文风情有独钟。但他认为我们写文章决无陶公的这种本领，“那么结果只好自己警惕，不要多发议论，还是写些有事有人的文章好”。我想，这大约就是他的文章好读而耐读的一个重要原因吧。也因为这个原因，我对他的文章便有些偏爱，无事时常爱翻翻。

《知堂集外文(四九年以后)》中有一篇《大虫及其他》，读来就颇为有趣。文章讲到武松打虎中，那大虫有三样功夫，即一扑一掀一剪。这个细节可以说是《水浒传》中最传神、最家喻户晓。金圣叹批水浒对此大加赞叹，称“才子博物，定非妄言，只是无处印证”。可现代科学研究表明，老虎这扑、剪、掀的说法实际上是不存在的。猛虎扑食说来平常，只在一个扑字，扑不到，回过头来再扑，如此而已。问题是《水浒传》中如果照实写来，岂不使武松打虎要少了许多热闹吗？可见，文学不是科学，不能强求绝对的准确，有时还必须玩一些花头经，美其名曰“想象力”或“虚构”吧。

曾看过莫言写的一篇小说，题目叫什么已记不清了，大体是写到一个乡村医生什么的。他给人医病时总是弄些树根、草皮之类，然后再加上一些古怪复杂的操作过程，病人服下后，烧便退了，病也好了。一位评论家在评论这篇小说时说，莫言为什么要故弄玄虚，把事情弄得这么烦琐，而不让病人直接服感冒清或康泰克呢(大意如此)？他分析认为，原因恐怕在于倘若是后者，那就过于稀松平常了，也就失去了文学的魅力和吸引力。从这里我们或许可以得到一点启示，那就是文学家为何喜欢猎奇？

为何有时要近道不走，偏要七绕八拐地设置一些迷宫呢？答案就在于此。知道了这些，我们就大可不必对文学作品过分顶真，顶真的结果常常不免就要闹出笑话来。这样简单的道理其实并不难懂，但遇到具体事情时，有人还是要犯糊涂。好比秀才遇到兵，让人哭笑不得。

《清朝野史大观》中讲到一件逸事：雍正年间，札少宗伯在推举人才的奏章中，引用《三国》中孔明不识马谡的故事，但此乃演义，这就惹恼了世宗，令“责四十，仍枷示焉”。世宗发怒的原因不为别的，就因为他人竟以小说作根据来上奏，岂不该打？当然，世宗的做法可能过于粗暴了，不过应该说他头脑倒是蛮清醒的，那就是小说岂能当真？由此看来，这顿打也不能说是完全冤枉的。

（1995 年 12 月）

素　质

《百年孤独》中有一个细节曾令我长久感动:革命军宣布投降,战争结束了。当总指挥布恩地亚上校办完交接手续后,这时一个年轻的司库,牵着一头驮着两只箱子的骡子出现在帐篷门口,箱子里装着72块金砖。司库当面一一点清,交付完毕。如果要在平时,司库此举倒也平常,问题是长期战乱,革命军内部早已四分五裂,几乎无人知道还有这批财产的存在,司库完全可以据为己有,但他没有这样做,而是"牵着这头快要饿死了的骡子,走了六天艰难的路程,赶在停战协定签字这天来到这里"。当金砖交接完毕后,脸颊瘦削、疲惫不堪的年轻人仍然站着不走。布恩地亚上校不解地问他:"还有事吗?"

"收条。"年轻人回答。

直到上校给了他收条,他才心满意足地离开。读到这里,我心里不禁油然而生敬意。在整个几十万字的小说中,年轻的司库只出现一次,而且连姓名也没有,却给我留下难以磨灭的印象。是什么打动了我?——素质。一个司库应有素质。不论在什么时候、什么场合,一切都按照规定的程序一丝不苟地执行,且面对巨额财富毫不动心,真是了不起!

上世纪90年代初美国曾发生过一件轰动一时的阉夫案。妻子由于夫君花心,且屡教不改,一怒之下,乘夫君熟睡之际,用剪刀剪下了他的阳具。夫君在巨痛中惊醒,大喊大叫,妻子心慌意乱之下奔出屋外,开车逃窜。车子开出好远后,妻子才发现手中还握着夫君被剪下的鲜血淋漓的阳具,不禁恐惧万分,连忙把那物件从车窗扔出。警局接到报案后迅速派人赶到,他们处理现场,抢救伤员。接下去,根据妻子的供述,又沿着她的行车路线,在草丛中找到了那个被丢弃的阳具。事情并没有到此为止,他们把那个“损坏的物件”装入塑料袋，然后尽快地置于冰箱，使之不致于坏死。后来，这物件被医生重新接到那个倒霉的夫君身上，几年后有报道说，这家伙又重新结婚。但是，如果没有警察出色有效的工作，这一切几乎都是不可能的。实际上，并不是所有的警察都知道这样做。除了责任心，这里还需要相当的知识。

素质的高低常常表现在综合方面，并从极细小的地方流露出来。一位朋友请我到一家颇有名气的饭店吃饭。从大的方面看，装修比较舒适，菜也有特色，等等，这些都与其他饭店没有太大区别，但我注意到了一些与众不同的细节。比如，它的每道菜都独具匠心地配上与之相适宜的餐具：竹笋汤用的是别致的福建漆碗，甜食用的是透明的玻璃盅，葱油饼则用造型独特的竹篮……所有这一切都让人赏心悦目，也比别的饭店高出了一筹。细节常常容易被人忽略，但不论你注意与否，它给你的感受是切实存在的。可别小看这些细小的地方，它的背后不知凝聚了多少心血，用了多少脑筋。所谓冰冻三尺，厚积薄发，素质的高低常常就体现在这一点。

然而，人们常常会不经意地忽略细节，而忽略了细节就忽略了整体。因为没有细节的精彩，就没有整体的辉煌。所以，重要的是从细节开始，从每一个细微之处开始。

（2002 年 1 月）

从“江天一览”说开去

镇江金山寺我曾游过一次。那还是20多年前，粉碎“四人帮”不久，我回老家时，与朋友结伴而行。当时年轻无知，玩也是瞎玩，对一些历史遗迹全不在意。据说，清代乾隆下江南时，驻跸金山，曾御笔亲题“江天一览”四字，可我那时一点也没在意，至今都不知道金山寺是否有这样的遗迹？

然而，关于这四字的传说，清代和民国的笔记中倒是提及之处甚多。一是《南亭笔记》上说，乾隆为金山寺题额时，笔砚摆好后，却一时无词，但君王至尊，丢不起这个脸。于是，乾隆便提笔假模假式地做出书写的样子，其实一字未写，之后他便把那张纸举起来，用征求意见的口气对跟随在身边的纪昀（晓岚）说：“你瞧瞧行不行？”纪昀心领神会，立即脱口而出：“好一个江天一览！”乾隆大悦，接着便写下了“江天一览”四字。《南亭笔记》的作者是李伯元，就是那个写过《官场现形记》的晚清小说家，他的笔记也颇有些名气。纪昀的绝顶聪明，在他笔下可谓活灵活现，跃然而出。

另据《蛰存斋笔记》说，乾隆为金山寺题额时，纪昀请用“江天一览”四字，内侍随即在大雄宝殿备下纸笔，不料乾隆书写时却把“览”误为“监”了。身边的大臣们这时有些作难了，一来不便明白指出，二来又要维护皇帝面子。亏得大学士刘文清想出一个办法，他故意大声对身边的张文贞说：“览者，看也。”借以提醒乾隆。乾隆果然醒悟过来，这才把错字裁下，重新写下一个“览”字。这个故事与上面的略有出入，但刘文清旁敲侧击，不动声色，其工于心计，与纪昀的机智有异曲同工之妙，令人佩服。

还有一则传说，是《退醒庐笔记》上的。说乾隆题额时，随从大臣拟好“江天一览”呈上，可乾隆是个近视眼，把“览”字看成“觉”字，及至写出，大臣们相顾愕然，后来还是金山寺的方丈脑子快，马上圆了过来。他说："红尘中人执迷不误，看到此种江天风光，心中一觉，这不是佛家所说的悟一之旨吗？好！好啊！"皇上很高兴，在场的人也转忧为喜。应该说，方丈的反应倒也算得上敏捷，不过这已极近拍马屁了，有肉麻的成分在，让人不太舒服。

此外，关于"江天一览"，还有一些传说，读来都很有趣，但大同小异，不一一例举了。这些传说，虽涉附会，却也折射出了官场风景和世态种种，叫人不免生出感慨来。纪昀是乾隆时有名的大才子，他的诗才和机智都属一流，可他的世故也算到家了，上面的传闻即为一例。刘文清也是乾隆时的重臣，他的世故同样不弱于纪昀，而且做法上也很巧妙。至于那个拍马屁的方丈，已属末流，就不去提他了。世故，当然不是一个褒词，但对它似乎也该分析。乾隆时是清代封建专制最严厉的时期之一，文字大狱接连发生，文人稍有不慎便会招来杀身之祸。至于官场，君臣父子，等级森严，有时不来点世故，恐怕还不行。纪昀也好，刘文清也罢，当时都是朝中一品大员，响当当的人物，可在更高的权势面前，不得不委屈自己，想想也怪可怜见的，但这也不能全都责怪他们。如果是一个开明的社会，一个宽松的环境，兴许就不至于如此。因此对世故，只要是不害人，不别有用心，或许都该给予一定程度上的宽容和理解。再退一步想，倘若纪昀没有一点世故，恐怕很难在官场立足，甚至性命难保，那样是否还有《四库全书总目提要》，是否还有《阅微草堂笔记》，也都难说了，那岂不是更大的遗憾？

（2000年11月）

读《女体》

一个杨姓的中国人，在某天晚上突然变成了一只虱子。那是一个闷热难当的夏夜，杨某趴在床上想入非非，妻子赤身睡在他的身边。就在这恍恍惚惚的遐想中，他发现“自己的魂灵”进入了一只虱子的体内。这只虱子爬呀爬呀，前边出现了一座高山。这是一座非常美妙的山，“山全是圆的，无处不是白色。那白色像凝脂一样那么白，那么柔软、滑腻的白色，甚至山腰坡度舒缓的坑洼之处也像月光照在雪上一样，浮着一层淡淡的青光”。至于山脉的曲线，同样十分优美，起起伏伏，一直“描到遥远的天际”。其实，这座山就是妻子的乳房，杨某在变成虱子之后，才看到了妻子的身体之美。

以上就是我们从芥川龙之介的《女体》中看到的。《女体》是一篇随笔，只有短短的千余字。龙之介的小说写得好，那是不消说的。《罗生门》乃经典之作，影响甚广，可他的随笔同样不简单。《女体》读后便让人惊叹。先前只知小说可以这样写，如卡夫卡的《变形记》，格里高尔一天早晨醒来发现自己变成了一只巨大的甲虫，可随笔难道也可以这样写吗？偏偏龙之介就这样写了！

然而，《女体》想说明什么呢？或许它想说的就是角度的重要。

记得一次与朋友聊天，大家围绕一个话题争执起来。起因是有人说除人类之外，动物都是雄性比雌性漂亮，如公狮之于母狮，雄孔雀之于雌孔雀，等等。对这种观点，有赞成的，也有反对的。我属于后者。因为漂亮与否都是相对的。你认为公狮比母狮漂亮，在公狮眼里却不一定，恐怕还是母狮漂亮，否则它们就不会为了这些母狮而殊死拼杀。这里，有一个角度问题，即你从哪个角度去看。

在生活中，许多事情大家都习以为常了，可换一个角度，习以为常的事情就会产生新的看法，不再习以为常。王文濡《笔记小说大观》中有一个很生动的故事，说谢安爱好音乐，想蓄养几个艺妓，但不敢跟夫人说，他的侄儿和外甥明白他的心思，便跑去说服夫人。他们拐弯抹角地赞美《关雎》、《螽斯》中那些没有嫉妒之心而为丈夫引荐侍姬的后妃，夫人懂得他们的用意，于是便问："这些诗是谁写的？"侄甥们回答："是周公啊。"夫人说："难怪哩，周公是男人，当然帮男人说话，如果是周姥，就不会这样写了。"夫人的话说明了一个道理，任何事情都有角度问题。男人有男人的角度，女人有女人的角度，站在什么样的角度就有什么样的思考、什么样的话语。

艺术同样如此。为什么作家们老爱强凋"怎么写"比"写什么"更重要，因为"写什么"只是单一的，而"怎么写"却包含着多样性。一千个人有一千个写法，一千个读者就有一千个哈姆莱特。原因就在于每个人的角度不同，而结果也将千姿百态。艺术创作最忌千篇一律，而选取不同的角度，则至关重要。就像芥川龙之介所说："对于艺术之士来说，像虱子一样该看看的就不仅仅是女人的身体之美了。"

这就是说，抓住一个好的角度就拥有一个新的世界。这是经验之谈，更是对人生的哲理思考。

（2001年4月）

种柳的启示

《清诗铎》是清人张应昌编的一部清代诗选。此书不同于一般诗集，不重艺术而重时政，不重风月山川而重世道人心。其目的是记录事实，反映民情，“以充铭座词，以为采风备”。因此，所选之诗虽非名家、大家，但贴近社会，内容广泛，政治、经济、农桑水利、兵事武功、吏治民风，等等，无所不包，再现了清代社会的林林总总，为今天研究历史保存了不少有价值的资料。

如《水陆迎送曲》、《迎大官》等篇中生动地记录了当时官场迎来送往的情形：“百僚皇皇争送迎，送迎宜远不宜近”；“去亦送，来亦送”，“县官奔走不得宁”。迎送的排场自不必说，吃住也极尽奢华：“大官何所居，巍巍邸宅陵上都，灯屏桃李千花敷”；“大官何所食，九江之豚洞庭鲫，纵横方丈高一尺”。铺张浪费，惊扰地方，官场陋习历历如在眼前。

又如，《井金行》、《金穴行》等诗。前诗是写左都督赵文室被查抄之事，从其宅井中淘出黄金无数：“累累黄金出井底，百人荷担万人观。”后者是记大贪官和珅家被抄情景：“步障四十里，珊瑚六七尺，黄紫千万标，胡椒八百石……”如此腐败，怵目惊心，清室不亡，天理不容！

在诗集中还有一些反映民生及社会弊端方面的诗，颇耐咀嚼。其中《种柳行》给我印象较深，作者是清代举人张问安。诗不算太长，照录如下：

“二月农民事农亩，官府下来催种柳。吏持白梃横驱民，民来稍迟吏怒嗔。八口辛勤杖牛力，欲避鞭笞惜不得。柯条露载千车驰，牛行不前民涕垂。种柳年年竟成例，柳苦难为一岁计。涂朱置堡空无人，夜寒守望还需民。豪猾连云近城住，公然昼伐道旁树。村童拾屑供厨烟，夺还还诈童父钱。民业抛荒吏蹂躏，秃柳无枝官不问。吁嗟呼！安得一官常十年，坐看柳色青到天。”

此诗写的是每年二月，官府“催种柳”的情况。清政府重视植树，有史可查。大将左宗棠戍边植树绿化的事迹，便是典型一例，历来传为佳话。因为政府重视，所以“种柳年年竟成例”，而且“柯条露载千车驰”，规模浩大，颇有些全民动员的味道。这是好事，即便从今天来看，亦属造福百姓，有远见之举。当然，不顾农时，采取粗暴强迫的做法，固不足取，此为历史局限，且不去说它。问题是，好事怎么反倒弄得民怨沸腾，叫苦连天？答案是政策到下面却走了样。每年兴师动众，劳民伤财，柳种下去后，却收效甚微。除了限制老百姓外，豪强猾吏却“公然昼伐道旁树”，以致“秃柳无枝官不问”，“柳苦难为一岁计”。这就是年年种柳的结果，而付出的代价却是“民业抛荒吏蹂躏”。老百姓能不反对吗？至于为何出现这种“催种柳”，却又“官不问”的情况，诗中说得好：“安得一官常十年，坐看柳色青到天。”我不知清代干部是否也有任职届期，或种树指标，但这种应付差事、骗取政绩的“短期行为”，对我们好像并不陌生。一位在某地区任领导的同志，曾对我感叹说，如果把我们每年报上去的植树数字累计起来，差不多能把中国地图覆盖几遍了。但实际绿化又如何，大家有目共睹。

鲁迅先生说：“我以为凡对于时弊的攻击，文字须与时弊同时灭亡，因为这正如白血轮之酿成疮疖一般，倘非自身也被排除，则当它的生命的存留中，也即证明着病菌尚在。”《种柳行》写于一百多年前，读它的触动，不也证明了一百年前的时弊，如今“病菌尚在”，必须有所警惕吗？

（1993 年 10 月）

半　张　脸

一天看电视时，新闻联播里突然出现了一个似曾相识的名字，待我看清那人面孔时，才恍然想起此人原是广东一家大企业的董事长兼总经理。记得1996年，我随电视台南下特区拍摄一部专题片，当时这个董事长也是被采访的对象之一。那时的他踌躇满志，正斥巨资10亿多元，兴建一座国家级的星火科技城。然而，短短几年已风光不再，电视上的他是戴着手铐走下飞机的。据报道云，他因涉嫌诈骗，逃往国外，在国际刑警的协助下被我国警方抓获归案。看了这则报道，心里不禁顿生感触。

其实，这些年，一些媒体上的"红人"纷纷落马，已成为一大景观。如禹作敏、牟其中、何阳、胡万林，还有那个因坐在轮椅上唱《血染的风采》而一度大红大紫的徐良等等。这些人都曾红极一时，有的甚至成为时代偶像，可转瞬之间，这些"成功人士"便一个个沦为阶下之囚，实在可悲可叹。造成这种现象的原因也许是复杂的，每个人的情况也不尽相同，但从共性上看，自有规律的东西在。

这个规律首先表现在，这些所谓的"名人"大多善用媒体进行炒作，而媒体需要典型，这就给了他们可乘之机。比如，为了鼓励私营经济，于是有了牟其中这个典型。当时他从俄罗斯换回一架飞机的报导，几乎覆盖了全国媒体。一个偶像和神话就这样诞生了。再比如，何阳被抓后，央视记者采访第一个报道"点子大王"的《市场报》记者，该记者言辞中对何阳颇不以为然，他说当时为了宣传科技致富，需要一个典型，这才写了何阳。但此后媒体一哄而上，加上何阳自我包装推销，显然已有悖其报道的初衷。"跟风上"，是媒体的通病。用业内人士的话说，这叫找"卖点"。而那些"名人"很会利用这一点，进行自我爆炒。更有甚者，不惜夸大其词，弄虚作假，加以神化。像胡万林的宣传就是如此。结果，呈现在公众面前的这些所谓的"成功人士"，便带上了一道道耀眼的光环，但这只是他们的"半张脸"，而另外"半张脸"却被有意无意地掩盖了。这就是媒体的误区所在。

然而，真正的问题并不在媒体，而在于这些"成功人士"自身。只要我们看一下他们的另外"半张脸"，就会明白，他们的成功，虽有自己的努力，但更多的不是靠真正的本领或自身的素质。有的因为某种偶然的机遇；有的靠胆大，敢于铤而走险；有的则不择手段，靠欺骗及自我吹嘘。在这些人中，有不少在人格和素质上，本来就存在重大缺陷，甚至劣迹斑斑，在熟悉他们的人中声名狼藉，臭不可闻。然而，由于媒体的误区，公众无法看到笼罩在光环之后的另外"半张脸"，这就造成了一种错觉。因此，当他们的真实面目浮出水面时，人们在惊讶的同时，也感到一种必然。何阳入狱后，一位熟悉他的业内人士说，早料到他会有这一天。李洪志被神化的时候，他的邻居以及与他共过事的人，很少有人相信他那一套鬼话。为何如此？就因为他们了解他，知道他真实的一面，所以才不致为假象所蒙蔽。

唐代陆龟蒙写过一则故事：橘树的蛀虫靠吞食橘树而长大，终于有一天它们化蛹为蝶，在树丛间轻盈地飞翔。然而，就在它们得意忘形之时，忽然触上蛛网，"引丝环缠，牢若桎梏"，人虽怜之，却不能解救它们。陆龟蒙最后总结说，名利也如虫之羽化，如果一个人丧失道德，即便不择手段，披上美丽的外衣，化成蝴蝶，但"荣其外而枯其内，害其本而窒其源"，最终等待他们将是被网住的命运。这不正是那些所谓"成功人士"的活画像吗？

（2000 年 5 月）

有感于高崇德案

从《南方周末》上读到“高崇德冤案”后，心里受到强烈的震撼。记得鲁迅说过，知道古来做过许多颠倒事，便可消除对时事的诧异心(大意)。尽管如此，发生高崇德这样的冤案，还是叫人不可思议。

高崇德，一个67岁的老实巴交的农民，他根本不可能想到，当他被一辆“无照驾驶”的机动车撞倒之后，悲剧就从此开始了。原因是肇事者反咬一口，一状告到法院，结果明明是受害者的他却莫名其妙地成了被告。恶人先告状，古已有之，倒也没什么稀罕；稀罕的是，“县、市、省三级法院级级审理，级级错判”。四年来，高崇德进行了艰苦的上访，饿了吃干馍，渴了喝自来水。他的老伴，一个没有文化的农村妇女说：“到现在，我还不知道法院的门朝啥方向开，可是，只要我进了法院门，不用人指，我准能知道法院的自来水龙头在哪里。”即便铁石心肠，读到这里恐怕也不能不为之动容。当然这只是一个小小的细节，由此我们可以想象，四年的屈辱和辛酸将是一个怎样的长长的噩梦。然而，公道迟迟不肯降临。当法院为了强迫执行所谓的终审判决，威胁说要拆房，并将老汉女儿投入监狱后，高崇德终于悲愤难抑，忍无可忍，在法院门前当场自杀，“以死诉屈，以命唤法”。

所幸的是，高崇德死后，这一冤案终于引起了有关部门的重视。案子虽然得到了纠正，但人们的心情似乎并不轻松，心中的问号也没有完全消除。我们不禁要问，这是为什么？如许简单的案件怎么会弄得如此复杂，而且三级法院竟然没有一家明镜高悬？如果案情复杂，非办案人员能力所及，倒也有情可原；可这个案件实在是简单得不能再简单了，况在此之前交警大队已做过调解处理。谁是谁非，明眼人一目了然。我想即使不懂法律，只要还有良心在，这个案子也并不难断。那么猫腻究竟在哪里呢？报上未加说明，这里也不便妄加揣测。不过，毛主席说过，世上没有无缘无故的爱，也没有无缘无故的恨。对于这些冤案、错案留下的问号，实际上倒真有必要深究一番。中国的事常常就是这样怪，好像不闹大，不死人，问题就无法解决。作为天理公道，需要付出如此代价才能为寻常百姓所有，是不是过于沉重了些？至于为什么如此，答案也许只能从这些当权者身上去找。

写到这里，又读到一则报导：广东湛江市第二医院眼科医生、共产党员杨励，在家里手刃了该市霞山区公安分局副局长何龙。原因是这个副局长欺男霸女，长期占有杨妻。报导云："他（指何龙）的尸体被剁成100余块后弃之于郊野。他的头颅被用高压锅煮成骷髅后扔进大海。"一个手无缚鸡之力的文弱书生竟然下此毒手，不是到了刻骨仇恨、不共戴天的地步，想必都不至于如此。当然，杨励的行为是违反法律的，并不足取，但他的遭遇不能不引起人们的同情。

权力使人有恃无恐，有时也会使人丧失起码的良心。上述这两个案子中，一个自杀，一个杀人，它们留下的思索值得认真回味。对于那些大权在握的执法人员来说，则更需引以为戒。

（1998年5月）

我看斯塔尔

随着克林顿绯闻案闹得沸沸扬扬,一个名字开始频繁出现于媒体,此人就是美国独立检察官斯塔尔。关于斯塔尔其人,本人所知不多,仅限于报章上介绍的一点情况,但别的不说,仅他能够单枪匹马,揪住现任美国总统的问题不放,而且一查到底,不达目的,誓不罢休,我们对此人也当刮目相看。

然而,从舆论上看,似乎赞成他的倒不多。批评者的主要论点,一是说他手太敞,花纳税人的钱一点也不心痛(据说调查费用已达几千万美元);二是不够宽容,总统不就那么点小事,何必小题大做,紧逼不舍。言外之意,好像克林顿搞女人没错,而查办者倒有些不近人情了。据说这种论点获得了普遍的支持,而且克林顿在国内的支持率不仅没受到影响,反而上升了(我不知美国国内情况究竟如何,但从国内报刊上译介的文章看,的确如此)。这事乍看仿佛有些怪,可细想之下,倒也符合中国人的心态。中国人历来喜欢同情弱者。一个人出了事,众人就难免会动恻隐之心,即便此人原先劣迹不少。倘若再来些眼泪、鼻涕之类的表演,那就会赚来更多的同情。这里除了善良的天性外,因袭的文化大约起了不小的作用。于是,便有了农夫与蛇和东郭先生的故事。可是,斯塔尔先生生在美国,大约不懂这些,因而指责归指责,人家全不理会,该咋干还是咋干。只是苦了克林顿,堂堂一大国总统,竟被弄得无处躲藏,颜面丢尽,就连那些在美国轻意碰不得的名誉权、隐私权也保护不了他。想想也怪可怜见的!

不过,倘若换个角度思考问题,也许会得出另外的结论。斯塔尔何许人也?检察官也。何为检察官?监督执法也。而执法公正,不徇私情,不正是对检察官最起码的要求吗？如果检察官们动辄讲情面，讲宽容，温情脉脉，或时不时地来点小儿女心肠，那么执法公正又从何谈起？由此可见，斯塔尔先生忠于职守并没有错。相反，他要是不讲原则，倒是亵渎了法律的神圣和尊严。

有人指出，斯塔尔搞克林顿动机不纯，是出于党派的利益。这一点也许不能否认，但凡对西方政治稍有了解的人都知道，两党制互相监督，是一种基本形态。这是政治格局使然，不足为奇。依我看，斯塔尔的动机其实并不重要，重要的倒是克林顿该不该查。如果所查的都是事实，总统确实做了与他身份不相符的事，那么即便贵为一国之尊，也不应逃避制裁和惩罚。所谓法律面前，人人平等，至哉斯言。

美国是一个性观念开放的国度。男女之事，原本倒也平常，可作为政界要员，美国人另有标准。特别是总统，其形象代表了大多数美国人所崇尚的价值标准。其家庭被称为“第一家庭”，含义也不言自明。因此，对总统的私生活，美国人便显得格外挑剔。况且，琼斯案发生在克林顿做州长时，而莱温斯基是白宫实习生，用中国的话说，两个人皆系弱女子，而克林顿位居要津，其所作所为就难免有了利用职权之嫌，与一般的男欢女爱也有了本质的区别。中国有谚云：“只许州官放火，不许百姓点灯。”这里恰好颠倒过来。在生活上，美国是只许百姓风流，不准当官的胡来。斯塔尔能够揪住克林顿不放，道理也正在这里。即便如此，我仍然钦佩斯塔尔的勇气，毕竟他是在面对总统和政府作战。稍有不慎，结果可想而知。

中国是一个爱讲中庸的民族。面对丑恶和是非，我们有太多的人情世故。许多事该查的不查，该办的不办，或者大事化小，小事化了，结果助长了腐败和邪气，败坏了党风和政风。尽管我们有许多好的规定和制度，可再好的规定和制度也需要人来执行。因此，我要说，在提倡以法治国的今天，我们太需要斯塔尔这样的勇气了。如果执法者都能如此，则幸莫大矣！

（1999 年 2 月）

北约有罪

《参考消息》载:不久前,16国代表组成的欧洲国际法庭对北约空袭南联盟一事作出裁决。主持庭审的是"争取民权和人类尊严"协会,经过两天的听证,包括听取来自南斯拉夫的空袭受害者的充满血泪的陈述,国际陪审团一致裁决北约有罪。虽然这只是一个民间审判,但它代表了人民的声音,说明了国际公理不会永远为强权所扼杀。

北约空袭南斯拉夫尽管有着复杂的背景,但科索沃问题属于南联盟的内政,别国无权干涉,这是起码的国际常识。然而,以美国为首的北约无视这一国际公理,他们不仅对南联盟这样一个主权国家进行狂轰滥炸,而且竟然把炸弹投向了中国大使馆。所有这一切,美国一是强词夺理,打着保卫"人权"的幌子;二是轻描淡写,以所谓的"错误"一笔带过。中国大使馆被炸,馆舍被毁,三名记者殉难,多人受伤,这种公然践踏国际法的暴行,难道仅仅是"错误"二字就能搪塞过去的吗?实际上,这样的鬼话连小孩子也骗不了,可以美国为首的北约敢于睁着眼睛对全世界撒谎。这使我想起了一百多年前中国的思想家、翻译家王韬说过的话。王韬在《洋务》一文中指出:"此盖国强则公法我得而废之,亦得而兴之;国弱则我欲用公法,而公法不为我用。"王韬生活的年代正是我国饱受帝国主义欺压凌辱的时代,列强们横行霸道,玩弄国际公法于股掌之上,根据侵略需要,随意"废之"或"兴之",而作为弱国只能任人宰割,"公法不为我用"。为何如此?就因为强国掌握着公法的话语权,所谓的"废之""兴之",用今天的话说,就是双重标准。在此问题上这样说,而在彼问题上又可那样说,一切取决于自己的利益。这究竟是"公法"还是"私法"?但在强权时代,弱小的国家没有任何发言权。王韬的话饱含了一个半殖民地半封建国家人民的心酸和屈辱。在文章的结尾处,王韬大声呼吁:“呜呼!处今之世,两言足以蔽之:一曰利,一曰强。”是的,只有强大,才能不受欺辱,公法为我所用;只有强大,才有发言权,保证公法不为人乱用。

当然,如今的世界已与一百年前大不相同,和平、科学和进步已成为一种主要潮流,但强权思维和行径依然存在。北约的罪行,就是一个最切肤的例证。它告诉我们,在当今世界真正拥有发言权,靠的仍然是实力。虽然新中国建立以来,特别是改革开放以来,我们国家发生了翻天覆地的变化,但与世界强国相比仍有很大的差距,这就需要我们更加努力奋斗。只有到了真正强大的那一天,中华民族才能骄傲地面对世界,为人类的进步作出更大的贡献。

(1999 年 12 月)

大师功法及其他

日前，一桩奇特的官司在西安碑林区法院尘埃落定。此案的中心人物便是当地赫赫有名的气功大师权生俭。权大师功法独特，尤对女弟子有一套别开生面之练功方法。其法概而有三：一是嘴对嘴亲吻，咬对方的舌尖，谓之“给药”；二是用手在乳房上揉搓，谓之“导引”；三是命对方松开裤带，让其用手在会阴处“点穴”，必要时不惜动用自己的“下身”为对方发功。据报载，权大师是在公园里为一女青年发功时被当场抓获的。当时，两名民警发现一年过半百的男子躺在地上，而一年轻姑娘则匍匐在上。两个人嘴对嘴不说，男的手还伸进姑娘的衣内，“在她胸部不断揉按。更令人震惊的是，姑娘裤带松着，而男子竟然暴露着下身”。可让民警们意外的是，权大师被带到派出所后，却振振有词，声称自己是在练功，并责怪民警“少见多怪”。在法庭上，他还用经络学说为其行为辩解。按他的说法，女子乳头、会阴处都有经络，用手伸进上衣或裤内触摸，都是练功中“正常行为”，是“科学”云云。最让人匪夷所思的是那些被发功的女青年，不仅心甘情愿接受大师“功法”，而且有的还十分虔诚，并对大师感恩戴德。一女士在证词中说，大师为别人消耗太大了，每次学习班结束，“就要消瘦许多”——哇噻！像他那样发功能不消瘦吗？

记得有书曾记载，美国1869年曾发生过一桩“加迪夫巨人”的闹剧。有人在纽约附近的加迪夫村的农场挖出一尊身高3.15米、体重约1500公斤的巨大石人，此事引起轰动。附近教堂的牧师们在参观巨人后，异口同声地认为，该巨人就是《圣经》中所说的巨人化石，而且它还解决了一个难题，即《圣经》中没有说明巨人的身高与体重，化石的出土填补了这项空白。接着，著名的化石专家玛斯教授和化学家希利曼教授又对巨人进行鉴定,结果认定此化石为史前人类化石。于是,这一下热闹起来了。此后,许多学者都加入了由此而引发的关于人类起源的论战。尽管在论战中,有些学者一直保持着冷静和理智,如怀特博士坚持认为加迪夫巨人只是一个经过加工的石膏像。可在众多头脑发热的学者,以及对巨人怀着极大热情的公众面前,他们的声音显得微乎其微。其实,所谓加迪夫巨人不过是一个名叫弗尔的雪茄制造商的恶作剧。他雇人刻了这个石像,并把它埋在了加迪夫村的农场里。虽然,弗尔后来承认了自己的恶作剧,但最滑稽的是,人们根本就不相信他的话。他们认为这是来自宗教敌人的诋毁。弗尔可能压根儿就没想到,自己造假时有人相信,而当他想澄清事实时,却被当做了“宗教的敌人”。

其实,制造神话或骗局与智力和学识并无直接关连。权大师不过小学文化,而那些女青年中有不少都是大学生;雪茄制造商弗尔与那些大名鼎鼎的学者教授也不可相提并论。他们却有效地迷惑了后者。骗局的成功往往利用了两点:一是超验的玄妙。人们对未知的世界必然存在认识上的盲区,而某些难以解释的现象,如被巧妙包装上升到超验的层面,变得玄而妙之。无论神话还是骗局往往都是这样建立起来的。二是经验的想象。人们的想象都是以经历为起点的,而所有的神话和骗局要想取信于人,就必须利用人们这种基于经验之上的想象。比如科学,这是人们经验中可以信赖的东西。于是,如今骗子们挂在嘴边最多的就是科学,一副很新潮的模样。实际上,权大师的手法与玩弄妇女别无二致,可一旦披上科学外衣,结果就变得神圣庄严,连你想怀疑都觉得是一种亵渎。

鲁迅先生早在半个世纪前就说过,“现在有一班好讲鬼话的人,最恨科学”,于是“便须想一个方法排除他”。“其中最巧妙的是捣乱。先把科学东扯西拉,羼进鬼话,弄得是非不明,连科学也带了妖气”。但这种“带了妖气”的伪科学常常以科学为招牌,所以最能糊弄人。因此,善良的人务必多长几个心眼,尤其不能轻信。因为轻信是迷信的开始。到了别人用“下身”为你发功,你还以为是在搞科研,那可真是悲乎哀哉!

(2000 年 8 月)

老夫少妻

曾在报上读到一篇文章，谈老夫少妻的种种弊端。文章从生理、心理等诸方面作了分析，结论是有百害而无一利。然我读书看报向爱“逆向思维”(这习惯的养成，是一位小学老师教导的结果。他说伟人皆如此，不因循守旧而后方才大器)，你说东，我就要想西；你说不好，我便要想有没有好的方面呢？于是，这样一想，就想出了相反的例证来。

首先，老夫少妻在遗传上就占有优势。譬如，孔子的父母亲年龄相差很大，这才生出了像孔子这样的大圣人来。老夫少妻有利于遗传，据说是有科学根据的。因为后代从父亲身上遗传智力，从母亲身上遗传体质。父亲年纪大，正是智力成熟的时候；而母亲年纪轻，体质好，这是最佳搭配。所以说，孔夫子的父母能够生出几千年才出一个的聪明人，也并不奇怪。

当然，夫妻生活并不仅仅是生儿育女，传宗接代，光遗传好还不够。衡量夫妻生活质量高低与否，还牵涉精神生活、生理活动等诸多方面。这方面的例子也不少。著名的便有钱谦益和柳如是。钱谦益是明末清初有名的才子，而柳如是则是与陈圆圆、董小宛、马湘兰齐名的四大美女，且才华出众。两个人结合后，吟诗搜联，棋琴书画，夫唱妇随，如胶似漆，简直就是天造地设，如入仙境。但钱柳之间是典型的老少配，柳嫁钱时24岁，而钱已64岁。两个人见面时，钱已是脸黑背驼，白发苍苍，而柳“丰姿逸丽，翩若惊鸿”，高高盘起的头发漆黑如鸦，皮肤如凝脂一般雪白。新婚之夜，钱对柳说：“我最爱你如云一样黑的头发，如玉一样白的肌肤。”柳对曰：“我也最爱你头发像妾的肌肤，肌肤如妾的头发。”真是妙语连珠！两个人相见恨晚之情更是溢于言表。至于夫妻生活，有记载曰：钱的门生中有为取悦先生者，向其进房中术，“试之有验”，于是，钱很得意云：“少不如人，老当益壮。”柳则笑答：“华而不实，大而无当。”到底是才子才女，就连床笫私语也说得文雅有致。其和谐之状，由此亦可见一斑。令人遗憾的是，钱谦益晚节不保，降清苟全，柳如是反对这样做，但在钱下狱后，又千方百计将他营救出来。说明她对钱的感情始终未变。这也是钱柳故事中，最令人感动之处。

写到这里，突然想到要声明一句，如此种种，并非笔者要提倡老夫少妻，只是想说，凡事不可绝对，尤其是爱情这东西。爱就爱了，常常无理可讲，亦无是非可言。套用一句老掉牙的话，那就是：“爱是超越一切的。”不论种族、国籍、财产、地位，不论政治、宗教、文化背景，而况年龄乎？

（2000 年 7 月）

五 十 随 想

人逾五十便开始走下坡路了。某天,你顾镜自盼,会忽然发现头发白了,头顶也稀疏了;某天,你上楼时,会忽然感到膝盖酸痛,行走不那么轻捷自如了;还有某天,你会忽然感到一件刚刚提起的事转身就被忘得干干净净……于是,你会感叹道:唉,老了!

五十岁,从人体机能上说,全方位的衰退这时已不可避免地发生了。正因为如此,我们才有了紧迫感,越发珍视那些我们曾经拥有而现在正在失去的东西。

年轻时,我们有用不完的精力。我们到处找乐,在酒桌上通宵达旦,与朋友们谈天说地;我们打牌、唱歌、跳舞……乐此不疲。时间和精力对我们来说,仿佛是海滩边的沙子,取之不尽,用之不竭。可年过半百之时,我们方感后悔,没有珍惜那些宝贵的精力和时间。法国名作家法朗士曾经感叹过,人之老年与青年能颠倒过来该多好啊。老年在思想和学识上各方面都成熟了,可精力大不如前,而时间也来日无多。

年轻时,我们有健康的身体,强壮的体魄。那时候我们从不会想到,有一天我们的身体会垮下来:眼睛老花,颈椎病严重,高血压、高血脂,还有根深蒂固的胃病,以及这样那样莫名其妙的毛病,都一股脑儿找上门来。这时,你就会感叹,年轻时我们为什么不注意身体,不加强锻炼?你就会想到父母、老师、医生和朋友们曾经有过的善意的忠告,可这些当时都没有引起你的重视,甚至被你当作耳旁风。

年轻时,我们拥有父母之爱,以及妻室家小带来的天伦之乐。可对于这些,我们并不在意。有时,我们会反感父母的责骂,对他们的絮叨不以为然,或顶撞他们,或一走了之;有时,我们会为了自己的事长久地冷落家庭，甚至为一点小事与妻子争吵，冲孩子大发雷霆。正因为是自己的亲人，我们反倒忽略了对他们应有的关心。《围城》中写道，由于人事太忙，“我们一生对于最亲爱的人的想念，加起来恐怕不过一点钟，此外不过是念头在他身上瞥过，想到而已”。然而，当某一天，你的父亲或母亲突然离开你时，你才会感到那些责骂和絮叨是人世间最美的语言；当某一天，你发现自己的妻子突然失去了青春的容颜，甚至疾病缠身时，你才会感到她为你，为这个家庭付出了太多太多；当某一天，你的孩子长大了，自立门户，或到遥远的地方去上学或工作时，你才会感到过去对他的关心实在是太少太少了。

年轻时，我们还拥有很多友情。这些友情来自朋友、同学和同事。但我们是否都珍惜了？由于工作忙，我们常常会淡忘了这些友情，写封信，或打个电话，这些举手之劳的事，也会被丢在脑后。有时，我们还会为一点小事，闹得不愉快，甚至反目成仇，形同路人。然而，当某一天，你忽然发现你的某位朋友，或同学，或同事英年早逝，永远离你而去时，你才会感到友情是多么珍贵，并为过去发生的事情感到惆怅和懊悔。

失去的才是最珍贵的。人到五十，方知珍惜二字的宝贵。让我们懂得珍惜，学会珍惜。让五十岁成为人生新的起点，让我们的余生少一些后悔吧。

（2002 年 11 月）

读 书 歪 批

1

《庄子》载：庄子见鲁哀公。哀公说："鲁国多儒士。"庄子说："鲁国少儒士。"哀公说："我们鲁国举国都是穿儒服的，怎么能说少儒士呢？"庄子说："有学问的未必穿儒服，而穿儒服的未必有学问。不信的话，大王可号令全国，凡没有学问的，再穿儒服，按死罪论。"鲁哀公号令下过五日后，鲁国无人敢再穿儒服。

批：庄子智慧，但鲁哀公更让我佩服。你想啊，他一个号令下去，全国假儒士就绝了，真可谓令行禁止，这个权威实在了得！比之眼下，三令五申，红头文件不知下了多少，可制假贩假者就是屡禁不止。不仅如此，造假者还横得很，不高兴了竟连工商和记者也敢收拾。我真佩服鲁哀公，不服不行啊！

那么，鲁哀公究竟哪来这么大能耐？细想之下，有三点：其一，鲁哀公不讲理，没有法制观念。假扮儒士这算多大罪？又不害人，充其量图个虚荣而已。可他说死罪就死罪，根本无法可依。虽说不讲理，可没人不怕掉脑袋的，因此没人敢乱来。其二，鲁国肯定没有地方保护主义，且执法官员也比较廉洁。否则塞点钱就能"了难"，号令就不会这么管用。其三，上古时民风淳朴，百姓听话老实，上边说什么就听什么，不像现在刁民太多，上有政策，下有对策。纵观此三点，如今再也不可能有鲁哀公时的权威了。

时代不同了，社会在进步，但人的道德准则未必都在进步。

2

《韩非子》载：纣王用象牙筷子，箕子感到害怕。因为用象牙筷子，就不会用土制器具，而要用玉石的杯子；用象牙筷子，就不会吃蔬菜豆叶，而要吃旄象豹胎；吃旄象豹胎就不能穿粗布衣服，坐在茅草屋中享用，而要穿华丽的衣服，在高台亭阁中享用。这样一步步下去，是很危险的。因此箕子感到害怕。果然，这样过了五年，到了纣王的肉多得像园林一样，酿酒后的酒糟堆成了山，纣也就灭亡了。

批：此文逻辑不对。用象牙筷子，过好日子，就一定要灭亡，实在没有多少道理。否则社会还发展干什么？看一看当今世界，国越富越稳定，相反，倒是那些穷国，政变、叛乱，以及战争接连不断。其实，纣的灭亡与用象牙筷子，与肉多得像园林，没有多大关系。关键问题是，纣王用象牙筷子时，他的老百姓有没有筷子用？哪怕不是象牙筷子，木筷子、竹筷子也行；纣王的肉多得像园林一样时，他的老百姓有没有饭吃？哪怕没有肉也行。怕的就是当官的花天酒地，高屋豪宅，而老百姓却衣食无着，饥寒交迫。纣之灭亡，真正原因在这里。

3

《容斋随笔》载：赵括自幼熟读兵书，他的父亲、赵国名将赵奢不以为然，对赵括的母亲说："赵国如果用赵括为将，败赵军的必然是赵括。"后来，廉颇统赵军与秦军对峙，秦王采纳宰相应侯的建议，花费千金到赵国实施反间计，说秦国最怕的是赵括。赵王便撤掉廉颇，用赵括为将。宰相蔺相如反对，赵王不听；赵括的母亲反对，赵王也不听。结果赵军大败。赵括任将，他的父亲说不行，他的母亲说不行，赵国的大臣说不行，就连赵国的敌人，秦国的大王、宰相，以及将军们也都知道他不行，唯独赵王说他行。

批：这是一个有趣的问题：为什么大家都说赵括不行，可赵括还是被提拔了呢？首先，它反映出赵国的干部政策有问题，提拔任用干部不走群众路线，由个别人说了算。其实赵括的问题，早就有人反映了。例如，蔺相如和赵括的母亲都提过意见，可赵王就是不听。就像一首民谣中说的：

“说你行，你就行，不行也行；说不行，就不行，行也不行。”其次，赵国反腐败工作做得不好。秦国离间计之所以得逞，就因为花大价钱贿赂了赵王的左右。于是，这些人得到好处，便充当起赵括的“官托”。他们在赵王面前放廉颇的坏水，讲赵括的好话。别人的话听不进去，可这些哥们儿和马屁精的话，赵王却爱听。于是，廉颇受到排挤，而赵括得到重用。实际上，在这个故事中，赵王和赵括也是受害者，真正得到好处的，除了秦国，就是那些吃了秦国贿的。这些人坏了事，却不会受到追究，即使赵国灭亡了，于他们也毫发无损。因为这时候，他们也许早已用以假名存的钱，或用藏在沙发、砌在墙缝里的赃款，到国外或什么地方享清福去了。

应该说，这些蛀虫是最可怕，也是最危险的隐患。

4

《庄子》载：任公子制作大鱼钩，用黑丝做成巨大的钓绳，然后蹲在会稽，投竿东海，天天垂钓，整整一年没有钓到鱼。后来有一天，大鱼突然咬钩了，拖着巨钩沉入水下，快速地扬尾，拼命翻动脊鳍，掀起的白波像山一样，海水震荡，声音像鬼神一样，震撼千里。任公子终于钓到了这条大鱼，分割后制成干肉，自浙江以东，九嶷山以北，没有不饱食这条鱼的……

批：任公子目光远大，令人钦佩，但由不得让人捏了一把汗，幸好一年多总算钓到了大鱼，如果两年、三年，抑或四年，还钓不到鱼，那该如何是好？尽管他从大处着眼，制订的是从根本上改变贫穷的长远计划，且兼顾环保（钓大鱼而保护小鱼），做到了可持续发展，但任期一到，没有政绩，结果可想而知。而那些在小河沟里钓小鱼的，却政绩多多，最后得到重用提拔的是这些人。由此可见，为什么有的干部总是热衷于搞“形象工程”呢？其实，问题出在一些干部身上，根子却在领导和组织部门。如果不以表面政绩来论干部之长短，那么风气就会扭转。事实上，真正的政绩就在老百姓的心中。任公子是不是一个好干部，只要去问一问那些饱食鱼肉的老百姓，就再清楚不过了。

（2000年7月）

恶人告状及其他

受人关注的王虎林名誉侵权案不久前在北京一审宣判，王虎林败诉。王虎林何许人也？山西某县原县委书记，去年 2 月至 4 月，在他离任前短短两个月内，竟突击调整干部 400 多人，提拔干部 200 多人。此事在当地造成极坏影响，新华社山西分社的记者经过调查后，撰写了《荒唐的“官帽批发商”》一文，对此事予以曝光。王虎林不禁恼羞成怒，一纸诉状，将披露此事的记者和媒体告上了法庭。理由是：报道不实，侵害了他的名誉权。

那么，事实究竟如何呢？从法庭调查看，原告的根据是：其一，“批发”二字有损名誉。因为被告没有证据能证明，王虎林受过任何人的贿，收过任何人的礼。其二，数字不符。文中说调整、提拔干部 432 人，实际是 420 人；提拔干部 207 人，也不像文中所说的是 278 人。看到这里，不禁哑然失笑。真是五十步的笑百步！数字尽管有差别，可基本事实并未改变。至于没有受贿收礼就不能算作“批发”，更是让人笑掉大牙。不过，凭良心讲，要让记者和媒体拿出原告受贿收礼的证据，还真难倒了对方。中科院一位研究员说，此案重复了一个并不鲜见的现像：有些官员尽管劣迹斑斑，有目共睹，一旦受到批评，却敢“理直气壮”地打官司，就因为他们抓住某些不准确的细节鸣冤叫屈，或者做出似是而非的辩解，从而把自己打扮成一个蒙冤受辱的形象出现在大众面前。但是，这样做的结果常常适得其反。

记得曾从报上看到一则《“嫖娼市长”状告新闻记者》的文章。文章说，南方某市副市长带队去深圳考察，在某酒店招娼，此事被公安局的一位新闻干事写成报道发表后，该市长于是要“讨说法”。可在法庭上，这个原市长大人出尽了洋相。先是否认知道被他招去的3个女子是暗娼，因为她们身上并无“标记”；后来又搪塞说招她们去酒店是为了唱歌。但被告律师抓住破绽，一针见血地指出：唱歌应去歌舞厅，为什么去了11楼？市长辩解说，是为了拿钱。律师穷追猛打：“拿钱一个人就够了，为什么全上去了？难道那3个女子也是去拿钱吗？”市长无言以对，全场哄然大笑。据说，整个审理过程，笑料横生。这场官司的结果如何，没有见到后续报道，但不管是输是赢，对该市长来说，都脸面丢尽。

俗话说得好：“屎不臭，搅的臭。”可有些人偏偏不怕臭，明知身有屎，偏向屎中搅。这也算是一种能耐吧。当然，他们有自己的如意算盘。恶人先告状，目的就是倒打一耙，从而颠倒是非，混淆黑白。这种事古已有之，本不稀奇，让人长见识的，倒是有些人的脸皮之厚，令人惊诧。然而，还是鲁迅说得好，“捣鬼有术，也有效，然而有限”。到头来，真正出丑的，还是他们自己。

（2000年3月）

祸起“文章”

不知何时，中国爱打官司的人突然多了起来。打开报刊，这类报道比比皆是：公事私事、有价值的事和无价值的事、名人或者无名的人……

在这些热闹的官司中，很多都是祸起“文章”。远的不说，轰动全国的南阳官司——李谷一和韦唯对薄公堂，起因就是因为某报的一篇文章引起的。

南阳官司刚了，天津作家吴若增状告《文学自由谈》的风波，又成了人们挂在嘴边的话题。这场风波同样是因“文章”而起。据说，《文学自由谈》发了一篇评论，吴若增认为该文对他进行了人身攻击，损害了他的名誉。这场官司的特别之处在于，是作家告评论家，作家告刊物。

我对法律可以说是门外汉，报刊上那些官司之所以引起我的兴趣，纯粹是由于好奇，感到好玩。但是，对于有些官司我也感到困惑不解。

于是，想起一则流传广泛的笑话，说某位大文豪(记得好像是狄更斯)一次去钓鱼。有人问他钓了多少，他便吹嘘了一番。谁知那人是鱼塘管理员，便要罚款。文豪却不慌忙地说：你知道我是谁吗？我是作家，而作家的工作就是虚构。这个笑话妙就妙在道出了文学的本质。如果忘了这一点，偏要对虚构的文学作品顶真，其愚蠢和滑稽，岂不也同那位管理员罚款一般无二了吗？

记得1985年前后，著名部队作家徐怀忠先生曾写了一篇反映女兵生活的小说。在这部小说中，有一个人物说了一句“习水大曲气死茅台”之类的民间顺口溜，结果惹出了不小的麻烦。茅台酒厂派出了一个阵容强大的工作组千里迢迢，专程赴京，要徐怀忠公开更正，理由非常过硬，那就是习水大曲不可能“气死”茅台。这件事当时在社会上传为笑谈。不过，徐怀忠应该感到庆幸。因为如果是现在，说不定就会引起一场官司，其结果如何便难以预料了。

诚然，在法律上确有“保护隐私”之类的条文。我查过有关书籍，隐私权作为一种法律概念，简言之，即个人的“隐私区”有“不受打扰”的权利，这的确是公正、合理的，人们为了保护自己的这一权利而诉诸法律的行为，也不难理解。但凡事总有度，出格便会走向反面。至于有些人借此法律条文而对记者、作家大兴问罪之师，甚至不择手段地敲竹杠，其用心就更令人感到“叵测”。据报载，在这类官司中，有些人大出风头，表现出了一种病态的狂热，开出的索赔价格也令人咋舌，完全是一副不发一笔横财决不罢休的架势。然而，这种做法，即使在最讲究“隐私权”的西方社会也令人感到卑劣和生厌。前不久，从报上读到一篇文章，说法国影星贝尔蒙多以侵犯肖像权为由状告画家孔巴，要求赔偿40万法朗的巨款。数周后，法院作出判决，孔巴必须赔偿，但数字不是40万，而是1法朗。这真是个精彩而绝妙的判决！贝尔蒙多一下泄了气。他当然不愿去认领这让他丢人现眼的1法朗，但据说，不领还不行，因为法律上还有“藐视法庭”这一说。想想，也是自作自受。

（1992年11月）

愤怒的误区

奥运预选赛，中国男足再次失利，引起一片愤怒的指责。这不该，那不该，球迷们好像有一千条理由来数落中国球队、中国教练，乃至中国官员，而且都振振有词，言之成理。什么长传冲吊不好，442 阵形不适合中国，还有霍顿固执、僵化，不用张效瑞（最后一仗对巴林，倒是用了张效瑞，结果更糟）等等。除此之外，还有一系列的“如果”：如果第一场对韩国，对手那个有争议的头球不算；如果第二场对韩国，陈东没有出击失误……结果肯定是另外一个样子。言外之意是，中国队太不走运了。

最让人气愤的是，这届国奥队是历届最好的，许多队员都参加了职业联赛，积累了经验；而韩国队是历届最差的，除了少数职业球员，大多是缺乏经验的大学生。更有甚者，一些专家和媒体称，中国球队是亚洲一流的，中国球员的个人水平决不亚于亚洲任何一支球队，况且职业联赛锻炼了队伍，而且我们还有在国外踢球的优秀球员。总之，一片“莺歌燕舞”，此时不赢，更待何时？而期望与结果的反差，当然要使人愤怒不已。

然而，问题或许就出在这里。如果我们输的是像“德国战车”、“意大利军团”这样的大牌球队，相信所有的人都会心平气和。但是，我们偏偏输的是韩国，他们并不比我们强多少啊，在技术上、体力上，我们都不比他差，甚至脚法还要比他们灵活，从场面上看也略胜一筹。可为什么就是赢不了？二十年不胜，真是奇耻大辱！我们当然有数不清的理由表示愤怒。

实际上，误区就这样不知不觉产生了。中国队的几场球我都看了，应该说，我们的希望和愤怒都建立在一个不正确的定位上。我的一位朋友对我说起他们对他儿子每一次考试的感受，就和每次看中国队比赛一样。用一句话来概括，就是爱恨交织。爱，他们对他总是寄予非常高的期望，希望他是最优秀的；恨，就是恨铁不成钢，他的儿子每次考试与他们的期望总是存在距离。其子上初中时，成绩还算可以，可与班上好的学生相比，老是差那么一点点。从平时看，儿子好像并不比那些优秀学生差。一些很难的题他都能对付，有时小测验也能冒个鲜。可是，一到大考，问题就出来了。这里错一点，那里丢一分，而且，这些丢的分好像都是不该丢的，因为那常常都是一些很基本、很简单的题目。他们总认为，儿子运气不好，或粗心所致，因此每每指责儿子，并用经验主义的方法教他下次应该如何如何，注意什么什么，可按下葫芦又起瓢，这个问题解决了，那个问题又冒出来了。儿子也挺不服气，下决心要赶上去。可直到初中毕业了，目标仍然没能实现，好像只有一步之遥，伸手可及，但结果一次次失望。好在他们这些当爹妈的没有“下课”之虞，可以义正词严地把所有责任都推到儿子身上。

后来，一位搞教育工作的朋友对他说，你们老说孩子粗心，其实这是个误区，说到底就是水平不行。由于平时基本功不扎实，加上训练不严格，一到考试，问题就暴露出来了。

再后来，他们从侧面了解到别的学生复习的情况，才醍醐灌顶，猛然醒悟。他们儿子班上有个最好的学生，每次考试几乎都稳居第一，而且每科考试均极少失分。她的秘诀就是一条，背下所有的课本，除了那些必须背的语文、英语、政治外，就连数学、物理、化学也一律不放过。仅此一点，她下的功夫就远不是他们儿子所能比的。从考试成绩看，他的儿子与她好像只差一点点，深入下去才发现，在复习水平和扎实程度上，简直望尘莫及。

中国有句成语：“差之毫厘，失之千里。”在比赛时看起来好像差一点点，反映在训练上和技术上，这个差距也许就是巨大的。足球上有个常爱说的话，叫门前把握机会不够。罗纳尔多与一个普通球员的差距，不就在这一点上吗？而这一点往往就是不可逾越的。现在需要的是为中国队正确定位，我们究竟是亚洲一流，还是二流？应该有勇气来正视这一点。只有这样，我们才能实事求是地研究问题，才不至于那么心浮气躁，连输都输不起。

“水到渠成，瓜熟蒂落。”对于中国队来说，首要的不是冲出去，而是提高水平。对于中国球迷来说,首要的不是指责,而是耐心。到了中国队水平真正提高的时候,你不要它冲出去,它也会冲出去。现在你要它冲,实际上是赶鸭子上架,难为人。

（1999 年 12 月）

仅有愤怒是不够的

刘海洋“伤熊事件”近日几乎成了人们茶余饭后最热门的话题。一个清华大学的高材生竟然做了这等荒唐残忍的举动,真令人匪夷所思!关于这件事的讨论,也正在媒体上展开。人们普遍感到愤怒。法律界人士也发表看法,认为刘海洋的行为已构成犯罪。但问题是,如果把刘海洋抓起来,绳之以法,事情是否就完全解决了呢?

从有关报道看,刘海洋生长于一个离异家庭,生活拮据,买不起玩具,他没有朋友,不仅没有恋爱过,甚至“连想都没有想过”。可以想象,这样的环境很难培养出爱心(当然不是绝对的)。其实,刘海洋为什么要那么做,恐怕连他自己也未必说得清楚。犯罪有时就是一种冲动,但这种冲动并非偶然,常常有深刻的社会原因和心理原因。因此,仅仅愤怒,仅仅谴责,显然是不够的。

实际上,刘海洋事件不是孤立的。无独有偶,眼前就有一例。据《新安晚报》报道,日前正在合肥进行的“欧洲人体摄影艺术展”,其中一幅照片被人为破坏,被破坏之处为女模特身上的“一部位”,“显然是由烟头烫灼所致”。这当然是一件很丑陋的事情,而且,此展到合肥之前,已巡回18站,从未发生过类似情况。我想,读到这则报道,每个合肥人都会感到颜面无光。然而,这个破坏者的动机是什么?却值得探究。难道仅仅是恶作剧吗?或许是,或许不是。我们只能作出猜测。心理学家认为,每个人的行为都会受到潜意识的影响,这种潜意识的形成并非与生俱来,而是与社会生活,特别是幼年的生活密不可分。

我曾听说过一个故事,“文化大革命”后,某地做了一个女性裸体雕塑,一天晚上,该雕塑被人破坏了。由于雕塑位于市中心,影响很大,市里作为一个大案来处理。破坏者后来终于浮出水面，原来是个性心理不健全者。受这个故事的触动，我曾写过一篇小说，题目是《街心花园的故事》。为写小说，我专门查过一些资料，心理学上的确有一种疾病，叫“皮格马里翁现象”(Pygmaliouism)，亦称“雕像恋”，属于性景恋之一种。相传古希腊有位雕塑家叫皮格马里翁，有一次雕好一个女像之后，竟和它恋爱起来，“皮格马里翁现象”由此而来。法国有一部电影《恐怖笼罩城市》，说的是某城市经常发生金发女郎被残杀事件，后来才知道，杀人者的动机仅仅是因为他曾被一个金发女郎所抛弃，所以他便疯狂地进行报复。

心理犯罪是现代社会的痼疾，而且随着社会的不断发展，危害会越来越大。诸如此类的案件，媒体上比比皆是。譬如，中学生杀害父母；恋人反目，硫酸毁容，等等，这些深究下去都可能与某种心理障碍有关。然而，按照固有的思维，常常就会把事情简单化。思想教育与心理引导并不是一回事。为什么某些家长和老师看来品学兼优的孩子，居然也会不可思议地犯下大错？问题有时就出在这里。刘海洋事件再次告诫我们，要重视对青少年的心理引导。千万不要把孩子们的一些反常举动简单地归咎于调皮、不懂事，或者思想教育不够。青少年成长中的心理困扰需要有针对性的心理疏导。而我们的忽略，有时便会铸成大错。

（2002年3月）

名著改编有感

最近，北京人艺重排了老舍的名剧《茶馆》。不仅演员全用了新人，就连场景等也作了较大的改变。人们对此举反映不一，有说好的，也有不满意的。联想到《雷雨》、《骆驼祥子》等名著的改编，总的看来是吃力不讨好。

一般来讲，名著在读者或观众的心目中，大多已留下印象，并形成了某种固定的审美期待。这种期待的基础，就是初读或初看名著时留下的印象。这种印象往往很顽固，也很难改变。就像一提到《茶馆》，提到王利发，人们就会想到于是之。如果换了一张脸，就怎么也感到不舒服。什么是名著？什么是名演员？说到底，就是闪耀在作品中的一种不可抗拒的巨大的艺术魅力。在他们的光辉之下，改编者（除非大师）是很难有所作为的。黄裳先生在谈诗时曾说："有些从儿时开始就已接触到的诗句，其植根之深，爱恋之笃，都不是后来任何新说所能撼动的，真是比撼'岳家军'还要难。"哪怕是病句，也"就是好来就是好"，尽管说不出道理。黄先生谈的是诗，但其理相通。名著可能也有不足，但一旦形成，就像断臂维纳斯，或足球大赛中的误判，都将成为其中不可分隔的一部分，改也难。

除了上述原因，名著改编中还有一个所谓的"时代感"问题。这是一般改编都无法回避的。一个时代有一个时代的精神和风尚。在当前市场经济条件下，改编者不可能完全不顾及市场。这就带来了严重的冲突。名著的价值，首先体现在其伟大的思想和艺术价值上。离开这一点，名著也就不成其为名著了。然而，如果为了迎合某种趣味，在改编中，或刻意加上一些爱情戏、床上戏；或想当然注入一些所谓的现代思维和语言；或为了好看，在服装、道具上追求不恰当的华丽和新颖；或为了赢利，拼命加长、掺水，这都无疑是对名著的损害。难怪看了一些改编之后，不少人都觉得失去了原先的厚重，有一种轻飘之感。我想原因或许就在这里吧。

我一直有个固执的想法，名著最好还是不改编的好。就像那些珍贵的文物一样，仿造得再好，也没有太大价值。这想法不一定正确，姑妄言之，也算是一家之言吧。

（1999 年 5 月）

扭曲的食文化

“非典”的出现,促使人们开始思考。一些过去习以为常的生活习惯和方式被上升到公共卫生和生存的高度进行反思,这是好事。有专家指出,尽管“非典”的病因尚未破解,但很可能与乱捕乱食野生动物有关。因为在人类的疾病史上,一些病毒正是通过动物得以传播,足以引起我们的警惕。而据称在佛山发现的首例“非典”患者就曾在深圳的野味馆中工作。这种推测虽然还缺乏足够的科学根据,但人们在“吃”上的种种荒诞离奇之举值得认真检点。

中国食文化源远流长,博大精深,可近年来,某些地方、某些人,为了寻求刺激和新鲜,手法翻新,奇招迭出,食人所未能食,吃人所未敢吃者,已成为时尚。如今,要找到人们不敢吃的东西真可谓难上加难,而其吃法更是千奇百怪,令人瞠目结舌。据说有一道菜,名曰“吱吱叫”,即把活老鼠当场剥皮,乘其尚未断气,浇以佐料,然后置于烤炉上煎烤,于是乎,活鼠发出吱吱叫声,菜名便由此而来。又据说,还有一道菜,同样刺激,叫作吃猴脑。即将活猴固定于桌下,仅露脑门,剃去毛发,而后用小锤击之,使脑壳破裂,乘着脑浆还在蠕动之时,调以香料,用小匙舀而食之。此事听上去简直恐怖无比,却有人津津乐道,以此为炫耀。记得曾看过一部小说,其中有道菜,专门用来招待贵客,菜名叫作“黄花闺女”,其做法更让人瞠目结舌。这道菜实际上就是4个枣子,每个枣子标价500元,因为这不是一般的枣子,而是所谓的“阴枣”。据说是用处女之身的隐秘部泡上七七四十九天而成,其奥妙难登大雅之堂,却被称作“宫廷秘方”,乃“补品中的极品,延年益寿,滋阴壮阳”。可就连书中被请的客人也被那充满腥气的怪味弄得差点儿吐出来。

孔子说过“食不厌精，脍不厌细”，但同时又规定了种种“不食”，如“色恶”、“臭恶”、“失饪”、“不时”、“割不正”等等。也就是说，追求美食是好事，可也应循“礼”而行。当然，用今天的观点看，孔夫子的话有些也不完全正确，需作具体分析，但其中的道理并未错。

《孟子》中有一个故事：齐宣王有一次看到有人牵牛去祭祀，当他看到那头牛哆嗦可怜的样子，于是不忍心，便让人把牛换成了羊。孟子听说了这件事，首先肯定齐宣王的仁爱之心，同时又说以羊换牛又有什么区别呢？齐宣王也说不清为什么，孟子便分析说，那是因为你只看到牛而没有看到羊痛苦的样子。“见其生，不忍见其死；闻其声，不忍食其肉。是以君子远庖厨也。”可如今倒好，有些人偏要“见其生”而食之，非要“闻其声”而后快。这难道是进步吗？其残忍之程度，哪里还有半点仁爱之心可言？至于有人说这是一种发扬光大，是食文化发展到极致的表现，可依我看正好相反。这种“发扬光大”不过是一种扭曲，所谓的极致也是对食文化的变态和糟践。

宇宙万物，皆有规律。地球运转，日月星辰，无一例外，违背了规律就要遭受惩罚。孟子说：“莫非命也，顺受其正。”这里的“命”就是自然规律，只有遵循这一规律，我们才能够与自然和谐相处。古云：“天作孽，犹可违；自作孽，无可逭。”“非典”已向我们发出了警告，愿天下人警之，戒之！

（2003年5月）

让孩子说孩子话

从报上读到一篇文章:《让孩子选择》,说的是某地老师逼学生吃苍蝇,引起轩然大波。可奇怪的是,在处理这件事时,全班36名学生中,却有33名学生家长替老师说话,一致要求老师回来上课。这些家长的看法是,只要为学生好,老师严格一点可以理解。文章的作者作了个假设,如果让孩子们来选择,结果会怎样呢?这个假设问得好,实际上家长的意见往往并不能代表孩子,甚至与之相反。但长期以来,大人们习惯于用自己的意志来取代孩子的意志,以至于我们的孩子或多或少丧失了独立思考的能力,并习惯于用大人的思想来代替自己的思想。而最要命的是,在一般人眼里,这已是司空见惯,没什么不正常的。

"文化大革命"期间,朝鲜一位领导人访问我国。少先队员献花后,记者采访其中的一位,问她最爱的是什么,那孩子回答:"我最爱中朝友谊。"——这话错了吗?没错。可听上去不像一个孩子而更像一个外交家说的。如果这孩子回答,她最爱肯德基、汉堡包,倒更可信一些。当然,凡事不可绝对。那孩子果真这么想,倒也不说她了,问题是这话是否代表她的真实思想?我看值得存疑。

孩子有孩子的语言。他们的话可能幼稚,但唯其幼稚,才真实,才可爱。孩子不说孩子的话,这说明了什么?说明了我们教育的僵化。除了教育僵化外,我们的宣传是否也有问题呢?为什么那些"大人话"总是频繁地出现在我们的媒体和文艺作品中呢?为什么我们的编辑记者对那些爱说"大人话"而不说"孩子话"的采访和创作,情有独钟呢?看来问题出在孩子身上,根子还在大人那里。千万不要以为孩子的话"高度"不够,偏要教他们说些本来不会说的大话、官话才过瘾,实际上这样做的效果却恰恰相反。

不久前,珠海航展。有报纸报道说,一小学生高兴地对记者说:“看到中国这么强大,感到无比自豪。”——这话与上边说的那句“我最爱中朝友谊”,如出一辙,让人特别扭。相反倒是央视记者对一孩子的采访,让人感到亲切——

问:“你今天高兴不高兴?”

答:“高兴。”

问:“为什么?”

答:“我喜欢飞机。”

问:“你喜欢哪种啊?”

答:“那种——”指一架大客机。

问:“为什么?”

答:“因为它大,装的人多。”

——瞧,这就对了!这才是孩子说的话。如果非要这孩子说,这种飞机技术先进,代表了我们国家的进步,那才叫人不可思议哩。

(2000 年 11 月)

人心腐败更可怕

新创刊的《安徽文学》开辟了一个“作文网站”栏目，目的是选发一些中学生的优秀作品。第一期编辑去名校合肥一中组稿，经过反复筛选，从几十篇中选了5篇备发。但该校老师说，他们最看好的一篇，你们偏偏没有选。这篇没选的作文，题目是《我看高考作弊》。这位老师说，此篇好就好在它反映了当前学生普遍关心的问题。因为现在高考作弊太严重了，学生，尤其是那些用功的，对此深恶痛绝。他的话引起了我的注意。后来，我找来何建明的《中国高考作弊报告》。不看不知道，一看真是触目惊心！

任何考试首先是实力的较量，当然也有意外发生。黄一欧在回忆先父黄兴时说，黄兴18岁时，与姑父胡雨田以及同村的刘石介一起参加县考。三个人进了考棚，凑巧被分在同一个字号。当时应试作八股文，规定黎明前进场，即日交卷，不许继烛。黄兴先打完草稿，但看了之后不满意，于是便被刘石介要去抄了；黄兴又写了第二篇仍不满意，于是又给了胡雨田。最后，黄兴写了第三篇，这才感到满意。可发榜时，胡、刘二人均榜上有名，唯独黄兴名落孙山。

科举考试有许多不科学的地方。正因为如此，历史上才有不少才华横溢的大人物屡试不第的记录。如学贯中西的严复“三考不售”，独步天下的岭南大师康有为受困考场18年。此外像洪秀全、胡适的父亲胡传、曾国藩的父亲曾麟书等等，都是如此。

现今的考试比以前不知要科学多少、严密多少。尽管仍然存在不少问题，但在规则面前人人平等。从这一点说，任何考试都有其合理之处。然而，考场作弊使所有的合理性都变得不合理了。电白作弊案，经央视曝光，震动全国，但我一直认为这是个别现象。现在看来并非如此。有些地方已经发展到了县里、教委、学校、家长和考生全方位立体作弊，甚至成为一种“政府行为”，这真是太可怕了！

近年来，反腐大案一件接一件地披露出来，陈克杰、胡长清、李乘龙，等等；还有厦门远华案，一审就判了上百名。这些贪官固然可怕，可那些渗透在我们日常生活中无处不在的腐败，或称之人心腐败，更可怕。所谓人心腐败，其最显著的特征就是私欲膨胀，为达个人目的不择手段。高考作弊泛滥，其深处的根源就在于此。它说明我们社会的肌体已被腐败侵蚀到了何等严重的程度。试想，如果教育这块圣地也成了腐败的土壤，那么我们打倒再多的陈克杰、胡长清，又有什么用呢？因为成千上万的刘克杰、张长清还会从这土壤中生长出来。这难道还不可怕吗？

（2001年1月）

日本的耻辱

近来，又有几条关于日本的报道，在国内引起了轩然大波。一是三菱事件；二是日航风波；还有一件，就是日本政府公然为歪曲事实真相的教科书放行。

上述事件，尽管日方作了不同程度的辩解，却很难为中国老百姓所接受。比如，日航把没能善待中国乘客归咎于应变能力不够，可机场人员大声喝斥、辱骂中国乘客，难道也是应变能力问题吗？至于三菱公司，在赔偿问题上始终推三阻四，缺乏诚意，也难让中国消费者满意。日前，有关人士呼吁，要理智地对待这些事，三菱和日航事件只是公司行为，是质量和服务问题，不要轻易上升到民族感情的高度。但这些事接二连三地发生，特别是教科书事件，最近再起风波，就让人很难不产生联想。是的，如果换了别的国家，三菱和日航风波也许不会引起如此强烈的反响。实际上，问题的症结不在中国而在日本。中国人一向宽容大度，日本有些人的做法却恶劣至极，严重伤害了中国人民的感情。就拿教科书来说，这些年来，中国乃至亚洲各国多次提出抗议，可日本政府就是不改。不仅不改，还经常要弄出点事端来。某些政府要员和政客更是不甘寂寞，隔三岔五就要跳上一跳，说些不三不四的话，做些不伦不类的事。如今倒更好，公然玩起政治把戏，一方面决定不予干涉，一方面又声明政府的态度“永不改变”。你索性不认罪倒也罢了，可做婊子又想立牌坊，这口恶气真让人难以下咽。

我常想日本人是不是冷血动物、铁石心肠，在“第二次世界大战”中杀了那么多人，犯了那么大的罪，居然就没有一点悔过之心。可这种看法并不全对。有例为证：最近美国核潜艇格林维尔号撞沉了日本实习船，造成多人死亡和失踪，日本举国上下沉浸在一片悲痛之中。还有一例，即不久前，驻日美军士兵强奸日本女学生的事件，也引起日本举国声讨。由此看来，日本人也有感情，也会悲，也会怒，只是他们只对自己，不对别人。他们为什么不想想，在中国那么多无辜的生命死在军国主义的屠刀之下，有那么多善良的妇女惨遭蹂躏，仅南京屠城就杀了30多万人。这样的事倘若轮到日本，你们会怎样？再拿眼前的两件事来说吧，如果美国也要无赖，睁眼说瞎话，就是不承认撞了你的船，不承认强奸了女学生，你们又该如何？设身处地，扪心自问，某些日本人或许就会感到脸红，感到无地自容。

“第二次世界大战”结束前，美国曾在日本扔下了两颗原子弹（这是战争的需要，同时也给日本人民造成了巨大伤害）。执行这一任务的是美国空军上校保罗·蒂贝茨。有一次，杜鲁门总统请他去白宫喝咖啡。总统问他有没有人因为你投了原子弹而指责你，保罗回答有的。于是杜鲁门告诉他：“下次再遇到这种情形，你让我来处理。我就是那个派你去执行任务的人。”我欣赏杜鲁门的态度，敢作敢当，不推卸责任，不像日本某些人对过去的历史躲躲闪闪，遮遮掩掩，简直丑陋无比！一个不尊重事实、不尊重历史的人是被人瞧不起的，一个国家、一个民族也同样如此。当然，那些少数政客和顽固分子根本不足于代表日本的国家和民族，相反，他们的存在，却是日本国家和民族的耻辱。

（2005年7月）

日本何时会认罪

不久前,日本有个叫松村俊夫的人写了一本书,名叫《南京大屠杀疑问》。书中认为南京大屠杀是虚构的,并对受到日军野蛮迫害、身受30多处刀伤的幸存者、南京妇女李秀英存在的真实性加以否定。这当然不是无缘无故的。对于"第二次世界大战"中的侵略行径,日本国内一直有一股势力试图否定这段历史,而日本政府也躲躲闪闪,拒绝认罪。就拿李秀英事件来说吧,可谓铁证如山:这里有当年对李实施抢救和诊治的威尔逊医生的日记,有护士的证明,有拉贝日记,有牧师马吉偷拍下来的胶片,还有李秀英在南京军事法庭上的证词等等,如此种种,难道还不够吗?可日本的某些人就是不承认。一个人如果存心要赖,你给他讲再多的事实和证据也毫无意义。日本现在的问题就是这样。

与此形成鲜明对照的是德国。德国与日本一样,在"第二次世界大战"中同为法西斯侵略国家,但战后该国政府不止一次地公开向受到他们伤害的国家和人民道歉(德国总理还在犹太人大屠杀纪念碑前下跪忏悔),并就劳工等问题作出一系列赔偿。为何面对历史,两国态度却大相径庭?日本某些政治家缺少远见,可能是一方面原因;但更重要的原因,大概还是利害使然。"第二次世界大战"中,被德国侵略的大多数是欧洲国家,这些国家如今多为强国、富国,或比较强、比较富的国家,这就使德国不敢慢待这些国家。不久前,奥地利某领导人发表纳粹言论,立即引起欧洲各国的抨击和制裁。在强大的压力之下,该领导人不得不灰溜溜地下台了事。试想,在这种环境下,德国不认罪能行吗?而日本的情况则不同。受到日本侵害最严重的国家大多数是亚洲国家。这些国家的经济相对落后,稍好一点的也无法与日本抗衡。作为世界经济强国之一,日本或许根本就没有把这些国家放在眼里，更不用担心受到什么制裁。一句话，日本怕什么呢？至于那些批评和抗议，它完全可以当作耳旁风。是的，当你还在巴望别人的投资和贷款，还在为买到别人生产的家电或产品而津津乐道时，要想别人多么重视你几乎没有可能。

国与国的交往，最重要的是实力，是利害。有人说：日本人是经济动物。此言不谬。需加一句的是：日本也是最讲实际、最为势利的国家。一个近在眼前的事例即可佐证。年初，东芝笔记本电脑事件发生，国内舆论一片哗然。尽管如此，对于该电脑存在的缺陷，东芝公司仍坚持采取对中国用户与对美国用户明显不同的歧视政策。为什么人家敢拿中国用户不吃劲？道理不言自明。

说到底，还是我们不够强大。诚然，对于日本军国主义在“第二次世界大战”犯下的罪行，我们要不断地加以揭露、控诉；对于来自民间的有关赔偿诉讼，也是必要的。但光靠打嘴仗还不够，重要的是把我们的事情做好。到了我们真正强大的那一天，我想，无须我们多说，日本也会乖乖认罪；而他们的领导人没准哪一天也会跪到南京大屠杀纪念碑前，深深忏悔。

（2000 年 7 月）

写稿有感

下放时，生产队和大队写批判稿、讲用稿之类，一般总要找到我，所谓山中无大树，茅草也为尊，能者多劳是也。其实这类稿也不难写，只要掌握一定套路，再抄一些诗词豪语。如批判稿就用“青山遮不住”，或“沉舟侧畔千帆过”之类，讲用稿则弄一些“梅花香自苦寒来”、“苦不苦，想想红军两万五”等等，便可应付。生产队长和大队书记文化均不高，因而每每稿子写成，总要对我称赞有加，一番美誉。后来有一次，我被推荐到县里写讲用稿，负责这事的领导有点文化，这下麻烦就来了。他看了第一稿，在上面红笔蓝笔，七画八改，画得鬼脸一般，并嘱我要如此这般地修改。可按他交待改了之后还不行，让我再改。这样改了六七稿，改得苦不堪言，最后内容又回到第一稿上。讲用会快开时，不能不结稿了，我便把第一稿重新抄写了一遍，这回居然通过了。领导也很高兴，语重心长地说稿子就是要改，不改不行啊，知道“推敲”的典故吗？好文章千锤百炼才能流传下来。我表面诺诺，做心悦诚服状，心里却气得直骂娘。

领导还是内行好，但某些一知半解的“内行”倒还不如外行。这类“半吊子”领导，因为自以为是，又因为握有话语权，便常常让人哭笑不得。乾隆皇帝下江南，驻跸镇江金山寺，方丈恭请题额，手下词臣拟好“江天一览”四字，乾隆近视，误为“江天一觉”，立挥而就，明明是错了，可还要被吹捧一番“大佳”，说什么“览此江天心头一觉，即佛氏所谓悟一之旨也”。明太祖朱元璋更是厉害，每次儒臣进讲，他都胡乱评点，大放厥词，即便如此，谁敢纠正？太祖杀人常如儿戏，大臣上朝常是“今日脱了鞋和袜，不知明日穿不穿”。那些饱学儒士，要想活命，除了说一些“由其天资高迈，所以不袭故常”的马屁话外，又能如何？

一位朋友在某家小报任编辑，他总结出了一套对付领导的办法，屡试不爽。每次送审稿，故意留下一些破绽，如一二个错别字，或句子不通之处，让领导修改，结果领导感觉良好，每次送稿都顺利通过。但有一次，送了一首词作，照旧留了一二个错别字，可领导却没看出来，反倒把题目勾了，批语云：词不错，但题目不好，明明不是写采桑，为什么要叫《采桑子》？另换一个题目，可用。朋友瞠目结舌，算是一次意外。

这让我想起“文化大革命”中的一个段子，某秘书为领导写了一个讲话稿，开头有“阶级斗争要狠狠地抓”，领导念稿时把“狠狠地抓”念成“狼狼地抓”，秘书急了，在后边小声提醒说：“不对，上面没一点。”意思是说，“狠”字上面没一点，不念“狼”，但领导领会错了，一边笑着，一边得意地说，我就知道你少写了一点，我给加上去了。

（2003 年 2 月）

形象杂谈

前不久,公安部大张旗鼓地优抚牺牲英烈家属,焦点访谈还专门做了一档节目。那些牺牲公安干警的事迹可歌可泣,催人泪下。据一位公安部领导介绍,每年因公牺牲的公安干警人数高达几千人。他们都是为了人民的利益,为了国家的利益,献出了宝贵的生命。然而,在谈到公安干警形象时,不满意者仍大有人在,原因何在?值得深思。

马尔克思《霍乱时期的爱情》中有一个家庭医生,在谈到便秘时有一句"名言":"世界上的人分成两大类:会拉屎的和不会拉屎的。"根据这一论断,他又推出一整套理论。这话听来有些可笑,可细想之下,倒也说明了事物的两个方面。就拿太监来说吧,形象当然是很坏的。翻开史书,历朝历代都少不了太监乱政、祸国殃民的记载。在我的印象中,明朝太监为害最烈,光臭名昭著的大太监就有王振、汪直、刘谨、魏忠贤等,整个明朝史甚至可以说就是宦官为非作歹的历史。朱元璋是个穷苦出身的皇帝,目睹汉唐之乱,深知后宫和太监干政的危害,因此登基之后,多次指示严禁宫闱内侍之政,并铸"禁内臣铁碑",上书"内臣不得干预政事"八字。可到英宗继位后,小皇帝只有九岁,于是司礼太监王振开始掌权,那块铁碑也被王振盗走,不知去向。谷应泰《明史纪事本末》云:"宦官专政自此始。"王振开了头,后继者更是毫不示弱,一个比一个穷凶极恶,搞得国无宁日,民不聊生。然而,即便如此,明代太监中也有不少好的。彭孙贻《明史纪事本末补编》卷五"宦官贤奸"中便分别列出。如,洪武间,胡惟庸谋反,假称府中井涌醴泉,邀朱元璋往观。太监云奇刺得内情,拦驾冲跸,由于气急,一时说不出话来。朱元璋以为不敬,大怒,令人乱棒驱逐。云奇右臂将折,气息奄奄,仍手指贼第,朱元璋这才醒悟过来,躲过一劫。又如，永乐间，太监阮安负责北京城池、九门、三殿、五府、六部，以及杨村驿河等大工程的修筑。其间油水之大，不言而喻。但阮安廉洁奉公，兢兢业业。晚年又治理张秋河，“甚著劳绩”，且“缁缕不自私”。即使放在今天，也算是模范干部了。像这样的例子还有不少。我想如果统计一下，那些祸国乱政的太监，恐怕毕竟还是少数。也就是说，广大太监是好的或基本好的，可这并不能改变整个太监队伍的形象。那些好太监很少有人提及，甚至根本就被忽略了。因为从功过得失来权衡，那些坏太监虽占少数，但他们的能量和破坏力远比好太监大得多。这或许为我们思考形象问题，从另一个角度提供了参照。

再以徽商为例。明清之际，徽商达到鼎盛，成为国内著名商帮，对明清经济发展作出了重要贡献。可明清小说和笔记中，提到徽州朝奉及徽州女人，却贬多褒少。凌濛初《拍案惊奇》中就讲到一个家住徽州府休宁县的姚姓女人，嫁给屯溪潘家为妻后，男人外出经商，由于婆媳不和，她便偷跑出来与本县一个有钱的吴姓商人姘居，结果闹得潘姚两家打起官司，丑态百出。前些年，我写《徽商》时，曾几次去过徽州，徽商及徽州女人的形象并非如此。尤其是徽州女人们，她们的命运极为悲惨，所谓“一世夫妻两年半”，那一座座贞洁牌坊便是无言的见证。然小说家言，虽不足信，但道听途说，亦有源于生活的成分在。凌濛初笔下的姚姓女子，也许在现实生活中只是个别的，但她们的负面效应不可低估。

俗语云：“一粒老鼠屎败坏一锅粥。”又云：“好事不出门，坏事传万里。”这两句话的富有哲理之处在于：首先它阐明了整体与个体的关系，即整体是由个体体现的，两者不可分隔；其次辩证了好事与坏事的联系。做好事难，但十件好事往往抵不上一件坏事的影响。因此，作为每一个个体是否都该考虑：当别人用鲜血和生命为行业的整体形象增光添彩时，你该如何做呢？此不独公安干警然。

（2000 年 4 月）

从草船借箭想到的

提起草船借箭，自然就会想到诸葛亮。在三国故事中，诸葛亮草船借箭的故事，可谓脍炙人口，但人们可能忽略了一点，即此法并非孔明首创。《三国演义》第七回，孙坚跨江击刘表时，就令诸军伏于船中“来往诱之”，结果黄祖不知是计，只顾放箭。一连三天下来，孙坚“拔船上所得之箭，约十数万”。而此时，诸葛亮还高卧隆中，野云闲鹤般地四处逍遥哩。由此可见，草船借箭似也存在“仿作”的嫌疑。如果孙坚告到法院，说他“抄袭”，纵然孔明有舌战群儒之能耐，恐怕也难洗清自己。

以上自然都是笑谈。不过有一个问题也许值得考虑，那就是为何同是借箭，一个默默无闻，一个却妇孺皆知，原因何在？解释也许有多种，但有一点不可否认，那就是诸葛亮名气大，所以同一件事放在他身上，效果就大不相同。用当今时髦的话说，这叫做名人效应。

1987年，我在北京学习时，有位作家曾提出一个观点。他说在所有的文学体裁中，散文是最讲究身份的。他的意思是说，小说、诗歌等体裁，人们对内容的要求和标准大致相同，而相比较而言，作者的身份并不重要。正因为如此，有的作者可能因为一篇小说就一炮打响。而散文这种体裁，除了文章本身外，作者的身份往往显得相当重要。同样的内容，不同的人写，就大不一样。譬如，某位大文豪随手写下一点什么，说他早上吃了什么，饭后读了什么，想了什么，或者见了什么人，接了什么电话。看起来都是一些平常琐事，但其价值也许不可小视。不仅可以发表，而且还有研究之必要。这道理就像一些名人日记为什么会受到重视一样。可换了一个普通人，那就完全不是一回事了。为何如此？道理似乎也不难懂。因为散文讲究真实，这一点不像其他体裁可以任意虚构，所以它提供的信息，除了内容本身之外，有的其实已远远超出了这个范畴。这就是散文为什么更讲究身份的原因所在。从这个论点出发，我们对某些问题的看法也许就会获取新的角度。

近来一些演艺界名人纷纷出书，引起不少议论，报章上亦有一些批评。归纳起来，主要是文字粗糙、内容掺水、出卖隐私，等等。不过，依我看来，这类书既然有人写，有人出，有人买，有人看，就自有它存在的道理。过多指责，似无必要。至于那些批评，也好像牛刀宰鸡，过于夸张了一点。这里需要搞清的一点是，这些所谓的名人（个别的除外）之所以能够轻而易举地出书，并使自己的书畅销起来，并非由于他们思想或文字比别人高明，而是由于他们的名气和身份。那些追捧者，绝大多数恐怕也是冲着他们的名气去的，他们的阅读并非为了从他们的书中寻求思想的启迪和欣赏的愉悦，而是出于某种好奇和崇拜。如能满足这一点，这类书也就达到了目的。至于写得好坏，已不重要。当然，出卖隐私，格调低下者，另当别论。

（1998 年 6 月）

由称呼想到的

旧小说戏曲中,常有“老先生”、“老相公”、“老翁”等称呼,我对其意从未深究,后读王世贞《觚不觚录》,方知在不同朝代此称呼的含义亦不相同。如明代官场,对极尊者称老先生,“自内阁以至大小九卿皆如之”,这已有别于门生对座主的称呼(改叫老师);对老相公、老翁等称呼,级别似乎又高了一层。相公多指那些当国者,而老翁在丙辰后则是对朝中三品以上庶僚的称呼。看来,这里头的名堂还真不少。什么东西都架不住研究。不研究则罢,一研究学问就大了。

严格地讲,称呼的确是颇有讲究的。王士禛《居易录》中就举了不少这样的例子。如,贾谊称贾生,司马长卿称马卿,阮籍称阮公,稽康称稽生;再如,江淹称江郎,杜甫称杜公,李白称李生;还有什么“小谢”、“小苏”、“小宋”等等,都有出处,不可乱来。“若杜甫称杜生,李白称李公,知复为谁耶?”

当然,这些讲究一般都是不成文的,约定俗成而已。说到底,称呼大多都含有尊重的意思,因此在使用时,民间往往遵循就高不就低的原则。如职务要去副字;当兵的都喊班长;在医院看见穿白大褂的,一律叫医生……“文化大革命”中工人阶级高于一切,于是“师傅”的称呼满天飞,如今世事变化,师傅已不再吃香,因此连看厕所、收破烂的都改叫老板了。可见,这称呼也是随着时代变化而变化的。现如今叫先生、小姐很流行,可要往前几十年,这样叫人,准会遭来白眼。

中国是个讲礼数的国家。礼多人不怪,好话谁都爱听,往高里叫没有坏处。有一次,我和新闻界的几个朋友去淮北采访。主人介绍时不管三七二十一,统统加官晋级,记者叫主任,主任叫总编,轮到我时则更有创意，曰：季作家——作家居然也成了称呼！同行者忍俊不禁，一路戏称不止，直到如今，有时见面仍要打趣一番。

不过，还有一种时尚，那就是不提职务，只称同志。这种称呼是有特定范围的。也许有人爱用这种方式向你谈及一些领导同志，在他们嘴里，那些省市领导，甚至中央要员的名字如同嚼萝卜干似的频繁出现，而且一律不提职务，只称某某同志（去姓），好像他与这些领导关系不知有多亲密似的。但根据我的经验，你千万别信这些。

相比之下，同事和朋友间的称呼要随意得多，无须那些讲究。但随着地位、职务的升迁，有时也会发生一些令人不快的变化。袁世凯未发迹时，一直称张謇“夫子大人”（老师），后来他做了北洋大臣，便改口称“仁兄”了。张謇回信相讥：“足下之官阶愈高，则鄙人之称谓愈小。”其实，袁世凯还算是不太过分的。有个作者刚写作时，对编辑点头哈腰，毕恭毕敬，对一位栽培过他的前辈，更是开口必称老师，执礼甚恭。可混出点名堂后，便不再客气，称之“老某”；后来不知什么事，这位老编辑得罪了他，他便开口闭口以“老混蛋”相称，如同小丑一般。从这称呼变化中，不正见出了世态，见出了人品吗？

眼下有一本很火的小说《羊的门》，书中有一个叫范骡子的人，此人为了个人利益，不顾廉耻，私下里就连他自己也感到羞愧，自己骂自己说：“人真不是东西！”好在这种不是东西的人毕竟还是少数，所以人类才有希望。

（1999年12月）

从贪官年轻化说开去

如今贪官越来越年轻，已成为一种趋势。近日报载，一个39岁的“厅官”不久前又栽下马来。该贪官系某省国有公司原副总，名叫华ＸＸ，只是个副厅级干部，无论从级别，还是从受贿的数额（100多万元）看，本不足为奇。这些年来，贪官级别越来越高（省级干部已不算稀奇），数额也越来越大（动辄上千万，百万元的都算小鱼小虾）。可值得注意的是，华某只有39岁。从年龄上说，不敢说是“天下先”，起码在我看过的报道中，属最年轻的厅级贪官之一。

过去有一种说法，叫“59岁现像”。59岁，这是贪污受贿的多发、同时也是最危险的年龄段。在这个年龄段栽跟头的高官和著名企业家，数不胜数，其中最著名的有红塔集团的褚时键、蚌埠烟厂的李邦福，等等。他们都是晚节不保，但起码在犯罪前还做过一些贡献。因此有同情者，亦有为他们遗憾者，说他们劳苦功高了一辈子，而所得甚少，难免心理失衡。可像华××这样的“青春一族”，情况完全不同。从报道看，华××是1999年9月被任命为副总的，可在1997年至1999年间，他就已经收受了北京某公司的贿赂款70多万元。工作还没做，就张开血盆大口，大捞特捞起来，真可谓动物凶猛，令人不寒而栗。

圣人教导说：“君子有三戒：少之时，血气未定，戒之在色；及其壮也，血气方刚，戒之在斗；及其老也，血气既衰，戒之在得。”孔子的话，概括了人生在少年、壮年和老年三个阶段需要注意的问题。所谓“戒之在得”，就是说要戒除贪得无厌，而这是人在老年最易犯的错误。从心理学上说，孔子的话不无道理。人之将老，血气已衰，此时事业心、上进心已然消退，而对未来的恐惧，使他们尤其害怕被社会抛弃，作为一种补偿，此时就难免变得贪婪，希望靠财富来维系自己的地位和尊严。“59岁现像”的产生，往往就因为这种心理在暗中作怪。因此，老夫子特别强调，人到老年“戒之在得”。可是，圣人再伟大，也无法预料身后二千多年的变化。他的话在当时可能是真理，如今却早已落后于时代。察今日之贪官，尤其是那些年轻的贪官，可谓“色”“斗”“得”俱全，几乎所有年龄段可能出现的问题一样不落，全都集于一身，哪里还要等到老年再去“戒之在得”？年纪轻轻，已是贪欲膨胀，钱财等身。超前是超前了，只是不知算是进步还是倒退？

权力是腐败的温床，一些干部原先并不坏，但混迹于官场，久而久之，放松自己，逐步沦为腐败分子。这种情况的确存在，可另一种情况是，有些所谓的干部并非提拔后才变坏的，而是本来就胎里坏，未提拔时就已恶名在外，群众反映强烈，这样的人提拔上去，焉有不腐败的道理？试想，即便官场是个大染缸，腐蚀总还得有个过程吧，可某些年轻的贪官根本就没有这个过程。他们的提拔之日，就是贪污贿赂之时。因此，把问题全都归咎于权力，是说不过去的。上边提到的华××，他的受贿并不是提拔副总之后，而是1997年，提拔前两年就开始了。我不知道考察时，有关领导和组织部门是否注意到这些问题。或许，华××隐藏得较深，这些问题在提拔前并未暴露，作为个案，这里不作细究。然而，更多更普遍的情况并非如此。天地之间有杆秤，群众的眼睛是雪亮的。一个素质低下的干部往往很难逃脱本单位群众的眼睛。问题是，我们的有些领导和组织部门愿意不愿意听取群众的意见？

吏制腐败，黑幕重重。贪官年轻化，实际上是敲了警钟，暴露了我们的干部制度存在很大的问题。如果不加以重视，在提拔这道关口上就筑起牢固的防线，杜绝那些胎里坏，或者素质低下的人混进我们的干部队伍，那么反贪工作就很难取得彻底的最后的胜利。即便杀了成克杰，还有刘克杰；毙了胡长清，还有张长清。源头一天不禁，忧患一日不绝。

（2003年12月）

关于诚信的话题

一次,我爱人从菜场买回一斤黄瓜,放了两天后发现黄瓜居然还在生长,像得了肿胀病,变得又粗又胖,那模样恐怖极了,后来才知道这是使用激素所致。其实这已不是什么秘密,如同洗衣粉发面蒸馍、避孕药喂养黄鳝、明矾炸油条、硫磺熏木耳,还有用致癌的瘦肉精喂猪,等等,我们就生活在这样的恐怖之中。不仅是吃,还有穿,还有用……在我们生活的各个方面,无不充斥着假货和欺骗。于是乎,有人发出惊叹:这是一个没有诚信的时代,今后我们还能相信谁?相信什么?——的确,诚信危机已经到了必须大声疾呼的时候了!

《安徽通志》上有个故事,一个名叫唐祁的歙县人,其父曾向某人借钱,后来某人找上门来,说是借条丢了,唐祁二话没说,如数还钱。不久,又有人拿着借条找上门来,唐祁还是二话没说,又一次按借条作了偿还。借一次钱却还了两次,此事被传为笑谈。但唐祁不这样认为,他说:"前者是实有其事,而后者借条也是真的。"这个故事后来屡被引用,尤其研究徽商的书籍,更是把唐祁视为楷模,屡加颂扬。不过,按现今的观点,唐祁的做法似乎也有值得商榷之处。比如,他不作调查就两次还钱,是不是有些迂腐?万一这是个骗局呢?当然这都是题外的话了。作为唐祁的故事,重要的是它承载了一种可贵的美德,即诚信,所以才得以代代流传,为人称颂。

比唐祁的故事流传更早,也更广的是曾子的故事:有一次,曾妻上街,儿子哭闹着要跟去,曾妻便哄他说:"你不要哭,等我回来杀猪给你吃。"等到曾妻回来时,看到曾子正在磨刀杀猪,连忙拦阻,说我不过是哄小孩的,你怎么当真了?曾子回答,说过的事就应该兑现,如果不兑现就是教孩子说谎啊。他坚持把猪杀了。

看来,要做到诚信有时还真不容易。唐祁两次还钱,而曾子为句戏言竟杀掉一头猪,这代价都不小。从眼前的利益看,他们似乎太傻,太吃亏了,但从长远的利益看未必如此。记不清是谁说过,人与动物的区别之一,就在于人把自己的一生视为整体,因此眼前与将来紧密相连。一个人年轻时辛勤劳作,不光是为了眼前,更多是考虑将来。名声和信用的积累也是如此。一个好名声就是一笔无形资产,他会使你今后受益无穷。试想,唐祁以后要借钱还愁借不到吗?因为他的名字就是最好的信用保证,而曾子的儿子长大后也一定会成为一个"言必信,行必果"的诚实的人。相反,不讲诚信,尽管可能会获得眼前的或一时的利益,但终究不可能长久。南京某品牌月饼的兴衰就是一个最好的例证。该厂欺骗消费者,用过期的配料生产月饼,一度赢得了利润,可此事一经曝光,遂声名狼藉,江河日下,终于灰溜溜宣布破产。诚信无价,这是任何金钱都无法买到的。

然而,有些人看不到这一点。他们不诚不信,伤天害理,所谓天下滔滔,物欲横流。在高度发达的现代社会,在金钱和物质面前,这种丧失自我、精神失衡的状况,尤其值得警惕,否则我们将为此付出惨重的代价。孔子说,人而无信,不知其可也,就像大车没有輗,小车没有軏,靠什么行走呢?一个国家、一个民族同样如此。没有诚信将寸步难行,立于世界民族之林也将成为一句空话。

(2001 年 6 月)

关于承诺的话题

报载，河南一刘姓储户不久前将当地一家银行告上了法庭。起因是该储户取款时，发现存款不翼而飞。后经一番折腾，虽然查明了责任（银行内部管理不善所致），存款也物归原主。但由于该行对外有过限时服务承诺，即“误你一分钟，赔你一元钱”。而刘姓储户从取款到拿到款，总共耗时112天1小时40分钟，于是按承诺，要求银行赔偿161380元。这起官司多少有些令人意外，不仅银行，就连一般公众，大约也是想不到的居多。这想不到，恐怕就在于：承诺怎么竟也承诺出了麻烦？本来，银行提出限时服务，旨在改进工作效率，是好事，值得称道，但问题是承诺提出了，就必须兑现，不论出现何种意外，都不能讨价还价，更推脱不得。对于这一点，银行可能考虑不够，或者说没有认真考虑。这对承诺者来说，应当是一个教训。

有段时间，“承诺”一词使用频率颇高。传媒上常常看到这部门、那单位的，竞相比着似地提出各种承诺，真有些“你方唱罢我登场”的架势。再看承诺的内容，大都是利国利民的好事，或是老百姓迫切需要解决的问题，自然受到欢迎。但事后发现，许多承诺只是表面文章，实际上并不兑现，或兑现起来大打折扣，于是乎便又招来一片骂声。有人说，承诺总比不承诺好，起码是表明了一种积极的态度。其实不然。譬如，朋友相处，你有事相托，对方一拍胸脯，说你找我找对了，这事包在我身上了——那口气“牛”得不行！你当然是满心欢喜，可等来等去，却没了下文，事后才发现这事他根本办不了，或者早已忘得干净。这样的朋友，久而久之，你还能信他吗？由此可见，光有态度并不行。如今的老百姓已不比从前，个个心里都透着亮，你光说空话，不办实事，便会适得其反，甚至产生负面影响。因此，与其承而不诺，倒还不如不承诺的好。

鲁迅先生说过，文学上的描写常常要打折扣。“两耳垂肩”至少要“打一个对折”，而“白发三千丈”，更要“打一个二万扣”。除此而外，市场上甲乙打架，输的会说：“我认得你的！”看起来像是要复仇，其实当真不得，不过是打架收场的“一种仪式”。至于卖假药的，包纸上印着“存心欺世，雷殛火焚”；还有那些门脸上钉着“假冒王麻子灭门三代”金漆牌子的，也千万信也不得。中国有句俗话，叫吹牛不犯法。拍拍胸脯说几句大话，倒也习以为常，这也算是无独有偶吧。然而，时代毕竟不同了。随着社会的进步和法律法规的完善，有些事恐怕就不那么简单了。说出的大话，作出的承诺，弄不好也要付出代价。上面那家银行的教训，就是生动的一例。

承诺，实际上是一个信用问题，也就是通常所说的说话算不算话。这里讲究的是一个“诚”字。清代徽商中，有一个叫马禄的，友人将钱托他保管，结果被人所盗，他不声不响，倾其所有而还。马禄所为，令人钦佩。其可钦可佩之处，就在于那个“诚”字上面。如果他强调客观，请求宽宥，不还钱，或少还钱，也未尝不可，但他失去的也许将是比金钱更宝贵的东西。

中国人向来把重诺看作美德。人而无信，便会坏了名声，失去朋友；单位或部门而无信，便会坏了风气，失去民心。熟重熟轻，还是掂量掂量的好。

（1998 年 9 月）

关于钱的话题

先讲两个故事：

第一个是说，有两个耕夫从地下刨出马蹄金一瓮，主动上交给县令。县令一看这么多钱，放在库房里不放心，便藏到自己家里，可次日一看，这瓮钱不知怎么变成土块了。这一来，县令讲不清了。知府怀疑这钱被他偷换了，要他交出赃款，可县令无法交出。幸好幕府中有个叫袁滋的，看出其中有疑，便提出此案由他复审。袁滋是个细心人，他先测了瓮的大小，发现可纳二百五十余块马蹄金，又问两个耕夫是如何把金块送去的，耕夫答曰是他们用竹担抬去的。之后，袁滋让人往那个瓮内放置金块，才放一半，重量已达三百斤。不须说，满瓮金块两个人岂能抬动？此冤遂雪。

第二个故事，据说发生在某地甘露寺。有和尚举报说，该寺庙负责和尚与前任交接时贪污了庙里的金块。负责和尚喊冤说，庙里根本就没有金块，贪污何从说起？可举报者言之凿凿，说他们亲眼见过那些金块。幸好审理此案的官员李德裕不是糊涂官，他把那些举报者找来，要他们分别用泥团捏出金块的形状，结果所捏形状皆不同。于是，真相大白。

上述两个故事均载于元人刘埙所著的《隐居通议》中。细心的读者可能注意到了，两个案子得以破解的关键，都与钱的量和形有关。应该说，这是一个容易让人忽略的问题，而袁滋和李德裕的高明，就在于他们从这个常人易于忽略的地方看出了破绽。这不禁使我想起一个近来报道的案子。

报载，号称烟草大王的某烟厂厂长，因经济问题接受审查时，起初也拒不交待问题。有一笔数百万巨款来历不清，他谎称是境外一商人托他在国内购置房产的。为此，他还编造了一个交钱的情节，说该商人是在某某宾馆当面把钱交给他的，钱就放在一个密码箱内，云云。中纪委的同志第二天找来一个密码箱，当着该厂长的面将钱往箱内放，结果根本放不下。谎言不攻自破，全案由此打开缺口。

看完这则报道，不免生出一些感慨来。该厂长贪污受贿近千万，对钱的数量却没有一个具体的概念，连一个密码箱能装多少钱也全然不知。这也难怪。大凡巨贪，他们的聚敛并没有多少实用意义。也就是说，他们并不是缺钱花才去贪污受贿的。钱对他们来说，只是一个抽象的财富概念。他们吃穿不愁，也许永远不会动用那些见不得人的赃款。回过头来想想，该厂长每年的正当收入（工资、奖金等）二十余万元，这还不包括他手中权力带来的各种好处。如果不作非分之想，日子可以过得十分舒适。相反，冒着坐牢杀头的危险，去捞那些根本享用不到的财富，真有些得不偿失。

当然，这只是一个常人的想法。也许在某些人看来，这种想法太幼稚、太低级了。然而，贪墨者的可悲，就在于他们理智丧失，以致连一个常人本该有的感觉都丧失了，这才铸成大错。所谓利令智昏，奈何！

（1996 年 1 月）

中国有与外国有

记不清哪一年，当时女子足球刚在国内兴起，便有人撰文，称此项运动在我国某朝某代就已开展，可谓年代久远。言下之意，就是中国早已有之，何足挂齿。笔者未作考证，不知事实是否如此，但看过此文，心里不以为然，于是有感而发，写了一篇短文。这篇短文后来排出清样，却未能发出。至于什么原因，不大清楚。

其实，这类情况不独女足然。比如，一说长发，就有人说，那在中国古代本不稀奇；一说喇叭裤，则中国汉代便有。就连意识流、印象派这类现代派的创作手法，在中国古代也能牵强附会地找出不少例证来。这样说说，倒也无妨，问题是，好事往自己脸上贴，坏事却要拉垫背的，就显得不够大度了。比如，说起污染，那就不说中国早已有之了，而是外国也有，且比我们严重；说起贪污腐败，更能举出许多例子，说明外国也存在，仿佛要搞市场经济，就不可避免。有一篇文章谈到中国球星拿钱太多，脾气太大，于是便有人搬出“外国如何如何”的例证来，声称中国球星这点钱根本不算什么，甚至连外国大牌球星的零头都不够。至于脾气嘛，再大还能大过马拉多纳？他敢吸毒，用枪打记者，中国球星不过是讲几句脏话，或挥几下拳头而已。这么一比较，那就什么问题也没有了。有的倒是那些说三道四者，吃饱了撑的，无缘无故嫉妒别人拿钱多似的。

如此这般，好的，就说咱们早有，于是沾沾自喜一番；而坏的，则找各种理由，咱有，别人也有，大家扯扯平，这究竟是一种什么心理呢？

中国是文明古国，历史悠久，祖先有许多发明创造，固然使人自豪，大力宣传，亦无可厚非。然而，我们在祖先的光荣上已经沉睡得太久了。“外国用火药制造子弹御敌，中国却用它做爆竹敬神；外国用罗盘针航海，中国却用它看风水；外国用鸦片医病，中国却拿来当饭吃。”（鲁迅语），全不顾外边的世界发生的变化。及至发现自己落后时，便要从祖先的光荣中找些补回来，以证明自己原先也是很了不起的；而当发现问题后又往往不能正视，要从别人身上找出相同的毛病，以此自慰。这种心态，与其说是自豪，不如说是自恋；与其说是自强，不如说是自卑。长此下去，便会禁锢自己，是很危险的。

人与人，国与国，有许多相同之处，也有许多不同之处，不必强求一律。外国有的，中国没有，或者中国有的，外国没有，这都是正常的，可以互相学习，互通有无。只要好的、有益的就坚持，没有的则拿来，而坏的则坚决摒弃，不论人家有还是没有。鲁迅先生说过：“假使世界上只有一家有臭虫，而遭别人指摘的时候，实在也不大舒服的，但捉起来却也真费事。况且北京有一种学说，说臭虫是捉不得的，越捉越多。即使捉尽了，又有什么价值呢，不过是一种消极的办法。最好还是希望别家也有臭虫，而竟发见了就更好。”这番话说得十分尖刻，但细细一品，反话中蕴含着至理。众所周知，对付臭虫的办法实际上只有一个，那就是捉；捉不尽也得捉。因为舍此别无他法。至于外国有还是没有，与此又有什么关系呢？

（2000 年 8 月）

随 感 二 题

把握自己

某贪官在法庭上作最后陈述时,有一句话曾打动了不少人。他说:“家有千金,不过一日三餐;家有广厦,不过卧榻一张。”这本是一句很平常的古老格言,如果换一个人,或换一个场合来说,也许谁也不会当回事,可用一个穷孩子到市长,再由市长到阶下囚的惨痛经历做注脚时,这句话就太沉重了。

有一个朋友对我说,他的一个同事不甘人后,处处争胜好强,为了破格当教授,他玩命地干活,最后不幸重病染身,英年早逝。临死前,他很感叹地对我的朋友说:“要长寿,不要教授。”

其实,不满足于一日三餐和卧榻一张,想让生活过得更好一些,这并没有错。至于争胜好强,不甘人后,也是一种美德,值得提倡。但凡事都有度,过了就会走向反面。

体操王子李宁是一个了不起的英雄。他为我们拿回了许多奖牌和荣誉,每个中国人都会为他骄傲。可当他最后一次从鞍马上掉下来时,我真为他难过。相比之下,美国女飞人格丽菲斯·乔依娜就完美得多。她在辉煌的巅峰时毅然隐退。人们在为她惋惜的同时更要感谢她,因为她为我们保存了一份美好记忆。

许多事情都是这样。把握住了自己,就把握住了人生。这是一种生活态度,更是一种生活哲学。

境界

央视某名嘴不久前遭到媒体尖锐批评，原因是这位一向以批评时弊而著称的主持人，这一次却没能很好地对待他人的批评。不仅没能正确对待，而且还说了一些不着边际的话，比如什么没有错误的文章不是好文章（大意）云云。这一来自然激怒了媒体。其实，这也不是什么大错。充其量是有些要面子而已。该名嘴毕竟年轻，还有不成熟的地方，不懂得如何对待批评。不像金庸，挨了骂依然能处惊不变，修养很好。

成熟需要修炼，但并非所有的成熟都值得赞赏。如果表面虚心接受，背后却要骂娘，甚至捅刀子打黑枪，那还不如不成熟的好。因为成熟不等于虚伪。

朱自清有一次给学生讲断句，举《孟子》例：成覸谓齐景公曰："彼丈夫也，我丈夫也，吾何畏彼哉？"颜渊曰："舜何人也，予何人也，有为者亦若是……"学生余冠英当即指出他的错，说该句正确的断法应是："舜何？人也。予何？人也。有为者亦若是。"朱自清听了不仅没恼火，反而十分高兴，夸奖余说："弟子不必不如师，师不必贤于弟子。"

看看朱自清，我们就懂得了什么是境界。而要做到这一点，光靠成熟恐怕还远远不够。

（2001年3月）

哥舒翰其人

想到这个题目是由电视连续剧《唐明皇》引起的。《唐》剧上演，盛况一时，我也断断续续看了几集。其中关于哥舒翰的情节，引发了我的一些想法，便忍不住要议论几句。

在《唐》剧中，哥舒翰被塑造为一个可歌可泣、顶天立地的英雄，尤其是潼关之战那场戏，他“身残志坚”，坐在担架上被抬着挂帅出征，被俘后又大义凛然，视死如归，着实让人不得不感动一番。感动固然感动，却与历史相去甚远。

不错，哥舒翰早年的确称得上是唐玄宗的一员猛将。据史料记载，他是哥舒部落首领的后裔，年轻时便“倜傥任侠，好然诺，纵蒱酒”；从军后更是作战勇猛，屡建功勋。哥舒翰的膂力过人，善使枪，作战时常常身先士卒，冲锋陷阵。一次追杀吐番败兵，他一马当先，追上敌骑以枪搭其肩，怒喝一声，敌兵惶恐回首，他便手起枪落，穿喉而过，挑起“三五尺而堕”，吐番兵无不为之胆寒。由于战绩卓著，他不断得到升迁，最后成为手握重兵的西北边关统帅。但是，在历史上最使哥舒翰出名的倒不是他先前的那些辉煌战绩，而是由于他的潼关之败以及被俘后的失节。

安禄山叛乱后，“渔阳鼙鼓动地来”，一路势如破竹，直捣长安。潼关一战，对于唐明皇的统治来说是生死存亡的关键。哥舒翰以“废疾”之身出任太子先锋兵马大元帅，后又被加封尚书左仆射同中书门下平章事，率二十万大军御敌于潼关之上。唐明皇对其寄予厚望，曾亲御勤政楼为其饯行，百官更是“出饯于郊”，可是哥舒翰辜负了皇上的期望。潼关之败，杨国忠“眩惑”圣上，逼其出关，自然要负主要责任，但哥舒翰的问题也不少。他诛杀杜乾运，冤死安思顺，同时因“风疾”，“军中之务不复躬亲”，全都委于行军司马田良丘，而田良丘又不敢专断，以致号令不一，指挥混乱，加上手下大将王思礼和李承光互不服气，争长较短，于是兵无斗志，人心涣散。及至率军出关，又犯了轻敌的错误，指挥不当，终导全军覆没。最没骨气的是，他被俘后为了苟延生命，竟失去了大丈夫的气节。当安禄山问他："汝常轻我，今日如何？"哥舒翰便俯伏于地，说出了"肉眼不识陛下"之类的没有骨头的话，并主动提出愿写信劝郭子仪、李光弼诸将一起来降。遗憾的是，郭、李等将并不买他的账。安禄山本想利用他，见此招不灵，最后还是把他给杀了。史家评论多认为，潼关失利主要是唐明皇用人不当，至于哥舒翰"受署贼庭，苟延视息"，更是"丑哉"！

然而，令人不解的是，被称为"无一字无来历"的《唐》剧的编导们偏偏把哥舒翰的晚节不忠彻底颠倒过来，将他描绘成一个令人景仰的英雄，这当然不会是无意的疏忽。有人说，此剧意在为杨贵妃翻案。过去的一些作品带着男性的偏见，把开元盛世的衰败归咎于一个女人，这固不足取。既然责任不在杨贵妃，总得找个人来顶吧，于是，杨国忠便成了造成这场历史灾难的第一罪魁，这倒也没错，可为何要把哥舒翰美化一番呢？我猜想，编导们的苦心大约是想强化杨国忠的罪恶，殊不知这样做同样是失之偏颇的。由此就使人想到一个问题，一个王朝的灭亡，官吏的腐败无能往往是全方位的，并非哪一两个人的责任。开元由盛及衰就深刻地说明了这一道理。因此，依鄙人之陋见，如把哥舒翰真实写来，不仅可以反映历史的真实面目，而且于深化主题，也更为有益。

（1994 年 4 月）

贵 在 心 廉

反腐倡廉是一个老生常谈的话题，虽然谈得不少，有关方面也采取了不少行动，但问题仍很严重。中国古有养廉之说，于是便有人寄希望于公务员制度的改革，认为工资提高了，情况自会有所好转。究竟如何，当然还有待于实践检验。不过，人事部长宋德福日前已经指出，即使公务员制度改革完善，也还是会有腐败问题，例如美国、香港，在实行多年公务员制度后，还是存在腐败问题。

腐败为何屡禁不绝？答案实际上并不难找，乃人之贪欲在作怪，而人的欲望往往又是无止境的。所谓得陇望蜀，有了钱还想要更多的钱，永远也不可能满足。远的不说，就拿近邻日本为例。这是亚洲也是世界上数得着的富国之一，其首相的收入想来也一定不会太低，但涉嫌丑闻的例子仍不时爆出。1974 年 12 月，田中角荣因个人资金来源不明而辞职；1989 年 6 月，竹下登由于涉嫌里库路特案件而下台；上届首相细川护熙就更惨了，因佐川快件公司 1 亿日元问题，同时涉嫌日本电信电话公司的非法股票交易一案，在执政不到八个月便不得不灰溜溜地挂冠而去。看来，如果不从根本上解决问题，即便工资给得再高也挡不住贪欲的诱惑。我从来不相信什么养廉之说，难道廉洁可以用钱喂出来吗？未必。

不久前，读姚永朴的《旧闻随笔》，其中那些为官清廉的人物事迹给我留下深刻的印象。比如，曾在康熙朝做过礼部尚书，并担任过太子老师的汤斌汤文正公，在江苏巡抚任上，每日只吃豆羹，人称“豆腐汤”。后在京中去世时，人们看到他的尸体停放在硬板床上，衣服也十分破旧，遗物中只有俸银八两，最后还是同僚徐健庵拿出二十金才使之得以成殡。与汤斌齐名的还有一位于成龙，此公曾做过两江总督，也是康熙朝的一位著名廉吏，人称"于青菜"，盖因其每日唯食青菜之故。他的身后同样也很清寒。死时，人们在他存放物品的竹器中只看到"绨袍一袭，靴带二事"，此外还有"瓦瓮中米数斛，盐豉数器而已"。为什么同是人，同是手握权力的官吏，有人贪得无厌，而有人却清廉至此？究竟原因何在？

几年前，单位组织看电影《焦裕禄》。事前，机关总支书记反复通知，并特别强调党员一定要去，可去者仍不很多，偌大的剧场显得空空荡荡。散场时听到不少议论。有人说："比比焦裕禄，现在有的干部真该枪毙！"也有的说："毕竟时代不同了，焦裕禄式的干部哪还吃得开？"是的，每个时代都有不同的偶像和风气。在崇尚杰克逊、麦当娜的时代，在物欲横流、无止境地追逐金钱与享受的时代，焦裕禄和雷锋岂不变得十分可笑了？人们常常喜欢怀念上世纪50年代的人际关系和精神面貌，那时尽管也出现了刘青山、张子善这样的败类，但干部队伍的整体廉洁水平不知要比现在好多少，而那时的干部工资水平却比现在要低得多。一位朋友曾告诉我一首民谣。谣云："收礼不受贿，受贿不索贿，跳舞只摸背，晚上回家睡。"其注脚是，这样的干部在今天就算是好干部了。风气至此，反腐倡廉之艰巨，也由此可见一斑。

古人云，修身先正心。心正则明，明才能不见利忘义，才能不受风气左右，抵挡住欲望的诱惑。历代清官廉吏无不是修身正心的典范。然而，修身正心又何尝是一件容易的事呢？

（1994年8月）

和平的代价[1]

在我动笔写这篇短文前不久，远在千里之外的特拉维夫，一个伟大的心脏已经停止了跳动。他是在进行一次和平演说之后倒在血泊中的，罪恶的子弹夺去了这位诺贝尔和平奖获得者的生命。他就是拉宾，一个为和平而斗争的勇士。全世界都感到震惊了，但人们在震惊、谴责和惋惜的同时，也清醒地认识到，这就是和平的代价。

和平，这是多么美丽的字眼。她温馨、宁静，像夏日的和风，像冬日的暖阳。我相信，每个正直的人都向往和平，这是人类最基本的，也是最崇高的追求。和平的内容是具体的，就我而言，当我坐在浴满阳光的书桌旁翻着闲书，再沏上一壶浓浓的香茶时，这就是最幸福的时刻。于是我对自己说，这就是和平。虽然幸福的内容因人而异，但在和平的意义上是一致的。然而，和平从来都是需要付出代价的，即使在和平的年代也同样如此。罪恶、暴力和腐败同样威胁着和平的生活。当我们每个人在享受那一份和平带来的幸福和宁静的时刻，却有许许多多的人在为此付出代价。他们为和平而奋斗，而流血，而牺牲；他们放弃了天伦之乐以及本该属于他们的那一份享受。他们是这个世界上最普通的人，也是最伟大的人。

我常常想，公安题材的作品（那些哗众取宠、诲淫诲盗的垃圾除外）为何如此吸引读者呢？原因也许有很多，但我想有一点可能是最基本的，那就是它涉及和平与安全，这本身就具有一种无穷的魅力。人们常说，爱情是永恒的主题。可在我看来，和平的主题更博大，更深远，更永恒。看一

---

① 此文为《警探》杂志的写的卷前语。

看中东，看一看波黑，再看一看我们的周围吧，那些在和平的环境中仍然不断滋生的暴力和罪恶，还有什么比这个更叫人关切，比这更能揪动亿万人心呢？

从这个意义上讲，如果说，文学是一座百花园，那么《警探》就是这个百花丛中的一朵和平之花。愿她为和平而揭露和鞭挞丑恶，为和平而讴歌悲壮和崇高。

让和平与我们同在。

让和平成为永远。

（1995年12月）

胡雪岩的悲哀

这几年，胡雪岩突然热了起来。所谓“红顶商人”，不说妇孺皆知，也知者甚多，此皆文学影视之力也。其中影响最大者，当属台湾作家写的《红顶商人》。但小说家言并不可信，真实的胡雪岩究竟是个什么样子，据说可供研究的史料并不多。不久前，一位中医教授打电话给我，说是杭州胡庆余堂来皖搜集胡雪岩的材料，听说我写过徽商，想约我一谈。可我对胡的史料并不关注，掌握的也不多，只记得《见闻琐录》中有一些记载，倒也十分生动。

《见闻琐录》是清人欧阳昱的笔记，虽不入正史，但其重实录，故有别于“一般游谈无根的野史”。胡雪岩是靠“投机”起家的。这么说倒也不全是贬损之意，投机虽不是褒词，但其另一面连着胆识二字。无胆无识的人，即便投机也不能获得大成功。《琐录》记载：胡氏原先不过是某钱铺杂役，太平军直逼临安，“满城逃空”，一王姓富商将银十万两托付胡氏。兵荒马乱，身携重资，难免引来杀身之祸，探知衢州谷价甚贱，胡雪岩便买谷二十万石囤集起来。后值左宗棠进军浙江，至衢州乏粮。胡便将所囤之粮尽数献出。由此，攀上了左帅这棵大树，以后便一步步地发达起来。

发达之后的胡雪岩，据说“劣迹”不少。如渔色太过，欺男霸女种种，包括“坏人名节，丧人性命者”的事也时有发生。一次，他强买某人之妻，犯在了曾做过兵部尚书，并以刚直闻名的彭玉麟手中，要不是左帅相救，差一点就丢了性命。

不过，胡雪岩毕竟是一个商人，且是旧时代的商人。从商人角度而言，此人倒也不乏可书之处。《琐录》中便写到了他的一次壮举：鸦片战争后，各口通商，中国的丝、茶贸易便尽操于洋商之手。他们压价谋利，操纵市场,使中国商人"如鸟在笼中,闭放由人,不能自主矣"。为了对付洋商,商会集议,定下统一价格,"公立议字,非是不卖"。洋人得知,便针锋相对,相约不买。僵持数月,华商中有人沉不住气了,于是"人各一心",遂"土崩瓦解",不复成阵。胡雪岩对此颇不服气,"欲举一人之力",与洋商见出高低。当新丝下来后,他便倾囊而出,花二千万两银子,"遣人遍天下收买,无一漏脱者",致使洋商收不到一斤一两。于是,洋商找上门来了,提出愿加利一千万转买此丝,但胡雪岩的回答则是非一千二百万不可。反复周旋未果,洋商担心如向胡低头,今后必将受制于人,遂以退为进,"共誓今年不贩丝出口"。这对胡雪岩自然形成了压力。至次年新丝下来,胡已无资金包揽全部收购,便邀人集资同买。此时如能再将新丝收尽,从而降服洋商,必获厚利无疑。然而,就在这节骨眼上,那些饱受洋商"所挟"的富商巨贾们"却无一人应者",因此洋商得以从容尽购新丝。而胡氏上年所积旧丝自然受到冷落,损失惨重,"资去其大半矣"。

读到这里,真是亦喜亦悲。喜则有胡氏这样的豪举,不向洋人低头,快哉,壮哉!悲则本可制服洋商,出一口恶气,但结果出人意料,一败涂地。从经商角度而言,这场生丝收购大战,胡雪岩并无大错,从运筹策划到具体实施,均堪称颇有气度和章法,不幸的是,他对人,尤其是对自己的同胞,缺乏深入的了解。结果,洋商"彼心齐一",而华商则"人各一心",岂有不败之理?从这个道理上讲,胡氏不是败给了洋人,而是败给了自己。记得有人说过,一个中国人是条龙,而三个中国人则成了虫。这大约也算是中国人丑陋的一面吧。如此说来,胡雪岩的悲哀已不是他一人的悲哀了。

(1998年10月)

交友杂谈

闲暇翻《论语》，读到“毋友不如己者”，反复玩味，感触顿生，禁不住要一吐而后快。交友不交不如自己的，广而言之，是不足取的，也是不可能的。但从狭义上理解，所谓“同门曰朋，同志曰友”，就专指做学问和搞事业而言，此言还是有一定道理的。如同下棋一样，只有和高手对垒才能不断进步，反之与“臭棋篓子”为伍，只能逆水行舟，不进则退。周公说得好：“不如我者，吾不与处，损我者也；与吾等者，吾不与处，无益我也。”这是一种很高的境界。

然而，现实生活中有些人恰恰相反，偏爱搞武大郎开店那一套，胜我者，必置其于死地；与吾等者，亦设井下绊，极力排斥，耿耿于“既生瑜何生亮”。笔者有一位朋友，在南方某大学工作，这是一位颇有才华，不囿于成见的青年。开始，系主任对他颇赏识，但是当他对系主任的一篇论文提出商榷时，主任不能容忍了。起先是干扰他的论文发表，后来又想方设法给他小鞋穿，不仅在工作上设置障碍，而且在职称、住房等一系列问题上横加刁难，逼得对方走投无路，最终只能愤然离开该校。事后这位主任不仅毫无愧疚之意，反而到处对人说：“这人有野心，忘恩负义。”实际上，所谓的野心，说穿了不过是该主任嫉贤妒能，害怕别人超过自己而已。

如果不是从狭隘的私利出发，高于自己者有何不好呢？这于促进自身进步，于工作和事业均有百利而无一弊。相反，混迹于庸才之间，尽管他们唯唯诺诺，俯首贴耳，使你一时感觉良好，但从长远来说，实在是“损我者也”，“无益我也”。古人尚且懂得“以胜己者辅之”，难道20世纪的现代人反而不懂吗？非也。问题的关键在于要有胸怀和境界。

（1984年6月）

为自己找个理由

不久前读到小说《斗地主》(作者卢金地),小说中讲的斗地主,不是打牌斗地主,而是“文化大革命”中的斗地主。当然,小说吸引我的并非斗地主本身,而是通过斗地主的故事揭示了一个普遍的生活哲理。小说中,“我”的奶奶由于一个误会被当作坏分子拉去批斗。在那扭曲的年代,这种批斗成了一种“群体狂欢”的节日。村里的小学生们欢欣鼓舞,他们被带到现场,向那些“四类分子”们吐唾沫,成了每次批斗的保留节目。可是“我”不肯向奶奶吐唾沫。于是,奶奶便用杀鸡、烧鸡蛋等办法,劝说“我”向自己吐唾沫。后来,“我”在一次批斗中终于向奶奶吐了一口唾沫。之后不久,奶奶便自杀了——小说值得玩味之处也就在这里,奶奶是在为自己的死找一个理由。你想,连自己最疼爱的小孙子都唾弃自己了,那么这社会还有什么值得留恋?自己还有什么理由再活下去呢?

读过这篇小说,我又联想到女作家方方的一篇小说(题目一时想不起来了),这篇小说是讲一个女人与一个自己不爱的男人的故事。由于不爱,所以两个人总是疙疙瘩瘩,磨擦不断,婚姻也处于破裂的边缘。可是,故事就在这时发生了转折,男人遇到车祸,成了植物人,于是这个女人终于留在了他的身边,因为她找到了一个留下的理由。尽管这个理由是出于道德因素。

生活常常就是这样。死有时需要理由,活着、爱和婚姻也需要理由。不仅如此,许许多多不起眼的小事和烦恼,解决它们有时也都需要理由。我有一个朋友一直痴迷于文学,他遇到数不清的失败,许多人都劝他不要再写了,可他始终坚持了下去,并且逐步取得了成绩。他说,我不指望成为一个作家,但写作使我快乐,使我的人生视野更加丰富。应该说,这是一个很好的理由。这理由使他乐此不疲，使他感到满足和充实，这不同样是一种人生的享受吗？震惊全国的马加爵杀人案，使人感到瞠目结舌，不可思议。但在他来说，他这么做肯定也有一个理由，只是这理由太邪恶、太扭曲罢了。

人生充满了困惑。人们在生活中常会遇到一些迈不过去的沟沟坎坎。怎么办？最好的办法就是为自己找一个理由。当然，像"我"奶奶那样的理由并不足取，如果她另找一个理由，或许就可以坚强地活下去。因此，为自己找个理由吧，这个理由首先应该是积极的，健康的。这样，我们在面对困惑的时候，才会处惊不变，从容应对。

（2004 年 4 月）

我看高考作文

今年高考作文,因与往年不同而引起各方关注。有人认为,这是向素质教育转变的一个重要开始。是否如此,得有行家来认定。

不久前,一位记者打电话采访我:假如让你写这篇作文,你会怎样写?放下电话,我考虑了一下,头脑空空如也。我想,如果让我坐在考场上,在规定的时间里来做这篇作文,结果肯定不会太好。

写作是需要感情、经历和积累的。如果一个陌生的话题,过去你从没关注过,甚至未稍加留心过,当你提起笔来,肯定无话可讲,或者言不由衷。我有不少作家朋友,他们中有的能写战争,却不一定能写好爱情;有的能写市民,却不一定能写好官场。尺有所短,寸有所长,这与个人经历和积累有关。我儿子在上初中,有一次他们的作文考试题目是《我看中国足球》。当然,一个喜爱足球的人,不一定就能写好这个题目,但一个从不喜欢足球,从不关心足球的学生,肯定是写不好的。这样的题目,对某些考生是不公平的。今年的高考题目,有人说自由度很大,不限题材,可由学生任意发挥。实际上并非如此。它的限制性很强,必须在"假如记忆可能移植"这样的前题下来做文章。如果考生过去没有接触过、关注过这类问题,那么就很难有所作为。有人说,素质教育就是如此,它要求学生具有广阔的知识面。可是,作文考试究竟是测试学生的写作能力,还是测试学生的知识面,两者哪一个更重要呢?

我儿子所在的中学,每年都有数名保送新加坡的名额。有一年,新加坡来人对被保送的学生进行考核。共出了三道数学题,第一道很简单,第三道稍难,但第二道是无解的。据说有一个平时成绩极好的学生,做了第一道,第二道却卡壳了,怎么也做不下来;等到想做第三道时,时间已经来不及了。而有些灵活的考生一看第二道做不出，就跳过去做第三道。这样的学生都得了高分。新加坡方面明确解释，这样的考试不是测试学生的数学水平，而是测试学生的心理和应变能力。我觉得，每科考试都应有一个侧重点，而对作文而言，测试学生的写作能力，这才是最重要的。

素质教育是好事，目的是为了减轻学生的负担，可是我担心，如果改不好，说不定会给学生带来更大的负担。

（1999年7月）

误 读

记得“四人帮”被粉碎不久，我曾读过一部美国小说，书名和作者都记不清了，只依稀记得这部小说是以一个屠宰场为背景，作者目的是想借此揭露美国企业界尔虞我诈的黑暗内幕，但由于描写细致真实，小说发表后引起美国公众一片哗然。使他们受到震动的倒不是该书的思想内涵，而是书中涉及的屠宰场卫生状况，引起了他们对自身吃肉问题的关注和担忧。这个结果当然是作者始料不及的，他说，我写这本书是想打动读者的心，没想到打中的却是读者的胃。

最近书刊上流行一个词，名曰误读。何为误读？我想无须多费唇舌，上边的例子就是一个形象的说明。其实仔细想想，误读的事在我们身边几乎不胜枚举。很多年前，部队作家徐怀中写了一篇小说，文中有个人物说了一句“习水大曲——气死茅台”，结果惹得茅台酒厂郑重其事地派出代表，非要徐怀中公开更正，说明习水大曲根本不可能气死茅台。这大约也可算是一种误读之幽默吧。至于对号入座，甚至为了一本书、一篇文章闹得沸沸扬扬，引起官司的事，我们见得就更多了。细究起来，这其中也有不少与误读有关。

中国古来就有文字狱，到了“文化大革命”，此举可谓登峰造极。许多小说都成了反党证据。有人还善于从书的封面画，或把报纸反过来、倒过去地看上一番，从中找到反标或什么重大问题，然后再置人于死地。这种误读当然需要经过一番修炼，此外更重要的，恐怕还得具有一颗不怀好意的歹毒之心，方能修成“正果”。

不过，需要指出的，误读并非错误的阅读。它实际上是阅读中一种偏移，即阅读主体对客体的偏移。因此其效应也并非都是负面的，其中亦不乏绝妙和高明之处。譬如,《狂人日记》中那位狂人:“我翻开历史一查,这历史没有年代,歪歪斜斜的每页上都写着‘仁义道德’几个字。我横竖睡不着,仔细看了半夜,才从字缝里看出字来,满本都写着两个字是‘吃人’。”从仁义道德中读出吃人,此种偏移,剥皮削骨,非鲁迅这样的大师不能读出。当然这只是一种艺术手法,不过在阅读中偏移却时常发生。有的误读可以读出高明、读出精彩,也有的误读却让人啼笑皆非。

一次,我读大江健三郎的《性的人间》。这部小说的主人公是三个疯汉。所谓疯汉,在日本是指那些爱在地铁中骚扰女性、具有某种变态特征的人。可在大江的笔下,这些人居然被写成“企图向现实社会发起挑战”的人。作者的用意当然不是要去美化这些人,这里寄寓了更深刻的主题,即“对反社会人的思考”。我读过小说,却不禁为大江担忧起来。因为从一些报上得知,日本地铁“色狼出没”,不少妇女饱受其害。大江的这篇小说当初发表时不知是否受到过指责?如被视为教唆嫌疑,或被指责为导向有问题,并让他对地铁中的那些犯罪行为负责,他又如何是好?不过,这种担忧或许只是杞人忧天,恐怕就连大江本人也会觉得不可思议,但作为一个中国人,难免不产生这样的想法。不知这是否也算是一种误读。

（2000年8月）

想起左琴科

不久前读到一则报道，是关于上海野生动物园的，题目叫《游客行为不文明，散养动物无奈回牢笼》。报道云：野生动物园原先设想把动物散养在园内，这样游客可与动物亲密接触，并可与动物同在一块大草坪上信步游逛，这该是何等惬意！但偏偏有一些游客太不文明，他们不断地追逐动物，甚至还把躲在笼内的小动物硬拽出来。儿童动物园的小动物亦不能幸免：小猴子被追打，吓得浑身发抖；小兔子被踩断脚；宠物区甚至还被偷掉一只小哈巴狗……其野蛮、恶劣，真令人目瞪口呆。其实，在读到这则报道之前，电视上就曾披露过这方面的问题，记者还在现场采访了几个正在追逐小动物的游客。当问到这样做对不对时，他们好像也知道难为情。没想到的是，经过这样的曝光，情况并未好转，现在终于发展到要把这些小动物重新关进笼子里了。

读完这则报道，不知怎么就想起了左琴科。这位苏联的著名讽刺作家曾写过一篇小说，名叫《猴子奇遇记》。内容讲的是战争期间，在一次轰炸中，某城动物园不幸被炸弹击中，园内的一只猴子跑了出来。它跑出来后的情况却十分不妙，人们对它的追逐和骚扰使它根本无法安宁，于是猴子不禁大为感慨。它想：唉，不该离开动物园，在笼子里还活得安稳点。小说用轻松幽默的笔调写了这只猴子跑出动物园后的种种遭遇，细细品味，其中不乏生活哲理。但可悲的是，小说发表后，其主题后来被无端地上升到政治高度，这就给作家带来了巨大的厄运。1946 年前后，苏联文坛掀起的那场对左琴科和阿赫玛托娃的声势浩大的批判浪潮，其导火索就是因为这篇小说（载于《世界文学》上的《左琴科的遭遇》一文详细披露了这一事件）。当时的一篇批判文章这样写道："小说的主旨归纳起来就是：猴子在人的社会不好过……生活在兽笼里，离人们远远的，要比生活在人们中间强……"文章的结论认为这是对人民的"诽谤"。在今天看来，这些指责当然都是很荒谬很可笑的。然而，如果我们撇开这段历史，仅就小说涵盖的生活哲理而言，我认为这篇文章有一点倒没说错，那就是猴子有时在人的社会中的确是不好过的，上海野生动物园的遭遇不就是一个最好的说明吗？

其实，还不仅仅是猴子，不仅仅是那些有生命的小动物们，广而言之，在我们的生活中，不好过的东西还有的是。比如前几年，街头出现的投币电话亭，没多久便被毁坏殆尽；再比如，马路上的下水道盖，也常常不翼而飞；甚至就连楼道里的灯泡有时亦难逃厄运……如此种种，不一而足。这些有生命和无生命之物并未招谁惹谁，但下场如此"凄凄惨惨戚戚"，这是为什么？答案很简单，就因为在人的社会中有那么一些害群之马，或者素质低下的人，搅得社会不得安宁。对这些人予以无情的鞭笞，正是净化社会的需要。我想左琴科之所以受到喜爱，原因恐怕也正在这里。但愿有更多的人拿起笔，或用其他方式，与这种野蛮和不文明作斗争。等到有一天左琴科笔下的"猴子"感到生活在人的社会中比关在笼子里更好过的时候，整个社会的文明状况肯定将会是另外一番景象了。

（1996 年 2 月）

虚名与好名

近日，国家新闻出版署重申了严禁“收费约稿”的规定。看来，此事已经闹得不像话了，否则也用不着出版署出面郑重“重申”一下。

收费约稿，弊端甚多，其中各种名目繁多的名人辞典和名录等，更是引来种种议论。尽管这些辞典或名录被编者渲染得天花乱坠(什么名人题写书名，国家领导人出席首发式，等等)，可项庄舞剑，意在沛公，明眼人还是看得很清楚。我就经常接到这类辞典或名录的通知，有时一天接到两三份。不仅我，而且我周围的同事亦如此。开始还填了一两次，后来就渐渐有了疑惑：首先是这类通知之多之烂，让人莫名其妙。其二，辞条由自己填写，且无须任何组织审阅。其真实性、权威性何在？其三便是收费了。当然，收费的方式有多种，有时不一定直接要钱，而是寄来一份订单，请你购书。乍看似不过分，但据知情者点拨，方才明白。原来书价定得很高，只要入选者中有一半购卖，编者即可大赚一把，真可谓生财有道。

其实，这本非什么新鲜的把戏。早在几十年前，鲁迅就揭露过这类勾当，指出这些人打着名人的旗号，欺世盗名，或盗卖名以欺世，其要害“开宗明义第一章，自然是要钱。只要有钱，就什么都容易办了”。

不过，凭心而论，也不能都责怪这些所谓的辞典或名录的编者。如果无人让他编，他们也无从下手。套用一句时兴的话说，光有“卖方市场”而无“买方市场”，这些辞典或名录恐也难以为继。因此可以说，那些编者正是利用了某些人的好名心理，从而投其所好，并大行其道。

30年代，鲁迅先生曾撰文抨击过“各种捐班”：某财主少爷吃得油头光脸，忽而忙了几天，头上就有了一粒水晶顶，并煞有介事，撇起满口官话，说起“今天天气好了”之类——这是捐官。到了民国，捐班之途便开展起来，“连‘学士文人’也可以由此得到顶戴”。这顶戴就是花钱“捐”来的各种虚名。如，做人名辞典，造文艺史，出作家论，编自传种种。因此，鲁迅说：“倘作历史的著作，是应该像将文人分为罗曼派，古典派一样，另外分出一种‘捐班’派来的。”当然，花钱买虚名也有好处。“捐官可以希望刮地皮，但捐学者文人也不会折本。”

现如今的情况，好像也是如此。虽说文学越来越不景气，可罩在作家头上的光环尚有诱人之处，可资利用，于是便有人不肯放过。即便花点钱，也在所不惜。有了名，许多事自然都好办。不仅有了吹嘘和炫耀的资本，而且可以印在名片上，评职称或向上爬时，也可作为一个砝码，强调某某辞典或名录曾经收入，甚至不怕寒碜，并不厌其烦将厚厚的辞典或名录捧来到处给人看。再看那条目，如何了得，活脱就是大文豪一个。至于能否唬住人，且不去管它，先混一个知名度出来再说。况且，名人崇拜乃当代流行病，不可能一个都不唬住。十人中只要唬住一个，也算是物有所值，达到了目的。这些都不算什么新玩艺。然而，近日又有了新的发明，便是以此作为贬低他人、抬高自己的手段，也很有效。比如说，要攻击某人，就说在某某辞典或名录上还查不到他哩。言外之意，他是能查得到的。那副扬扬自得，便让人联想到某些乡下穷酸者的嘴脸：故意在嘴巴上抹了油，然后袖起手四处招摇，意思是他家生活好，是有肉吃的。其实，一本辞典上有没有名字，又能说明什么？能够说明的倒是某些人庸俗无聊的心态罢了。

（1998年10月）

永不放弃

凡是观看过美国 NBA 的球迷，都会说那是真正的审美享受。漫长的赛季让人眼花缭乱而又激动不已。这是技巧和速度的美，这是竞争和实力的美。无论用何种语言都很难形容其中的感受。成败得失，喜怒哀乐，尽在其中。

当总决赛最后一场的帷幕，随着一声哨响，戛然落下时，长久的悬念终于有了结果——在乔丹的率领下，芝加哥公牛队第六次登上了总冠军的宝座——赛场沸腾了。坐在电视前的我，也禁不住在心里欢呼：伟大的公牛！伟大的乔丹！

公牛老了，乔丹老了。从赛季一开始，耳边就不断响起这样的感叹。的确，无论公牛还是乔丹，都已无法与过去相比。很多场比赛都让人提心吊胆。我们在心底为公牛使劲：希望他们胜利，永远胜利。但是，失败还是不断地到来。为此，我们骂过裁判，找出无数的理由来为公牛解脱。那些理由说千到万就是一句话：公牛不该输。

值得庆幸的是，不该输的公牛总算跌跌撞撞地杀进了总决赛。而他的对手——如日中天的爵士队，在强悍的马龙带领下，正在西部的盐湖城里虎视眈眈，以逸待劳。他们决心掀翻公牛王朝占据了六年的宝座。资深的篮球评论家们纷纷预言，这将是一场前所未有的恶战。各种媒体更是推波助澜，把大战前的气氛渲染得淋漓尽致，让人透不过气来。

期待已久的战争终于开始了。第一场比赛，疲惫的公牛就尝到了失败的滋味。尽管乔丹左冲右突，使出了浑身解数。他的鼻子累出了血，但仍然没能挽回败局。——公牛老了，乔丹老了，惋惜之声再次四起。不少观众开始抱琵琶另上别船——纷纷倒向爵士这个“新科状元”，而更多的公牛球迷却不希望看到这样的结局。我当然也是其中之一,但我不能不为公牛捏一把汗。爵士队挟主场之利,年轻气盛,咄咄逼人,而状态不佳的公牛却显得步履蹒跚。

第二场比赛,公牛小胜,使人们重新燃起了希望。接下去回到芝加哥主场,公牛天时地利人和,三者尽占,突然发威,牛气冲天,头一场便大胜爵士——96比54——创下了总决赛最大比分。几天后,公牛又胜了一场。王者之气,峥嵘可见。只要再拿下一场,总冠军便可再次收入囊中。

然而,爵士队很快振作起来。他们全力以赴,第五场比赛不仅挽回了面子,而且以实力证明爵士队并非等闲之辈。

接下去,一场恶战已经在所难免。因为第六场比赛至关重要。公牛只要拿下此场,便可大功告成;而对爵士来说,非死即生,已无退路。比赛打得扣人心弦。这是我看过的最激动人心的比赛之一。爵士队的马龙超水平发挥,而公牛主力皮蓬第一节比赛便扭伤了腰——这是一个不祥之兆,而另一骁将库科奇也发挥欠佳。尽管乔丹率全队奋力拼杀,但毕竟年岁不饶人,到第三节之后,已显得体力不支,处处被动。终场前五十几秒时,爵士远投,超出公牛三分,爵士球迷欢声雷动,大局似乎已定。深深的失望这时席卷而来,几乎使我窒息。但公牛并没有放弃。乔丹先是突破,抢下两分。此刻,只剩下十几秒,而球权又重新回到了爵士的手中。取胜的可能几乎微乎其微——就在这时,激动人心的时刻突然出现了,乔丹抢断成功。刹那之间,人们还没有反应过来发生了什么,闪电般的反击已经开始了。乔丹率队攻到前场,并以一个大幅度优美的躲闪,甩开防守队员,跳投成功。公牛以一分反超,拿下了关键的一场,实现了第二个三连冠的目标。公牛就是公牛,乔丹就是乔丹,赛后许多人都这样赞叹。他们的伟大已不单纯在于技巧的完美,而在于意志坚强,不屈不挠。正是由于后者,他们才一次次地创造了奇迹。乔丹在赛后接受电视采访时说:"要永远相信自己,从不放弃。"

这是胜利的秘诀。球赛如此,其他事也同样如此。我想,这就是公牛和乔丹给我们的、比球赛胜利更宝贵的启示。

(1998年7月)

正气与骨气

《汪穰卿笔记》是上海书店出版社出的“民国史料笔记丛书”之一种。作者汪康年生于清末，光绪年曾授职内阁中书，是中国著名报人，此书为他平生笔札汇编，长于记人记事，文笔生动，富有情趣，且大多为亲历、亲闻，“可补史载阙如”。

《纪曾文正彭刚直轶事》一则中，曾国藩平江南后，纳某千总女为妾（一说此女为被掳获的洪秀全王妃，事见《见闻琐录》）。彭刚直得知此事，挺剑直入督署，欲斩此女。老曾颇感不快，说是谁人无情？如某某，某某，古之贤宰相也都有过纳妾娶小之事，何必责我？彭刚直则对曰：老师有入圣庙资格，哪能与他人同？我这样做是要成就你入圣庙啊。彭的回答殷切、真诚，其敢说敢做，不畏情面，更令人钦佩。

《纪合肥孙知县》中的孙知县虽不及彭刚直，但也是一个有良心、有骨气的汉子。这位孙知县，名葆田，字佩南，与李氏有师生之谊。初到合肥任上，头一次保正点卯，独有李鸿章近宅保正缺席。书差告之，李氏保正自恃有中堂靠山，历来县官点卯，从不应点。孙知县偏不信邪，亲谒李府要人，“遂锁而归”，“雷动一城”。此后，某都司因欠李氏房租被殴致死，孙知县又亲登李府，捉拿凶嫌，“复锁以归”。此案发生后，李中堂虽貌似公心，批了“照例办”三字，暗中却遣孙知县之弟前往说情。孙知县拒之。其后，中堂兄李瀚章又亲往县衙，亦被“有案请避嫌”拒之。李瀚章大愤，竟说出了“卸任总督敌不得在任知县”的气话来。然而，李鸿章毕竟不是等闲之辈，李氏家族在合肥更是一手遮天。“一言去巡抚，何有知县？”此案最终未能办下去，巡抚被调，孙知县也不得已弃官而去。但作为一个七品小吏，又是李氏门生，孙知县能不畏权势，不徇私情，也算是尽心尽职了。

与《红楼梦》中的贾雨村之流，判若天壤。这也是他得以留名之故吧。天地之间有杆秤。孙知县的前任“屡被百姓舆送行省，要求撤换”，而孙知县罢官后，“亏公帑二万金，合肥士民为之借补”，可见人心所向。只要为老百姓做过事的，哪怕是一星半点，老百姓也不会忘记。

然而，要为民作主，首先得有正气，但光有正气还不够，还得有骨气。没有正气的官，不是好官，但没有骨气的，想当好官也当不成好官。不久前，监察部长何勇同志接受采访时说：“我值钱的地方就是我还讲原则性，如果我不讲原则，我一分钱也不值。”此话说得到位。当官的要没点正气和骨气，那真连狗屎不如。

（2000 年 3 月）

獭与鹳对话的启示

记得曾在哪本笔记中读到一则獭与鹳对话的寓言，作者是清代人，叫什么名字已经记不清了。寓言的大意是：有一次，林中之鹳遇见江中之獭。鹳对獭说：君捕鱼，我捕雀，可不知为何，我现在捕雀越来越困难了。獭答曰：这主要是你我捕食的方式不同，我捕食时从不“过戕其类”、“聚族而歼”，所以食物的来源才取之不尽，用之不竭。鹳对此不以为然。他认为对鸟雀“不尽掩其群，而纵之远逝”，岂不是太可惜了吗？獭却说：如果“留无尽之藏”为日后享用岂不更好？

中国有句老话：“靠山吃山，靠水吃水。”充分利用自然资源，这本是不错的。然而，如果为求眼前得失而置长远利益于不顾，对大自然进行掠夺式的索取，那么，再好的山，再好的水，也是“靠”不住的，“靠”不长的。据报载，水产资源丰饶的湖北省仅一年里就发生电鱼、炸鱼事件一千多起！有人在市场上看到，十几只甲鱼不足一斤，四只武昌鱼不到七两，显然这是用密网捕捉所致。何异于“聚族而歼”、“尽掩其群”！难怪有人惊呼，这样下去，不要多久湖北就会“山将不山，水将不水”。这是一个多么可怕的情景！需要指出的是，这种现象并非只发生在湖北。

大自然是人类的母亲。人们只有爱护她、保护她，她才能给人类以不尽的营养；反之，等待人类的将只能是报应和惩罚。这样的教训过去已经不少了。我们不应再麻木不仁，等闲视之。为子孙后代计，为人类生存计，我们应该像獭那样具有战略眼光，细水长流，保持生态平衡，“留无尽之藏”为日后享用，使大自然成为人类取之不尽、用之不竭的宝库。

（1985年8月）

关于母亲的话题

唐代《因话录》中有个关于母亲的故事：宪宗时，柳宗元和刘禹锡被外放，柳为柳州刺史，刘为播州刺史。因为刘禹锡家有老母，需要侍奉，而播州条件艰苦，因此，柳宗元就主动提出来，与刘禹锡对换一下，让刘去柳州，他去播州，但皇上不同意。宰相帮着求情说："禹锡有老母亲啊。"皇上不高兴了："怎么一去穷地方，就说有老母亲啊?"裴晋公这时站出来说话了。他说："皇上刚才还在侍候太后，不该说这样的话啊。"于是，皇上便脸有愧色，后来刘禹锡就被改授柳州了。

这个故事读后，一直忘不掉。由此看来，照顾母亲在当时乃大事，干部调动也可作为一个条件来考虑，皇上想反对也难，不像现在人事部门，只有照顾夫妻分居一说。事实上，古时孝道历来被摆在很重要的地位，这不仅渗透在道德范畴，而且体现在法律规范之中。从历朝历代的法律看，不孝都被视为十恶不赦的重罪。《唐律疏义》中规定，只要骂父母就是绞罪。如果动手打，那就更不可容忍了——汉、宋法律规定砍头，唐、明、清法律斩决，都是极其严厉的处罚。写到这里，想到不久前，央视报道的一桩案例。河南安阳一位名叫邵秀凯的母亲，她的小儿子为了抢占她的住房，对其采取种种打骂凌辱的手段，甚至上房揭瓦，逼迫邵秀凯出走。他的哥哥姐姐谁要出面劝阻，他就大打出手。这种大逆不道的行为，要在古时十个脑袋也早被砍掉了。可遗憾的是，他的令人发指的行为，没有得到及时有效的制止，最后终于导致了邵秀凯忍无可忍、杀死逆子的惨剧发生。

这里，需要问一句的是：邵秀凯的小儿子为什么敢于对母亲那样大不敬，他的胆子哪儿来的？我以为，除其本人道德素质低下外，社会的纵容是一个重要原因。这种纵容主要表现在两个方面：一是现行法律对虐待父母的行为量刑过轻，至于一些打骂行为，只要不产生后果，法律更是不予问津。这样就难以对罪犯产生必要的威慑。试想，如像古时那样，打骂父母就要砍脑袋，谁还敢胡作非为？二是道德谴责不够。像邵秀凯事件，虽然各方面早对其逆子的做法不满，却认为这是她们的家事，鲜有过问，就连他的哥哥姐姐也都一再迁就，这就助长了该逆子的嚣张气焰，导致事态一再升级。

《礼记》云："大尊尊亲，其次弗辱，其下能养。"《劝孝歌》中亦云："慈乌尚知甫，羔羊犹跪足。人不孝其亲，不如草与木。"像邵秀凯小儿子的所作所为，简直连禽兽不如，而对这种禽兽行为，决不应有一丝一毫的宽容。

（1986 年 6 月）

浅谈信用

一百多年前，有一个叫马禄的钱商，别人托他带五百金回家，路上金被抢。此乃意外之祸，马禄本可以“不可抗力”为由加以推托，但马禄没有这样做，他不声不响地自己拿出钱，补上这笔款子。就这样，马禄从开始小打小敲最终发展到资本“累千万”，成了著名的徽商之一。马禄的成功靠的是什么？靠的是“信用”二字。

《辞海》云：信用，即遵守诺言，实践成约，从而取得别人的信任。由此可见，信用的根本是守诺。所谓一诺千金，说的就是这个意思。然而，当前我国的市场经济存在严重的信用危机，不守信用、不讲商业道德的现象比比皆是。如拖欠货款、以次充好、短斤少两、欺客宰客，以至于互相欺诈、坑蒙拐骗等等，有的甚至发展到了怵目惊心的犯罪程度，并在国外产生不良影响。新加坡前总理李光耀就直言不讳地批评说，中国的某些商家信用等级很低。这种状况如果不加以有效遏止，后果将不堪设想。

诚然，在商言商，市场经济的目标之一就是要追求利润的最大化。商人不赚钱，也就不成其为商人。但君子爱财，取之有道。如果不遵守市场规则，也许在短期内会获得一时的效益，但这种目光短浅、只顾眼前的做法，注定不会长久。信用一旦丧失，发展的空间将会越来越小，最终只能死路一条。而且，如果大家都违规操作，市场环境也会逐步恶化，最终有一天谁也难逃厄运。

市场竞争，很重要的一点，就是商业信誉、商业道德的竞争。圣人言：“生财有大道，以义为利，不以利为利。”此话包含了丰富的经商智慧和哲理。是的，讲究信誉，或许会使眼前的利益受到损失，但从长远看，坚持了商业道德，提高了商业信誉，这将是一笔无价的财富。它将增强自身的竞争实力，进一步开拓市场，并得以在竞争中立于不败之地。古今中外，这方面成功的例子不胜枚举。

讲究信用和商业道德，这是中华民族的传统美德。在今天市场经济条件下，我们要大力提倡儒商精神，同时建立建全市场经济的各项法规，以法律规范市场的各种行为，加大执法力度，对各种违法行为予以严惩。只有这样，才能净化市场，使我们的市场经济健康发展，使我们的经济发展得更快更好。

（2009 年 4 月）

苍天有眼与无眼

看过两则报道，印象深刻。一则载于《文摘报》，题为《迟到六年的公正》，文云：黑龙江伊春市某林场复员军人石东玉“莫名其妙”地卷入一桩杀人案，并被判处死刑（后改死缓）。六年后，当真凶偶然“浮出水面”，石案沉冤才得以昭雪。另一则见于《新民晚报》，题目是《无辜青年屈打成招被判死刑，云南特大冤案平反事未了结》。这则案子更为离奇：云南富源警方在调查一起抢劫杀人案时，“错点鸳鸯谱”，竟把四个无辜青年当作罪犯，然后采取一系列非法手段，逼其就范，铸成特大冤案。直到真正的罪犯落入法网，才使真相大白。

苍天无眼乎，无辜者祸从天降；苍天有眼乎，不幸中总算万幸。但我相信凡看过报道者，恐怕未必会因“水落石出”（两篇报道均用了“水落石出”这样的小标题）而有丝毫轻松。人们不禁要问：那些漫长的蒙冤的日子将是怎样的灾难？而真正的杀人犯如不是偶然被发现，那又会是怎样的结果？

人非圣贤，孰能无过？执法者也是人，不可能事事正确。特别是有些案子错综复杂，加上时间紧，任务重，办起来难免不出差错。倘若如此，倒也不必说它，但问题并非如此。云南富源一案，就清楚不过地说明了这一点。譬如，这些办案者在审讯中，拿着事先准备好的口供念给“罪犯”听，让他们低头就范，稍有不从便是“一顿暴打”；取证同样别出心裁，他们到村里只找那些不识字的老太太和大娘们，然后叫这些“斗大的字都不识”的老妇们“左按一个手印，右按一个手印”；为了找到凶器，则更为荒唐，他们逼迫一个“罪犯”的姐姐跪在烈日下，并威胁她“你今天怎么也要变出一把锤子来”。这位可怜的农村女人万般无奈之下，提出可否去借一把锤子时，居然获得了准许。诸如此类，简直荒唐至极。不难看出，这些执法者的行为显然背离了执法的宗旨和目的。他们的目的不再是为了打击犯罪，维护法律的尊严，其手段恶劣让人不寒而栗。从他们身上，我们几乎看不到一丝一毫执法者应有的良心、道德和公正。诚然，素质差是一个重要原因，但如果仅仅归结于此，恐怕未必能够说明问题。前不久，中央电视台报道了哈尔滨东莱派出所的事迹。同是警员，却有天壤之别。他们视居民为亲人，处处为他们分忧解难。我想，如果让东莱警员来办此案，他们会做出那样指鹿为马、伤天害理的事情吗？答案无疑是否定的。

由此可见，重要的在于对人民有无感情。长期以来，一些所谓的执法者高高在上，目空一切，形成了某种特权。他们大权在握，肆无忌惮，为所欲为，知法犯法；执法犯法，人民在他们心中如同草芥，人命关天的事视同儿戏；为了某种利益，甚至不惜昧着良心，颠倒黑白，嫁祸于人。西安张金柱敢于公然殴打记者，在驾车撞人之后，依然态度傲慢，有恃无恐。为何如此？说到底就是特权思想在作怪。如果没有身上那套象征权力的制服，他敢于如此吗？

执法者是强大的。他们的强大来自于政权和社会的力量。正因为如此，他们的错误也常常是毁灭性的。相比之下，那些可怜的蒙冤者却显得渺小和微弱。尤其是那些生活在底层，既无经济实力，又无靠山的百姓，要想把那些人为的错案翻过来，简直难乎其难。因为他们面对的已不是哪一个个人，而是一个强大的政权。要想洗清冤屈，往往只有听天由命，依靠老天开眼，依靠侥幸和偶然的发生，这真是太可悲了！

（1998 年 10 月）

后　记

余习写作始于“小文章”，忽忽三十余载，数量也小有可观。所谓小文章，是指那些千字文，包括散文、随笔、杂文等。开始时主要是给报纸投稿。由于报纸篇幅有限，字数都不长。后来一些刊物约稿，字数才逐渐多起来，体裁也越来越杂，有些也搞不清究竟属于哪一类，但大抵可归于散文随笔名下。近年来，熟识的人中出散文随笔集的越来越多，于是在朋友怂恿下，也想来凑份热闹。不过，心里并无多少底气，毕竟在这类文体上没下过功夫，大多随手写来，没多少讲究，内心发虚是难免的。但纠结一番之后，还是决定出版，一来敝帚自珍，瘌痢头儿子自己好；二是为了一份纪念——纪念那些曾经流逝的时光以及我在文字跋涉中的点点滴滴。

本集粗分四辑：第一辑为记事记人，第二辑乃文史方面的随笔、札记等，第三辑系与文学有关的文字，第四集主要是杂文、时评等。当然，这样分类只是大体上的，并不十分严格。

需要说明的是，编选时我作了一些取舍，有些文章时过境迁，明显不合时宜，自然是要剔除的，不过也不尽然。譬如，有的篇章虽也“过时”，但还是保留下来。以《洗澡》为例，虽说时代变化，环境改善，过去的那种烦恼早已不存在了，可它却是一份真实记录，即便今日读来亦有回味之处。再如，《文学的黄昏》、《文学、地摊与市场》、《文学与出路》、《妹妹往哪走》等篇，是上世纪八、九十年代市场大潮涌起时，文学尴尬境地的真实写照，皆有感而发。当然，如今文学的境遇已经有了很大的改观，不过，关于文学和市场的话题并没有终止，有些现象仍令人担忧。鲁迅先生说过，凡对于时弊的攻击，文字须与时弊同时灭亡。本人倒是希望自己的文字能与时弊一起灭亡，可反观现实，情形并不乐观。几十年前的种种时弊，如反腐、诚信、环境和社会风气等等问题，不仅依然存在，有些还变本加厉，愈演愈烈。如此看来，笔者之文字仍有存在价值。当然，这并不值得欣喜，反倒是一种悲哀。

另外，还有一点需要说明，对于散文随笔，敝人偏好一向是朴实无华那一类，尤其不喜抒情，觉得过于空泛，于文无补。在本集中除《青山诗魂》、《徽州往事》系为中央电视台电视散文栏目而作，不得已略有抒情外，余则多为写实。喜欢抒情的读者可避而远之。

最后，感谢安徽人民出版社，感谢责任编辑周子瑞先生。我与子瑞相识多年，期间多次合作，从第一本书《段祺瑞传》到《淮军》(电视纪录片解说词)，以及长篇历史纪实《铁血雄风》等，彼此信任，莫逆于心，而安徽人民出版社的历届领导也都对我厚爱有加。值此小书出版之际，谨向他们致以最诚挚最美好的祝福！

季　宇

2015 年 2 月 8 日于合肥家中